TRES PLUMAS BLANCAS

Jacqueline Winspear ha conquistado a millones de lectores en todo el mundo con su exitosa serie Maisie Dobbs, de la cual muchos de sus títulos han sido best sellers de *The New York Times*. Con una protagonista intuitiva, decidida y nada usual, Jacqueline Winspear explora la época de entreguerras como ningún autor hasta este momento: con la sensibilidad de una protagonista que ha sufrido el conflicto en primera persona e intenta abrirse paso en una época incierta.

Con numerosos premios literarios a sus espaldas, ya se ha publicado en España *Entre los olvidados*, el sexto volumen de la serie, donde Maisie es una de los principales testigos del suicidio de un hombre en una calle de Londres en Nochebuena, y deberá realizar una investigación a contrarreloj para encontrar a quien desea infligir la muerte a miles de inocentes.

www.jacquelinewinspear.com

Este libro se ha elaborado con papel procedente de bosques gestionados de forma sostenible, reciclado y de fuentes controladas, avalado por el sello de PEFC, la asociación más importante del mundo para la sostenibilidad forestal.

EMBOLSILLO apuesta para frenar la crisis climática y desea contribuir al esfuerzo colectivo y permanente de proteger y preservar el medio ambiente y nuestros bosques con el compromiso de producir nuestros libros con materiales sostenibles.

JACQUELINE WINSPEAR

TRES PLUMAS BLANCAS

Una investigación de
MAISIE DOBBS

EMBOLSILLO

Título original:
Birds of a Feather

Benito Castro, 6
28028 MADRID
www.maeva.es

ISBN: 978-84-18185-87-8
Depósito legal: M-3677-2025

Imagen de cubierta: © Andrew Davidson
Fotografía de la autora: © Stephanie Mohan of Creative Portraiture
Adaptación de cubierta: Gráficas 4, S.A.
Impresión y encuadernación: Cpi Blackprint (Barcelona)
Impreso en España / *Printed in Spain*

Para Kenneth Leech,
1919-2002

De pequeña tuve la suerte de tener a Ken Leech como profesor. Después, durante la adolescencia y al entrar en la etapa adulta, tuve el privilegio de contarlo entre mis amigos.

¿Qué harás, hijo, qué harás
en la noche de invierno ahora lejana
cuando te sientes junto al fuego en el sillón patriarcal
y los vecinos se pongan a hablar del campo de batalla?
¿Zafarte como si te hubieran lanzado un puñetazo
bajando la cabeza avergonzado?
¿O dirás: «No fui el primero en ir,
pero fui, gracias a Dios, fui»?

«¡Formen filas!»
Harold Begbie, 1914

1

Maisie Dobbs recogió los papeles que tenía en el escritorio en un montón ordenado y los metió en una carpeta de papel manila, cogió la pluma estilográfica de W.H. Smith de color verde que imitaba las vetas del mármol y escribió en el anverso el nombre de sus nuevos clientes: el señor Herbert Johnson y su esposa, a quienes preocupaba que la prometida de su hijo pudiera haberles engañado sobre su pasado. Era el tipo de caso fácil que le proporcionaría referencias útiles y que podría cerrar acompañado de su correspondiente informe y de la factura por sus servicios. Pero para Maisie, la información relativa al caso no quedaría archivada por completo hasta que aquellos cuya vida se había visto afectada por su investigación estuvieran en paz con lo que había descubierto, consigo mismos y con los demás implicados, dentro de lo posible. Un rizo de pelo negro azabache le cayó sobre los ojos mientras escribía. Suspiró y se lo colocó de nuevo en el moño que llevaba en la nuca. De repente, dejó la estilográfica sobre el protector de escritorio, se liberó de nuevo el molesto mechón y se acercó al espejo grande que colgaba de la pared, encima de la chimenea. Se soltó el pelo largo y se lo metió por dentro del cuello de la blusa de seda blanca, que le quedaba a unos dos centímetros de la mandíbula. ¿Le quedaría bien el pelo más corto?

—A lo mejor lady Rowan tiene razón —se dijo en voz alta delante del espejo—. A lo mejor me quedaría mejor un corte *bob*.

Se miró de un lado y de otro varias veces y se levantó el pelo una pizca. Llevarlo más corto le ahorraría unos minutos de su preciado tiempo cada mañana, y no se le soltaría del moño cada instante ni le caería sobre los ojos. Pero había algo que la retenía. Se levantó el pelo y giró la cabeza. ¿Se le vería la cicatriz? ¿Con el pelo más corto quedaría a la vista la marca de piel amoratada y protuberante que dibujaba una línea desde el cuello y se adentraba en la zona sensible del cuero cabelludo? Si se cortaba el pelo y un día estaba inclinada sobre sus papeles, sin que ella se diera cuenta, ¿podría un cliente ver el daño que le había infligido aquel obús alemán que cayó sobre la estación de evacuación de heridos en la que estuvo trabajando en Francia, en 1917?

Observó el reflejo de la habitación en el espejo y pensó en lo lejos que había llegado, no solo por el cambio de despacho, desde la oficina oscura y desvencijada de Warren Street, el único lugar que había podido permitirse un año antes, sino por todo lo que había sucedido desde la primera vez que vio a Maurice Blanche, su mentor y profesor, cuando todavía trabajaba como criada en la mansión de lord Julian Compton y su esposa, lady Rowan. Maurice y lady Rowan se habían dado cuenta de que Maisie era una chica inteligente y se habían propuesto brindarle todas las oportunidades posibles para calmar su sed de conocimiento. Entre los dos habían conseguido que admitieran en Girton College, uno de los colegios universitarios de Cambridge, a la que había sido una criada.

Maisie volvió a recogerse el pelo en su pulcro moño y, mientras lo sujetaba con las horquillas, miró por el ventanal de suelo a techo que daba a Fitzroy Square. Su ayudante, Billy Beale, asomó por la plaza en ese momento y cruzó los adoquines grises y mojados por la lluvia en dirección al despacho. La cicatriz empezó a dolerle. Al verlo, Maisie adoptó la misma postura que él y se dirigió hacia la ventana con los hombros hundidos, las manos metidas en unos bolsillos imaginarios y una forma de andar que imitaba la rigidez del hombre por culpa de una herida de guerra que seguía dándole la lata. Su actitud empezó a cambiar y se percató de que el malestar ocasional que había notado en Billy unas semanas atrás se había convertido en una constante en su vida.

Mientras lo observaba desde la ventana de lo que en otra época había sido la sala de dibujo de aquel edificio de estilo georgiano, Billy se estiró el puño del abrigo para cubrirse la mano y sacó brilló a la placa de bronce que informaba a los visitantes de que el despacho de M. Dobbs, Psicóloga e Investigadora, se encontraba en aquel edificio. Satisfecho, Billy se enderezó, echó los hombros hacia atrás, estiró la espalda, se peinó con los dedos el pelo revuelto de color trigueño y sacó la llave para abrir la puerta de entrada del edificio. Maisie lo vio corregir la postura. «Tú no me engañas, Billy Beale», se dijo. La puerta se cerró con un ruido sordo y las escaleras crujieron cuando el hombre subió al despacho.

—Buenos días, señorita. He recogido los expedientes que quería. —Billy dejó el sobre marrón en el escritorio de Maisie—. Ah, y otra cosa, he comprado el *Daily Express* para que le eche un ojo. —Se sacó el periódico del bolsillo interior del abrigo—. La mujer que asesinaron en su propia casa hace una o dos semanas, en Surrey, en la zona de Coulsden, ¿se acuerda?, pues parece que hay más detalles sobre quién era y el estado en el que la encontraron.

—Gracias, Billy —dijo Maisie tomando el periódico.

—Tenía la misma edad que usted, señorita. Terrible, ¿no le parece?

—Sí que lo es.

—Me pregunto si nuestro amigo... bueno, suyo en realidad, el inspector Stratton, estará metido en la investigación.

—Es muy probable. Como el asesinato tuvo lugar fuera de Londres, es un caso para el Departamento de Homicidios.

Billy se quedó pensativo.

—¿Le gustaría decir que trabaja para el Departamento de Homicidios, señorita? No son muy simpáticos, ¿verdad?

Maisie leyó el artículo por encima.

—Bah, es una invención del periódico para vender más ejemplares. Creo que empezaron a llamarlo así cuando el caso Crippen se convirtió en noticia. Antes se llamaba Brigada de Reserva, pero no sonaba lo bastante amenazador. Y Departamento de Investigación Criminal es un nombre kilométrico. —Maisie lo miró y añadió—: Y, por cierto, Billy, ¿qué quieres decir con que es amigo mío?

—No lo digo por nada. Es solo que...

El teléfono negro que había en el escritorio empezó a sonar y dejó a su ayudante con la frase a medias. El hombre enarcó las cejas y alargó el brazo hacia el auricular.

—Fitzroy cinco, seis, cero, cero. Buenas tardes, inspector Stratton. Sí, aquí está. Le paso con ella. —Sonrió de oreja a oreja tapando el auricular con la palma mientras Maisie alargaba la mano para recibirlo ligeramente ruborizada—. Dígame, señorita, ¿qué era lo que solía decir el doctor Blanche sobre las coincidencias? Ah, sí, que eran «mensajes enviados por la verdad».

—Ya basta, Billy —dijo Maisie tomando el auricular e indicándole con la mano que la dejara sola—. Inspector Stratton, me alegra hablar con usted. Supongo que estará ocupado con el caso de asesinato de Coulsden.

—¿Y cómo se ha enterado usted, señorita Dobbs? No me lo diga. Será mejor que no lo sepa.

Maisie se rio.

—¿Y a qué debo su llamada, inspector?

—El motivo es puramente social, señorita Dobbs. Quería saber si le gustaría cenar conmigo.

Ella vaciló, dio unos golpecitos en el escritorio con la pluma y, por fin, respondió:

—Le agradezco la invitación, inspector. Es muy amable por su parte, pero a lo mejor podríamos comer en vez de cenar...

Se produjo un silencio.

—Desde luego, señorita Dobbs. ¿Está libre el viernes?

—Sí, el viernes es perfecto.

—Muy bien. Pasaré por su despacho a mediodía e iremos juntos a Bertorelli's.

Ella vaciló de nuevo.

—¿Podemos quedar directamente en Bertorelli's?

Y de nuevo silencio en la línea. Maisie se preguntaba por qué tenía que ser aquello tan complicado.

—Por supuesto. El viernes a mediodía en Bertorelli's.

—Hasta entonces. Adiós.

Colgó el auricular con actitud pensativa.

—Ya estoy aquí con una buena taza de té para usted, señorita.

Billy dejó la bandeja en el escritorio, sirvió la leche y el té en una taza esmaltada de gran tamaño y se la puso delante.

—Si me permite que se lo pregunte, señorita, y sé que no es asunto mío, pero ¿por qué no ha aceptado su invitación a cenar? Quiero decir que cenar gratis alguna que otra vez no es malo.

—Comer y cenar son cosas totalmente distintas, y salir a comer con un caballero no tiene nada que ver con salir a cenar por la noche.

—La cena es más abundante, para empezar...

Lo interrumpió el timbre. Billy se acercó a la ventana a ver quién era y Maisie se fijó en que se frotaba el muslo y hacía un gesto de dolor. La herida de guerra que había sufrido casi trece años atrás en la batalla de Messines, en 1917, le estaba molestando otra vez. Salió a abrir la puerta, y Maisie lo oyó bajar con dificultad las escaleras que llevaban a la puerta de la calle.

—Mensaje para M. Dobbs. Urgente. Firme aquí, por favor.

—Gracias, amigo.

Billy firmó y se buscó en el bolsillo alguna moneda para darle al mensajero. Cerró la puerta y suspiró antes de subir las escaleras de nuevo. Cuando llegó al despacho, le tendió el sobre a Maisie.

—¿Te está dando problemas la pierna? —preguntó ella.

—Un poco más de lo normal, nada más. Claro que ya no soy tan joven.

—¿Has vuelto a ir al médico?

—Últimamente no. Tampoco puede hacer mucho más, ¿o no? Soy un tipo con suerte, tengo un buen trabajo cuando hay cientos de hombres haciendo cola para ver si les dan algo. No tengo motivos para compadecerme, ¿no cree?

—Somos afortunados, Billy. Parece que no nos va a faltar el trabajo entre los que desaparecen después de gastarse todo el dinero y los que no tienen más que malas ideas. —Dio la vuelta al sobre—. Vaya, vaya, vaya...

—¿Qué es, señorita?

—¿Te has fijado en el remitente que viene en el sobre? Es la letra de Joseph Waite.

—¿Se refiere al Joseph Waite que estoy pensando? ¿Joseph Waite «me sale el dinero por las orejas»? ¿El «carnicero de los banqueros» como lo llaman?

—Me pide que vaya a su casa «de inmediato», para recibir instrucciones para una investigación.

—Supongo que está acostumbrado a dar órdenes y a que las cosas se hagan siempre como él quiere... —El teléfono lo interrumpió una vez más—. ¡Diablos! ¿Qué le pasa hoy a este chisme?

Maisie alargó el brazo para levantar el auricular.

—Fitzroy cinco, seis, cero, cero.

—¿Podría hablar con la señorita Maisie Dobbs, por favor?

—Al aparato. ¿En qué puedo ayudarla?

—Soy la señorita Arthur, la secretaria de Joseph Waite. El señor Waite la está esperando.

—Buenos días, señorita Arthur. Acabo de recibir la carta que me ha traído un mensajero.

—Estupendo. ¿Puede venir hoy a las tres? El señor Waite la recibirá a esa hora y la reunión durará treinta minutos.

Le temblaba la voz ligeramente. ¿Tanto respeto le infundía su jefe?

—Perfecto, señorita Arthur. Mi ayudante y yo estaremos ahí a las tres. ¿Puede darme la dirección?

—Sí, tome nota. ¿Conoce Dulwich?

—Cuando quiera, señorita.

Maisie miró el reloj de plata que llevaba prendido en la solapa de la chaqueta como si fuera un broche. Se lo había regalado lady Rowan cuando abandonó Girton College para trabajar como enfermera voluntaria en el Hospital Real de Londres, dentro del Destacamento de Ayuda Voluntaria, durante la Gran Guerra. Había dado bien la hora desde el momento en el que se lo prendió al uniforme. Le había funcionado a la perfección cuando estuvo atendiendo a los heridos en la Estación de Evacuación de Heridos en Francia, y de nuevo cuando se ocupó de cuidar a los pacientes que sufrían neurosis de guerra a su regreso al Reino Unido. Y cuando terminó los estudios en Girton, el reloj se había sincronizado en numerosas ocasiones con el reloj de bolsillo de Maurice Blanche durante el tiempo que trabajó para él como ayudante. Aún tenía que servirle unos años más.

—Termino una cosa y nos vamos, Billy. Es la primera semana del mes y tengo que ocuparme de las cuentas.

Maisie sacó una llave del bolso, abrió el cajón central de la hilera del lado derecho del gran escritorio y sacó un libro de cuentas de pequeño tamaño de entre los seis cuadernos de tapa dura que había en el cajón. Tenía una etiqueta pegada que decía: «Automóvil».

El año anterior, lady Rowan le había dicho que utilizara su elegante deportivo descapotable MG 14/40. Le costaba conducir debido a un dolor recurrente en la cadera tras un accidente de caza, por lo que había insistido en que Maisie lo tomara prestado cuando quisiera. Después de utilizarlo con frecuencia durante unos meses, la joven se había ofrecido a comprárselo. Lady Rowan había bromeado diciendo que debía de ser la primera compraventa de un vehículo en la que el comprador insistía en pagar más de lo que estipulaba el vendedor. Maisie no había cedido y, al final, la mujer había estado de acuerdo en añadir un porcentaje pequeño en concepto de intereses. Cogió la pluma, sacó el talonario de cheques que guardaba en el mismo cajón y extendió un cheque a nombre de lady Rowan Compton. Anotó la cantidad pagada en la columna correspondiente del libro de cuentas y subrayó en rojo el importe que adeudaba.

—Muy bien, Billy, ya casi estoy. ¿Has dejado todo en su sitio?

—Sí, señorita. Los mapas de los casos están en mi escritorio bajo llave. El archivador también está cerrado con llave. El té también bajo llave...

—¡Billy!

—¡Le estaba tomando el pelo! —Billy le abrió la puerta y, tras salir los dos, cerró con llave el despacho.

Maisie miró el cielo plomizo.

—Parece que va a llover otra vez, ¿verdad?

—Y que lo diga. Será mejor que nos pongamos en camino y esperemos que pase rápido.

El coche estaba aparcado al final de Fitzroy Street, y la pintura brillante de color rojo de la carrocería resaltaba en la grisura de la tarde de abril.

Billy le abrió la puerta para que subiera, a continuación, levantó el capó para abrir la llave de la gasolina y lo dejó caer con un sonoro ruido metálico. Maisie hizo una mueca de dolor. Y se fijó en las ojeras de su ayudante mientras este estaba inclinado sobre el motor. Hacer bromas era la manera que tenía Billy de negar su padecimiento. El hombre levantó los pulgares para señalar que todo estaba en orden y Maisie encendió el contacto, pisó el acelerador y ajustó el regulador de aire pisando el botón situado en el suelo. El motor se puso en marcha. Billy abrió la puerta del copiloto y se sentó.

—Allá vamos. ¿Seguro que sabe el camino?

—Sí, conozco Dulwich. El viaje nos llevará una hora aproximadamente, dependiendo del tráfico que haya.

Maisie metió la marcha y se incorporaron a Warren Street.

—Vamos a repasar lo que sabemos de Waite. El hecho de que Maurice tuviera fichas sobre él en el archivo ya me intriga bastante.

—Bueno, según lo que dice la primera ficha, el doctor Blanche acudió a él para pedirle dinero para una clínica. ¿A qué se refiere? —Billy miró a Maisie y luego miró a la carretera—. Ya está empezando a llover.

—Lo sé. El clima londinense es tan impredecible que nunca sabes lo que puede pasar —comentó Maisie antes de responder a Billy—. Maurice era médico, Billy, ya lo sabes. Antes de especializarse en medicina forense, sus pacientes estaban un poco más vivos.

—Eso espero.

—El caso es que hace años, mucho antes de que yo fuera a trabajar a Ebury Place, Maurice trabajó en un caso que lo llevó al East End. Estaba examinando a la víctima de un asesinato, cuando llegó un hombre corriendo y pidiendo ayuda a gritos. Maurice fue con él hasta una casa vecina y allí se encontró con una mujer de parto, que estaba teniendo muchas dificultades para dar a luz a su primer hijo. El resumen es que salvó la vida de la madre y la de su hijo, y se fue de allí decidido a hacer algo sobre la falta de cuidados médicos para la gente pobre de Londres, en especial las mujeres y los niños. Así que uno o dos días a la semana volvió a ejercer de médico de los vivos con pacientes del East End, y de Lambeth y Bermondsey después, al otro lado del Támesis.

—¿Y qué tiene que ver con Waite?

—Lee la ficha y lo verás. Creo que antes de que yo llegara a Ebury Place, en 1910, Maurice llevó a lady Rowan a una de sus visitas médicas. Lo que vio la horrorizó y decidió ayudar. Empezó pidiendo dinero a todos sus amigos acaudalados para que Maurice pudiera abrir su propia clínica.

—¡Apuesto a que le dieron el dinero con tal de quitársela de encima!

—Tiene fama de conseguir todo lo que se propone y de que no le da miedo pedir. Creo que su ejemplo sirvió de inspiración a Maurice. Lo más probable es que conociera a Waite en algún evento social y se lo pidiera. Él es de esas personas capaces de juzgar la naturaleza de las personas nada más verlas y de utilizar esa... energía, llamémosla así, en su propio beneficio.

—¿Un poco como usted?

Maisie no respondió, sino que se limitó a sonreír. Había sido su extraordinaria intuición, junto con su agudo intelecto, los que habían hecho que Maurice Blanche la aceptara como alumna, y después como ayudante, en el mundo que él describía como «la ciencia forense de la persona en su totalidad».

—En fin, parece que el bueno del doctor Blanche le sacó a Waite quinientas libras —continuó Billy.

—Mira otra vez. Probablemente dirá que aquellas quinientas libras fue la primera de varias contribuciones.

Maisie limpió con el dorso de la mano el vaho que se había acumulado por dentro de la luna.

—Ah, aquí hay otra cosa —dijo Billy recostándose de repente con los ojos cerrados.

—¿De qué se trata? —Maisie lo miró. Tenía el rostro pálido tirando a verdoso.

—No sé si voy a poder leer en el coche. Me estoy mareando.

Maisie se detuvo a un lado de la carretera. Le indicó que abriera la puerta, que sacara los pies al camino y que pusiera la cabeza entre las rodillas. Luego cogió ella misma las fichas y se puso a resumir la información sobre Joseph Waite.

—Hombre acaudalado, hecho a sí mismo. Empezó como aprendiz de carnicero en la ciudad de Harrogate, en Yorkshire, con doce años. No tardó en demostrar que tenía cabeza para los negocios. Cuando cumplió los veinte ya era dueño de su primera tienda. El negocio floreció y en dos años se le quedó pequeño. Empezó a vender también frutas y verduras, comestibles de todo tipo y otros productos más sofisticados, todo de primera calidad y a buen precio. Abrió una segunda tienda y luego otra. Ahora posee varios establecimientos de su cadena Comestibles Waite Internacional repartidos por las ciudades grandes de todo el país, y otros establecimientos de menor tamaño de la línea Waite Gourmet en ciudades un poco más pequeñas. Todas las tiendas tienen en común el servicio de primera, la entrega a domicilio, los buenos precios y la calidad de los productos. Además, cada día se presenta por sorpresa al menos en una tienda. Puede aparecer en cualquier momento.

—Apuesto a que a sus empleados les encanta que haga eso.

—Mmm, tienes razón. Me pareció que la señorita Arthur estaba muy inquieta cuando hablamos por teléfono esta mañana. —Pasó a la siguiente ficha—. Ah, esto es interesante... Llamó a Maurice, sí, me acuerdo, para hacerle una consulta hace diez años. Qué raro...

—¿Qué ocurre? ¿Qué dice? —preguntó Billy secándose la frente con el pañuelo.

—Esto no es propio de Maurice. Dice solo: «No pude atender su solicitud. Se suspendió la comunicación».

—Estupendo. ¿Y en qué posición nos deja eso hoy?

—Bueno, debe seguir teniendo a Maurice en alta estima si ha decidido pedirme ayuda. —Miró a su ayudante para comprobar si seguía pálido—. ¡Ay, no, te está sangrando la nariz! Rápido, échate hacia atrás y apriétate el puente con esto. —Sacó un pañuelo bordado del bolsillo y se lo puso a Billy en la nariz.

—Cuánto lo siento, señorita. Primero tengo que echarme hacia delante y ahora hacia atrás. No sé... Hoy solo soy una molestia, ¿no le parece?

—Tonterías, me eres de gran ayuda. ¿Cómo va la nariz?

Billy miró el pañuelo y se dio unos toquecitos con él en la nariz.

—Creo que ya va mejor.

—Entonces será mejor que reanudemos la marcha.

MAISIE SE DETUVO al otro lado de la verja de hierro forjado que daba acceso a la finca y que conducía a una mansión de ladrillo de estilo neogeorgiano que se alzaba majestuosa en medio de unos cuidados jardines.

—¿Cree que alguien vendrá a abrir? —preguntó Billy.

—Por allí se acerca alguien —dijo Maisie señalando a un joven vestido con pantalones de golf, chaqueta deportiva de *tweed*, camisa de tejido de lana y corbata de color verde pino. Se apresuró a abrir el paraguas mientras trotaba hacia la entrada y saludó a Maisie con una leve inclinación de la cabeza mientras descorría el cerrojo de la verja. Maisie avanzó con el coche y se detuvo a su altura.

—Usted debe ser la señorita Dobbs. Tiene una reunión con el señor Waite a las tres.

—Así es.

—¿Y su acompañante es...? —El hombre se inclinó hacia delante para mirar a Billy.

—Mi ayudante, el señor William Beale.

Billy seguía apretándose la nariz con el pañuelo.

—Muy bien, señora. Aparque delante de la entrada de la casa, pero dé marcha atrás y deje el coche con el morro mirando hacia la verja de salida.

Maisie enarcó una ceja y el joven se encogió de hombros.

—Así es como le gusta al señor Waite, señora.

—Un poco quisquilloso, en mi opinión —dijo Billy cuando Maisie arrancó de nuevo—. Que dé marcha atrás y deje el coche con el morro hacia fuera. ¿Qué le parecería que entrara así, caminando hacia atrás, con la nariz hacia fuera? ¿Quién se habrá creído que es?

—Uno de los hombres más ricos del Reino Unido, o de Europa incluso. —Maisie maniobró para dejar el coche como le habían indicado—. Y, como sabemos, nos necesita para algo, o de lo contrario no estaríamos aquí ahora. Vamos.

Salieron del coche y se dirigieron con paso decidido a la puerta de entrada, donde los esperaba una mujer para recibirlos. Maisie calculó que rondaría los cincuenta y cinco años y llevaba un vestido austero de color gris pizarra hasta media pierna, con los puños blancos y un cuello bebé superpuesto también blanco. Cerraba el cuello en el centro con un broche de camafeo. El único otro adorno que portaba era un reloj de pulsera de plata con la correa de cuero negro. Tenía el pelo canoso recogido detrás de la cabeza tan tirante que se le estiraban las sienes. Pese a su aspecto sobrio, cuando Maisie y Billy llegaron al último escalón, les sonrió de forma afectuosa y con un brillo acogedor en los ojos azul claro.

—¡Pasen deprisa, no se vayan a morir de frío ahí fuera! ¡Qué mañana! El señor Harris, el mayordomo, ha pillado un resfriado terrible. Yo soy la señora Willis, el ama de llaves. Permítanme los abrigos. —La mujer tomó el chubasquero de Maisie y el abrigo de Billy, y se los entregó a una criada—: Cuélgalos en el tendedero de encima de la chimenea que hay en el cuarto de la colada. Los invitados del señor Waite se marcharán dentro de —consultó el reloj— treinta y cincos minutos aproximadamente, así que intenta que se sequen todo lo posible para entonces.

—Muchas gracias, señora Willis —dijo Maisie.

—El señor Waite los recibirá enseguida en la biblioteca.

Maisie notó la tensión que flotaba en el ambiente. El ama de llaves caminaba apresuradamente, lo que los obligaba a apretar el paso. Al llegar a la puerta de la biblioteca, consultó de nuevo la hora y puso la mano en la manilla de bronce. En ese momento se abrió una puerta detrás de ellos y una mujer llegó corriendo.

—¡Señora Willis! Señora Willis, ya me ocupo yo de llevar a los invitados del señor Waite a la biblioteca —dijo jadeando.

El ama de llaves los dejó con ella, pero frunció el ceño molesta.

—Por supuesto, señorita Arthur, adelante. Buenos días —dijo volviéndose hacia Maisie y Billy, tras lo cual se alejó sin volver a mirar a la señorita Arthur. Por desgracia no pudo desaparecer con dignidad, puesto que la puerta se abrió una vez más y un hombre corpulento se aproximó a ellos consultando el reloj conforme se acercaba.

—Perfecto, las tres, la hora de nuestra reunión.

Y sin apenas mirarlos se metió en la biblioteca.

Billy se inclinó un poco hacia Maisie y susurró:

—¡Esto es como un circo de tres pistas!

Ella respondió inclinando levemente la cabeza.

—Siéntense, siéntense.

Joseph Waite les señaló sendas sillas situadas en el lado más largo de una mesa rectangular de caoba pulida mientras él se sentaba de inmediato en una silla más grande en la cabecera. Su corpulencia hacía que pareciera bajo de estatura, aunque pasaba del metro ochenta y se movía con una rapidez engañosa. Según las notas de Maurice, Waite había nacido en 1865, lo que significaba que tenía sesenta y cinco años. Vestía un traje azul marino de raya diplomática hecho a medida por un sastre de Savile Row, que, sin duda, le había costado lo suyo. Completaba el atuendo con una camisa blanca, corbata de seda de color gris claro, zapatos negros lustrosos y calcetines de seda de color gris claro que

Maisie vio cuando bajó la vista al suelo. Caro, muy caro todo ello, claro que Joseph Waite apestaba a dinero nuevo y al enorme puro habano que se pasó de la mano derecha a la izquierda para saludar a Maisie primero y luego a Billy.

—Joseph Waite.

Maisie tomó aire y abrió la boca para responder, pero no le dio tiempo.

—Voy a ir directamente al grano, señorita Dobbs. Mi hija, Charlotte, ha desaparecido. Soy un hombre ocupado, así que se lo diré sin rodeos: no quiero involucrar a la policía, porque no creo ni por un momento que sea un asunto policial. Y no quiero que vengan y pongan la casa patas arriba y que pierdan el tiempo con especulaciones, además de atraer a todos los periodistas aburridos hasta aquí.

Maisie tomó aire de nuevo y abrió la boca para hablar, pero Waite levantó la mano con la palma hacia ella. La joven se fijó en el anillo de oro de gran tamaño que llevaba en el meñique, y cuando volvió a poner la mano encima de la mesa, vio que tenía diamantes incrustados. Miró de soslayo a Billy, que enarcó una ceja.

—No es un asunto policial, porque no es la primera vez que se va de casa. Tiene que encontrarla, señorita Dobbs, y traerla antes de que empiecen a correr los rumores. Un hombre de mi posición no puede permitirse que su hija se escape y salga en la prensa. No hace falta que le diga que corren malos tiempos para un hombre de negocios como yo, pero las empresas Waite se están apretando el cinturón como corresponde y no les está yendo mal, la verdad. Y quiero que siga así. Dicho esto —consultó el reloj de nuevo—, puedo dedicarle veinte minutos de mi tiempo, de modo que hágame todas las preguntas que necesite. No le ocultaré nada.

Maisie se dio cuenta de que, aunque Waite se había esforzado mucho en eliminar el acento marcado de Yorkshire, tan diferente del londinense, se le notaba en la forma de alargar las vocales, por ejemplo.

—Me gustaría saber algo más sobre su hija. —Maisie tomó las fichas en blanco que Billy le entregó—. En primer lugar, ¿cuántos años tiene Charlotte?

—Treinta y dos. Es como usted más o menos.

—Pues sí.

—¡Pero no tiene ni la mitad de iniciativa que tiene usted!

—¿Disculpe?

—No voy a andarme con rodeos: Charlotte es como su madre. Una pusilánime, como yo le digo. Trabajar un día no le vendría mal, aunque, como es natural, la hija de un hombre como yo no tiene necesidad de trabajar. Qué le vamos a hacer.

—Y que lo diga. Tal vez podría contarnos un poco lo que ocurrió el día que desapareció. ¿Cuándo la vio por última vez?

—Hace dos días. El sábado por la mañana. En el desayuno. Yo estaba abajo, en el comedor, cuando llegó, eufórica, y se sentó en el extremo opuesto de la mesa. Estaba perfectamente bien, tomándose unas tostadas con el té, pero, de repente, se puso a llorar, a sollozar incluso, y salió corriendo.

—¿Fue a ver qué le pasaba?

El hombre suspiró y alargó la mano hacia el cenicero. Dio unos golpecitos en el puro y la ceniza que se había acumulado en el pie cayó dejando un círculo acre. Dio una profunda calada y expulsó el humo.

—No, no fui. Terminé de desayunar. Charlotte es un poco como Sarah Bernhardt, señorita Dobbs, una actriz; tendría que haber subido a los escenarios, como su madre. Nada es lo bastante bueno para ella. Pensé que ya habría encontrado marido a estas alturas, pero no. De hecho, debería escribir esto —dijo señalando con el puro la ficha que

Maisie tenía en la mano—: su prometido la dejó plantada hace un par de meses. ¡Ni siquiera con mi dinero es capaz de encontrar marido!

—Señor Waite, la conducta que describe sugiere que su hija pudiera estar angustiada por algo.

—¿Angustiada? ¿Angustiada dice? Nunca le ha faltado comida de calidad que llevarse a la boca, ni ropa, y de la buena, he de añadir, que ponerse. Le he dado una buena educación, en Suiza, nada menos. Celebramos un baile como es debido para presentarla en sociedad. Una familia podría haberse alimentado durante todo un año solo con lo que me costó la levita que me puse. Esa jovencita ha tenido lo mejor de lo mejor, así que no me venga con que está angustiada, señorita Dobbs. No tiene derecho a la angustia.

Maisie le sostuvo la mirada con firmeza. «Prepárate, va a contarte lo dura que ha sido su vida.»

—Angustia, señorita Dobbs, es lo que sientes cuando tu padre muere en un accidente en la mina, y tienes solo diez años y eres el mayor de seis hermanos. Eso sí que es angustia. La angustia es la que te da una buena patada en el culo y te obliga a buscarte la vida para llevar el pan a casa cuando no eres más que un niño.

Waite hizo una pausa antes de continuar con el acento marcado de Yorkshire.

—Angustia, señorita Dobbs, es que tu madre y tu hermano pequeño mueran de tuberculosis cuando tienes catorce años. Eso, señorita Dobbs, es angustia. Lo que sientes cuando crees que lo tienes todo controlado, porque trabajas día y noche para ser algo en la vida, y pierdes a otro hermano en la misma mina que mató a tu padre porque aceptó el primer trabajo que salió para ayudar a la familia. Eso, señorita Dobbs, es angustia. Pero usted sabe de buena tinta a lo me refiero, ¿verdad? —El hombre se inclinó hacia delante y aplastó el puro en el cenicero.

Maisie se dio cuenta de que, en algún lugar de su despacho, Joseph Waite guardaba un expediente que contenía tanta información sobre ella como la que ella había reunido sobre él, si no más.

—Señor Waite, soy muy consciente de las dificultades que se presentan en la vida, pero si me hago cargo de la investigación, y la decisión final es mía, me hago responsable del bienestar de ambas partes. Si abandonar la casa de esta forma es algo que su hija acostumbra a hacer y el motivo de su inquietud es algún tipo de desacuerdo doméstico, está claro que algo hay que hacer para aliviar la presión, digamos, que sufren ambos. Tiene que prometerme que discutiremos qué hacer con el problema cuando encontremos a Charlotte.

Joseph Waite apretó los labios. No era un hombre acostumbrado a que le plantaran cara. Y, sin embargo, como Maisie acababa de comprender, era la similitud de los orígenes de ambos lo que lo había llevado a elegirla a ella para que se ocupase del caso, y él no daría marcha atrás. Era un hombre muy inteligente, y muy beligerante también, que agradecería que no se perdiera un minuto más.

—Señor Waite, aunque Charlotte se haya fugado por voluntad propia, la noticia de su desaparición no tardará en atraer la atención de la prensa, que es lo que usted teme. Dada su situación económica y los difíciles tiempos que corren, existe la posibilidad de que sea usted objeto de extorsión. Y pese a que parece seguro que Charlotte está sana y salva, y que ha hecho esto para esconderse de usted, no podremos saberlo con seguridad hasta que la encontremos. Ha dicho que ya se ha marchado otras veces. ¿Puede contarme algo más sobre esas otras desapariciones?

Waite se reclinó en la silla negando con la cabeza.

—Sale corriendo, en mi opinión, cada vez que no consigue lo que quiere. La primera vez fue cuando me negué a que tuviera coche. —Observó el césped del jardín y señaló con el puro en la dirección a lo que Maisie supuso que sería el garaje—. Un chófer puede llevarla adonde quiera ir. No estoy a favor de que las mujeres conduzcan.

Maisie y Billy se miraron.

—Así que se fue corriendo a casa de su madre a quejarse, sin duda, del padre tan horrible que tenía. ¡Le aseguro que de donde yo vengo, las mujeres darían lo que fuera por que alguien las llevara en coche en vez de tener que caminar ocho kilómetros empujando un carrito con un bebé dentro, un par de críos más encima y las bolsas de la compra colgando del manillar!

—¿Y la segunda vez?

—Estaba prometida y quería romper el compromiso. Me refiero al anterior, no al último. Y se fue al Ritz, ni más ni menos. Tiene una buena casa aquí, pero quiere vivir en el hotel Ritz. Yo mismo fui a buscarla y la traje a casa.

—Entiendo. —Maisie se imaginó la vergüenza que debió de sentir la mujer cuando su padre furioso la sacó a la fuerza del Ritz—. Así que, en su opinión, Charlotte tiene tendencia a fugarse para evitar una confrontación.

—Sí, una manera bastante exacta de decirlo —respondió él—. Y dígame, ¿qué piensa ahora de su bonita idea de «discutir qué hacer con el problema» cuando Charlotte regrese, señorita Dobbs, teniendo en cuenta que no es capaz de mirar a su padre a la cara?

Maisie no dudó un momento.

—Mis condiciones se mantienen, señor Waite. Parte de mi trabajo cuando traiga a Charlotte de vuelta a casa consistirá en escuchar lo que su hija tenga que decir.

El hombre corrió la silla hacia atrás, se metió las manos en los bolsillos del pantalón y se dirigió a la ventana. Miró el cielo un momento y sacó un reloj de bolsillo.

—Estoy de acuerdo con las condiciones que me plantea. Envíeme el contrato mañana a las nueve. La señorita Arthur se ocupará de pagar el adelanto que sea necesario y también del pago de sus servicios, así como de cualquier otro gasto que pueda surgir, a la recepción de su factura. Si necesita preguntarme alguna otra cosa, puede concertar una cita con ella. Si no, espero un informe sobre el progreso de la investigación el viernes. En persona y a la misma hora, si es que no ha conseguido encontrarla para entonces. Soy un hombre ocupado, como ya le he dicho, señorita Dobbs.

Se dio media vuelta para irse.

—¿Señor Waite?

—¿Sí?

—¿Podemos ver las habitaciones de Charlotte?

—La señorita Arthur llamará a la señora Willis y se las mostrarán. Buenas tardes.

La señora Willis recibió órdenes de enseñar a Maisie y a Billy las habitaciones privadas de Charlotte. Subió con ellos la escalinata amplia hasta el segundo piso y giraron hacia la derecha en el espacioso descansillo. La señora Willis levantó la mano para llamar a la puerta, y, al darse cuenta de que no hacía falta, sacó el manojo de llaves que guardaba en el bolsillo, seleccionó una y abrió: ante sí se presentaba un salón de buen tamaño, con una puerta a cada lado, que Maisie supuso que corresponderían al cuarto de baño y al dormitorio respectivamente. Las ventanas de guillotina estaban abiertas y desde ellas se veía una amplia porción del césped perfectamente cortado del jardín delantero de la casa, en el que se apreciaban listas de un verde más claro y otro más oscuro allí donde los jardineros habían pasado el cortacésped y el cepillo para un acabado inmaculado.

El ama de llaves los invitó con un gesto de la mano a entrar en la estancia, aireada por una brisa suave que parecía bailar con las cortinas con estampado de rosas centifolias, que mecía hacia delante y hacia atrás. Aunque estaba provista de los muebles y la ropa de cama más costosos, a Maisie le dio la impresión de que la habitación era fría y espartana. No vio ninguno de los adornos que habría esperado encontrar: fotografías enmarcadas, recuerdos, libros en la mesilla, frascos de perfumes exóticos sobre el tocador. Maisie entró en el dormitorio y regresó al salón. Al igual que los sillones estilo reina Ana que había junto a la chimenea, las cortinas de tela de rosas eran tradicionales, mientras que el tocador y el armario ropero eran modernos, fabricados con madera maciza de color oscuro y líneas geométricas. El tocador contaba con unos espejos triangulares, un tríptico irregular y gélido que desconcertó a Maisie. Sintió un escalofrío, como si le clavaran multitud de agujas diminutas. El diseño del tocador era del mismo estilo que el del armario, que tenía un espejo central integrado en la madera. Le pareció que en aquella habitación no se podría descansar a menos que una mirase por la ventana o se centrase en las cortinas.

—Es una habitación bonita, ¿verdad? Cambiamos las cortinas la semana pasada. En invierno tiene unas de terciopelo de color verde pálido forradas con un algodón peinado especial para que se conserve el calor. El juego de tocador se realizó a medida siguiendo las indicaciones del señor Waite.

Maisie sonrió y asintió con la cabeza.

—Gracias, señora Willis. Es posible que tengamos que hacerle alguna pregunta dentro de un rato, pero ahora debemos echar un vistazo.

El ama de llaves frunció los labios vacilante.

—Como quieran. Volveré dentro de veinte minutos, pero si me necesitan antes, pulsen este botón —dijo indicando uno de los tres botones de bronce que había en un panel junto a la puerta.

Maisie sonrió y asintió con la cabeza, con la impresión clara de que el señor Waite había dado instrucciones a su personal de que los acompañaran en todo momento. Sospechaba que la señora Willis ya tenía bastantes preocupaciones en la casa como para encima tener que hacer de niñera de una pareja de investigadores privados.

Cuando cerró la puerta, Billy se volvió hacia Maisie.

—Parece como si nadie hubiera puesto el pie en estas habitaciones, ¿no le parece?

Maisie no respondió, se limitó a dejar el maletín con la documentación del caso en un sillón tapizado a juego con las cortinas y la colcha de la cama. Trabajar con Maurice Blanche le había enseñado que una persona habla no solo con la voz, sino a través de los objetos que la rodean. Que las fotografías cuentan historias es bien sabido, pero el modo de colocar los muebles en una habitación dice algo sobre su ocupante; el contenido de una despensa indica deseo y moderación, como sin duda lo hace la cantidad de líquido presente en un decantador.

—¿Qué estamos buscando, señorita?

—No lo sé, Billy, pero lo sabré cuando lo encuentre.

Registraron de manera meticulosa y sistemática los cajones, el armario y hasta el último rincón de la habitación. Maisie le pidió que mirase con cuidado debajo de la cama y detrás de los muebles, que retirase los cojines del sillón y que hiciera una lista con todos los artículos del botiquín que había en el cuarto de baño alicatado en blanco. Mientras tanto, ella se ocuparía del contenido del tocador, el armario y el escritorio.

Si bien el diseño del armario la inquietaba, aún la intrigó más el vestuario que encontró dentro. En vez de trajes, vestidos de día y de noche de casas de moda como Worth, Schiaparelli o Molyneux, como correspondería a una mujer de la posición de Charlotte, no había más que unas cuantas faldas y chaquetas sobrias, de color gris o marrón, compradas en los grandes almacenes Debenham & Freebody. Un vestido largo, de color negro, protegido por una funda de muselina era la única concesión de la joven al vestuario de noche, y había un vestido de tarde negro también, de un estilo que había estado de moda unos años atrás, con la cintura baja y la falda por debajo de la rodilla. Las blusas eran igual de sobrias, y parecía que hubiera comprado varias de diseño similar al mismo tiempo. ¿Se habría llevado las prendas más coloridas y frívolas del armario al marcharse para dejar atrás una vida desprovista de color en busca de algo más apasionante?

Fue en el escritorio, situado a la derecha de la ventana, donde encontró una libreta de direcciones. Al principio pensó que no iba a encontrar ningún otro documento personal, ninguna carta, nada que revelase algún detalle del carácter de Charlotte Waite o que le diese alguna pista sobre la causa de su aflicción. Pero cuando abrió el segundo cajón, debajo de un surtido de estilográficas y papel de cartas, encontró un devocionario junto con una copia de la Regla de san Benito y varios folletos sobre la vida contemplativa. Sacó todo ello, se dirigió de nuevo al armario y tocó el tejido oscuro e insulso de la ropa que Charlotte se había dejado.

—Señorita, mire lo que he encontrado —dijo Billy caminando hacia ella con un papel en la mano.

—¿Qué es, Billy?

—Estaba encajado entre el cojín y el brazo del sillón. Puede que lo metieran ahí a propósito o que se le saliera a alguien del bolsillo —contestó él mientras se lo entregaba.

—Parece que alguien anotó el horario de salidas del tren. Mira —Maisie señaló las letras y leyó—: «Ch. X a App. Chg Ash». Y luego están las horas. Mmm. Lo guardaré con las otras cosas de momento y ya las estudiaremos más tarde.

Dobló el papel, lo metió entre las páginas del devocionario y se volvió hacia su ayudante.

—Me gustaría quedarme un rato más aquí a solas, Billy.

El hombre ya se había acostumbrado a la forma de trabajar de Maisie y no le sorprendió la petición.

—Entendido, señorita. ¿Quiere que vaya a hablar con la señora Willis?

—Sí, ocúpate tú. Esto es lo que necesitamos saber. En primer lugar, el comportamiento de Charlotte en los últimos dos o tres meses. ¿Se produjo algún cambio en su actitud? Hasta el más mínimo cambio en su forma de vestir, de comer, de divertirse. —Maisie miró a su alrededor—. No tiene teléfono propio, así que averigua a quién ha llamado. El personal siempre se entera cuando aparece un nombre nuevo. Habla con la señorita Arthur sobre su asignación: la cantidad, cuándo la recibía y cómo se le entregaba. Entérate de si Charlotte tiene cuentas propias y de si la señorita Arthur guarda algún extracto de estas. Vete tú a saber, solo espero que la pobre mujer tenga algo de intimidad.

Maisie caminaba de un lado para otro mientras Billy chupaba la mina del lápiz para seguir tomando notas.

—Y lo que es más importante: averigua quién es el exprometido de Charlotte: nombre, profesión, si la tiene, y dónde trabaja. Tendré que ir a verlo. Habla también con el chófer y averigua adónde va, a quién frecuenta. Ya sabes cómo va esto. Ah, sí, y necesitamos una fotografía reciente, una en la que se vea a Charlotte como es ahora mismo; pregunta a diferentes personas del servicio si se parece. A ver qué encuentras. Quiero estar aquí unos quince minutos y después me gustaría hablar con la doncella personal de Charlotte Waite. Averigua quién es y que suba a verme.

—Muy bien, señorita, delo por hecho.

—Y otra cosa, Billy, sé discreto. Aún no sabemos quién debe lealtad a quién, aunque he de decir que percibo cierta frialdad cuando se menciona el nombre de Charlotte.

—¿Sabe? A mí también me ha dado esa sensación.

—Tenlo en cuenta entonces. No dejes ni una piedra por mover.

Billy cerró la puerta sin hacer ruido. Maisie se sentó en el sillón de Charlotte y cerró los ojos. Inspiró profundamente por la nariz cuatro veces, como le había enseñado años atrás Basil Khan, el sabio ciego ceilandés que le había presentado Maurice para que aprendiera que ver no tenía por qué ser una función exclusiva de los ojos. Gracias a las visitas que le hizo y a las enseñanzas que recibió sobre la meditación profunda, Maisie era perfectamente consciente de los riesgos que conllevaba utilizar esa herramienta en su trabajo y sabía que, pese a la fortaleza de su espíritu, también ella era vulnerable al aura de las almas atormentadas. Maisie se concentró en respirar, dejó que su cuerpo y su mente se relajaran y empezó a percibir la energía emocional que había en aquella habitación. Aquel lugar era el refugio de Charlotte cuando estaba en la casa y se había convertido en un receptáculo de cada pensamiento, sentimiento, inspiración, reflexión y deseo de su dueña. Y estando allí sentada, Maisie sintió que algo la había inquietado profundamente, y que su marcha había tenido poco que ver con la ruptura de su compromiso matrimonial. Charlotte Waite había salido huyendo, pero ¿de qué? ¿O hacia qué? ¿Qué era lo que había provocado un pesar tan intenso que, incluso en su habitación en ese momento, se percibía el sufrimiento que flotaba en el ambiente?

Abrió los ojos, pero permaneció sentada en silencio un poco más. Después se puso a inspeccionar los libros y folletos de Charlotte. La Regla de san Benito se abrió directamente por el lugar marcado con un trozo de sobre rasgado de cualquier manera. Examinó de cerca el trozo de papel vitela, ya que era un material que pesaba, y le dio la vuelta. En el reverso quedaban restos de lacre, un pegote de unos dos centímetros de diámetro, en el que se distinguía un sello en forma de rosa con una cruz en el centro. Maisie entrecerró los ojos para distinguir las palabras que se habían grabado en el sello, por encima y por debajo de la cruz. Negó con la cabeza, metió la mano en su maletín y sacó lo que en un principio parecía una polvera, pero que al abrirlo dejaba a la vista una lupa, Maisie se inclinó sobre el sello y con ayuda de la lupa leyó las palabras: «Abadía de Camden». Abadía de Camden. El nombre le sonaba.

En ese momento llamaron a la puerta. Maisie metió apresuradamente los libros, los folletos y todo lo demás en el maletín, y tras asegurarse de que estaban bien guardados, se levantó, aspiró profundamente una vez más y abrió la puerta. Una joven de unos diecinueve años le hizo una pequeña reverencia. El vestido negro que llevaba era más corto que el que solía llevar ella cuando trabajaba como criada en casa de lord y lady Compton. Completaba el uniforme de doncella un pequeño delantal con peto para proteger el vestido y una delicada cofia de encaje blanco sujeta entre los rizos apretados.

—¿Señorita Dobbs? Me han dicho que quería verme. Me llamo Perkins y soy la doncella personal de la señorita Waite.

—Ah, sí, adelante, señorita Perkins —dijo Maisie haciéndose a un lado para invitarla a entrar en la habitación—. ¿Quiere sentarse?

La chica negó con la cabeza.

—No, señora.

—Muy bien, pongámonos junto a la ventana entonces. Hace mucho viento hoy, pero me gusta contemplar los jardines.

Maisie sabía que un lugar cerrado inducía a que también se cerrara la mente. Maurice se lo había enseñado: lleva siempre a la persona a la que vayas a interrogar a un lugar donde haya espacio o donde no se vean los límites. El espacio abre la mente y permite que la voz se expanda y se oiga mejor.

Maisie se sentó en el alféizar bajo y amplio apoyando el zapato en el suelo para mantener el equilibrio. La doncella permaneció en el extremo opuesto del alféizar de frente a ella.

—Dígame, señorita Perkins, ¿cuánto tiempo hace que trabaja para la señorita Waite?

—Señor Waite, trabajo para el señor Waite. Él es quien me paga el salario, así que trabajo para él. Cuidar de la señorita Waite es lo que hago en su casa y soy su doncella desde hace un año.

—Entiendo.

Maisie se percató de la rapidez con la que la había corregido y pensó que una pregunta le había bastado para ver a quién le guardaba lealtad la doncella.

—¿Y quién era la doncella de la señorita Waite antes de que llegara usted?

—Ha tenido muchas, señora. Isabel Wright se fue el año pasado, y seis meses antes de ella estaba Ethel Day, me acuerdo de ellas porque llevo trabajando para el señor Waite desde que tenía doce años, señora.

—¿Y le gusta trabajar aquí, señorita Perkins?

—Me gusta trabajar para el señor Waite. Es muy bueno con todos nosotros, señora.

Maisie asintió y miró por la ventana. Se dio cuenta de que la doncella se había inclinado para ver los jardines.

—Apuesto a que siempre está demasiado ocupada para pararse a mirar por la ventana, ¿verdad?

—Ya lo creo, sobre todo con las prisas que me mete la señorita Waite a todas horas... Le pido disculpas, señora.

Maisie sonrió para animarla a que siguiera hablando.

—Dígame, ¿cómo es trabajar para ella? Y he de añadir que todo lo que me diga quedará entre nosotras. —Se inclinó hacia delante, y aunque la doncella no advirtió alteración alguna en la forma de hablar de Maisie, esta se había permitido un ligero cambio en su acento para que se asemejara más al de la joven—. Tengo que preguntarle algunas cosas para hacerme una idea de lo que ha ocurrido en la vida de la señorita Waite en los últimos dos o tres meses, con especial atención a las últimas semanas.

La chica miró a lo lejos de nuevo mientras se mordía el interior del labio, y se acercó un poco más a Maisie. Comenzó a hablar, vacilante al principio, pero luego se envalentonó.

—Si le digo la verdad, no es la persona más fácil del mundo a la que servir. Me tiene todo el día subiendo y bajando las escaleras. Lava esto, plancha lo otro, una taza de té, ni demasiado caliente ni demasiado fría, limón, ay, no, he cambiado de opinión, ahora lo quiero con leche. Primero va a salir y luego decide quedarse en casa; de pronto, cuando acabo de poner la cabeza en la almohada, suena el timbre y tengo que bajar y vestirla porque quiere ir a una cena tardía. Ni gracias ni nada, no crea que me deja algún detalle en el aparador, ¡y me toca a mí arreglar el desastre cuando coge un berrinche!

—Madre mía.

—Es como vivir a la intemperie, ¿entiende? Está siempre como el tiempo. Igual hierve de ira que se muestra fría como el hielo, nunca sabe una por dónde va a salir. Ahora está contenta y al minuto siguiente es como si se hubieran abierto los mismísimos infiernos. —Se encogió de hombros—. O eso es lo que dice la señorita Harding, la cocinera.

—¿Y qué me dice de las últimas semanas? ¿Mismo comportamiento?

Perkins se quedó mirando las nubes un momento antes de contestar.

—Yo diría que estaba más tranquila. Más... distante, que diría usted. Me refiero a que era habitual en ella. La señorita Harding decía que tendría que verla alguien para tratar esos cambios de humor. Pero esta vez era distinto. Era como si estuviera con el mismo humor todo el tiempo, y no salía mucho. Tampoco parecía que tuviera ganas de arreglarse. De hecho, se deshizo de algunos vestidos bonitos, ¿sabe?, comprados en París y en Bond Street. Es muy extraño que una dama solo quiera ponerse ropa insulsa de colores oscuros y que no tenga nada más que un traje de noche, sobre todo cuando antes era de las que iba a ver las colecciones de moda donde las modelos desfilaban delante de ella para que eligiera lo que quisiera. ¡Tendría que haber estado aquí cuando llegaban las cajas!

—¿Tiene idea de lo que podría haber causado ese retraimiento?

—La verdad es que no. No es de mi incumbencia. Me alegró que ya no sonara el timbre a medianoche.

—¿Cree que el señor Waite se fijó en ello?

—El señor Waite siempre está trabajando. Todos lo sabemos. No se ven mucho, que yo sepa.

—¿Sabe usted de algún desacuerdo entre la señorita Waite y su padre?

La doncella se miró los zapatos y se retiró de la ventana un poco. Maisie se percató de inmediato. «Está cerrando la mente. A propósito.»

—No me gusta fisgonear, señora. Solo hago mi trabajo. Lo que pase entre ellos aquí arriba no es asunto mío.

—Mmm. Ya. Bastante tiene con su trabajo, señorita Perkins. No hace falta que encima tenga que vigilar lo que hacen los demás. Tengo que hacerle otra pregunta, si no le importa. ¿Sabe con quién estuvo o adónde fue la señorita Waite en las semanas previas a que abandonara la casa? ¿Se fijó en si ocurrió algo fuera de lo normal?

La doncella suspiró de un modo que indicaba que ya había dicho todo lo que quería decir, pero que intentaría responder.

—Fue a la ciudad unas cuantas veces. No estoy segura de a donde iba, pero sobre todo se ve con una mujer que se llama Lydia Fisher, creo. Vive por la zona de Chelsea. Y me parece que también iba a otro sitio, porque en un par de ocasiones se llevó calzado cómodo para caminar. Pero pasaba gran parte del tiempo aquí sentada.

—¿Y qué era lo que hacía?

—No lo sé con seguridad, señorita. Soñar despierta y mirar por la ventana.

—Entiendo.

La joven empezó a juguetear con el pelo y se recolocó la cofia y el delantal, como dando a entender que no iba a darle más información valiosa. Conforme se dirigían a la puerta, Maisie metió la mano en el bolso y sacó una tarjeta de visita.

—Señorita Perkins, estoy familiarizada con el funcionamiento de una casa de estas dimensiones y soy consciente de que el personal de servicio suele ser el primero en enterarse cuando ocurre algo raro. Llámeme con toda confianza si se acuerda de alguna cosa que pudiera resultarme útil, por favor. Entiendo que ha tenido dificultades con la señorita Waite, pero a pesar de todo, su padre, de quien usted es empleada, quiere que vuelva a casa.

—Sí, señora —contestó ella tomando la tarjeta, que se guardó en el bolsillo del delantal. Hizo otra pequeña reverencia y salió de la habitación.

Maisie la vio alejarse por el pasillo y detenerse un segundo a saludar con una reverencia a Billy, que se dirigía a la habitación en compañía de la señora Willis mientras esta consultaba la hora. Había llegado el momento de marcharse.

—¿Lo tienes todo, Billy?

—Sí, señorita. De hecho, la señora Willis sabía dónde encontrar una foto reciente de la señorita Waite. Tome. —Abrió su libreta, sacó la fotografía y se la entregó.

Charlotte estaba sentada en una silla de hierro forjado pintada de blanco delante de una rosaleda, que Maisie sospechó que se encontraría en la parte trasera de la casa. Tenía el aspecto de una de esas «chicas modernas», como las llamaban los caballeros de la prensa. Llevaba el pelo, que le enmarcaba el rostro, ondulado y recogido en la nuca en un moño bajo. Se había puesto un vestido por la rodilla de un tejido que parecía bastante liviano, tanto que se le había levantado con la brisa justo en el momento en el que hicieron la foto. Charlotte no se había preocupado de bajarse la prenda y reía a la cámara. Maisie se acercó la foto para escudriñar el rostro. Si los ojos eran las ventanas del alma, era evidente que algo atormentaba a Charlotte, porque los ojos que miraban a la cámara no parecían alegres y divertidos como sugería la pose, sino tristes.

Maisie levantó la vista.

—Gracias, señora Willis. —Y volviéndose hacia Billy añadió—: Si lo tienes todo, podemos regresar al despacho. Estoy segura de que la señora Willis tiene mucho que hacer.

El ama de llaves los acompañó a la puerta principal, donde una criada aguardaba con el chubasquero de Maisie y el abrigo de Billy. Estaban a punto de salir cuando Maisie se detuvo.

—Una pregunta rápida, señora Willis. Tengo la impresión de que la señorita Waite infunde poco respeto entre los habitantes de la casa. ¿A qué se debe?

—Le aseguro que no sé a qué se refiere, señora —contestó la mujer, que, de repente, parecía deseosa de que se metieran en su coche y se marcharan de allí.

—Señora Willis, en confianza, dígame lo que cree —insistió Maisie inclinando la cabeza con complicidad hacia la otra.

—Todos los que trabajamos para el señor Waite lo respetamos. A sus empleados les da lo mismo que les exige, a veces incluso más. Su lealtad hacia nosotros se paga con la misma lealtad. Eso es todo lo que puedo decirle.

Maisie y Billy le dieron las gracias, salieron y se metieron en el coche.

—Pues no ha dicho gran cosa, ¿no? —dijo Billy saludando con la mano al vigilante cuando atravesaron la verja.

—Al contrario, me ha dicho mucho. Le he hecho una pregunta impertinente y, dentro de los límites de lo que podía decir, la señora Willis ha sido bastante comunicativa.

Billy abrió la libreta y empezó a hablar, pero Maisie le pidió que callara poniéndole la mano con suavidad en el brazo y llevándose un dedo a los labios.

—No, ahora no. Deja que repose un poco la información que hemos recopilado. Dime solo una cosa: el nombre y la profesión de su exprometido.

2

Billy ya estaba en el despacho de Fitzroy Square cuando Maisie llegó al día siguiente, a las ocho de la mañana. La lluvia primaveral había cesado por fin, y el sol de las primeras horas de la mañana se reflejaba en los charcos que había dejado la lluvia del día anterior, y proyectaba sombras moteadas sobre la plaza y jugueteaba con las hojas verdes y nuevas.

—Buenos días, Billy —saludó a su ayudante al entrar en el despacho—. Tienes mala cara. ¿Estás bien?

—Sí, señorita. Bueno, no del todo. Todos los días miro desde el autobús al pasar por la oficina de empleo y la cola no disminuye. Le estoy muy agradecido por haberme dado trabajo. Tengo que pensar en mi señora y en los tres pequeños. El mayor está ya en la escuela y con esta pierna mía...

—No tienes de qué preocuparte. No solo somos afortunados por estar consiguiendo nuevos encargos, sino que los clientes de Maurice ahora saben que pueden confiar en su antigua ayudante. Si el problema es el dinero, Billy...

—No, no, no, mi salario aquí es mejor que el que cobraba a la vuelta de la esquina con el viejo Sharp. Es solo que...

—¿Qué ocurre, Billy?

—¿Está segura de que me necesita?

—Totalmente. Me has demostrado una y otra vez que vales tu peso en oro, y te lo pagaría si pudiera. Si tengo alguna pega con tu trabajo, te lo diré.

Él sonrió con cautela.

—¿Es eso lo único que te preocupa, Billy?

—Eso es todo, señorita.

—Muy bien. Repasemos lo que tenemos sobre el caso Waite.

El sonido del correo al caer en el buzón fue la señal para que Billy se levantara de su escritorio.

—Ahora mismo vuelvo. Voy a ver si hay algo para nosotros.

Maisie frunció el ceño. Sabía que en el mismo momento en que su ayudante bajaba al portal, ya se estaba preparando para regresar al despacho y demostrarle que era el mismo Billy de siempre, el bufón con un corazón de oro. Era la lealtad que le profesaba aquel hombre y el vínculo existente entre él y el capitán Simon Lynch lo que le había valido el puesto de ayudante; eso y su buena disposición a echar todas las horas que hicieran falta en algunas de las tareas de vigilancia más tediosas que se pudieran imaginar.

En 1917, habían trasladado al cabo William Beale a la Estación de Evacuación de Heridos en la que Maisie ayudaba al capitán Simon Lynch, médico del ejército que su amiga Priscilla le había presentado cuando estaban en Girton College. Simon le había declarado su amor y le había pedido que se casara con él, y allí estaban trabajando codo con codo. Billy Beale jamás había olvidado al hombre que le había salvado la pierna y la vida. Como tampoco había olvidado a la joven enfermera que se había ocupado de las curas y a la que reconoció de inmediato años después cuando pasó a ser una de las inquilinas del edificio de Warren Street en el que él trabajaba de portero. Tanto Simon como ella habían resultado heridos durante el bombardeo en la estación de evacuación. Maisie se había recuperado; Simon no.

Maisie se sentó a la mesa al lado de la ventana, abrió el expediente que había sacado del maletín y le indicó con un gesto a Billy que se acercara. El hombre se sentó, tomó un lápiz del bote de mermelada y un pliego de papel grande en el que irían anotando detalles sobre pruebas, pensamientos, posibilidades y proyecciones; era lo que llamaban «mapa del caso».

—Lo primero de todo es que Waite recibirá nuestro contrato con nuestras condiciones dentro de —consultó el reloj que llevaba sujeto en el bolsillo superior de su traje nuevo de paño de color burdeos— un cuarto de hora más o menos.

—¡Y sabemos que tiene dinero! —dijo Billy.

—Exacto. Vamos a hacer tres cosas esta mañana y luego nos separaremos. Quiero anotar en nuestro mapa todas las impresiones que hemos sacado de la casa, de las cuatro personas que hemos conocido y de la habitación de Charlotte. Y revisaremos los artículos que nos hemos traído.

—Y los jardines, señorita. No se le olvide esa tontuna de aparcar «con el morro hacia fuera» y el césped que parecía que lo hubieran cortado con tijeras de las uñas.

—Muy bien. ¡Tienes razón, cómo olvidar la bienvenida que recibimos! Después puedes ponerte a trabajar con la libreta de direcciones de Charlotte. Comprueba por ahora quiénes son esas personas y si la información está actualizada.

—Sí, señorita. Reunir los datos. No hay necesidad de ir a visitar a nadie de momento. ¿Adónde va a ir usted?

—Yo voy a ir a uno de los establecimientos de Comestibles Waite Internacional. Creo que pasaré por el que está en Oxford Street, cerca de Tottenham Court Road. Fue la primera tienda que abrió en Londres y es la más importante para él, después de la de Harrogate, claro. Las oficinas del emporio de Waite están en el mismo edificio, sobre la tienda. Con un poco de suerte veré al hombre de negocios en su elemento.

—¿Por qué cree que se llama Comestibles Waite Internacional?

—He mirado el expediente de Maurice, que contiene información más detallada sobre los datos que se esbozan en las fichas. Buscaba algo que explicara por qué escribió que dejaron de estar en contacto, pero no he encontrado nada, de manera que tendré que hablar personalmente con Maurice sobre el asunto. De todos modos, cuando Waite añadió las frutas, las verduras y otros productos, algunos extranjeros, a su negocio de venta de carne, introdujo lo de «Internacional» y no ha vuelto a tocar el nombre.

—Ha tenido que trabajar mucho, ¿no cree?

—Desde luego. Sin olvidar que nunca tuvo las cosas fáciles en casa. Ya oíste la charla que nos echó ayer.

—¿Y quién es su esposa?

—Según el expediente de Maurice, la madre de Charlotte era una cantante de variedades y actriz de segunda, de Bradford. La conoció allí cuando inauguró su tienda. Al parecer, la inauguración de las tiendas era todo un acontecimiento. Charlotte nació —Maisie enarcó una ceja— siete meses después de que se casaran.

—La señorita Arthur dijo que la señora Waite pasa la mayor parte del tiempo en la casa que tienen en Leeds. Me apunté que tenía que comprobar que Charlotte no está con su madre, aunque la señorita Arthur me dijo que ya lo había comprobado ella misma.

Billy dio golpecitos con el lápiz en los puntos que quería tratar.

—Bien. Me dio la impresión de que Charlotte y su madre no estaban muy unidas. ¿Qué te parece a ti, Billy?

Billy se rascó la parte superior de la oreja, sobre la que le caía el pelo, que ya necesitaba un corte.

—Pues lo que pensé yo fue que Charlotte no encajaba en ninguna parte. Vive con su padre, «Don Importante», que le dirige la vida, y eso que ya tiene treinta y dos años. La mayoría de sus amigas están casadas a estas alturas, de modo que no tienen tiempo para quedar con otras chicas como hacían antes. Es como si se hubiera quedado atrás, ¿no le parece? Es lo que les ha pasado a muchos a decir verdad. Me refiero a esos hombres que podrían estar casados y que ya no están porque los mataron en la guerra. ¿A qué va a dedicar todo el día esa mujer? Ese padre que tiene no opina muy bien de ella, por lo que dicen todos. Es una solterona, está totalmente sola.

Maisie se estremeció al escuchar la valoración que hizo Billy de la situación de Charlotte. Visto así ella también era una solterona, al fin y al cabo.

—Bien. Sí, tienes razón —respondió, tras lo cual se quedó pensativa un momento y a continuación abrió el maletín y sacó los libros y los folletos que había encontrado en la habitación de Charlotte Waite. Lo extendió todo sobre la mesa.

—¿Qué piensa de todo esto, señorita?

Maisie cogió el lacre sellado y el papel.

—Bueno, «Ch. X» es Charing Cross.

—Y «Ash» podría ser Ashford, ¿no cree?

Maisie asintió.

—Ahora todo encaja, Billy. Vamos a pensar que tiene que ver con los trenes que salen de Charing Cross con dirección a Ashford, donde uno hace transbordo para ir a... Empieza por App.

—Diablos, no se me ocurre —dijo con una sonrisa.

—¡Appledore!

—¿Appledore?

—Sí, fui con mi padre alguna vez. Íbamos a pescar al canal, cerca de Iden Lock. —Cogió de nuevo el lacre sellado—. Y esto tiene ahora todo el sentido.

—¿El qué?

—El lacre sellado del sobre. Es probable que Charlotte recibiera una carta de la abadía de Camden, puede que acompañando los libros y los folletos, y cuando empezó a leer, rompió el sello del sobre para marcar la página en la que se había quedado.

—¿Entonces qué piensa? ¿Sabe adónde ha ido con solo ver cuatro cosas?

—Estas cosas nos dicen que Charlotte sentía curiosidad por la vida contemplativa. Tengo que informarme antes sobre una cosa. A lo mejor sé de alguien que podría ayudarnos. —Maisie lo recogió todo y miró la hora—. En marcha. No podemos dejar que una posibilidad nos nuble la vista. Charlotte podría haber dejado esas cosas a propósito para engañar a su padre. O puede que se le olvidaran con las prisas. —Se levantó—. Entonces, sabemos que Charlotte ya se ha escapado de casa antes, pero en todos los casos había informado a su padre sobre su paradero de un modo u otro. El señor Waite cree que esta vez quiere esconderse de él. Tenemos que considerar esa posibilidad y tener en cuenta otras muchas. Aunque demos por válido el relato que nos hizo Joseph Waite sobre la forma en que se marchó su hija, también puede ser que alguien la esté reteniendo en contra de su voluntad o que haya sufrido un accidente. Y, por supuesto, no podemos descartar la posibilidad de que se haya quitado la vida.

»Pero vamos a empezar suponiendo que se trata de una desaparición voluntaria, que se ha marchado unos días y ha borrado sus huellas a propósito. ¿Por qué se ha marchado esta vez? ¿Dónde está? ¿Huye de algo o ha ido al encuentro de algo o de alguien? Quiero que intentemos hacernos una idea más exacta de lo que ocurrió el sábado pasado y de hasta dónde podemos creer la versión de los hechos que nos ha dado el padre. No hace falta que pongamos nada en la mesa, pero ayúdame a moverla un poco, quiero que esté en el centro de la habitación.

Billy tomó un extremo de la mesa y Maisie el otro, y la colocaron donde indicó esta.

—Tú harás de señor Waite, siéntate en ese extremo —dijo Maisie señalando el lugar en el que tenía que poner la silla.

—Tendré que ponerme el chaquetón encima de la chaqueta de punto, porque no tengo la barriga de ese hombre.

—Es solo un simulacro, Billy. Ahora en serio, quiero que cierres los ojos, te sientes a la mesa y te imagines que eres Joseph Waite. Yo saldré de la habitación, te dejaré solo un par de minutos, luego entraré y me sentaré a la mesa como si fuera Charlotte. A efectos de este experimento, seré ella.

—Como usted diga —contestó Billy frunciendo el ceño—. Lo intentaré.

Maisie asintió con la cabeza y se fue hacia la puerta, pero antes de tomar el pomo, se volvió hacia la mesa, sacó *The Times* del maletín y lo dejó sobre el tablero delante de Billy.

—Probablemente estarías leyendo esto.

Salió de la habitación mientras Billy se revolvía en el asiento con incomodidad. Cerró los ojos, echó los hombros hacia atrás y metió las piernas por debajo de la silla, de manera que pudiera apoyarse sobre los dedos de los pies para soportar en ellos el peso imaginario de la barriga. La herida de guerra de la pierna le molestó al moverse, pero no le hizo caso. Infló las mejillas unos segundos y se imaginó lo que sería haber levantado un negocio próspero que lo había convertido en un hombre poderoso. Poco a poco empezó a sentirse diferente y se dio cuenta de que empezaba a hacerse una idea de cómo aprovechaba Maisie su conocimiento sobre el cuerpo humano para comprender a otra persona. Agarró el periódico y lo abrió con un golpe seco, sintiéndose más rico de lo que se había sentido en mucho tiempo. Y le sorprendió notar también una pizca de algo que rara vez afloraba a la superficie de su persona: rabia.

—Buenos días, padre —dijo Maisie cuando entró.

—Buenos días, Charlotte. —Se metió la mano para sacar el reloj de bolsillo, comprobó la hora y dejó el periódico sobre la mesa entre ambos—. ¿Qué piensas hacer hoy? —Y miró la hora una vez más mientras tomaba un sorbo de té.

—Pensaba ir de compras y comer con una amiga.

—¿No tienes nada mejor que hacer, Charlotte?

Maisie estuvo a punto de salirse de la caracterización para mirarlo al notar el tono seco de su ayudante, pero continuó desafiándolo.

—¿Qué quiere usted que haga, padre?

Billy miró la hora de nuevo sin responder mientras Maisie, en su papel de Charlotte, se sentaba y alargaba la mano hacia el periódico. Fue a la portada, leyó apenas un par de líneas y, de repente, soltó un grito ahogado y se echó a llorar. Soltó el periódico, arrastró la silla hacia atrás y salió corriendo de la habitación cubriéndose la boca con la mano. Billy suspiró, se secó la frente y estiró las piernas, feliz de poder salir del personaje que había estado interpretando.

Maisie regresó.

—Un ejercicio interesante, ¿no crees?

—Ha sido muy raro. Me acordé de su actitud cuando nos habló de Charlotte y la he imitado.

Maisie asintió con la cabeza instándolo a continuar.

—Y, bueno, le juro que ha sido extraño notar que me sentía diferente, como si fuera otra persona.

—Explícate, Billy. Sé que parece complicado, pero es muy importante y útil.

—Notaba que estaba irritable, como un trozo de madera que está a punto de arder. Empecé a pensar en el padre que murió en aquella mina de carbón, en su madre deslomándose por sus hijos y en todo lo que tuvo que pasar él mismo, lo mucho que tuvo que trabajar. Después pensé en la esposa, allí, en Yorkshire, tocándose las narices todo el día, y para cuando entró usted por la puerta, sentía todo lo que él había sentido, bueno, lo que me pareció que habría sentido, y, para serle sincero, perdí la paciencia con usted. Con Charlotte quiero decir.

—¿Crees que estaba presente en la habitación cuando Charlotte salió corriendo?

—Creo que sí, pero ha sido como si me obligara a permanecer sentado, porque estoy decidido a no dejar que me saque de mis casillas. ¡No he podido seguir leyendo el periódico de lo... lo enfadado que estaba! Por eso se lo he dejado en la mesa a Charlotte, quiero decir, a usted. ¿Cuál ha sido su sensación?

—Pues tras inspeccionar la habitación de Charlotte ayer, al ponerme en su piel no estaba precisamente «eufórica». No me sentí así en absoluto cuando estuve allí. Más bien percibí la presencia de un alma atormentada. Pero tuvo que ocurrir algo que la obligara a irse de casa. He de decir que percibí otras emociones también, aunque confieso que me estoy apoyando más en la intuición que tuve cuando entramos en la habitación y en el rato que me quedé sola.

Maisie tomó un lápiz de la mesa y empezó a garabatear algo en el borde inferior de la hoja de papel. Dibujó un ojo con una única lágrima cayendo por la comisura.

—¿Y qué es lo que «percibió» entonces?

—Que estaba confusa. Al hacerme pasar por ella en el desayuno hace un momento, sentí el conflicto interior. No podía odiar a mi padre, aunque no me gusta el hombre que es y trato por todos los medios de no dejarme intimidar por él. Me gustaría irme de su casa, vivir en cualquier otro lugar, donde sea. Pero estoy atrapada. —Miró por la ventana y se permitió entornar los ojos y descansar mientras pensaba en Charlotte Waite—. Me he mostrado desafiante al coger el periódico que, según el señor Waite, fue lo último que hizo Charlotte antes de echarse a llorar y salir corriendo del comedor.

Billy asintió con la cabeza mientras Maisie se levantaba de la silla y se dirigía hacia la ventana con los brazos cruzados.

—Lo que este ejercicio nos sugiere es que el parecido con la realidad del relato que nos hizo Waite sobre la marcha de su hija es bastante leve. Nos sirve para recordar que la historia que escuchamos ayer es la historia vista a través de sus ojos. Puede que para él ocurriera así, pero yo creo que si se lo preguntáramos a Charlotte, o a una mosca en la pared, tendríamos otra versión. Y otra cosa: tendríamos que revisar *The Times* del sábado para ver si encontramos algo que causara la aflicción de Charlotte.

Maisie se sacudió una mota de polvo de su traje burdeos nuevo, que empezaba a pensar que había sido un error comprar en vista de que parecía atraer todas las fibras blancas que pululaban a su alrededor.

—Me haré con uno —dijo Billy anotándolo en una libreta encuadernada en tela del tamaño de la mano que llevaba siempre consigo.

—Vamos a poner la mesa en su sitio antes de continuar repasando la visita. Después tengo que ocuparme de unas tareas administrativas antes de que nos separemos al mediodía. Nos encontraremos aquí de nuevo hacia las cinco para intercambiar información.

—Muy bien.

—Por cierto, no sabía que supieras imitar el acento del norte.

Billy pareció sorprendido mientras pasaba las páginas de su libreta con el lápiz en ristre para hacer anotaciones en el mapa del caso.

—¿A qué se refiere? Yo no tengo acento del norte. Soy un chico del East End londinense. Nacido y criado en Shoreditch.

BILLY FUE EL primero en salir del despacho y se llevó la libreta de direcciones que habían encontrado en las habitaciones de Charlotte Waite. Había varios nombres en ella, todos con una dirección londinense, excepto la madre y una prima, que vivían en Yorkshire. Ya había confirmado que la joven no había buscado refugio con ninguna de las dos. Teniendo en cuenta que Joseph Waite mantenía tanto a su esposa como a su sobrina, era poco probable que ninguna de las dos fuera a engañarlo y arriesgarse a perder su seguridad económica futura. Lo siguiente que tenía que hacer Billy era confirmar los nombres de la libreta y averiguar algo más sobre el exprometido de Charlotte, Gerald Bartrup.

Maisie echó un último vistazo al despacho y por fin salió y cerró con llave. Una vez fuera, tomó Fitzroy Street y luego siguió por Charlotte Street, paralela a Tottenham Court Road. Iba repasando mentalmente una vez más lo que había visto en las habitaciones de la joven conforme se aproximaba a su destino, la tienda que su padre tenía en Oxford Street. Maisie mantenía que la primera impresión de una habitación o una persona era como una sopa recién hecha. Uno puede apreciar el sabor, el calor y los ingredientes que se echan en la cazuela y se ligan bien para que sea sustanciosa. Sin embargo, es al segundo día cuando se manifiesta el verdadero sabor de la sopa y las papilas gustativas reconocen la mezcla de especias y aromas. Del mismo modo, Maisie cobró consciencia, mientras reflexionaba sobre las habitaciones, del control férreo que invadía toda la casa, y que para Charlotte habría sido como estar envuelta en un sudario.

Al sugerir a Billy que la ayudara a recrear la escena del desayuno del día que Charlotte Waite había salido a toda prisa del comedor llorando, Maisie había puesto en práctica otra de las técnicas que había aprendido en su formación con Maurice y que se había convertido en una parte rutinaria de su método de investigación. Sabía que, como ayudante suyo que era, Billy tenía que ser consciente en todo momento de los datos y las pruebas que iban apareciendo a medida que avanzaban en el caso. Sus sentidos debían de estar perfectamente afinados y tenía que pensar más allá de lo que veía, oía y leía. La intuición también podía proporcionar información útil. En opinión de Maisie, Billy debía aprender a cuestionarse las cosas, a no aceptar los datos sin más. Maurice solía citar a un colega suyo, el famoso profesor de Medicina Forense, Alexandre Lacassagne, que había fallecido unos años atrás: «Como diría mi amigo Lacassagne, Maisie, "cada cual debe saber cuándo dudar"».

Había una cuestión a la que seguía dándole vueltas mientras caminaba con paso decidido hacia la tienda de Waite: ¿adónde iría una persona que llevaba a cuestas una carga tan pesada? ¿Dónde podría hallar consuelo y compasión, incluso encontrarse a sí misma? Barajó distintas posibilidades tratando de no sacar conclusiones precipitadas.

Desde Charlotte Street cruzó a Rathbone Place, y siguió hasta llegar a Oxford Street, que era perpendicular. La llamativa tienda de comestibles de Joseph Waite se encontraba siguiendo por la calle, entre Charing Cross Road y Soho Street. Observó el establecimiento durante un momento. Un toldo de rayas azules a juego con las baldosas del exterior cubría la puerta de doble hoja por la que entraban los clientes. Había un escaparate a cada lado de esta. En el de la izquierda se exhibía una muestra de refinados productos enlatados, frutas y verduras, y en el de la derecha, las carnes. Había reses abiertas en canal colgadas de una barra de bronce en la parte superior y, debajo, hacia la mitad del escaparate, en otra barra, colgaban los pollos. En la esquina había una selección de carnes en un mostrador de mármol para que se vieran mejor las piernas de cordero, las chuletas de cerdo, la carne picada y la carne para guisar, así como otros cortes colocados estratégicamente para tentar al consumidor y adornados con ramilletes de perejil, salvia y tomillo.

Encima de los toldos se extendía un mosaico en el que se leían las palabras Comestibles Waite Internacional. Y debajo, en letras más pequeñas: negocio familiar fundado en 1885.

Entre el ir y venir de los clientes, un grupito de niños se apretaba delante del escaparate con la mano tendida para ver si los clientes les daban alguna moneda. Lo que sacaran no era para gastárselo en caramelos o chucherías, porque aquellos pequeños sabían lo que eran los pinchazos del hambre en el estómago vacío y el dolor que les dejaba el cachete en la oreja si llegaban a casa sin esos peniques que contribuían al sustento de la familia. Maisie sabía que por cada uno de esos niños había una madre que aguaba los guisos para que durasen más días y un padre que llevaba todo el día haciendo cola en distintas oficinas de empleo de la ciudad en busca de algún trabajo. Joseph Waite podría ser muchas cosas, pero no era totalmente insensible. La prensa había dicho en algún momento que todos los días al final de la jornada, revisaban los productos y los que pudieran echarse a perder antes de que abrieran las tiendas a la mañana siguiente, se llevaban a los comedores sociales de las zonas más pobres.

Maisie cruzó la calle y atravesó las elegantes puertas. Un mostrador se extendía a lo largo de la pared a cada lado y los dos se unían con un tercero para formar un rectángulo al fondo del establecimiento. Cada uno estaba dividido en secciones, en las que atendían uno o dos dependientes, según el número de clientes que hubiera esperando. Cada sección contaba con su propia caja registradora de bronce, en la que se guardaba el dinero al contado según el peso de los artículos adquiridos. Como es natural, los clientes acaudalados tenían cuenta en la tienda, que se saldaba semanal o mensualmente, y una criada iba en persona a hacer el pedido, que luego entregaban en el domicilio con uno de los vehículos de reparto propios pintados de azul y dorado.

El suelo de roble estaba tan pulido que resplandecía. Maisie se fijó en que un chico barría cada cuarto de hora. Cuando había terminado de barrer la tienda de extremo a extremo, tenía que volver a empezar, echando rítmicamente el serrín y cualquier resto de suciedad en un recogedor que llevaba de acá para allá, todo el rato igual. La luz brillante de las bombillas en las lámparas de techo de hierro forjado se reflejaba en los azulejos blancos de las paredes, decoradas con una cenefa de color en la parte superior, que formaban otro mosaico en el que se exhibían los mejores productos que se podían comprar con dinero. Completaba el conjunto una mesa con el tablero de mármol situada en el centro del establecimiento, cargada hasta los topes con una exposición decorativa de verduras y productos enlatados. Maisie se preguntó si alguno de los clientes que entraban en la tienda creería que había gente en el país que no tenía para comer.

Dio una vuelta por la tienda echando un vistazo, primero al mostrador de los quesos y después al de las frutas y las verduras. Los otros comestibles estaban expuestos en barriles y cajas de madera, y cuando un cliente pedía un cuarto de pasas de Corinto o cuatrocientos cincuenta gramos de arroz, la dependienta, con un uniforme consistente en un vestido de algodón azul y cofia a juego ribeteada de amarillo, pesaba la cantidad en la báscula y echaba las pasas o el arroz en una bolsa de papel azul, la doblaba por arriba y se la entregaba al cliente con una sonrisa. El cliente le daba el dinero, la dependienta presionaba los botones de bronce de la pesada caja registradora y, al final, la cantidad total aparecía en el panel de cristal. Envuelta en el sonido metálico de las cajas registradoras y los consejos de las serviciales dependientas sobre la mejor manera de cocinar esto o aquello, Maisie pensó que Waite estaba capeando con soltura el temporal de miseria económica en el que estaba sumido el país. Se acercó al otro lado de la tienda y se puso delante del mostrador de los productos *gourmet*. Una mujer acababa de pedir «un cuarto largo de galletas maría, por favor» señalando una lata de galletas con tapa de cristal cuando Maisie se percató de que la energía física de la tienda había cambiado de repente. Un Rolls-Royce de color azul oscuro se había detenido delante de la entrada y el chófer rodeaba en ese momento el vehículo para abrir la puerta del copiloto. Maisie se fijó en que el hombre sentado en el interior se quitaba el sombrero Homburg y se ponía una gorra plana de visera corta. Joseph Waite, el hombre normal y corriente que se dedicaba al negocio de los comestibles, pensó Maisie. El hombre que mantenía un contacto tan estrecho con sus orígenes que se sentaba junto a su chófer en ese gran coche suyo, al menos cuando iba a visitar alguna tienda.

Waite mandó a su chófer a espantar a los golfillos de delante de la tienda y le ordenó que le diera a cada uno un penique por las molestias. Acto seguido entró en la tienda con paso ligero pese a su voluminoso cuerpo. Se detuvo a hablar con todos los clientes de camino al primer mostrador, y Maisie percibió la fuerte personalidad que había hecho de él un hombre rico, famoso y querido tanto por la clase obrera como por la clase privilegiada. Waite representaba al hombre corriente, que hacía negocios para la gente que lo había convertido en lo que era, o eso parecía cuando se puso detrás del mostrador del queso y preguntó a la siguiente clienta qué podía hacer por ella en esa soleada mañana. Mientras la mujer pedía, Joseph Waite se lavó a conciencia las manos en el fregadero situado a su espalda contra la pared, tras lo cual se volvió y cogió media rueda de Cheddar inglés. Colocó el queso sobre una tabla de mármol y cortó una cuña con el cortador de alambre, la puso sobre un papel parafinado, la pesó y después la tomó con las manos y se la enseñó a la mujer para que la inspeccionara. Maisie se había fijado en que antes le había susurrado algo a la dependienta mientras se lavaba las manos. Y cuando en ese momento se dirigió a la clienta, supo que le había preguntado el nombre.

—Un cuarto exactamente, señora Johnson.

La señora Johnson se sonrojó y asintió con la cabeza en señal de conformidad, mientras pronunciaba un tímido «gracias» dirigido al famoso Joseph Waite. Mientras este metía la cuña de queso en una bolsa de papel y doblaba los laterales para que no se saliera el contenido, la mujer se giró hacia los demás clientes y sonrió, deseosa de que vieran lo mucho que estaba disfrutando de esos minutos de atención por parte del dueño.

Joseph Waite siguió con la ronda, deteniéndose a atender personalmente en todos los mostradores, hasta que llegó a la sección en la que resultaba evidente que se encontraba en su elemento: la de la carne. Era la parte más decorada de la tienda, con una cabeza disecada de una vaca Aberdeen Angus colgada en la pared de detrás del mostrador. Llevaba la anilla en la nariz y tenía los ojos vidriosos, que traslucían la furia que debía de haber sentido cuando la llevaron al matadero. Las reses abiertas en canal colgaban de una barra de bronce horizontal cerca del techo, que se bajaba con ayuda de una polea fijada a la pared a mano izquierda. Las cajas registradoras no habían dejado de sonar a un ritmo constante hasta que Waite entró en sus dominios. Y entonces empezaron a sonar con brío redoblado.

Indicó a los dependientes con un gesto que se echaran a un lado y chasqueó los dedos. Salió un aprendiz con un delantal de carnicero recién lavado, lo desdobló y se lo tendió. Waite se quitó la chaqueta, que entregó a otro dependiente, se volvió para lavarse las manos de nuevo y se las secó con una toalla limpia que le entregó un chaval. Tomó el delantal y se colocó el peto por la cabeza, cruzó las tiras a la espalda, las pasó hacia delante y las ató con un nudo doble. Uno de los aprendices tiraba de la cuerda de la polea para bajar la carne hasta el suelo, donde otros dos compañeros, ataviados con sendos delantales blancos de carnicero sobre la camisa también blanca y pajarita azul y dorada, descolgaron un cerdo entero sobre la superficie de mármol.

Waite manejaba la cuchilla de carnicero y el cuchillo de deshuesar con rapidez y destreza sujetando la pieza con los dedos como morcillas mientras sacaba las piernas, las costillas, las manitas, los lomos y el músculo. Levantó una pierna con una floritura mientras se dirigía a los clientes, apiñados delante del mostrador para ver a Joseph Waite, el famoso carnicero que tan buen futuro se había labrado, aunque sabía lo que era ser pobre. Este les explicaba que incluso los cortes más baratos podían ser una suculenta cena de domingo; los restos podían desmenuzarse y guisarse con zanahorias, patatas y un poco de cebolla, y preparar con ello un pastel de carne el lunes, que duraría hasta el martes o el miércoles, por supuesto.

Waite terminó de preparar el cerdo para su exposición y venta, y cuando ya se quitaba el delantal, los clientes prorrumpieron en aplausos. Waite se lo agradeció con un gesto de la mano y después se lavó nuevamente y se volvió hacia el aprendiz que le tendía la chaqueta. Se la puso, hizo un gesto con la cabeza al personal de la tienda y de nuevo se despidió de los clientes con la mano antes de marcharse por una puerta lateral que Maisie supuso que conducía a las oficinas situadas en el piso de arriba. Los dependientes se miraron y soltaron la respiración contenida, al tiempo que hinchaban las mejillas y soplaban con gesto exagerado, aliviados de que el ritual hubiese terminado.

Después de haber visto todo lo que había ido a ver, Maisie se giró con intención de marcharse. No había dado más que un paso cuando algo en la pared encima de la puerta le llamó la atención: otro mosaico artesanal que tenía que haber costado un buen dinero. No fue su belleza lo que la dejó sin aliento, sino la triste verdad del mensaje. En cada azulejo se leía el nombre de un empleado de Comestibles Waite Internacional que había perdido la vida en la Gran Guerra.

Había cien por lo menos, y junto a cada nombre, rezaba la ciudad en la que había trabajado. Por encima de los nombres, figuraba una bandera hecha con azulejos de colores en la que se leían las palabras: «EN RECUERDO DE TODOS VOSOTROS. NO OS OLVIDAREMOS».

Maisie notó que los ojos se le llenaban de lágrimas y se apoderó de ella la pena que todavía la asaltaba en los momentos más inesperados, cuando los recuerdos, espantosos y nítidos, volvían sin que nadie los hubiera invitado. Ella sabía que no era la única que tenía esa clase de recuerdos. El dolor de la pérdida parecía flotar en el aire, viajar con la brisa suave que transportaba el nombre de una víctima oído en una conversación o recordado en una reunión, y entonces los presentes caían en la cuenta de que uno o dos del grupo ya no estaban. De que nunca más escucharían su risa. Era como si el dolor de cada hombre y cada mujer que había convivido con el miedo o la realidad de perder a un ser querido en la guerra hubiera formado un abismo que había que cruzar de nuevo cada día.

Cuando se recompuso, Maisie se aproximó a un dependiente de la sección de quesos que no estaba atendiendo a nadie en ese momento.

—Disculpe.

—Dígame, señora, ¿en qué puedo ayudarla?

—Tengo curiosidad por los nombres de esa pared.

—Ay, sí, señorita. Una tragedia, perdimos a muchos. Se alistaron todos juntos, lo que se llamaba un batallón de amigos. Los Chicos de Waite se llamaban. El señor Waite pidió que hicieran esa placa conmemorativa cuando perdimos al primero. Hay una como esa en cada tienda, todas iguales, con los nombres de todos ellos.

—Deben de tenerlo en muy alta estima —dijo Maisie asintiendo con la cabeza a la espera de una respuesta.

El dependiente sonrió.

—Sí, todos lo tenemos en muy alta estima, señora. Cuida de todas las familias —añadió señalando con la barbilla el mosaico.

—¿Económicamente quiere decir?

—Sí, a ninguna de esas familias les falta de nada. Reciben alimentos en Navidad y también el aguinaldo, un poco de dinero, ya sabe, y les hace descuento si compran en sus tiendas. Les envía unas tarjetitas especiales para que se les haga el descuento. Y si alguien se pone enfermo, la oficina del señor Waite tiene órdenes de ocuparse de la familia.

—Entiendo. Es muy generoso por su parte, ¿no?

—Y que lo diga. —El dependiente hizo un pequeño movimiento para poner fin a la conversación cuando se acercó un cliente al mostrador, pero antes añadió—: Lea los nombres, señora, y entenderá por qué el señor Waite tiene un interés personal en las familias.

Maisie miró el mosaico y leyó:

—Gough, Gould, Gowden, Haines, Jackson, Michaels, Richards. —Llegó hasta el final de una columna y levantó la vista para empezar la siguiente—. Waite... Joseph Charles Waite Jr., Londres.

No pudo seguir leyendo.

3

El martes por la tarde, después de visitar la tienda de Waite, Maisie llamó por teléfono a las oficinas de Carstairs & Clifton para pedir cita urgente con el señor Gerald Bartrup, afirmando que se lo habían recomendado personalmente. No tenía ninguna duda de que su solicitud sería atendida, ya que los clientes nuevos que buscaban asesoramiento sobre inversiones escaseaban en esos tiempos. Maisie sentía curiosidad por la relación que tenían Bartrup y Charlotte. ¿Había sido la suya una relación de amor que se había deteriorado con el tiempo y la familiaridad? ¿O tal vez Charlotte había recibido presiones por parte de su padre para buscar un matrimonio más conveniente? El compromiso se había roto, pero ¿seguía habiendo alguna relación entre ellos? De ser así, existía la posibilidad de que Charlotte hubiera recurrido a su exprometido tras abandonar la casa de su padre.

Se bajó en la estación de metro de Bank y fue caminando hasta el edificio de ladrillo que albergaba las oficinas de Carstairs & Clifton. El portero le indicó el mostrador de recepción, donde confirmaron la cita y le señalaron una escalera. Arriba la esperaba otra secretaria que la acompañó hasta el despacho del señor Bartrup.

Gerald Bartrup era un hombre de estatura media, treinta y ocho años, con entradas y la tez rubicunda. Se levantó tras su inmenso escritorio de caoba y lo rodeó para darle la mano.

—Ah, señorita Dobbs. Es un placer conocerla.

—Lo mismo digo, señor Bartrup.

—Siéntese. ¿Le apetece tomar algo? ¿Un té?

—No, gracias.

El hombre volvió a su asiento detrás de la mesa y juntó las manos ante sí sobre el protector de escritorio de cuero.

—Muy bien. Tengo entendido que quiere saber cómo invertir su legado, ¿no es así, señorita Dobbs?

—Señor Bartrup, antes de nada, he de confesarle que no he venido en busca de asesoramiento sobre inversiones.

—Pero yo creía que... —Confuso, el hombre tomó el expediente que tenía sobre la mesa.

—Disculpe, quería hablar en confianza con usted sobre un asunto urgente. Trabajo para el señor Joseph Waite, está preocupado por su hija. Hace unos días se marchó de la casa paterna y no se ha puesto en contacto con su familia desde entonces.

El hombre echó la cabeza hacia atrás y soltó una carcajada.

—¡Un nuevo intento de conseguir la libertad hasta que su padre vuelva a encerrarla!

—¿Cómo dice?

—No se inquiete, señorita Dobbs. Hablo en sentido figurado, no literal. Como ya habrá comprobado, el señor Joseph Waite ejerce un férreo control sobre su casa y su negocio, y no tolerará que nadie albergue deseos contrarios a los suyos. —Se inclinó hacia delante—. Y supongo que yo soy el ser malvado que ha empujado a la princesa Charlotte a abandonar la casa, ¿verdad?

—Yo no he insinuado tal cosa, señor Bartrup. Sin embargo, confiaba en que pudiera arrojar algo de luz sobre cómo se encontraba de ánimo últimamente, aunque desconozca su paradero actual.

—No tengo la menor idea de dónde está. Y el estado de ánimo de Charlotte es muy cambiante. Hace unas semanas parecía ansiosa por romper nuestro compromiso, por ejemplo.

—¿Fue ella la que rompió el compromiso?

—Ya lo creo. Sin «pedir permiso a nadie» y sin dar ninguna explicación. Ni siquiera pareció que le importara. Fue breve y directa al grano: «Lo siento, Gerald, pero no podemos casarnos. Rompo el compromiso». Y ya está.

—¿Tiene idea de...?

—¿De por qué lo hizo? —Se levantó y se dirigió hacia la ventana. Un momento después se volvió hacia Maisie—. No, señorita Dobbs, no tengo ni idea. Pero... —Se miró los pies y al cabo de un instante levantó la vista de nuevo—. No puedo decir que me sorprendiera o que lo lamentara demasiado. Charlotte es una mujer atractiva y un buen partido desde cualquier punto de vista, pero teníamos problemas de comunicación desde hacía un tiempo. Era como si hubiera empezado a encerrarse en sí misma. Es una mujer infeliz, señorita Dobbs.

Maisie lo observó con atención.

—¿Puede contarme algo sobre las desapariciones anteriores de la señorita Waite?

—No mucho en realidad. Lo único que puedo decirle es que tuvieron lugar antes de que nos conociéramos y, al parecer, no estuvo mucho tiempo fuera. Esto se lo he oído decir a algunos amigos. Sinceramente, ella sabía qué era lo que más le convenía. Estuvimos comprometidos seis meses y nunca llegamos a fijar la fecha de la boda. Estudiamos algunas posibilidades, es cierto, pero siempre había algún motivo para cancelar la fecha. Cuando no era Charlotte la que veía el problema, era su padre. No se fugó durante el período de noviazgo ni tampoco una vez comprometidos, aunque algunos conocidos me habían advertido de sus intentos anteriores de liberarse de la presión que supone vivir en el reino de Waite.

El hombre sonrió, aunque a Maisie le dio la impresión de que aún le escocía el rechazo de Charlotte Waite.

—Pero rompió nuestro compromiso hace casi dos meses, así que no creo que fuera la causa de su huida —añadió él pensativo y consultó el reloj—. ¡No me había fijado en la hora! Me da tiempo a una pregunta más, pero después tengo otra cita, señorita Dobbs.

Maisie percibió que no tenía ninguna cita, pero sólo necesitaba hacerle una pregunta más.

—Se lo agradezco, señor Bartrup. Es una pregunta sencilla. ¿Dónde cree que podría estar Charlotte? ¿Adónde iría?

Él suspiró y apoyó la barbilla en las manos entrelazadas, con los codos apoyados en la mesa.

—Me gustaría poder ayudarla, señorita Dobbs, pero la verdad es que no lo sé. Le aseguro que no ha acudido a mí, y tampoco soy la persona a la que haría confidencias.

—Debió de sentirse apenado cuando rompió el compromiso con usted.

—Si he de serle franco, me quedé muy sorprendido cuando me lo dijo, pero luego se me pasó. Uno tiene que seguir con su vida, ¿no cree?

—Le he robado mucho tiempo, señor Bartrup, y se lo agradezco.

Maisie se levantó y se estrecharon la mano.

—Si puedo ayudarla en algo más, no dude en llamarme, señorita Dobbs, aunque siempre me viene mejor por la tarde, dados los caprichos del trabajo aquí, en la City.

—Lo tendré en cuenta. Gracias.

Maisie se despidió de él y la acompañaron a la salida. El sol de media tarde brillaba cuando salió a la calle y entró a toda prisa en el metro para realizar el rápido trayecto hasta Fitzroy Square. Sabía que Billy no regresaría al despacho antes de las cinco, así que le quedaba tiempo para revisar otra vez las anotaciones de Maurice y poner en orden sus ideas. Bartrup no la había ayudado gran cosa, y cuando repasó la conversación pensó que, probablemente, Charlotte había hecho bien al romper el compromiso. Casarse con un hombre como ese no le habría proporcionado nada más que comodidad económica, y Charlotte no tenía una necesidad acuciante de ese tipo de seguridad. Puede que la curiosidad por la vida contemplativa que sugerían el libro y los folletos que habían encontrado en su habitación partiera del deseo de una conexión más profunda e íntima que la que prometía el matrimonio con un hombre de su círculo.

Cuando cruzaba Fitzroy Square, Maisie sintió el frío desalentador que flotaba en el aire, y al levantar la vista se encontró con unos nubarrones que parecían globos grises llenos de agua a punto de estallar. Apretó el paso y preparó las llaves del portal. Entró en el despacho justo cuando unas agujas largas de lluvia golpeaban en sentido oblicuo los cristales por los que esa misma mañana entraba el sol.

Se quitó el chubasquero, lo colgó en el perchero que había detrás de la puerta y se dirigió al archivador en el que guardaba información más extensa que la que anotaba en las fichas. Estaba preocupada. Hasta el momento no había hecho ningún avance, puede que incluso hubiera perdido el tiempo. La información que habían recabado indicaba que encontrar a Charlotte Waite tal vez fuera más acuciante de lo que creía su autoritario, y a veces despectivo, padre. Maisie estaba pensando en el mosaico conmemorativo de la tienda mientras abría la cerradura del archivador. ¿Cómo se le había pasado por alto que Waite tenía un hijo?, se preguntó con cierto reproche.

Hojeó las carpetas de papel manila hasta que dio con el expediente que buscaba y se lo llevó al escritorio. Comenzó a sacar notas y cartas, y lo extendió todo sobre la mesa. Consciente de que llegados a ese punto era muy posible que Maurice le hubiera advertido que no dirigiera la rabia hacia sí misma, Maisie se reclinó en la silla y cerró los ojos. Se puso la mano izquierda en el plexo solar para centrarse y la derecha sobre el corazón en señal de benevolencia, como le había enseñado Khan. Respiró profundamente varias veces, abrió los ojos y observó los documentos esparcidos que tenía delante con la intención de estudiar con detenimiento hasta el más mínimo detalle del historial de Joseph Waite. Estuvo leyendo un rato, y tomó notas y apuntó palabras sueltas en una hoja en blanco que después añadiría al mapa del caso. El golpe sordo de la puerta del portal al cerrarse, seguido del inconfundible andar ladeado de Billy subiendo las escaleras, la sacaron de su silencio contemplativo. Nada más abrirse la puerta y entrar, Maisie notó el cambio que se produjo en el ambiente. Estaba claro que su ayudante tenía noticias.

—Buenas tardes, señorita. Es agradable que los días empiecen a alargarse, ¿verdad? Aunque esta tarde no lo parezca. —Billy se quitó el abrigo y lo colgó detrás de la puerta mientras Maisie observaba horrorizada las gotas de agua que oscurecían el suelo al caer sobre él—. Y se ha puesto a llover de repente, ¿no? Pensé que hoy aguantaría, con el sol que hacía esta mañana.

—Y que lo digas, Billy. ¿Te importaría ir a buscar un trapo y secar el agua que está cayendo al suelo?

—Ay, perdóneme, señorita —se disculpó él sacando un trapo de un cajón de su escritorio. Se agachó despacio teniendo cuidado con la pierna mala.

Cuando terminó de secar el agua, sacó del bolsillo del abrigo su libreta, la libreta de direcciones de Charlotte

Waite y un periódico, y se sentó al lado de la mesa de Maisie, cerca de la ventana.

—No sé usted, pero yo he tenido un día muy interesante.

—Me agrada mucho oírlo.

Billy dejó la libreta de direcciones delante de Maisie y la señaló con un gesto de la cabeza sonriendo.

—¿Ve alguna cosa extraña en esta libreta?

Maisie tomó la libreta encuadernada en piel, recorrió con los dedos los cortes del papel de color dorado y luego la abrió y pasó una o dos páginas.

—Continúa.

—Bueno, yo no he tenido nunca una libreta de direcciones. A veces garabateaba algo en la última página del *Daily Sketch*, pero nunca se me ha ocurrido tener todas las direcciones escritas por orden alfabético.

Maisie asintió con la cabeza.

—Pero sí creo que las personas como usted, que tienen libretas de direcciones porque conocen gente suficiente como para tener que escribir el nombre, la dirección y el número de teléfono, no tienen una libreta de direcciones como esta. —Billy la alcanzó, la giró hacia uno y otro lado, y volvió a dejarla encima de la mesa buscando impresionarla—. Me apuesto lo que sea a que si miramos en su libreta, estará llena de indicaciones, notas y números de teléfono; algunas personas se habrán cambiado de dirección varias veces, de manera que habrá tenido que tachar la antigua y añadir la nueva. Y nada más escribir la última, vuelven a mudarse o se casan y cambian de apellido, y otra vez a escribirlo todo.

—No te falta razón, Billy.

—Así que miré esta libreta y pensé que, o no conoce a mucha gente, o esta no es su libreta principal.

—¿Piensas que dejó a sabiendas una libreta de direcciones falsa para engañar a quienes intentaran dar con ella? —tanteó Maisie.

—No, no creo que sea de esa clase de personas. Sobre todo teniendo en cuenta que salió con un poco de prisa. No, esto es lo que creo que ocurrió: le regalaron una libreta de direcciones nueva o se la compró ella misma porque la antigua estaba un poco vieja ya. De modo que se pone a pasar los nombres y (todo esto son especulaciones, claro está) y empieza por las personas a las que mejor conoce ahora mismo. Son las más importantes para ella y quiere tenerlas a mano, pero como no es la tarea más divertida del mundo, lo va posponiendo y sigue consultando la libreta vieja porque está acostumbrada a ella; es como un viejo amigo.

—Bien pensado, Billy.

—El caso es que las personas más importantes para ella en este momento están todas aquí, y, por cierto, hoy he visto a una de ellas, después se lo cuento, pero las que llevan en su vida más tiempo, y a las que es muy posible que no vea desde hace años y que siga guardando su nombre para enviarles una felicitación navideña, no están aquí... y Charlotte Waite se llevó la libreta vieja consigo.

—Estoy impresionada, Billy; has dedicado mucho tiempo a elaborar esta teoría —dijo Maisie sonriendo.

El hombre se enderezó en la silla y alargó el brazo hacia su libreta de notas.

—Como le he dicho antes, estaba fuera de la casa de, déjeme comprobar el nombre, aquí, Lydia Fisher. Vive en Cheyne Mews, una zona muy bonita, la verdad. El caso es que estaba esperando fuera mientras echaba un vistazo al edificio, cuando llegó en su coche. Muy fina he de decir. Vestida de punta en blanco, con los labios pintados de rojo y esa cosa negra que se ponen las mujeres en los ojos, y un abrigo de pieles al hombro. Tenía que decirle algo, como es natural, ¿qué iba a hacer? —Billy levantó las manos con las palmas hacia arriba para enfatizar—. Había estado a punto de aplastarme contra la pared con esa forma de conducir y me reconocería cuando fuéramos a entrevistarnos con ella oficialmente. Así que me presenté y le expliqué que trabajaba con usted, y que tenía que contarle algo confidencial.

—¿Y esa conversación tuvo lugar en la calle?

—Al principio sí. Le dije que nos había contratado la familia Waite y entonces va ella y dice: «Vamos dentro». Una criada nos subió el té a la sala de dibujo. Pero la señora se metió en el cuerpo un par de lingotazos que se sirvió de una de las elegantes botellas de cristal que tenía en el aparador. Para mí que solo tiene una criada y una cocinera en la casa. No creo que tenga chófer tampoco, porque parece que le gusta conducir su propio coche. —Carraspeó y continuó con la historia—. Así que le advierto que lo que voy a contarle es confidencial, que Charlotte Waite ha desaparecido de la casa de su padre y que él nos ha contratado para que la encontremos.

—Bien.

—Me mira poniendo los ojos en blanco y me dice con soberbia: «¡Otra vez!». Y luego siguió: «Menuda sorpresa. ¡Con la de veces que ha salido corriendo tendrían que llevarla a las Olimpiadas!». Yo sabía a lo que se refería, con lo que sabemos de la señorita Waite. Y después va y dice: «No hay de qué preocuparse. Supongo que al final se ha ido a un convento». A lo que yo dije: ¿Lo dice en serio, señorita Fisher? Y ella, con muchos aires, responde: «Señora Fisher, si no le importa». El caso es que resulta que en las últimas dos veces que quedaron para comer, la señorita Waite le contó que su compromiso se había roto y que como no encontraba a nadie a quien amara de verdad, lo mejor sería que se metiera en un convento donde, al menos, sería útil.

—¿La señora Fisher creyó que hablaba en serio?

—Lo más raro es que dijo que al principio pensó que Charlotte lo decía para llamar la atención, ya sabe. Pero luego se dio cuenta de que lo mismo hablaba en serio y que había ido de visita a no sé qué sitio en Kent. ¿Qué le parece?

—Interesante.

Maisie entendía que la imagen de serenidad de una monja pudiera resultar atractiva a una joven aburrida e infeliz como ella. Recordó las fotos de las enfermeras en la época de la guerra en una actitud que evocaba la pureza y la dedicación de las monjas de las órdenes religiosas. Y que aquellas imágenes románticas animaran a muchas jóvenes a inscribirse.

—Me pregunto qué dirá Waite al respecto —añadió—. No me pareció un hombre religioso y no hay referencias a sus creencias o al catolicismo en las notas de Maurice.

—¿Cree que lo que busca Charlotte es enfadar a su padre?

—A ver, ya no es una niña, pero le pega esa clase de comportamiento —contestó ella pensativa—. ¿Sabes? Esto podría ser un golpe de suerte tremendo. No te dije nada esta mañana porque no quería sacar conclusiones precipitadas y que cerráramos la mente, pero hace tiempo conocí a una monja de clausura, la hermana Constance Charteris, abadesa de una comunidad benedictina que vivía cerca de Girton. Algunas estudiantes teníamos tutorías con ella sobre Filosofía de la Religión. Como son monjas de clausura, la comunicación con las personas de fuera del convento tiene lugar a través de una especie de barrera. Recuerdo que me resultaba muy extraño al principio que diera la tutoría a través de una rejilla.

—¿Y por qué dice que es un golpe de suerte?

—No me acuerdo de todos los detalles, pero, en resumidas cuentas, después de abandonar Girton para hacerme enfermera voluntaria, la comunidad tuvo que irse a vivir a otro lado. Creo que les requisaron la abadía de Cambridgeshire para uso militar, y juraría que se trasladaron a Kent. Haré un par de llamadas para enterarme y, si tengo razón, enviaré un mensaje a la abadesa para pedirle que se reúna conmigo lo antes posible.

—¿Y no podemos ir, comprobar si la señorita Waite está allí y cerrar el caso?

—No, Billy —contestó ella negando con la cabeza—. Si Charlotte Waite ha buscado refugio en el convento, la hermana Constance se mostrará muy protectora con ella y con los valores que representa la orden benedictina.

—Apuesto a que Joseph Waite se presentaría allí, preguntaría si su hija está dentro y la sacaría a rastras en caso de que así fuera.

—Podría intentarlo —dijo ella sonriendo—. Pero yo no apostaría por él frente a la hermana Constance. No, seguiremos el protocolo. Nos será más útil.

Billy asintió con la cabeza y Maisie echó mano de sus propias notas. Describió a Joseph Waite, la forma en que su imponente personalidad llenaba la tienda y atraía a los clientes con su camaradería, mientras que sus empleados se sentían intimidados. Explicó a Billy que esa intimidación contrastaba con el respeto que los dependientes mostraban a su jefe, sobre todo en lo referente a su decisión de ocuparse de las familias de los soldados caídos en la guerra.

—Ya sabe lo que solía decir mi padre, que cuando uno tenía trabajadores a su cargo, lo importante no era caerles bien, sino que te respetaran, y que se podía respetar a alguien sin que te cayera bien. Puede que Waite no necesite caer bien —interrumpió Billy.

—Creo que es una evaluación muy acertada de la situación —dijo ella asintiendo con la cabeza y continuó—. La otra cosa que he descubierto y que es aún más importante: Joseph Waite perdió a su hijo en la guerra, un hijo que trabajaba para él en la tienda. Probablemente lo estaba formando para heredar el negocio.

Billy se quedó sorprendido al oírlo.

—A lo mejor está tan hecho polvo precisamente por eso. A lo mejor no es tan extraño, y más aún cuando la chica es tan apocada.

—«Pusilánime» fue lo que dijo exactamente. Y sí, porque podría explicar muchas cosas, pero igual no tiene nada que ver con la desaparición, que es en lo que debemos concentrarnos.

—¿Qué le ocurrió a su hijo?

—Según parece, el joven Waite murió en el frente junto con varios hombres más, todos empleados de su padre. Se alistaron juntos. Tuvo a Joseph con su primera esposa. Waite se casó con su vecina de al lado, literalmente, cuando él tenía veinticuatro años y ella veinte. Por desgracia, ella murió en el parto un año después. Por entonces a Waite le iba bastante bien en los negocios, pero tuvo que ser una pérdida muy grande, una más para su lista.

—Me sorprende que no dijera nada el otro día. Ya sabe, cuando nos echó la charla sobre la angustia.

—Sí y no. Las emociones extremas son fuerzas complejas, Billy. Puede que la pérdida de su hijo esté en un apartado distinto, separada de sus otras pérdidas, un sentimiento que es solo suyo, que no comparte con nadie. —Maisie guardó silencio un momento antes de seguir hablando—. Una de las hermanas de Waite, la que estaba soltera por entonces, fue a vivir con él para ocuparse del niño. Como podrás imaginar, Waite dio trabajo a su familia, de manera que no les faltaba de nada, excepto al hermano del que nos habló ayer, el que se fue a trabajar a la mina. El niño tendría seis años cuando su padre se casó en segundas nupcias y a todo correr, porque, como ya sabes, Charlotte nació siete meses después. De manera que Joseph, el hijo, tenía siete años cuando nació su hermana. Por cierto, fíjate en que tiene nombre compuesto, Joseph Charles, y le puso Charlotte a su hija. El padre de Waite se llamaba Charles, lo que significa que puso a sus hijos ese nombre en honor de su abuelo.

Maisie echó mano de los lápices de colores y los acercó a ambos.

—Bien, vamos a apuntar todo esto en el mapa del caso a ver si se nos escapa algo.

Los dos se enfrascaron en la tarea y al cabo de unos minutos Maisie dijo:

—Iré a ver a Lydia Fisher esta semana. Mañana por la mañana, creo, así que no me esperes hasta la hora de comer más o menos. Va a ser una semana muy ajetreada, a lo mejor tengo que cancelar la comida del viernes con el inspector Stratton.

—Ay, señorita... —Billy dejó el lápiz de color rojo en la mesa y se dio una palmada enérgica en la frente, como regañándose por haberse olvidado de algo—. Ahora que habla del inspector Stratton. He estado hablando con Jack Barker, ya sabe, el que vende el *Express* a la salida del metro de Warren Street, que ha hablado con un compañero suyo que vende *The Times*, y le ha dicho que le quedan uno o dos ejemplares del fin de semana.

—¿Y qué tiene eso que ver con el inspector Stratton?

—¿Se acuerda de que dijo que estaba trabajando en el caso de la mujer esa que asesinaron en Coulsden?

—Sí.

—Dije que investigaría qué estaba leyendo Charlotte Waite cuando salió corriendo del comedor en el desayuno.

Maisie ahogó bruscamente una exclamación.

—Resulta que el fin de semana pasado salieron en *The Times*, y en todos los demás periódicos, en realidad, las últimas novedades sobre el asesinato de Coulsden. Se llamaba Philippa Sedgewick. Estaba casada, más o menos de la misma edad que usted, ¿se acuerda de que se lo comenté? Y de que era hija del párroco. *The Times* lo sacó en la portada y la historia completa en la página siguiente. Ahí, con todas las noticias importantes sobre el déficit y el desempleo, y al lado de la marcha de Gandhi a la costa por lo de la sal. Todos los periódicos incluyeron la historia del asesinato con todos los detalles morbosos. Le habrían quitado las ganas de desayunar a cualquiera.

Maisie se dio unos golpecitos con el lápiz en la palma de la mano. Billy no dijo nada, pues sabía que ella estaba con la mente en otro sitio. Contempló el cielo vespertino a través de la ventana. A lo mejor no era coincidencia que Billy hubiera mencionado a Gandhi. Khan le había hablado de él y de su idea de la *satyagraha*, que en sánscrito significa «insistir en la verdad». Maisie se estremeció al recordar los sentimientos que había experimentado cuando se quedó a solas en la habitación de Charlotte. De todos ellos el más potente era la melancolía, que emanaba de todos los rincones del lugar en el que había vivido esa mujer. A lo mejor había sido el miedo y no un padre autoritario lo que la había impulsado a huir.

4

UNOS MESES ANTES, en septiembre, lady Rowan le había insistido a Maisie para que dejara la habitación amueblada en Warren Street en la que vivía de alquiler, dentro del mismo edificio donde tenía la oficina, y se mudara a su mansión de Belgravia, al apartamento que había en la segunda planta. La joven había declinado el ofrecimiento al principio, puesto que ya había vivido en la mansión cuando entró a trabajar como criada de los Compton a los trece años, solo que entonces dormía en la parte destinada al servicio. Y aunque habían levantado el velo de la diferencia de clase con los años, sobre todo cuando lady Rowan decidió implicarse más en financiar la educación de Maisie, el recuerdo de aquellos primeros días seguía presente, como un olorcillo que no se va. Había buena intención en el ofrecimiento, pero Maisie temía que el hecho de que su estatus hubiera cambiado creara dificultades. Sin embargo, había terminado por ceder.

Una tarde, poco después de instalarse, Maisie había esperado a que los empleados del servicio se sentaran a la mesa de la cocina a tomarse un chocolate caliente antes de acostarse y se coló a hurtadillas por la puerta del descansillo que daba a las escaleras traseras. Subió a las habitaciones de los sirvientes y entró en la que ella misma había ocupado el día que llegó al número 15 de Ebury Place. Los muebles estaban cubiertos con sábanas, ya que sus nuevas ocupantes se encontraban en Chelstone, la casa de campo que los Compton tenían en Kent. Se sentó en la cama de hierro forjado en la que, en otro tiempo, se había metido muerta de agotamiento cada noche, con las manos encallecidas y la espalda dolorida. Se acordó de Enid, su amiga, que también trabajó en la casa hasta que lo dejó en 1914 por un empleo más lucrativo en una fábrica de munición. La había visto por última vez en abril de 1915, pocas horas antes de que muriera en la explosión que se produjo en la fábrica.

Maisie miró la hora. Debía darse prisa. Quería tener buen aspecto para conseguir que la señora Fisher accediera a hablar con ella, aunque podría no estar por la labor, y para lograrlo tenía que parecer que las dos pertenecían al mismo estrato social.

En los últimos tiempos había adquirido varias prendas nuevas de ropa, un desembolso al que no dejaba de darle vueltas, puesto que no era una persona dada a los gastos frívolos. Pero como le había señalado lady Rowan: «¡Está muy bien que te pongas esa ropa tan sobria para andar fisgoneando por las calles de Londres o para meterte en el campo, pero tienes clientes importantes que seguro que quieren saber que están tratando con una profesional de éxito!».

Así que había invertido en aquel conjunto de color burdeos que parecía atraer todas las pelusas del mundo, un vestido negro apto para el día a día y también para una velada de tarde no muy formal, y el traje de color ciruela oscuro que había dejado extendido sobre la cama. La chaqueta de líneas largas tenía cuello esmoquin y se cerraba a un lado con un solo botón justo por debajo de la cintura. Maisie eligió una recatada blusa de seda de color crema con detalle de pedrería en el escote para ponerse debajo, junto con un collar de perlas y pendientes a juego. La chaqueta tenía un único botón en el puño por el que se veía un centímetro de la manga de la blusa. La falda del conjunto era plisada y le llegaba justo por debajo de la rodilla. Cuando se puso las medias de seda, la recorrió un escalofrío al pensar en lo que le habían costado. Se humedeció los dedos con la lengua antes de introducir la mano en cada una para evitar que se le enganchara un padrastro y se le hiciera una antiestética carrera.

Lo que no hacía era comprar un calzado distinto para cada conjunto de ropa, de manera que eligió los mejores zapatos negros que tenía, unos sencillos, con una tira por encima del empeine que se abrochaba con un botón cuadrado y un tacón moderado de apenas cuatro centímetros.

Cogió el bolso de llevar al hombro también negro, el maletín, un paraguas por si acaso y su sombrero nuevo del mismo color ciruela con una cinta negra que se fruncía en un lado formando una sencilla flor. El *cloche* que solía ponerse estaba ya bastante usado, y, aunque aún le servía para ir a trabajar, en esa ocasión no era lo más adecuado. El sombrero que se había puesto tenía un ala un poco más ancha, como dictaba la moda, y permitía que se le viera más la cara y los ojos de color azul oscuro. Se sujetó con varias horquillas el mechón que parecía querer escapársele por debajo.

Echó a andar hacia Cheyne Mews, un ejercicio agradable porque esa mañana el cielo tenía el azul de los huevos de un petirrojo, hacía sol y, aunque se cruzó solo con unas pocas personas, todas le sonrieron de buena gana y le desearon buen día. A medida que avanzaba, el número de peatones se redujo hasta que se quedó sola en la avenida. Una suave brisa flotaba entre los árboles y levantaba un rumor entre las hojas nuevas. Maisie reparó en que el aire era frío, tanto que la obligó a detenerse. Se frotó los brazos y se estremeció. Notó como si un dedo helado le rozara la nuca, desde el lóbulo de una oreja hasta el de la otra. Era tal la certeza de que había alguien detrás de ella que se volvió a toda prisa. Pero no había nadie.

Tenía mucho frío cuando llegó al número 9 de Cheyne Mews, la típica casa acondicionada en antiguas cuadras privadas, que daba a una callejuela adoquinada. En ese momento el único medio de transporte a la vista era un Lagonda nuevo y reluciente, aparcado delante de la residencia de los Fisher. Sabía por George, el chófer de los Compton, que con frecuencia la deleitaba con las novedades en el mundo del motor, que se trataba de un vehículo exclusivo, capaz de alcanzar los ciento cuarenta y cinco kilómetros por hora. Lo habían aparcado de cualquier manera y una de las ruedas estaba subida a la acera estrecha. Al contrario que las casas vecinas, la construcción de tres plantas era austera y no había jardineras decorativas en las ventanas. La puerta de entrada no tenía más que un escalón. Maisie tocó el timbre y esperó a que la criada abriera la puerta. Al no salir nadie, volvió a tocar y todavía lo hizo una tercera vez, y entonces sí que acudió alguien.

—Lo siento, señora. Lamento haberla hecho esperar —dijo una criada joven. Tenía la cara enrojecida y estaba llorando.

—Vengo a ver a la señora Fisher —dijo Maisie y ladeando la cabeza añadió—. ¿Se encuentra bien?

—Sí, señora. —Le temblaba el labio inferior—. Bueno, no lo sé, si le digo la verdad. —Se sacó un pañuelo del bolsillo del delantal de encaje y se secó los ojos a toquecitos.

—¿Qué ha ocurrido? —preguntó Maisie poniéndole la mano en el hombro a la criada, movimiento que hizo que la chica se derrumbara por completo—. Vamos dentro y me cuenta qué ha ocurrido.

De pie en el estrecho vestíbulo de entrada, la chica rompió a llorar.

—La señora no se ha levantado aún, y yo soy nueva en la casa, y la cocinera, que la conoce mejor que yo, no llega hasta las once y media. La señora me dijo ayer por la tarde que hoy no quería que la molestaran hasta las nueve de la mañana, ¡y fíjese la hora que es! He llamado a la puerta varias veces. Ayer por la tarde tomó una o dos copas, y sé que habría seguido, eso ya lo he aprendido, y que tiene mal genio cuando se enfada, pero me dijo que...

—No se preocupe. Cálmese y lléveme a su habitación.

La criada no parecía muy segura, pero cuando Maisie le dijo que había sido enfermera, asintió con la cabeza, se frotó los ojos hinchados y la condujo a la primera planta, en la que se encontraban la sala de visitas principal y los dormitorios. Se detuvo delante de una puerta de madera labrada que parecía llegada de algún lugar exótico y tocó con firmeza.

—Señora Fisher, ¿está usted despierta? ¡Señora Fisher! —llamó Maisie en voz alta y clara, pero no obtuvo respuesta. Probó a abrir la puerta, pero estaba cerrada con llave. Sabía que era crucial entrar en la habitación. Se volvió hacia la criada y añadió: —Puede que se encuentre indispuesta, sobre todo si se excedió con la bebida anoche. Voy a tener que entrar en la habitación. Baje a buscar un vaso de agua y un antiácido.

La chica bajó a toda prisa. Maisie negó con la cabeza pensando: «Es tan nueva que ni siquiera me ha preguntado cómo me llamo».

A continuación, abrió el maletín y sacó una bolsa de tela con cordones, que contenía unos instrumentos similares a las agujas de tejer redes de pesca, de distintos tamaños. Eligió una. «Esta me servirá.» Se puso de rodillas, insertó la varilla puntiaguda en el ojo de la cerradura y la movió a un lado y a otro. «¡Sí!» Se levantó, cerró los ojos un segundo para controlar las imágenes que le inundaron la mente y abrió la puerta.

El cuerpo de Lydia Fisher estaba en el suelo entre una elegante *chaise longue* azul clara y una mesita volcada, el contenido de la bandeja del té desparramado sobre la alfombra Aubusson. Maisie no se espantaba al ver el escenario de una muerte. No le ocurría desde la guerra. De forma automática buscó con los dedos un punto debajo de la oreja izquierda de la mujer para comprobar si tenía pulso. Nada. No había señal alguna de que estuviera viva. La señora Fisher iba vestida de calle. Parecía que no se había quitado la ropa al llegar a casa el día anterior.

El suelo del pasillo crujió cuando la criada regresó. Maisie se acercó rápidamente a la puerta para impedir que la joven, ya bastante nerviosa, viera lo ocurrido. La detuvo justo a tiempo.

—Haga lo que le voy a decir. Llame a Scotland Yard. Pregunte por el inspector Stratton, no hable con nadie que no sea él. Dígale que la señorita Maisie Dobbs dice que venga de inmediato a esta dirección.

—¿Se encuentra bien la señora Fisher, señora?

—Haga lo que le digo. ¡Deprisa! Después de llamar, vuelva solo en caso de que el inspector Stratton le diga que va a retrasarse o de que no haya podido hablar con él. Cuando llegue, tráigalo aquí sin demora.

MAISIE CALCULÓ QUE estaría sola en la habitación en torno a veinte minutos. No tanto como le habría gustado, pero le bastaría. Volvió a sacar la bolsa de los cordones y extrajo de ella unos guantes de goma doblados que parecían una talla más pequeña de lo que necesitaba y se los puso, tirando de cada dedo para que se le ciñeran bien. Acto seguido se volvió hacia el cadáver de Lydia Fisher.

La mujer tenía la ropa rasgada en varios puntos, aunque había salido poca sangre de las cuchilladas múltiples que le habían dado en el pecho. Se puso de rodillas y examinó con sumo cuidado el borde de color marrón oscuro de cada cuchillada, procurando no tocar la ropa o modificar la posición del cuerpo. A continuación, se fijó en la expresión de terror de los ojos de la víctima, el tono amoratado de los labios y alrededor de la boca, y, por último, los dedos. Diez minutos.

La tetera se había hecho añicos, pero quedaban restos del té en parte de la base. Maisie metió la mano en la bolsa de tela y sacó un utensilio pequeño, similar a una cucharilla. La introdujo en el líquido y se la llevó a la lengua. Tras hacerlo se inclinó y olfateó. Después se volvió y examinó la estancia. No quedaba gran cosa. Según parecía, habían asesinado a Lydia Fisher mientras tomaba el té con alguien. Maisie sospechaba que el desorden de la habitación lo había causado la propia víctima. Rodeó el cadáver tomando nota de la posición de la *chaise longue* y de otros muebles que estaban fuera de lugar. Los adornos que había en otra mesita habían caído al suelo y las botellas del mueble bar estaban volcadas. Maisie hizo un gesto afirmativo con la cabeza: morfina. El narcótico le habría provocado espasmos musculares intensos y alucinaciones antes de morir. El asesino habría estado allí delante, mirando, puede que hubiera tenido que sortear los intentos cada vez más débiles de la mujer de arremeter contra él durante unos quince minutos aproximadamente antes de morir. Y una vez que la señora Fisher hubiera muerto, el asesino, que había presenciado el final, había rematado su venganza con un cuchillo. Cinco minutos.

Maisie cerró los ojos e hizo una inspiración profunda que trataba de captar la energía que habían dejado tras de sí los acontecimientos de las últimas veinticuatro horas. Aunque la muerte lo acompañaba con toda seguridad, percibió que el visitante no era desconocido para Lydia Fisher. Maisie había estado en el escenario de un crimen muchas veces y no tuvo problemas para sentir la furia del ataque. El miedo y el odio, los sentimientos que habían culminado con tan terrible desenlace, flotaban en el aire causando una constelación de colores violentos e irregulares que, por un momento, la cegaron igual que unos minutos antes delante de la puerta de madera labrada de la habitación. Un minuto más.

Dos coches se detuvieron con un chirrido delante de la casa. Maisie se quitó los guantes con habilidad y los guardó de nuevo en la bolsa de tela, que metió a su vez en el maletín, tras lo cual salió de la habitación y se quedó junto a la puerta a esperar a Stratton. Echó un último vistazo al cadáver y a la expresión de pavor que traslucían los ojos muy abiertos.

Maisie oyó a la criada abrir la puerta y la presentación de rigor de Stratton, seguida de un lacónico «buenos días» por parte del sargento Caldwell. La criada los informó de que la señorita Dobbs estaba esperándolos arriba.

Maisie saludó a los policías y los condujo a la sala de dibujo de Lydia Fisher.

—Había venido con la esperanza de poder hablar con Lydia Fisher sobre un tema relacionado con un caso. La criada estaba preocupada porque la señora no había respondido cuando había llamado a la puerta. Es nueva en la casa y creo que su patrona la intimidaba un poco. Le dije que yo había sido enfermera y le pedí que me trajera a su habitación.

—Mmm —dijo Stratton arrodillado junto al cadáver, tras lo cual se volvió hacia Caldwell, que inspeccionaba el caos reinante en la habitación.

—Parece que se enfrentó al asesino, señor. A juzgar por el desastre yo diría que era un tipo grande.

Stratton miró a Maisie a los ojos brevemente.

—Voy a necesitar la bolsa con los utensilios para la recopilación de pruebas, Caldwell. Y a ver si puedes contactar con sir Bernard Spilsbury. Si no das con él, llama al forense que esté de guardia. Asegura el edificio y acordona la zona.

Caldwell miró a Maisie con una sonrisa de superioridad.

—¿Necesita que me quede cuando interrogue a la señorita Dobbs, señor?

Stratton suspiró antes de contestar.

—Interrogaré a la señorita Dobbs después. A esta mujer la asesinaron ayer, por la tarde probablemente, como la señorita Dobbs ya sabe. —La miró—. Por el momento quiero asegurarme de que se inspeccione el cadáver y que se lo lleven para que le hagan la autopsia antes de que lleguen los de la prensa. Y estoy seguro de que no tardarán en aparecer.

Maisie recibió órdenes de esperar en la sala de visitas del piso de abajo, hasta que Stratton la interrogó más tarde acompañado por Caldwell. Dejaron que se marchara a la llegada de sir Bernard Spilsbury, el famoso forense*, aunque sabía que querrían volver a interrogarla. Cuando salió

---

* Sir Bernard Spilsbury (1877-1947) fue un célebre patólogo británico que contribuyó a la resolución de numerosos casos mediáticos por medio del análisis de los cadáveres y los restos encontrados en ellos. Adquirió notoriedad con el caso Crippen en 1910, que se menciona al principio de la novela. Ideó, en colaboración con Scotland Yard, el kit para recopilar pruebas en el escenario del crimen, que contenía guantes de plástico, pinzas, bolsas de pruebas, lupas, una regla, una brújula y bastones de algodón, y que debían llevar todos los detectives de la policía.

de la casa, oyó decir a Caldwell, aunque nadie le había pedido su opinión:

—En mi opinión, señor, ha sido el marido. Casi siempre lo es. Pero también puede ser que tuviera a otro, una mujer como esa, con todos esos abrigos de piel y ese cochazo propio en el que irse de picos pardos. ¡A saber a quién se trajo a casa!

Maisie sabía muy bien a quién había llevado Lydia Fisher a su casa la víspera. Pero ¿quién podría haberla visitado poco después, tan pronto como para que el té siguiera caliente en la tetera? ¿Habría abierto ella misma la puerta? Billy había dicho que la criada había salido a hacer un recado después de servirles el té, porque nadie lo había acompañado a la salida. ¿Se habría servido Lydia otra taza de té en un intento de recobrar la sobriedad ante la llegada de una visita inesperada? ¿Cómo había tenido oportunidad el visitante de introducir el narcótico en el té? ¿Se había percatado de que Lydia estaba bebida y se había ofrecido a preparar una tetera? De esa forma, habría resultado muy fácil mezclar la infusión con el veneno. Incluso podría haberle administrado más mientras los músculos de la víctima empezaban a sufrir espasmos después de unos pocos sorbos. Maisie daba vueltas a todas esas preguntas, pero la única persona que conocía la respuesta no podía decirle nada. ¿O sí?

Se preguntaba cómo podría acceder de nuevo a la casa de Lydia Fisher. Quería saber cómo vivía y qué le causaba el pesar que la invadía, porque si estaba segura de algo era de que Lydia Fisher estaba apesadumbrada.

Mientras caminaba, Maisie se acordó de cómo se le había erizado la piel de la nuca delante de la puerta de la habitación de la señora Fisher, en cuyo interior yacía muerta. En vez de asustarse por lo que significaba aquella sensación, se había preguntado: «¿Qué es lo que quieres que vea?». Nunca antes había experimentado esa dualidad de sensaciones, como cuando tocas un tejido que por un lado es suave y satinado, mientras que por el otro raspa al ir a contrapelo. Sabía que la última persona que había estado en la casa había ido allí soportando una carga terrible; una carga que no se había aligerado tras arrebatarle la vida a Lydia Fisher.

Maisie apretó el paso en dirección a la estación de metro de Victoria. Su intención era llegar al despacho lo antes posible. Le dejaría un mensaje a Billy para informarlo de que llegaría a las cinco. No había ni un minuto que perder en la búsqueda de Charlotte Waite. Si la víctima de Coulsden, Philippa Sedgewick, y la hija de Waite habían sido amigas, igual que ocurría con Lydia Fisher, era apremiante dar con Charlotte. Que una amiga muriera era una tragedia; que murieran dos... una coincidencia aterradora.

Estaba llegando al metro cuando el coche negro que ya había visto una vez ese día se acercó y avanzó a su paso. En un momento dado se abrió la puerta y el inspector Stratton salió e hizo ademán de quitarse el sombrero a modo de saludo.

—Señorita Dobbs, se me ocurrió que se dirigiría hacia la estación. Me he fijado en que hoy no ha venido en su cochecito rojo. Ha vivido una experiencia terrible esta mañana, ¿le apetecería tomar una taza de té conmigo? Será rápido.

Maisie consultó la hora. Ya se había pasado el almuerzo y ni siquiera se había dado cuenta.

—Sí, tengo tiempo, pero he de estar de vuelta en mi oficina a las cinco.

—Será un placer llevarla hasta allí. Tomaremos el té ahí enfrente —dijo Stratton indicando un pequeño establecimiento. Maisie asintió con la cabeza.

El inspector la guio entre el escaso tráfico tomándola del codo con delicadeza. Maisie sabía que no se mostraría tan solícito cuando retomara el interrogatorio formal.

Una camarera los acompañó hasta una mesa en un rincón.

—Señorita Dobbs, tengo curiosidad por saber por qué precisamente hoy ha venido a ver a la señora Fisher. ¿Puede decirme algo más sobre lo que hacía usted en el escenario del crimen?

—Creo que le he contado todo lo que sé. La víctima y la joven a la que mi cliente me ha encargado que busque fueron amigas hace tiempo. Pensé que tal vez podría ayudarme.

La camarera regresó con una bandeja y dispuso en la mesa la tetera blanca de porcelana, una jarra con agua caliente, un azucarero, una lechera y dos tazas de la misma porcelana blanca con sus correspondientes platillos. Les hizo una pequeña reverencia antes de marcharse para volver un momento después con un plato de tostadas de pan de molde con mantequilla y mermelada, varios pasteles con cobertura de azúcar y dos pasteles de hojaldre rellenos de pasas.

—Mmm, interesante. Cuántas amistades tiene esa mujer.

—Puede que no sean más que simples conocidas, inspector.

—Sí, es posible. —El inspector miró pensativo a Maisie mientras servía el té.

—Veo que usted pone la leche después del té —comentó el policía.

—La vieja costumbre londinense, inspector Stratton: nunca se pone la leche primero porque igual pones demasiada. Si se deja para el final, sabes cuánta necesitas con exactitud.

Le entregó la taza y empujó el azucarero hacia él, tras lo cual se sirvió la suya. Aprovechó para hacerle una pregunta mientras el hombre se llevaba la taza a los labios.

—Supongo que estará de acuerdo en que el asesinato de Cheyne Mews está relacionado con el de Coulsden, ¿no es así, inspector?

Stratton dejó la taza sobre el plato con tanto ímpetu que el tintineo hizo que varias personas los mirasen.

—Inspector, no hace falta ser un hacha para deducirlo —continuó Maisie con voz suave.

Stratton la miró antes de contestar.

—Esto es confidencial.

—Por supuesto.

—El escenario se parecía mucho al del asesinato de Coulsden, sin apenas derramamiento de sangre si tenemos en cuenta la magnitud del ataque. Spilsbury sospecha que la víctima ingirió algún tipo de narcótico, morfina lo más probable, antes del ataque con un arma más violenta. El mismo método que se empleó con la víctima de Coulsden. El cuerpo estaba frío, el *rigor mortis* había empezado a aparecer.

—¿Ha confirmado Spilsbury ya la hora de la muerte?

—De manera informal ha indicado que tuvo lugar ayer, a media tarde o casi por la noche. Habrá que esperar a que entregue su informe detallado. Por lo general es más preciso incluso en el escenario del crimen. Al parecer Lydia Fisher le dijo ayer a la criada que podía marcharse después de que sirviera el té y ni ella ni la cocinera habían vuelto a verla desde entonces. Pero según el personal de servicio, no era algo inusual en ella. Salía con frecuencia por la noche sin pedir a la criada que la ayudara a vestirse. Y también era bastante habitual en ella que no saliera de su habitación durante varios días seguidos. Les pedía que no la molestaran y se ponía furiosa si lo hacían. El asesino podría haber cerrado con llave al entrar en la habitación y haber salido después como si tal cosa, y nadie se habría enterado hasta horas más tarde. La cocinera dijo que la criada anterior ni se inmutaba siquiera cuando la señora se encerraba en su habitación durante dos o tres días. Si usted no hubiera llegado a la casa y se hubiera encontrado a la criada llorando, a saber hasta cuándo habría permanecido el cuerpo en la habitación. La cocinera habría llegado y se habría limitado a decirle a la criada que no se preocupara.

—Menos mal que llamé para quedar con ella.

—Hay otra cosa más. La criada salió de la casa el miércoles después de servir el té, que la víctima tomó con un hombre de unos treinta o treinta y cinco años. Por cierto, señorita Dobbs, debo insistir en que lo que le estoy contando es estrictamente confidencial.

Stratton bebió un sorbo de té mirando a Maisie con atención.

—Por supuesto, inspector —contestó ella deseosa de que el otro continuara.

—Como le decía, el hombre era de constitución media y tenía una leve cojera, un antiguo soldado posiblemente, y tenía el pelo «como un tresnal de heno», según la criada. Es el mejor sospechoso que tenemos por el momento, así que debemos identificarlo cuanto antes.

Maisie posó la taza en el plato preguntándose si debería prevenir a Stratton de que el hombre que había visitado a la víctima había sido Billy Beale. Pero al final decidió que mejor no. Puede que hubiera ido a verla otro hombre que respondiese a la misma descripción.

—Inspector, sé que es posible que lo que voy a decirle le resulte inusual, pero me pregunto si podría entrar de nuevo en la habitación en la que se encontró el cuerpo. El punto de vista de una mujer podría resultar útil.

—No hay duda de que es algo muy inusual, señorita Dobbs —contestó él y acto seguido miró la hora—. Me lo pensaré. Y ahora me aseguraré de que llegue a su despacho sin problema.

Maisie esperó a que el inspector le retirase la silla. Fuera los esperaba el chófer de Stratton, que cruzó Londres a toda velocidad en dirección a Fitzroy Square, donde aparcó en la zona peatonal que había delante del edificio donde se encontraba el despacho.

—Tener un coche de policía es práctico a veces —dijo el inspector.

El chófer les abrió la puerta para que bajaran y cuando Stratton le tendía la mano para despedirse de ella, Billy Beale volvió la esquina. Llevaba la gorra en la mano. La luz del final de la tarde se reflejó en el pelo rubio y desordenado en el mismo momento en el que una brisa rebelde atravesó la plaza, creando un caprichoso efecto óptico que parecía como si un halo le rodeara la cabeza.

—Buenas tardes, señorita. Buenas tardes, inspector Stratton.

El inspector estrechó la mano a Billy, que se tocó la frente y le hizo una pequeña inclinación a Maisie antes de continuar su camino hasta el portal. Al inspector no le pasó desapercibido el aspecto del otro hombre, y lo observó subir los escalones de la entrada, estirarse la manga del abrigo de forma que le cubriera la mano para sacar brillo a la placa de Maisie como hacía siempre antes de meter la llave en la cerradura del portal y entrar en el edificio. Cuando la puerta se cerró tras él, el inspector Stratton se volvió a mirar a Maisie.

—Señorita Dobbs, creo que a lo mejor tenemos que hablar un poco más sobre el motivo por el que ha ido a Cheyne Mews esta tarde, pero podemos dejarlo para mañana. ¿Le parece bien? Pasaré a recogerla a las nueve de la mañana e iremos juntos a la casa de Lydia Fisher. Como dice, el punto de vista de una mujer podría serle útil a la policía en la investigación de este caso.

Maisie le tendió la mano para despedirse.

—Muy bien, inspector. Pero preferiría que nos encontrásemos en Victoria. ¿A las nueve y cuarto? Podemos ir juntos desde allí. Mañana tengo varios compromisos, por lo que he de estar de vuelta a las diez y media.

—Perfecto, señorita Dobbs —convino él asintiendo con la cabeza. Después se metió en el coche y se alejó.

5

Maisie dudaba que Stratton considerase en serio a Billy Beale como sospechoso. El día que se conocieron, el inspector se había quedado impresionado con la lealtad que mostraba hacia su jefa, y le había resultado divertido el entusiasmo con el que se tomaba su nuevo trabajo. Por otro lado, también podía ser que sospechara que ella había ido a la casa a encubrir las huellas de su ayudante. Pero el inspector era un hombre inteligente. Era imposible que creyera algo así, aunque seguro que querría interrogar a Billy para descartarlo como sospechoso y para extraer cualquier información útil.

Maisie subió el último escalón del primer tramo de escaleras y se quedó pensando en algo que le preocupaba: cumplir la exigencia de Joseph Waite de no decir a la policía nada sobre la desaparición de su hija, pese a que el hecho de que esta y Lydia Fisher eran amigas pudiera ser relevante. Existía la posibilidad de que hubiera que desvelar esa información para dar con el asesino. Le preocupaban las consecuencias de ocultarle información al inspector Stratton. Pero no era esa su única preocupación: ¿Y si el señor Waite se equivocaba? ¿Y si Charlotte no había desaparecido por decisión propia? ¿Y si conocía al asesino? ¿Era posible que se hubiera convertido en una víctima más? ¿Y si Charlotte había matado a su amiga? ¿A sus dos amigas?

No le había dado tiempo a llamar a la puerta del despacho cuando esta se abrió y allí delante se encontró a Billy, sin chaqueta y con la camisa arremangada, dispuesto a ponerse a trabajar. Maisie miró la hora.

—Ven aquí un momento, Billy. Vamos a sentarnos.

La sonrisa del hombre se desvaneció.

—¿Ocurre algo, señorita?

—Siéntate antes.

Se había puesto nervioso, y los nervios le acentuaban la cojera. Ella lo entendía, era consciente de que la incomodidad de la situación repercutiría en la pierna, la parte de mayor vulnerabilidad física.

Se sentó frente a él y se mostró relajada para aligerar el ambiente y transmitirle que tenía la situación bajo control.

—Billy, esta mañana fui a casa de Lydia Fisher, en Cheyne Mews, y cuando llegué estaba... muerta.

—¡Cielos! —Billy se levantó de la silla tambaleándose y se dirigió a la ventana—. Sabía que bebía demasiado. —Se pasó las manos por el pelo con nerviosismo—. Tendría que haberle quitado la botella, haberla telefoneado a usted y haberle pedido que fuera. Usted habría sabido qué hacer. Podría haberla detenido, sabía que bebía con mucha rapidez, debería...

—Billy —dijo ella acercándose a su ayudante—, a Lydia Fisher la asesinaron después de que te marcharas de su casa ayer por la tarde. No podrías haber hecho nada.

—¿Que la han asesinado? ¿Alguien se la ha quitado de encima?

—Así es. Aún no han determinado el momento exacto de la muerte, pero cuando examiné el cuerpo rápidamente, calculé que llevaba en el suelo de su habitación desde ayer a última hora de la tarde.

Maisie le contó lo que había ocurrido cuando llegó a la residencia de los Fisher, el hallazgo del cadáver, las preguntas que hizo al llegar y su encuentro con Stratton después. Billy temía el interrogatorio al que, sin duda, lo sometería la policía. Maisie le pidió que le contara una vez más lo que había pasado cuando fue a ver a Lydia Fisher y cómo salió de la casa.

—Lo has hecho bien, Billy —dijo cuando su ayudante terminó, tembloroso, el relato—. Le explicaré al inspector Stratton que fuiste allí para tranquilizar a un padre preocupado y todo eso. El desafío será no decir que ese padre es Joseph Waite. —Se frotó la nuca pensativa y continuó—: Pero lo cierto es que, aparte del asesino, posiblemente fueras la última persona que vio a Lydia Fisher con vida.

—Y llevaba una buena cogorza encima, eso está claro.

—¿A qué hora dices que fue eso?

—Estaba de vuelta en la oficina a las cinco, ¿se acuerda? Teníamos una reunión. —Según hablaba, buscó su libreta en la chaqueta colgada en el respaldo de la silla—. Y tenía que hacer un par de recados más, así que serían... aquí lo tengo, señorita, las tres y veinticinco de la tarde.

—¿Había alguien más en la casa a esa hora aparte del servicio?

—Pues tiene gracia que lo diga, porque aunque no vi a nadie, tuve la sensación de que había alguien más por allí. De hecho, ahora que lo pienso, vi una maleta en el rellano, era grande, de cuero, con correas.

—Interesante. No recuerdo haber visto ninguna maleta grande esta mañana.

—Puede que la criada la cambiara de sitio. Lo mismo era de la señora Fisher, ¿no? ¿Se acuerda de que me corrigió? Me fijé en que llevaba alianza, pero no daba la sensación de que viviera ningún hombre en la casa.

—¿Por qué no lo habías mencionado hasta ahora, Billy?

—Bueno, porque entonces no estaba muerta. Y yo no estaba atento a un posible peligro. Fui a averiguar algo sobre la señorita Waite, ¿o no?

Maisie suspiró.

—Me parece razonable. Pero recuerda...

—Sí, ya lo sé, «Hay que anotar absolutamente todo». Pues eso hice, señorita, lo anoté todo en mi libreta, pero no dije nada porque la señora Fisher no era de las que se fugan, ¿no cree?

Billy se sentó con torpeza, pero Maisie se quedó de pie mirando hacia la plaza. Había oscurecido. Billy había dicho que quería llegar a casa pronto para llevar a sus hijos al parque. Ella pensó que su ayudante había pecado de optimista al creer que iba a llegar a casa de día para poder salir a jugar. Se volvió hacia él.

—Tienes razón. Recuérdame otra vez lo que ocurrió cuando te fuiste de la casa.

—Después de que me contara lo de la señorita Waite y las monjas, se quedó muy callada, así que le di las gracias, me despedí de ella y salí.

Maisie suspiró.

—Qué rabia. Preferiría que alguien del servicio te hubiera acompañado a la puerta.

—Y yo, ahora que lo pienso. Pero la criada no estaba. El caso es que creo que alguien entró cuando yo me fui.

—Eso espero, Billy, eso espero.

—No, señorita, no quiero decir eso. Me refiero a que entró nada más salir yo.

—Explícate.

—Yo estaba en la calle y ya sabe lo estrechas que son esas callejuelas de las antiguas cuadras. Me llamó la atención porque cuando salí de la casa, no se podía pasar por culpa de ese cochazo suyo, porque lo había aparcado en medio de la acera, así que me metí a la derecha para bajar hacia Victoria. No había avanzado más que un par de metros cuando oí pasos a mi espalda y a continuación un portazo. Pensé que habría sido el señor Fisher que había vuelto del trabajo y no lo había visto.

—¿Estás seguro de que fue la puerta del número 9 la que se abrió y se cerró?

—Absolutamente. Lo supe por el sonido, señorita. Se me dan bien los ruidos. Es por los críos. Tengo que estar atento a todos los ruidos, porque, a la mínima, esos pillos te la lían. Además, si hubiera sido la puerta del número siguiente de la calle, no habría sonado igual en una y en otra dirección. No, le aseguro que fue la del número 9. —Billy la miró y sus ojos delataron la conmoción de un pensamiento repentino y desagradable—. Cree que fue esa persona la que acabó con su vida, ¿no es así, señorita?

—Es una posibilidad.

Maisie estaba valorando otra posibilidad, la de que todo lo que Lydia Fisher le había contado a Billy fuera mentira. Puede que la maleta que le había llamado la atención fuera de Charlotte Waite. Era posible que hubiera sido esta la que, sola o con ayuda de otra persona, hubiera matado a su amiga. Waite había dicho que su hija era una «pusilánime», pero para Maisie aquella mujer era cada vez más una incógnita.

—Esto se pone interesante, ¿no cree, señorita?

—Intrigante es lo que me parece, muy intrigante. He escrito a la hermana Constance, de la abadía de Camden, en Kent, y espero noticias suyas a vuelta de correo. Tanto si Charlotte ha buscado refugio allí como si no, la hermana Constance podrá despejar las dudas de una aspirante a monja. Iré a verla lo antes posible. Y quiero hacerle una consulta al doctor Blanche, de modo que pasaré primero por Dower House cuando llegue a Chelstone para hablar con él.

—¿Le hará una visita a su padre de paso?

—Por supuesto. ¿Por qué lo preguntas?

—Su padre es un hombre maravilloso. Pero me parece que no lo ve mucho, eso es todo, aunque es la única familia que le queda.

Maisie acusó el golpe sorpresa. La simplicidad de la observación de su ayudante le dolió, como si le hubiera picado un bicho invisible. Sabía que solo algo que es verdad puede doler de esa manera y se sonrojó.

—Visito a mi padre todo lo que puedo —contestó ella inclinándose sobre un montón de documentos, los ordenó y, por último, miró la hora—. Pero ¿has visto qué hora es, Billy? Ya deberías haberte ido. Aunque no vas a llegar a tiempo a casa para jugar con tus hijos, ¿no?

—Ah, sí, no se preocupe. No pasa un día sin que juguemos un rato antes de que se acuesten. Me gusta brincar y corretear con ellos, aunque mi señora se queja. Dice que se alborotan y luego no se duermen.

—Ya está bien por hoy. Mañana por la mañana he quedado con el inspector Stratton para ir a casa de Lydia Fisher. Tendrás que defender tú el fuerte un par de días mientras esté en Kent.

—Cuente conmigo, señorita —dijo Billy estirando la pierna herida y levantándose a continuación.

—¿Vuelves a tener molestias en la pierna? Parecía que esta mañana te dolía menos.

—Va y viene. Será mejor que me marche.

—Muy bien, Billy.

Se puso el abrigo y se despidió de ella con la mano. Después bajó las escaleras con torpeza, que se apreciaba en el sonido de cada paso cada vez más lejano. La puerta del portal se abrió y se cerró con un golpe seco. Eran las seis de la tarde.

Maisie no tenía prisa por marcharse. Había sido un día largo en el que habían sucedido muchas cosas, pero en vez de tener ganas de irse a casa, lo que quedaba del día se le hacía muy pesado. Tal vez bajara a la cocina a tomarse un chocolate caliente con Sandra, una de las criadas que se habían quedado en la mansión de los Compton en Belgravia, mientras que el resto del servicio estaba en Chelstone. Aunque Sandra, Valerie y Teresa eran unas chicas agradables, no sabían muy bien qué pensar de Maisie, puesto que sabían que en otro tiempo había sido criada como ellas, pero ya no lo era. Así que se sentían incómodas a la hora de entablar conversación con ella, aunque fueran simpáticas.

Recogió sus notas, guardó la correspondencia pendiente en el maletín, comprobó que había cerrado el escritorio, apagó la lámpara de gas y salió del despacho. El día siguiente era laborable y esperaba descubrir más detalles sobre la muerte de Lydia Fisher, y puede que también sobre el carácter, los motivos y el paradero de la hija de su cliente. Se recordó a sí misma que tenía que preparar algunas preguntas más para Joseph Waite sobre las amigas de su hija. Por el momento no había decidido si preguntarle por su hijo.

Había mucho ajetreo en la plaza cuando salió del portal y cerró la puerta tras de sí. Había gente que iba a visitar a sus amistades, estudiantes de Arte de la Escuela Slade de Bellas Artes que volvían a sus alojamientos, y gente entrando y saliendo de la tienda de comestibles de la esquina, donde la señora Clark y su hija, Phoebe, trabajaban sin descanso para ofrecer a la ecléctica clientela los artículos más peregrinos, pese a que el país estaba sumido en una depresión.

Maisie giró a la derecha en Warren Street poniéndose los guantes por el camino cuando se detuvo de repente para mirar a dos hombres que estaban de pie al otro lado de la calle. Acababan de salir del pub Príncipe de Gales y se detuvieron un momento bajo una farola, pero enseguida se apartaron para ocultarse entre las sombras. Ella también se internó en la oscuridad para que no la vieran. Los hombres estuvieron hablando unos minutos mirando con nerviosismo a su alrededor. Uno de ellos, el desconocido, se sacó un sobre del bolsillo del abrigo, mientras que el otro miró a un lado y a otro antes de cogerlo y de ponerle algo en la mano. Maisie sospechó que serían varios billetes de una libra enrollados en pago por lo que acababa de recibir. Permaneció donde estaba viéndolos marcharse. El que no conocía regresó al pub; vio el pelo claro del otro al pasar bajo la luz de las farolas que atravesaba débilmente la neblina nocturna, mientras se alejaba cojeando con paso vacilante hacia Euston Road.

MAISIE SE SENTÓ en su habitación en el número 15 de Ebury Place llena de preocupación. Cuando Sandra subió a preguntarle si le gustaría tomar un «buen chocolate caliente», ella rechazó el ofrecimiento y siguió mirando la oscuridad de la noche por la ventana. ¿Qué le estaba pasando a Billy? De repente parecía sumido en lo más hondo de un dolor invalidante y al minuto estaba lleno de vitalidad y energía. Era como si pasara de olvidarse de las reglas más básicas del trabajo que realizaban juntos, trabajo que se había tomado muy en serio desde el principio, a ser tan productivo que Maisie había empezado a considerar la posibilidad de subirle el sueldo en un momento en el que la mayoría de los patronos estaban recortando las plantillas. Las heridas que Billy había sufrido en la guerra seguían molestándole, por mucho que dijera que no. Y tal vez hubiera subestimado por completo la capacidad de su ayudante para gestionar los recuerdos que llegaban con aquella marea de dolor que fluctuaba de un modo tan alarmante.

El silencio se instaló en la habitación y penetró en las fibras del suntuoso tejido de lino de las cortinas. Maisie puso en orden sus pensamientos y procuró alejar aquel denso silencio revisando sus notas sobre el caso Waite una vez más. Habían asesinado a Lydia Fisher antes de que pudiera preguntarle por Charlotte Waite. ¿La habrían matado para que no pudiera hablar con ella? ¿Y qué pasaba con el caso Coulsden? ¿Había sido la noticia sobre el asesinato en el periódico lo que había provocado la huida de Charlotte? ¿Se trataba de dos asesinatos aleatorios, una simple coincidencia que no tenía nada que ver con su caso? Maisie valoró alguna pregunta más antes de dar por terminado el día. Sentía que su cuerpo no estaba sereno, señal inequívoca de desasosiego mental, por lo que debía relajarse si quería dormir bien y que le cundiera el trabajo al día siguiente.

Cogió las almohadas de la cama y las puso en el suelo, se aflojó la bata un poco para tener más libertad de movimiento y se sentó sobre ellas con las piernas cruzadas. Solo había una manera de apaciguar sus pensamientos y las pulsaciones altas, y era dominar el cuerpo a través de la meditación. Inspiró por la nariz profundamente cuatro veces, posó las manos sobre las rodillas uniendo el pulgar y el índice de cada una, y entornó los ojos. Fijó la mirada ante sí en una mancha en la alfombra que apenas se apreciaba y procuró vaciar la mente de todo pensamiento. Poco a poco, la calma de la habitación la inundó y el pulso frenético de unos momentos antes se unificó con el ritmo de su respiración. Cada vez que una idea o una preocupación trataba de abrirse camino en su mente, se relajaba y las rechazaba, y en su lugar imaginaba que desaparecían de su campo de visión interior, como si fueran nubes cruzando el cielo vespertino. Respiraba hondo y estaba serena.

Al cabo de un rato, abrió los ojos por completo y reconoció la verdad que le había sido revelada en el silencio de la meditación, el motivo por el que evitaba visitar a su padre, porque este se daría cuenta de inmediato. La verdad que llevaba tanto tiempo evitando era sencilla: se sentía sola. Permaneció inmóvil aún unos minutos más preguntándose si habría sido ese el motivo del sufrimiento de Charlotte Waite.

6

Maisie se despertó con la luz del sol que se filtraba por la rendija donde se unían los dos paños de las cortinas y le acariciaba los párpados hasta que abrió los ojos. Movió la cabeza para evitar el haz de luz, alargó la mano y alcanzó el reloj de la mesilla.

—Pero ¡si son las ocho y cuarto!

Se levantó de un salto, entró corriendo en el cuarto de baño, abrió los grifos de la bañera y tiró de la palanca que activaba la ducha que habían instalado hacía poco tiempo. Además del agua bien caliente que salía por la alcachofa de veinte centímetros de diámetro, la tubería vertical contaba con varias salidas más que pulverizaban el agua al resto del cuerpo.

—¡Ay, no! —exclamó de pie debajo del agua mientras extendía el brazo para coger el jabón, pues acababa de darse cuenta de que se había empapado la larga mata de pelo, y no se le iba a secar antes de irse. Salió de la ducha quejándose en voz alta de aquella modernidad y se secó el cuerpo a toda prisa, se envolvió la cabeza en una gruesa toalla blanca y se puso un sencillo albornoz de algodón. Después se sentó delante del tocador para aplicarse crema hidratante en el rostro y se echó lo que le sobró en las manos. Se dio unos toquecitos en las mejillas y retiró el exceso de crema con la punta de la toalla. A continuación se puso una pequeña cantidad de carmín en las mejillas y los labios, y volvió corriendo al dormitorio. Sacó del armario un recatado vestido azul oscuro de cintura baja y manga francesa. Casi siempre elegía vestidos y faldas que le llegaban a media pierna, y se alegraba de que la moda volviera a apostar por ello después de haber flirteado con unos cortes más atrevidos. Le iría bien con su fiel chaqueta azul oscuro, que ya tenía unos años, su viejo sombrero *cloche* y sus sobrios zapatos negros. De hecho, el *cloche* le resultaría muy práctico esa mañana.

Se quitó la toalla de la cabeza y miró la hora: ocho y media. Tardaba un cuarto de hora en llegar a la estación Victoria caminando a paso ligero, así que solo le quedaba un cuarto de hora para secarse el pelo. Agarró la chaqueta, el sombrero, los guantes y el maletín, cogió seis horquillas de un cuenco de cristal que había en el tocador y salió de la habitación a todo correr, cruzó el rellano y abrió la puerta disimulada de la izquierda, que conducía a las escaleras traseras de la casa.

Según entró en la cocina, las tres criadas, que estaban charlando, dieron un respingo cuando la oyeron.

—A lo mejor podéis ayudarme. ¡Tengo que secarme el pelo lo más rápidamente posible!

Sandra fue la primera en reaccionar, seguida de Teresa.

—Tess, coge las cosas de la señorita Dobbs. Venga por aquí, señorita. No conseguiremos que se seque del todo, pero sí lo bastante como para que se lo pueda recoger. Abre la puerta de la estufa, Val, deprisa.

Maisie se percató de que cuando estaba allí abajo, en el territorio del servicio, las tres criadas se dirigían a ella como «señorita», mientras que cuando estaba en la parte de arriba de la casa la llamaban «señora». Se frotó el pelo con la toalla una vez más e inclinó la cabeza delante de la puerta de la estufa como le indicaban para que se le fuera secando con el calor del fuego.

—No se acerque demasiado, señorita. No querrá que se le chamusque ese pelo tan precioso que tiene, ¿a que no?

—Me dan ganas de prenderle fuego, Sandra.

—Siempre podemos ir a por la máquina verde esa de la señora para secar el pelo, ya sabe, la Hawkins Supreme. La ha utilizado solo una vez. Dijo que era como si te pusieran una aspiradora en la cabeza.

Valerie, que había empezado a agitar el periódico matutino sobre la cabeza de Maisie para que el calor se repartiera por todo el pelo, soltó una risita. Sandra no pudo seguir conteniendo la risa y lo mismo le pasó a Teresa. Maisie las miró a través de una cortina de pelo húmedo y, por primera vez en mucho tiempo, se rio también.

—¡Ay, no me hagáis reír así! —exclamó secándose las lágrimas.

—Lo siento mucho, señorita, es que, bueno, nos ha hecho gracia la situación. Quiero decir que no hemos podido evitarlo, ¿sabe? Jamás pensamos que entraría en la cocina corriendo, hecha un manojo de nervios.

Maisie se echó hacia atrás y se cepilló el pelo para poder recogérselo en una trenza manejable.

—¡También soy humana! La señora Crawford me habría dado un pescozón por cepillarme el pelo en la cocina, ¡os lo aseguro!

Valerie se acercó a la puerta de la estufa mientras Sandra limpiaba la larga mesa de la cocina con un paño.

—Pues nos alegramos de verla reír, señorita, de verdad que sí. Reírse es bueno para el cuerpo. Alegra la vida y te da energía, se lo digo yo.

—Os agradezco la ayuda y la compañía —dijo Maisie con una sonrisa y consultó el reloj de plata que llevaba prendido en el vestido—. Tengo que irme o llegaré tarde.

Sandra dejó el paño que tenía en la mano.

—La acompaño hasta la puerta, señorita.

Maisie estuvo a punto de decirle que no hacía falta, pero entonces se le ocurrió que lo mismo Sandra, la criada que más tiempo llevaba sirviendo en la casa y la mayor de las tres a sus veintiséis años, quería decirle algo de manera confidencial. En lo alto de las escaleras de piedra del lateral de la mansión, Maisie se volvió hacia la otra chica sin decir una palabra y sonrió para incitarla a hablar.

—Espero que esto que voy a decirle no le parezca fuera de lugar, señorita. —Entrelazó las manos detrás de la espalda y se miró un segundo los zapatos negros lustrados, como buscando la mejor manera de expresarse. Vaciló un momento. Maisie no dijo nada, pero se acercó ligeramente a ella—. Verá, usted trabaja mucho, salta a la vista. Incluso por la noche. Lo que quería decirle es que siempre puede bajar a charlar si le apetece. Es que... —calló mientras tiraba de un hilo suelto del delantal—, bueno, sabemos que no puede hacerlo cuando todos están aquí porque es algo que no se hace, ¿verdad? Pero cuando está usted sola en la casa, queremos que sepa que no tiene por qué estarlo. —La miró como si ya hubiera terminado, pero entonces añadió—: Aunque seguro que se aburre con nosotras.

Maisie sonrió y contestó:

—En absoluto, Sandra. Sois muy amables. Algunos de los momentos más felices de mi vida los he pasado en esa cocina. Acepto vuestro ofrecimiento. —Miró la hora—. ¡Cielos! Ahora sí que tengo que darme prisa, pero, Sandra...

—¿Sí, señorita?

—Gracias. Gracias por vuestra comprensión.

—De nada, señorita —respondió la joven haciéndole una leve reverencia, y se despidió de ella con la mano.

El inspector Stratton se bajó nada más pararse el coche y abrió la puerta de atrás para que Maisie subiera. Se sentó junto a ella y sin saludar siquiera se puso a hablar del «caso Fisher».

—Voy a ir directo al grano, señorita Dobbs: ¿Qué hacía su ayudante en casa de Lydia Fisher el día que la asesinaron?

—Inspector Stratton, aún no ha podido confirmarme que mi ayudante fuera a verla justo el día que murió, ya que no la encontraron hasta las once de la mañana del día siguiente.

—No me ponga más dificultades, por favor, señorita Dobbs. Le estoy permitiendo que entre de nuevo en la casa de la víctima esta mañana con la esperanza de que pueda ayudarnos con la investigación.

—Y yo le agradezco la confianza, inspector. Lo que intento señalar es que aún no sabemos con exactitud cuándo murió la víctima. ¿O sí lo sabemos?

Maisie le sonrió con la calidez que todavía conservaba de las risas compartidas menos de una hora antes.

El inspector se mostró ligeramente molesto.

—Spilsbury afirma en su informe que la muerte tuvo lugar hacia las seis de la tarde del día antes de que usted la encontrara. Y ahora, ¿qué puede decirme de Beale?

—Efectivamente, el señor Beale fue a ver a la señora Fisher a su casa. Sin embargo, se marchó de allí antes de las cuatro para regresar a la oficina, pues teníamos una reunión, y yo respondo por él.

—¿Hasta qué hora estuvieron él y usted juntos?

—Inspector...

—Señorita Dobbs.

—Serían aproximadamente las seis. Estoy segura de que su esposa le confirmará que llegó a casa a eso de las seis y media aproximadamente. Va al trabajo en autobús o en metro, aunque creo que prefiere tomar el tren para volver a casa, porque es un poco más rápido. Desde St. Pancras en la línea Metropolitan hasta Whitechapel. Depende del tren, pero no creo que llegara más tarde de las siete. Dudo que estuviera por ahí mucho más, puesto que le gusta jugar con sus hijos antes de que se acuesten. —Se quedó pensativa un momento antes de añadir—: Sé que de vez en cuando se toma una cerveza en el Príncipe de Gales, pero solo al final de la semana.

—Tendré que interrogarlo. Lo entiende, ¿no?

—Sí, por supuesto, inspector.

Maisie miró por la ventanilla. El coche disminuyó la velocidad para girar en Cheyne Mews y el chófer condujo hasta el número 9. Fuera había un agente de policía. Stratton no hizo ademán de bajar, pero se volvió hacia Maisie.

—Dígame otra vez por qué vino a ver a la señora Fisher, señorita Dobbs.

Ella llevaba la respuesta preparada.

—Ahora mismo estoy dispuesta a aferrarme a un clavo ardiendo, inspector, y se me ocurrió que tal vez la señora Fisher podría arrojar algo de luz sobre un caso en el que estoy trabajando, que tiene que ver con una joven que ha desaparecido de la casa de sus padres. Había relación aunque endeble. Tengo entendido que se conocían, y quería hablar con ella para ver si podía decirme algo más sobre el carácter de la chica desaparecida. He de añadir que la «chica» tiene treinta años y un padre de lo más autoritario.

—¿Y Beale?

—Él se estaba encargando de confirmar el nombre y el paradero de sus conocidos. La relación entre la mujer que buscamos y la señora Fisher ha sido intermitente, por lo que ni siquiera sabíamos si la dirección que teníamos era correcta. Mi ayudante estaba comprobando los datos cuando la señora Fisher llegó a su casa, y aprovechó para hablar con ella. Conversaron un rato y luego él se marchó. Ya le he contado el resto.

—¿Y cómo se llama la mujer que están buscando?

—Como ya le dije ayer, he firmado un contrato de confidencialidad. En caso de que sea imprescindible desvelar el nombre de mi cliente, lo haré con el fin de preservar la seguridad pública y la justicia. Pero en este momento le pido que respete mi obligación profesional hacia mi cliente.

El inspector frunció el ceño, pero asintió con la cabeza.

—No seguiré insistiendo por el momento, señorita Dobbs. El sospechoso que buscamos es un hombre, no una mujer. Sin embargo, me gustaría saber si tiene alguna otra información que considere pertinente para el caso.

—Solo que el señor Beale comentó que la señora Fisher había bebido alcohol en vez de té.

El inspector se frotó el mentón y la miró de nuevo.

—Sí, coincide con lo que ha encontrado Spilsbury.

Maisie se puso los guantes, cogió su bolso y se preparó para bajar del coche.

—¿Ha dicho algo Spilsbury sobre la teoría del envenenamiento, inspector?

—Ya lo creo —contestó Stratton alargando la mano para abrir la portezuela—. Está claro que la envenenaron. Lo ingirió con el té, de modo que es muy probable que tomara una taza o dos en algún momento después de que el señor Beale abandonara la casa. Cuthbert está ahora mismo en su laboratorio trabajando con ahínco en identificar el veneno o la combinación de sustancias que utilizaron, aunque sir Bernard Spilsbury ha dicho que sospecha que se trata de un opiáceo, morfina con toda probabilidad.

—¿Y qué me dice del ataque con el cuchillo?

—Ya estaba muerta cuando se produjo el ataque. De ahí que hubiera tan poca sangre en el escenario, como ya vio usted. Pero aún quedan aspectos que resolver respecto al cuchillo.

—¿Ah, sí?

—Parece que las cuchilladas son similares a las que infligiría una bayoneta. Pero ya conoce a sir Bernard. Nos entregará una descripción detallada sobre el arma de un momento a otro.

Maisie inspiró bruscamente e hizo una última pregunta mientras el inspector le abría la puerta.

—¿Y ha confirmado la relación entre este caso y el de Coulsden?

Stratton le tomó la mano cuando Maisie salía del coche.

—El *modus operandi* es idéntico.

—MENUDA FORMA DE estropear una alfombra tan bella —dijo el inspector mirando hacia la calle desde la ventana de la sala de dibujo.

Hacer comentarios frívolos era habitual entre aquellos que se dedicaban a investigar crímenes violentos. Maurice le había dicho a Maisie mucho tiempo atrás que formaba parte del intento inconsciente de encontrar un poco de normalidad en algo que distaba mucho de ser normal. Pero era la primera vez que oía a alguien referirse así a una Aubusson.

—¿Podría dejarme un rato a solas en la habitación, por favor, inspector?

El hombre se calló momentáneamente, pero al final se encogió de hombros, salió y cerró la puerta tras de sí. Aunque nunca había trabajado con Maurice Blanche, había oído hablar de sus métodos a otros colegas que sí habían coincidido con él y sabía que sus «extrañas» tácticas conducían con mucha frecuencia a una resolución rápida del caso en cuestión. No cabía duda de que la antigua ayudante de Blanche seguía los procedimientos que había aprendido de él. Habían examinado la habitación a fondo, por lo que no había riesgo de que se contaminara ninguna prueba. Y Stratton sabía que, de haber querido, Maisie Dobbs podría haber alterado el escenario o haberse llevado pruebas cuando llegó, puesto que había sido ella quien había encontrado el cuerpo.

Maisie recorrió despacio la habitación tocando algunas de las pertenencias de Lydia Fisher y una vez más la asaltó la sensación de que aquella mujer se sentía sola; que había anhelado conversar en vez de hablar; una pasión sincera en vez de lujos; el tipo de conexión íntima que brinda la amistad verdadera en vez de una panda de aduladores de la alta sociedad.

Tomó nota con cuidado de todo lo que había en la sala de dibujo: cortinas de terciopelo azul claro, un diván de un intenso color lapislázuli con ribetes en azul claro, un escritorio de roble de estilo *art nouveau*, un juego de mesitas, que en ese momento se encontraban perfectamente recogidas una debajo de la otra en vez de tiradas por el suelo, un espejo con forma de mariposa gigante en una pared y una pintura modernista en la otra; el mueble bar en la esquina, a la derecha de la ventana, que la policía había «limpiado» a conciencia y un gramófono en la esquina de enfrente. Era una sala agradable y espaciosa, pero se notaba que era la sala de alguien que vivía sola, no de una mujer casada.

Se aproximó al diván, se arrodilló junto a la mancha de color marrón oscuro de la alfombra y tocó el lugar en el que había caído Lydia Fisher. Cerró los ojos e inspiró profundamente mientras tocaba con suavidad el punto en el que la sangre de la mujer asesinada se había derramado sobre la alfombra. Y mientras lo hacía sintió que la envolvía un aire frío y húmedo. No era una sensación inesperada, sino que sabía que llegaría cuando buceara en el pasado en busca de una razón, una palabra, una pista. Lo que fuera, que pudiera decirle por qué había algo tan reconocible en una habitación que no había pisado hasta el día anterior.

Pasaron los segundos. El tiempo quedó suspendido. En vez de la habitación en la que se encontraba, estaba viendo la que Charlotte Waite había abandonado a toda prisa cinco días atrás. Había sentimientos compartidos por ambas, y aunque el primero que se le pasó por la cabeza fue la soledad, que le resultaba fácil de comprender, Maisie sabía que había otra cosa, algo que por el momento se le escapaba, y que vinculaba a las dos.

Abrió los ojos y la conexión con Lydia Fisher comenzó a debilitarse. Oyó la voz de Stratton que se acercaba. Era obvio que pensaba que había tenido tiempo de sobra para trabar contacto con lo que quiera que Lydia Fisher hubiera dejado en la habitación. Maisie echó un último vistazo, pero justo cuando iba a abrir la puerta se sintió atraída hacia la ventana por la que se había asomado el inspector momentos antes. Se inclinó sobre el alféizar y le entraron ganas de levantar la ventana para tomar aire. La repentina calidez que notó en las manos la empujó a mirar hacia abajo. Pensó que el radiador había calentado la madera. Recorrió todo el alféizar con las manos y se agachó para ver si podía bajar la calefacción. Para su sorpresa, las tuberías de hierro estaban frías. Tocó después la pared y los tablones del suelo palpando con la yema de los dedos. Había algo allí para ella, algo importante. Ya se oían las pisadas del inspector al otro lado de la puerta cuando notó que algo suave y punzante al mismo tiempo le rozaba el índice. Se acercó para ver qué era. Era un objeto blanco y pequeño, tanto que la persona encargada de la limpieza podría haberlo barrido sin darse cuenta. La policía no lo habría encontrado de interés. Una voluta insignificante que podría haber caído al suelo en cualquier momento, desde cualquier parte.

—Señorita Dobbs —dijo Stratton al tiempo que llamaba a la puerta.

—Pase, inspector.

Maisie estaba doblando un pañuelo de lino cuando entró el hombre.

—¿Ha terminado, señorita Dobbs?

—Sí, inspector. Me he puesto triste. Discúlpeme, por favor —dijo sorbiéndose la nariz mientras se metía el pañuelo en el bolsillo.

Maisie y el inspector Stratton abandonaron la casa y continuaron la conversación en el coche.

—¿Qué piensa?

—Me gustaría saber algo más sobre el señor Fisher, ¿a usted no, inspector?

—Por supuesto. De hecho, ya tengo a mis hombres en ello.

—¿Dónde está? ¿A qué se dedica?

—Pues resulta que su trabajo afecta directamente al lugar en el que se encuentra. Es una especie de viajero, un explorador si lo prefiere. Según la criada, casi nunca está en casa. Pasa la mayor parte del tiempo recorriendo lugares remotos acompañando a grupos de individuos que tienen interés en el tema, todos ricos, que le pagan una buena suma para que los lleve a África Oriental, al desierto de Gobi o a algún otro lugar por el estilo para hacerse fotos con unos animales que podrías ver fácilmente en el zoo de Regent's Park.

—Eso lo explica.

—¿Qué explica?

—Su soledad.

—Mmm —comentó él mirándola de soslayo.

—¿Puedo pedirle un favor, inspector? —preguntó ella con una sonrisa.

—Señorita Dobbs, me da miedo que vaya a pedirme alguna otra cosa por la que podría perder mi trabajo.

—No si sirve para dar con el asesino. Me pregunto si podría ver alguno de los objetos personales que se tomaron de la casa de la víctima de Coulsden.

—Escuche, señorita Dobbs, aunque le agradezco mucho la interpretación que pueda darme desde su «punto de vista de mujer», siento curiosidad por saber por qué le interesa ese caso. Que le interese este de la señora Fisher es comprensible, dada la «endeble» vinculación con uno de sus casos privados. Pero no veo razón alguna para que examine los efectos personales de la señora Sedgewick. Sería de todo punto inadmisible.

—Lo entiendo, inspector.

Continuaron un rato en silencio.

—Puedo pedirle al chófer que nos lleve hasta la puerta de su oficina si quiere.

—No, inspector, aquí está bien. Tengo que hacer varios recados antes de volver.

El coche se detuvo delante de la estación de Victoria y de nuevo el inspector Stratton salió primero y le ofreció la mano a Maisie para ayudarla a bajar.

—Gracias, inspector.

—Señorita Dobbs, estoy seguro de que el encuentro entre la señora Fisher y su ayudante tuvo lugar tal y como me ha contado, pero he de interrogarlo mañana por la mañana. Como comprenderá, en circunstancias normales el procedimiento sería más formal. Sin embargo, en este caso le pido que le indique que se persone en la central a las diez de la mañana en punto.

Tras dejarla en la estación, Stratton se preguntó qué información habría recopilado Maisie Dobbs en los minutos que había estado a solas en la casa de Lydia Fisher. ¿Qué podría saber una joven seria como la señorita Dobbs sobre la vida de una mujer alcohólica y asidua a las fiestas como Lydia Fisher?

Eran las once de la mañana cuando Maisie se separó de Stratton. Antes de volver a Fitzroy Square, pasó un momento por Ebury Place. Entró por la puerta de servicio situada en un lateral, pasó a toda prisa por la cocina, en la que reinaba el silencio, y subió directamente a su apartamento por las escaleras de atrás. Al entrar se quitó la chaqueta, sacó el pañuelo blanco de lino del bolsillo y, sin mirar siquiera la delicada voluta envuelta entre sus pliegues, la depositó en el cajón de la izquierda de su escritorio. Allí estaría segura.

7

—No está mal para ser viernes por la mañana, ¿eh, señorita? —dijo Billy quitándose el abrigo y colgándolo detrás de la puerta. Se frotó las manos con una sonrisa—. Eché en falta nuestra conversación de las cinco de ayer, pero recibí su nota de que iba a pasar a ver a la peluquera y a la modista de la señorita Waite por la tarde, después de su reunión de la mañana con el inspector Stratton. He estado comprobando más nombres de la agenda, aunque no hay mucho más por donde seguir.

—Eso he pensado yo, pero no debemos dejar ni una piedra por mover.

—Y buena razón tiene, señorita. ¿Le contó algo interesante la peluquera?

—No mucho. Solo que Charlotte había cambiado en las últimas semanas. Según parece, solía arreglarse el pelo un día a la semana, a veces más si tenía que ir a alguna fiesta. Pero en las últimas seis semanas solo había pasado por allí una vez para cortarse el pelo y le dijo que quería un estilo recatado que le permitiera recogérselo en un moño. —Maisie tomó una carpeta que tenía en el escritorio—. Y la modista no la ve desde hace semanas, algo inusual, puesto que Charlotte siempre le estaba pidiendo que le hiciera todo tipo de arreglos a su carísima ropa.

—Bueno, como tenemos que ver al señor Waite esta tarde, quizá le saquemos algo de información. Apuesto a que se alegra de que sea ya fin de semana, ¿a que sí?

—Voy a dedicar el fin de semana a trabajar en el caso Waite y a ir de visita a Kent. Y a ti aún te queda para el fin de semana, Billy. Detesto decirte esto, pero tienes que estar en Scotland Yard a las diez en punto.

A Billy le cambió la expresión nada más oírlo.

—¿En Scotland Yard?

—No te preocupes, Billy, es por el caso Fisher. —Maisie levantó la vista de los documentos que estaba sacando del maletín para dejarlos encima de la mesa—. ¿Qué ocurre? ¿Has hecho algo que pudiera haber despertado su interés? —Sonrió al decirlo, pero lo miró con atención.

Billy se volvió hacia el servicio de té y respondió dándole la espalda.

—No, claro que no, señorita. ¿Té?

—Sí, gracias. Tenemos por delante un día ajetreado, sobre todo porque voy a estar fuera hasta principios de semana y hoy tenemos que salir de aquí a las dos para acudir a la reunión de las tres con Joseph Waite. No quiero llegar tarde.

—Tiene razón, señorita.

—Y antes de que me lo preguntes, la comida se ha cancelado, así que hoy no voy a ver al inspector, lo que tampoco es extraño teniendo en cuenta que mañana estarás con él un par de horas. Tenemos que avanzar con nuestro caso. Esta no es la primera vez que Charlotte se fuga, aunque los dos pensamos que ya tiene edad suficiente para vivir sola. Pero el hecho es que nuestra opinión no cuenta y lo que ocurra entre Joseph Waite y su hija es asunto suyo, al menos en ese aspecto. —Levantó una mano para hacer callar a Billy, que parecía querer decir algo—. Sí, ya sé que nos hemos dado toda la prisa que hemos podido, pero me preocupa que Lydia Fisher pudiera haberte dicho algo, de forma inconsciente o deliberada, que te indujera a error sobre el deseo de Charlotte de hacerse monja.

Tenemos que asegurarnos de que nuestro cliente quede satisfecho, y cuanto antes, pero ahora mismo hay motivos más apremiantes para localizar a Charlotte Waite. Es posible que nos veamos obligados a involucrar a la policía.

—Sí, señorita.

—No podemos obviar el hecho de que hemos identificado una posible, y hago hincapié en lo de «posible», vinculación entre el asesinato de dos mujeres y la desaparición de Charlotte Waite.

Billy infló los carrillos.

—Caramba, señorita, dicho así...

—Exacto.

—Pero... —empezó a decir Billy cambiando de postura en la silla para estirar la pierna—, pero he estado repasando la libreta de direcciones y la primera mujer, la víctima de Coulsden, no está. He buscado en la P de Philippa y en la S de Sedgewick, así que si la señorita Waite la conocía, estará en la otra libreta.

—Buena idea. Tenemos que averiguar más cosas sobre la señora Sedgewick. Si te queda tiempo cuando termines con Stratton y Caldwell, mira a ver si puedes averiguar algo más sobre el asesinato de la señora Sedgewick; repasa los periódicos otra vez. Lo que me recuerda... no dejes que el sargento Caldwell te saque de quicio, Billy. No le hagas caso y recuerda que su trabajo consiste en provocarte un poco. —Se quedó pensativa—. Ojalá hubiera una forma de que pudieras entablar una conversación informal con el inspector ya que vas.

Billy soltó una carcajada.

—Creo que no es conmigo con quien quiere charlar, señorita.

Maisie se sonrojó y se levantó para echar un vistazo al mapa del caso.

—Entonces, ¿no ha recibido noticias de la hermana Constance? —continuó Billy.

—No, aún no. No se puede pretender que una monja de clausura te llame por teléfono. Pero espero recibir noticias en el correo de esta tarde. Crucemos los dedos. Si sigue siendo la mitad de meticulosa que solía ser, te aseguro que habrá respondido de inmediato. Mi carta le llegaría ayer por la mañana, de modo que suponiendo que enviara su respuesta con el correo de la tarde, debería llegar hoy.

—¿Y ha decidido salir hacia Kent el lunes?

—Puede que antes. He hablado con el doctor Blanche y lo veré primero a él para preguntarle por Waite.

—Que no se le olvide saludar al señor Dobbs de mi parte.

Maisie miró la hora y asintió con la cabeza.

—Por supuesto, Billy. Y ahora será mejor que te vayas. No queremos hacer esperar al inspector.

Billy corrió la silla hacia atrás arañando el suelo e hizo una mueca de dolor mientras arrastraba el pie.

Su jefa fingió no darse cuenta, pero mientras él se ponía el abrigo, no pudo evitar expresar su preocupación en voz alta.

—¿Seguro que no pasa nada porque me vaya? No creo que sean más de dos días, pero puedo volver antes si no te ves con fuerzas para hacerlo todo tú solo.

—No, señorita. Ya se lo dije la semana pasada. Me encuentro mejor. Tengo mucha más energía y no me duele tanto como antes. Si le digo la verdad, creo que con el mal tiempo se me estaban oxidando los restos de metralla que me han quedado en las piernas.

Maisie sonrió.

—Muy bien, Billy.

Cuando su ayudante se hubo marchado, se puso a recoger los papeles y los guardó bajo llave en el cajón del escritorio.

Después miró la hora, y acababa de coger el chubasquero, el sombrero y los guantes cuando sonó el timbre de la puerta de la oficina, que se accionaba a través del tirador de bronce situado junto a la puerta de entrada del edificio. Maisie se preguntó quién sería. El momento era de lo más inoportuno. Se le ocurrió que a lo mejor la hermana Constance había optado por enviar un telegrama. Bajó corriendo las escaleras.

—¡Señora Beale, qué sorpresa!

Maisie se sorprendió verdaderamente al ver a la mujer de Billy en la puerta con su hijo mayor agarrado de la mano y con la bebé apoyada contra la cadera. Había visto a Doreen Beale solo en una ocasión, cuando fue al pequeño adosado donde vivían en Whitechapel para llevarles los regalos de Navidad. Ya entonces Maisie sospechó que aquella mujer de campo menuda pero fuerte no terminaba de encajar en aquel barrio en el que todos los vecinos estaban muy unidos, ya que venía de Sussex y no compartía ni la forma de hablar ruda ni el sentido del humor bullicioso de la gente con la que se había criado su marido.

—Espero que no le moleste que me presente sin avisar, señorita Dobbs, pero quería saber si podría dedicarme un momento. Sé que el señor Beale no está. Lo he visto salir. No quería que supiera que he venido a verla.

—Por supuesto. Subamos al despacho —contestó Maisie retrocediendo un paso para dejarla entrar.

—¿Pasa algo porque deje el carrito del bebé aquí fuera?

—No hay ningún problema, señora Beale. He de confesarle que no he visto niños por aquí, pero creo que no pasará nada por dejarlo. Pase, subamos al despacho.

Maisie sonrió al mayor de los niños, que escondía la cabeza entre los pliegues del abrigo de su madre, y después a la bebé, que había decidido copiar a su hermano y escondía la cabeza en su brazo. No le pasó por alto que la tela de la manga estaba húmeda de babas.

Le ofreció una silla. Después fue a buscar una hoja de papel en blanco de las que guardaba en el escritorio y la puso en el suelo junto al bote de los lapiceros de colores.

—¿Te apetece dibujarme un tren? —dijo Maisie sonriendo al niño de pelo rubio platino, que le daba apariencia de elfo, y que guardaba un gran parecido con su madre. —Anda, Bobby, haz un tren bien bonito.

Con uno de los niños ocupados y la otra adormilada, Maisie sonrió a Doreen.

—Y dígame, señora Beale, ¿en qué puedo ayudarla? ¿Le ocurre algo a Billy?

Los ojos de la mujer se enrojecieron, lo que acentuaba el tono claro de su piel. Maisie se fijó en que se le habían hinchado las venas azul claro de las sienes al intentar contener las lágrimas.

—Vamos, vamos, señora Beale. ¿Qué ocurre? Cuéntemelo.

Maisie rodeó el escritorio y le puso el brazo por encima de los hombros. La bebé empezó a lloriquear, y el niño dejó de dibujar y se quedó inmóvil en el suelo con el pulgar en la boca. Se le habían llenado los ojos de lágrimas, era el fiel reflejo de su madre.

Doreen Beale se calmó y se volvió hacia su hijo sonriendo.

—Vamos, Bobby, haz un dibujo bonito para papá. —Se levantó y le indicó a Maisie con la cabeza que la acompañara hasta la ventana—. Lo escuchan todo... —susurró—. Es por Billy, señorita Dobbs. Había pensado que tal vez podría decirme qué le pasa.

—Haré lo que esté en mi mano... —comenzó a decir Maisie, pero Doreen la interrumpió. Era evidente que necesitaba desahogarse.

—Verá, mi Billy era un hombre muy estable. Nunca perdía los estribos, nunca tenía altibajos. Incluso después de la guerra, cuando empezamos a salir juntos, claro que éramos jóvenes por entonces, pero a pesar de todo lo que había vivido siempre fue muy cabal. Nunca vi que tuviera cambios de humor o que perdiera los estribos, ya le digo. —Se movió levemente para recolocarse a su hija sobre la cadera—. El caso es que de un tiempo a esta parte, desde hace unos pocos meses, ha cambiado. Sé que vuelve a tener molestias en la pierna, en realidad nunca desaparecieron del todo, y eso lo desanima mucho. Un dolor constante como ese termina consumiéndolo a uno.

Maisie asintió, pero no dijo nada. Doreen Beale sacó un pañuelo del bolsillo de su modesto abrigo y se limpió el agua que se le había acumulado en la punta de la nariz.

—Un día está lleno de energía, arreglando cosas en la casa, jugando con los niños, ya sabe. Es como un abejorro: viene a trabajar, vuelve a casa, va a por verdura a la parcela en la que tenemos el huerto, casi no saca tiempo ni para comer. Y de repente todo le parece mal, hasta se le pone la piel cenicienta. Y sé que la pierna es la causa de todo. Bueno, y supongo que los recuerdos también tendrán algo que ver. —Se sorbió la nariz de nuevo—. Discúlpeme, señorita Dobbs. Mi madre siempre decía: sea como sea, no dejes que tus hijos vean que estás disgustada.

Maisie guardó silencio un momento y, al final, dijo:

—He de decirle que yo también me he fijado en que la conducta de Billy ha sufrido cambios, señora Beale. Y también estaba preocupada, así que me alegro de que haya venido a hablar conmigo. Debe de estar muy angustiada.

La mujer asintió con la cabeza.

—Billy es un padre maravilloso y se ocupa de que no nos falte de nada, siempre lo ha hecho. Es una joya, ¿sabe?, una verdadera joya. No como muchos que veo por ahí. Pero no sé qué le pasa. Y lo peor es que me da miedo volver a preguntárselo.

—¿Qué pasó cuando se lo preguntó?

—Pues que dice que está bien y luego se va a hacer no sé qué. Ah, sí. Antes solía quedarse a tomar una cerveza con sus amigos el viernes por la noche, después del trabajo. Ya le digo que mi Billy no es como algunos de ellos, solo media pinta una vez a la semana, pero ahora llega tarde a casa dos o tres veces a la semana, algunas veces lleno de energía y otras con una cara hasta los pies. Esta semana ha llegado a casa tarde el martes, el miércoles y el jueves, bien pasadas las siete.

Maisie intentó no dar muestras de alarma.

—¿Llegó tarde el martes y también el miércoles?

—Sí, pero no la culpo a usted por pedirle que se quede trabajando hasta tarde.

Maisie no dejó que viera lo sorprendida que estaba. Esperó un momento antes de hablar.

—Señora Beale, ¿quiere que hable yo con Billy?

—Ay, no lo sé, señorita Dobbs. Quiero decir que sí, me gustaría, pero soy muy medrosa. ¿Sabe?, mi madre siempre decía que no había que hablar sobre el matrimonio de una fuera de casa y con alguien ajeno a la pareja, no estaba bien.

Maisie se quedó pensándolo un momento, consciente de lo que tenía que haberle costado a Doreen Beale ir a verla.

—Creo que su madre tenía buena intención, pero a veces hablar con alguien de confianza ayuda. Por lo menos la habrá aliviado saber que yo también me he fijado en el cambio de comportamiento. Hablaré con Billy. Y no se preocupe, no le diré que ha venido a verme.

La mujer se secó los ojos con el pañuelo y asintió con la cabeza.

—Será mejor que me vaya, señorita Dobbs. Tengo que terminar de coser un vestido de novia esta semana.

—¿Tiene mucho trabajo, señora Beale? —preguntó Maisie, que sabía que los ingresos de una modista dependían del dinero que tuviera la gente.

—No tanto como antes, pero llegan algunos encargos. Y la gente sigue apreciando el trabajo bien hecho.

—Me alegro. ¿Quiere lavarse la cara con agua fría? Yo me quedo aquí pendiente de los niños mientras usted se acerca en un momento al aseo, está al final del rellano. Hay un lavabo y he puesto una toalla limpia esta mañana.

Cuando regresó, Bobby seguía dibujando su tren con los colores y Maisie estaba junto a la mesa con la pequeña en brazos, la cabecita de esta apoyada suavemente en el hueco que se formaba entre el cuello y el hombro de la joven. Doreen Beale cogió a sus niños y se fue. Maisie la observó caminar hacia Warren Street empujando el carrito en el que Lizzie dormía bien tapada con su manta y Bobby colgado del extremo, agarrándose a la barra con los dedos regordetes. Cuando se apartó de la ventana, consciente de que iba a tener que darse prisa para llegar a tiempo a su cita con la sombrerera de Charlotte, Maisie se tocó el cuello donde aún podía sentir la suavidad algodonosa de la cabecita de Lizzie Beale.

8

Maisie sospechaba que la entrevista con Stratton había sido agotadora para Billy, sobre todo al saber que este no había vuelto a casa nada más salir del despacho la noche que asesinaron a Lydia Fisher. Aunque no creía que hubiera vuelto a Cheyne Mews, estaba preocupada después de haber presenciado el miércoles la turbia transacción entre él y otro hombre.

La entrevista con Stratton y Caldwell en Scotland Yard había sido larga, y nada más llegar al despacho, Billy y ella salieron hacia Dulwich para reunirse con Joseph Waite en su casa. Maisie confiaba en poder discutir por el camino en qué punto se encontraban de la búsqueda de Charlotte Waite y en que Billy le contara con detalle lo sucedido en la entrevista, pero este parecía sumido en una fatiga profunda. Iba mirando por la ventana del copiloto, sin hacer ninguno de sus comentarios habituales sobre la gente dedicada a sus quehaceres cotidianos que veían por la calle, ni entretenerla con su conversación sazonada con ocurrencias y juegos de palabras.

—Supongo que estás cansado después de la reunión con Stratton de esta mañana, ¿no?

—No, no, solo estaba pensando, señorita.

—¿En qué, Billy? ¿Estás preocupado por algo? —preguntó ella prestando atención al tráfico y al comportamiento de su ayudante.

El hombre se cruzó de brazos como si tuviera frío.

—Estaba pensando en esas dos mujeres, en la señorita Waite y la señora Fisher. Eran como dos gotas de agua.

—¿Qué quieres decir?

—Me da la sensación de que las dos estaban un poco aisladas, no sé. Vale que salían y eso, o al menos lo hacían antes de que la señorita Waite se encerrase en sí misma. Eran un par de fiesteras, pero al final no estaban..., no sé cómo decirlo... —Billy entrecerró los ojos buscando la palabra exacta—. Unidas. Eso es, era como si no estuvieran unidas a nadie. Fíjense en mí, por ejemplo. Yo estoy unido a mi mujer y a mis hijos. Las personas están unidas a los que quieren y que las quieren. Eso se nota cuando entras en una habitación, ¿a que sí, señorita? —La miró por primera vez desde que se habían metido en el coche—. Hay fotos en la cómoda y todo tipo de trastos que se van acumulando. Y se respira paz. Mi mujer diría que es porquería que no sirve para nada, pero ya sabe a lo que me refiero.

—Sí, lo sé, Billy.

—Exacto. El caso es que, como le decía antes, cuando hablé con mi amigo, el que trabaja en el *Express*, me dijo que lo que se dice por ahí, y ya sabe que no pueden publicar esas cosas, es que habían visto a la mujer de Coulsden, Philippa Sedgewick, con un hombre casado que no era su marido.

—¿Te tendrá tu amigo al tanto de los nuevos descubrimientos?

Billy se rio.

—Bueno, es un amigo nuevo, señorita. ¿Se acuerda de que dijo que tenía que empezar a relacionarme con aquellos que me dan información? Este tipo estaba tomando unas cervezas en el Príncipe de Gales el miércoles después del trabajo y cantó como un ruiseñor.

—¿El miércoles por la noche? ¿No querías llegar a casa antes de que se acostaran los niños?

—La ocasión la pintan calva, ¿no le parece? Vi que entraba a tomarse una rápida cuando pasaba por la puerta y pensé que no podía dejar pasar la oportunidad, como usted diría. Y funcionó, ¿no cree?

—Bueno, ya hablaremos con más detenimiento después de la reunión con Waite. No puedo decir que me apetezca mucho.

—Ni yo. ¡Y que no se le olvide aparcar con el morro hacia fuera!

HARRIS, EL MAYORDOMO de Waite, ya se había recuperado de su enfermedad y los invitó a entrar en el espacioso vestíbulo, tras lo cual sacó un reloj de bolsillo del chaleco.

—Las tres menos cuatro minutos. Los conduciré a la biblioteca. El señor Waite se reunirá con ustedes a las tres en punto.

Los llevó a la biblioteca y se aseguró de que se sintieran cómodos antes de marcharse. Maisie y Billy llevaban un segundo a solas cuando se abrió la puerta. Joseph Waite entró y sacó una silla para sentarse sin darle tiempo a Billy a levantarse en señal de respeto. Se dejó caer con pesadez y miró la hora.

—Diez minutos, señorita Dobbs. Veamos, hace cuatro días que le pedí que buscara a mi hija. ¿Dónde está Charlotte?

Maisie tomó aire despacio y sin alterarse una pizca dijo:

—Creo que podría estar en Kent, señor Waite, aunque aún no puedo confirmarle dónde ha buscado refugio con exactitud.

—¿Cómo que refugio? ¿Y por qué habría de necesitar refugio mi hija?

—¿Puedo hablar con franqueza, señor Waite?

El fornido hombre se reclinó en la silla y se cruzó de brazos. Maisie se preguntó si sabría lo fácil que era leer lo que revelaba con su actitud. Con ese único movimiento le estaba diciendo que no le gustaba su franqueza.

—Sospecho que su hija huyó de esta casa por miedo.

Waite se inclinó hacia delante.

—¿Miedo? ¿De qué tendría...?

—No estoy segura aún —lo interrumpió ella—, aunque mi ayudante y yo estamos siguiendo varias líneas de investigación. Nuestra prioridad es contactar con ella.

—Si sabe dónde está, vaya y tráigala. Para eso le pago.

—Señor Waite, es posible que su hija haya buscado refugio tras los muros de un convento, en cuyo caso ni siquiera podré hablar con ella si no sigo el protocolo de comunicación establecido.

—Creo que nunca había oído semejante sarta de estupideces —soltó él levantándose y apoyándose sobre los nudillos encima de la mesa—. Si sabe dónde está mi hija, señorita Dobbs, quiero que la traiga de inmediato. ¿Me ha entendido?

—Muy bien, señor Waite —respondió ella sin moverse, excepto para reclinarse ligeramente en su asiento. Mantuvo las manos entrelazadas sobre el regazo con calma. Billy la imitó.

—¿Alguna cosa más, señorita Dobbs?

Maisie consultó la hora.

—Aún nos quedan casi cinco minutos, señor Waite, y me gustaría hacerle algunas preguntas.

El hombre la miró un segundo, como valorando cuánta autoridad perdería sentándose de nuevo. Tomó asiento y se cruzó de brazos otra vez.

—¿Puede decirme si conoce usted a Philippa Sedgewick o a Lydia Fisher?

—Sí que puedo. Son conocidas de mi hija, de hace años. Creo que sigue en contacto con la señora Fisher, aunque no se ven con frecuencia. Dudo que haya visto a la otra mujer desde hace años.

—¿Alguna otra amiga? Seguro que su hija tendrá más de dos amigas.

Waite vaciló un momento y frunció el ceño. Se inclinó hacia delante y empezó a girar el anillo que llevaba en el meñique.

—Sí, tenía otra amiga. —Suspiró mientras seguía haciendo girar el reluciente anillo—. Pero está muerta. Se suicidó hace un par de meses.

Maisie no mostró sorpresa alguna ante la revelación.

—¿Y cómo se llamaba?

—Rosamund. Thorpe era su apellido de casada. Vivía en la costa, no sé dónde exactamente. Fueron juntas al colegio hace años, en Suiza.

Maisie se inclinó hacia delante también.

—¿Se disgustó mucho Charlotte cuando se enteró de la muerte de su amiga?

—Como ya le he dicho, hacía años que no hablaban. Que yo sepa, Charlotte se enteró cuando vio su nombre en las esquelas del periódico.

—Señor Waite, parece que el compromiso de Charlotte con Gerald Bartrup se rompió en torno a la fecha en la que se enteró de la muerte de su amiga.

—Ha ido a ver a Bartrup, ¿no es así?

—Por supuesto. Y según el señor Bartrup, su hija rompió el compromiso. No tengo motivo para desconfiar de su palabra.

Waite cerró los ojos un segundo y negó con la cabeza.

—¿Por qué no me dijo que Charlotte era su hija pequeña, señor Waite?

El hombre se sobresaltó de manera visible. Frunció los labios y después inspiró profundamente como queriendo serenarse y respondió con brusquedad a la pregunta.

—Porque no tiene nada que ver con el comportamiento de Charlotte, por eso. No tiene nada que ver con que huyera de casa. La he contratado para que investigue la desaparición de mi hija, señorita Dobbs, no mi vida. Ah, ya sé, piensa que es la pena o algo parecido lo que ha propiciado su huida. Pues no estaban muy unidos, aunque Joe era muy cariñoso y cuidaba de su hermana; pero ella iba siempre por ahí con aires de suficiencia, como su madre.

Waite se inclinó todavía más sin dejar de mirarla, pero Maisie mantuvo la calma, mientras Billy tomaba notas en una ficha.

—Era uno de los mejores, señorita Dobbs, mi ojito derecho. Siempre estaba dispuesto a ayudar. Lo había iniciado en el negocio, desde abajo del todo, para que fuera ganándose el respeto que necesitaría cuando empezara a subir en la empresa. Y rápidamente se encontró como pez en el agua, se lo digo de verdad. Jamás se quejó de que una tarea fuera indigna de él. Pero en respuesta a su pregunta, no se lo dije porque no era más que una niña cuando su hermano murió y ahora es una mujer. ¡Esta tontuna que le ha dado no tiene nada que ver con mi Joe!

Maisie miró la hora. Le quedaba un minuto.

—¿Y cuándo murió su hijo, señor Waite?

El hombre clavó la mirada en la mesa y cuando volvió a levantarla, tenía los ojos llenos de lágrimas.

—Lo mataron en 1916. En julio, en la batalla del Somme.

Maisie asintió comprensiva. No hacía falta que le diera el pésame. El dolor de la pérdida que dejaba la guerra arrojaba una sombra densa en ocasiones, traslúcida como la gasa en otras. Pero nunca desaparecía.

Joseph Waite miró la hora y se despidió de Maisie y de Billy dándoles la mano. Ya se marchaba cuando se volvió y preguntó:

—¿Por qué tiene tanto interés en las tres antiguas amigas de Charlotte, señorita Dobbs?

Maisie agarró el maletín.

—Porque están las tres muertas, señor Waite. Pensé que habría visto la noticia de la muerte de la señora Sedgewick y de la señora Fisher en la prensa. Qué coincidencia, ¿no le parece?

—Se me deben de haber pasado por alto. Suelen interesarme más el comercio exterior y los negocios nacionales; temas de actualidad que afectan de lleno a mi empresa. Que es lo que provocará la desaparición de mi hija si no regresa pronto a casa. Depende de usted, señorita Dobbs.

—Espero poder comunicarme con ella en persona muy pronto. Comprenderá usted, señor Waite, que si bien Charlotte podría dejarse convencer para volver a casa, no se la puede obligar.

Waite no dijo nada, pero dejó escapar un gruñido de impaciencia y abrió la puerta. Se giró para decir la última palabra.

—La quiero de vuelta en esta casa, señorita Dobbs. ¡Si no encuentra un marido adecuado con el que vivir, lo hará bajo mi techo! —Y mirando a Maisie con cara de pocos amigos lanzó un ultimátum—: Voy a estar unos días fuera visitando algunas de mis tiendas, volveré el martes. Espero que me traiga a mi hija para entonces. El martes, señorita Dobbs. Tiene hasta el martes.

Cerró dando un portazo. Harris abrió la puerta a continuación para acompañarlos a la salida.

Billy le sostuvo la puerta del conductor a Maisie para que entrara en el MG y los sobresaltó un furioso aleteo, seguido de una bandada de palomas que salían volando de un antiguo palomar situado en un extremo del jardín.

—¡La madre que...! ¿Ha visto eso? —exclamó Billy.

—¡Qué preciosidad! —contestó ella.

Él se estremeció.

—A mí no me lo parece. Prefiero un perro viejo y sarnoso.

Las palomas regresaron al palomar, solas o por parejas, y entraron por las diminutas puertas.

—¡Mire, con el «morro hacia fuera»! —exclamó Billy bromeando de nuevo.

—Será mejor que nos vayamos.

Ninguno dijo una palabra mientras se acercaban a la verja principal, que les abrió el mismo joven que los dejó entrar la primera vez. Los dos suspiraron aliviados cuando dejaron atrás la residencia Waite.

—Qué tipo más raro es ese Joseph Waite, ¿no cree?

—Y que lo digas.

—Oiga, ¿cree que ha dicho la verdad sobre lo de que no sabía que habían asesinado a esas dos mujeres?

Maisie aceleró con seguridad y respondió:

—Ni por asomo, Billy, ni por asomo.

Nada más regresar a la oficina, Maisie y Billy se pusieron a trabajar: añadieron información nueva al mapa del caso de Charlotte Waite y revisaron otros casos abiertos. Durante el tiempo que Maisie estuviera fuera de Londres, Billy se ocuparía de redactar el informe de dos clientes, además de sus otras tareas. Con el informe final presentaban también la factura, y con clientes que eran buenos pagadores, como observó Billy, presentar la factura final en el momento oportuno era imprescindible.

Estuvieron juntos hasta las seis, momento en el que Maisie lo mandó a casa. Por su parte, ella regresaría a Ebury Place para preparar su corta visita a Kent. Tenía intención de salir el sábado por la mañana temprano hacia Chelstone. Iba a tener unos días muy ajetreados. La carta de la hermana Constance había llegado en el correo de la tarde. En ella le decía que, a pesar de que estaba recuperándose de un fuerte resfriado, le encantaría volver a verla. También tenía que hablar con Maurice y con lady Rowan antes de ir a la abadía. En el camino a la mansión de Belgravia, anotó mentalmente otra cosa más que tenía que hacer en el viaje. Chelstone estaba a una hora de camino más o menos de Hastings, en la costa de Sussex, y había descubierto que allí era donde había vivido Rosamund Thorpe.

Por fortuna, no encontró mucho tráfico hasta Ebury Place. Mientras conducía, la lluvia unida a los restos de una niebla mezclada con humo de color verde amarillento golpeaba el parabrisas. En ese momento, Maisie no pensaba en el trabajo que le esperaba, sino en su padre, Frankie Dobbs. Siempre que lo visitaba, el hombre repetía lo mismo: «¿Yo? No te preocupes por mí, tesoro. Estoy bien, feliz como una perdiz». Pero ella sí se preocupaba, y le daba vergüenza no visitarlo con más frecuencia pese a su preocupación.

Entró en la casa por la puerta de la cocina. Cuando los Compton regresaran del campo, volvería a entrar por la puerta principal, que abriría nuevamente Carter, el mayordomo de la familia desde hacía años. Y la señora Crawford, que había pospuesto la jubilación un año más, que habría que añadir al año anterior y al previo a ese, volvería a ser ama y señora de la cocina. Maisie se movía entre los dos mundos de la casa, y sabía bien que la única forma de gozar de buen crédito tanto arriba como abajo era moverse con sumo cuidado.

Dejó el maletín en el escritorio de su sala de estar y se hundió en el sillón que había junto al fuego, que crepitaba alegremente. Por fin en casa. ¿De verdad era su hogar? ¿Había dejado que lady Rowan la convenciera tan fácilmente para vivir allí porque no quería rechazar a la mujer que tanto le había dado? ¿Cuándo había sido la última vez que se había sentido realmente «en casa»?

Maisie suspiró y se estiró para descorrer las cortinas y mirar la espiral de niebla que envolvía la farola. Dentro de poco los días serían más largos y más cálidos, o eso esperaba. Aquella mezcla de niebla y humo que cubría la ciudad se disiparía en cuanto se apagaran los últimos rescoldos en las chimeneas durante el verano. Mientras contemplaba las volutas de niebla, se acordó de la casita adosada y ennegrecida por el hollín en el barrio de Lambeth, donde había vivido con sus padres. Con los dos, es decir, hasta que cumplió los trece, cuando su madre murió en los brazos de su padre. Lo último que le había dicho era que cuidara bien de su hija. El último hogar de verdad había sido aquella casa con su padre, hasta que este decidió que lo mejor para ella sería que entrara a servir en la mansión de lord y lady Compton en Ebury Place.

En ese momento llamaron a la puerta.

—Adelante.

Sandra abrió la puerta sin hacer ruido y sonrió.

—Buenas noches, señora. ¿Quiere cenar aquí o en el comedor?

Maisie sonrió también. Volvía a ser «señora» cuando estaba arriba. Miró la hora. Las siete en punto. Se le estaba ocurriendo un plan inspirado en la perspectiva de pasar la noche sola en sus habitaciones. Aunque no podía identificar el lugar actual en el que se sentía en casa, sí había alguien que para ella era su hogar, y reconoció que tenía ganas de estar con él.

—Sandra, ¿crees que podrías prepararme algo para comer en el coche? Un trozo de pastel de carne o un sándwich de queso tal vez... y una botella de Vimto o algún otro refresco.

—No irá a salir con la noche que hace, ¿verdad? —dijo la criada señalando con un gesto de la cabeza la niebla nocturna, que parecía espesarse por momentos.

—No creo que mañana temprano haga mejor tiempo, ¿verdad? Recogeré la cena de camino al coche. Solo tengo que preparar una bolsa con unas cuantas cosas y enseguida bajo a la cocina.

—Como quiera, señora. Estará listo para cuando baje.

—Gracias, Sandra.

Maisie salió con cuidado de las cuadras situadas detrás de la casa a la húmeda noche londinense. Condujo hacia el sur con precaución, tomó Old Kent Road y después siguió hacia Sevenoaks y Tonbridge; desde allí continuó por estrechos caminos rurales hacia Chelstone.

La niebla comenzó a dispersarse en cuanto dejó atrás la ciudad; ya solo tenía que preocuparse por una lluvia fina. Descubrió la pequeña cesta de mimbre que llevaba en el asiento del copiloto y buscó el sándwich. En cierto modo, viajar de noche y cruzarse con algún coche esporádico tenía un efecto calmante. El motor del coche retumbaba con un sonido que inspiraba confianza, y Maisie reflexionaba no solo sobre los aspectos de su vida que parecían reclamar su atención cuando menos lo esperaba, sino también sobre la vida de Charlotte Waite y sus amigas.

Con la mano derecha en el volante y la atención en la carretera, alargó de nuevo la mano izquierda hacia la cesta en busca de una servilleta de lino y se limpió las manos y la boca. Tomó a continuación el refresco y le quitó el corcho con los dientes. Sandra había descorchado la botella en la casa y luego había vuelto a poner el corcho, pero sin apretarlo para que a Maisie le resultara más fácil retirarlo. Bebió unos sorbos y dejó la botella abierta en la cesta con cuidado, rodeada con la servilleta para que le costara poco agarrarla y evitar que se volcara. Frenó al ver que unos conejos cruzaban la carretera en dirección al campo, y tuvo que mover un poco el volante para rodearlos cuando se quedaron inmóviles ante la luz de los faros.

Por fin llegó a Chelstone. Atravesó el pueblo y vio que las luces del pub El zorro y los perros seguían encendidas, probablemente para que el dueño pudiera ver bien el suelo adoquinado mientras lo barría con una recia escoba, porque desde luego ya no eran horas de poner más cervezas. Y unos minutos después enfiló el sendero amplio y curvado que conducía a Chelstone Manor, haciendo crujir y saltar la grava bajo las ruedas. Había luces encendidas. Los Compton, sobre todo lady Rowan, se acostaba tarde. Maisie pasó por delante de Dower House, donde vivía Maurice, y giró a la izquierda unos cientos de metros más adelante. El camino se estrechaba cuando aparcó en la puerta de Groom's Cottage, la cabaña del mozo de cuadra, donde vivía su padre. Sacó el equipaje sin hacer ruido y se dirigió a la casa de puntillas. Se asomó a la celosía de la ventana y vio a su padre dentro, iluminado por la luz suave de una única lámpara de aceite, mirando el fuego de la chimenea.

La luz de las llamas se reflejaba en los pliegues y las arrugas de su rostro, y Maisie cayó en la cuenta de que había otra razón en el fondo de su reticencia a visitarlo tanto como debería. Aunque seguía teniendo vitalidad, ya era un hombre mayor, y ella no quería afrontar la realidad: que la persona que era su hogar estaba ya en el ocaso de la vida y que en cualquier momento se lo arrebatarían.

—Ay, papá —susurró corriendo hacia la puerta de atrás y entrando en la casa de su padre.

A LA MAÑANA siguiente se despertó con el olor a beicon dorándose en la cocina de leña. Los rayos del sol envolvían la colcha en un resplandor, y Maisie se levantó de un salto, tomó la bata vieja de lana que estaba colgada detrás de la puerta y, agachando la cabeza para no darse con las vigas bajas del techo, bajó corriendo a la cocina.

—Buenos días, papá.

—Muy buenos días, tesoro —dijo el hombre, de pie delante de los fogones mientras daba la vuelta a dos gruesas lonchas de beicon—. ¿Un huevo o dos? Yo mismo los he recogido esta mañana, están fresquísimos. No como esos que compras en la tienda, que llevan días en un almacén antes de llegar al plato.

—Uno está bien, papá —contestó ella sirviendo té de la tetera de loza para los dos.

—Supongo que irás a ver al doctor Blanche en cuanto termines de desayunar, ¿no, cariño?

Maisie lo miró y fue consciente de que él esperaba que lo hiciera, que fuera de inmediato a la casa de su profesor y mentor. ¿Cuántas veces había pasado un minuto a ver a su padre antes de ir a buscar a Maurice y hablar con él durante horas? Aunque no tenía demasiado tiempo, Maisie se reclinó en la silla.

—No tengo prisa, papá. Pensé que podíamos charlar un rato antes de que vayas a ocuparte de los caballos.

Frankie miró a su hija con una sonrisa resplandeciente.

—Bueno, ya he salido una vez esta mañana —contestó él mirando la hora—. Pero será mejor que vaya otra vez a ver qué tal está la yegua en cuanto termine los huevos y el beicon. No me gusta dejarla sola mucho rato ahora que el pequeño está a punto de nacer. Si te digo la verdad, esta mañana estoy un poco cansado, tesoro.

—Te he echado de menos, papá —dijo ella.

Él sonrió mientras servía una loncha de beicon y dos huevos fritos perfectos en un plato tibio y se lo ponía delante a su hija.

—Aquí tienes. Cómetelo todo, cariño. Tendrás energía para todo el día.

Maisie esperó a que él se fuera antes de marcharse ella también por el estrecho sendero que conducía desde el jardín de su padre a los terrenos de la casa de la viuda. En un extremo del jardín de Maurice, donde el hombre al que habían rendido honores los gobiernos de Francia, Bélgica y Gran Bretaña por sus servicios durante la Gran Guerra ahora cultivaba rosas de concurso, otra verja daba paso al huerto de manzanos y a los prados un poco más allá.

—Ah, Maisie, me alegro de verte.

Maurice Blanche, a esas alturas un hombre bien entrado en los setenta, le tomó las manos entre las suyas, huesudas y con las venas marcadas.

—Lo mismo digo, Maurice —contestó ella apretándole las manos.

—Ven, hija, vamos a sentarnos para que me cuentes qué te trae a ver a tu antiguo profesor.

Maurice la condujo a la sala de dibujo, cogió una pipa del soporte para pipas situado junto al rincón de la chimenea y empezó a cargar la cazoleta con el tabaco que guardaba en una bolsita de cuero. Maisie se relajó en el sillón de orejas y lo observó acercar la cerilla al borde en el ángulo preciso para que el tabaco prendiera y dar varias caladas.

—Y dime, ¿de qué caso se trata? —Tiró la cerilla a la chimenea sin encender y se acomodó en su sillón de cuero favorito.

Maisie le contó que Joseph Waite le había pedido que fuera a verlo a su casa y le habló de la búsqueda de Charlotte. Comentó los asesinatos de Philippa Sedgewick y Lydia Fisher, y el suicidio de Rosamund Thorpe, que tenía intención de investigar. No le pasó desapercibida la reacción casi imperceptible de los ojos del hombre cuando mencionó el nombre de Waite.

—Maurice, tengo que preguntarte...

—Seguro que has visto las notas que tomé sobre Waite hace muchos años.

—Lo he hecho. ¿Puedes contarme lo que ocurrió? ¿Cuál fue la causa de que se cortara la comunicación entre vosotros? No he podido evitar pensar que no era propio de ti.

Maurice dio varias caladas a la pipa y la miró fijamente.

—Joseph Waite, como seguro que sabrás, es un líder nato y audaz. En esencia es un buen hombre, aunque a veces es áspero, difícil de tratar. Es generoso con aquellos que están pasando por circunstancias adversas, y de verdad piensa que no pueden evitarlo. Sabe lo que es esforzarse en el trabajo y exige lo mismo a los demás, que cumplan con lo que se espera de ellos. Es, de hecho, el epítome del hombre hecho a sí mismo.

Maisie esperó a que Maurice diese otra calada a la pipa. Sabía que el «pero» estaba al caer.

—Como habrás visto en las notas, Waite era uno de los benefactores de las clínicas que abrí en las zonas pobres del Este y del Sudeste de la ciudad, era generoso y tenía interés en el proyecto. Lo apoyó económicamente de manera infatigable y desprendida, pero... —Maurice inspiró profundamente y tomó la pipa entre ambas manos, los codos apoyados en los brazos del sillón—. Pero es un hombre que quiere tener siempre el control o, al menos, creer que lo tiene.

—¿Qué ocurrió, Maurice?

—En resumen, empezó a darme instrucciones sobre cómo tenía que actuar en determinados aspectos de mi trabajo. Puede que esto que digo te parezca inofensivo. Sin embargo, sus instrucciones revelaban hondos prejuicios. Empezó a hacerme exigencias relacionadas con el tipo de personas a las que mi personal y yo podíamos atender en las clínicas y a las que no. Intentó estipular la naturaleza de las enfermedades o indisposiciones que podíamos tratar y las que no. Las personas que acudían a las clínicas eran seres humanos y, como médico, no podía rechazar a un enfermo, ya fuera un delincuente o un borracho, aunque aquellos que maltrataban gravemente su salud recibían una severa advertencia de lo que podría sucederles.

Maisie aguardaba pensativa mientras el doctor construía la siguiente parte del relato.

—Igual que hacía con sus tiendas, Waite tenía la costumbre de presentarse sin previo aviso en las clínicas. Yo siempre había permitido el acceso a los benefactores. Después de todo, ver el trabajo que realizábamos para los más desfavorecidos los animaba a realizar nuevas contribuciones. Eran pocos los que iban. Sin embargo, Waite era uno de los que querían saber en qué se gastaba su dinero. En la ocasión que nos ocupa, una de las personas que trabajaban conmigo estaba entrevistando a una chica. Yo no estaba allí en ese momento. Era una chica muy joven y estaba embarazada, aunque de pocos meses. —Maurice se sacudió una escama de ceniza de la manga—. El personal que me ayudaba tenía instrucciones mías de centrarse en la salud de la madre y del bebé. Habíamos proporcionado refugio a otras mujeres jóvenes en situaciones parecidas o les habíamos buscado un lugar en el que se ocuparan de ellas. En ningún caso había que ponerlas en la situación de tener que entregar a su hijo cuando naciera. —El hombre negó con la cabeza—.

»Las clínicas no son instalaciones de gran tamaño, apenas dos o tres salas, y un almacén pequeño para el material médico. Aunque hacemos todo lo que podemos para asegurar la confidencialidad de los pacientes, Waite oyó parte de la conversación e irrumpió para juzgar la situación y decirles, tanto a la enfermera como a la chica, que se hallaba en un momento emocional inestable, lo que pensaba. La chica salió corriendo. En cuanto me contaron lo sucedido, hice saber a Waite que su dinero ya no era bienvenido.

Maisie pensó que la discusión debió de ser incendiaria.

—¿Qué le pasó a la chica?

Maurice suspiró antes de contestar.

—Cuando el personal la localizó, ya había decidido recurrir a un aborto clandestino. La llevaron de nuevo a la clínica a toda prisa, pero era demasiado tarde. Hice todo lo que pude por salvarle la vida, pero murió aferrándose a mi mano.

—¡Oh, no! —exclamó ella tapándose la boca con las manos.

Maurice se levantó y vació la cazoleta de la pipa golpeándola contra el muro de ladrillo de la chimenea.

—Aun viviendo aquí, sigo estando muy implicado en el trabajo que se realiza en mis clínicas. Razón de más para asegurarme de que personas cualificadas cuiden y protejan la salud de las mujeres y los niños. Y ahora me aseguro también de que ningún benefactor visite la clínica sin mi permiso expreso. Algo que se regala es incondicional por naturaleza. Waite llegó a mi clínica con su tendencia a dominarlo todo y sus prejuicios arraigados en la experiencia, y creo que por todo ello mató a una inocente. No, a dos inocentes. Me pidió en varias ocasiones que aceptara su dinero, pero me negué. Un hombre difícil, Maisie.

Los dos guardaron silencio un momento. El hombre sugirió que salieran a dar un paseo por el huerto. Menos mal que Maisie se había vestido para la ocasión, pues conocía la máxima de su mentor: «Si quieres resolver un problema, sácalo a pasear». Completaba los pantalones de color marrón oscuro, anchos como dictaba la moda, con unos zapatos para caminar también marrones, una blusa de lino de color hueso y una chaqueta de *tweed* modelo Harris en la misma gama de tonos, con cuello esmoquin y unos bolsillos cuadrados grandes a la altura de las caderas.

Pasearon por la hierba todavía húmeda entre los árboles en flor, que prometían una generosa cosecha en verano, y hablaron del trabajo de Maisie, de los desafíos que le planteaba y de cómo se había apañado para dirigir ella sola su propio negocio después de que Maurice se jubilara formalmente el año anterior. Por último, Maisie le expuso su preocupación sobre Billy.

—Querida, creo que ya conoces la raíz del comportamiento errático del señor Beale.

—Tengo mis sospechas —confesó ella.

—¿Cómo podrías confirmarlas de manera que puedas proteger a Billy?

—En primer lugar, creo que tendría que ir al centro de recuperación All Saints que está en Hastings. Allí trasladaron a Billy tras recibir el alta del hospital de Londres. Deberían tener su historial médico. El problema será que me dejen acceder a él.

—Creo que puedo ayudarte. Conozco al médico que está al cargo. Fue uno de mis alumnos en el King's College de Londres.

—¡Conoces a todo el mundo, Maurice! —exclamó la joven al tiempo que apartaba una rama baja que sobresalía hacia la avenida de árboles por la que caminaban.

—No te creas, pero tengo contactos útiles. Lo llamaré por teléfono antes de que llegues. ¿Cuándo vas a ir?

—Esta tarde. Sé que permiten visitas los sábados.

—Muy bien.

—Como podrás imaginar, lo que realmente necesito es encontrar la manera de que Billy vaya al médico para solucionar el asunto del dolor constante de la pierna.

Maurice se detuvo.

—Maisie, tengo la impresión de que Billy está cansado de médicos. A veces las personas que sufren enfermedades crónicas no son capaces siquiera de hablar con un médico. Y aunque yo lo soy, puedo decirte que con frecuencia tienen motivos para reaccionar así. No tenemos la respuesta a todos los problemas.

—¿Y qué me sugieres?

—En primer lugar, averigua si tus sospechas son fundadas. Después tendrás que hablar con Billy. Eso ya lo sabes. Pero es mejor que antes de una confrontación de esa clase tengas un plan, una idea, una lente que permita ver el futuro cuando el secreto salga a la luz. ¿Me permites una sugerencia?

—Por favor.

—Sugiero que traigas al señor Beale a mi casa. Me gustaría presentarle a alguien que he conocido hace poco.

Maisie asintió con la cabeza.

—Nació en Alemania, aunque vino a este país cuando era niño. Durante el tiempo que fue prisionero de guerra, conoció a un hombre muy interesante, alemán también. Había desarrollado un método de ejercicio y movimiento que ayudaba a mantener la salud en el campo de prisioneros. Ninguno de los prisioneros murió durante la primera pandemia de gripe de 1917. De hecho, la mayoría de los reclusos salió de allí con mejor forma física que antes de la guerra, pese a la desnutrición. Los movimientos físicos incorporados en su programa de ejercicio han seguido poniéndose en práctica con gran éxito en la rehabilitación de hombres que sufrieron lesiones graves. Mi amigo es uno de los médicos que han estado poniendo en práctica ese método de ejercicio.

—¿Quién es?

—Gideon Brown. Después de la guerra se cambió el nombre: pasó de Günter Braun a Gideon Brown. Le facilitó la vida, teniendo en cuenta el modo en el que se trataba en aquella época a aquellos que tenían origen alemán. El hombre que inventó el método ahora vive en Estados Unidos. Se llama Joseph Pilates.

Maisie sonrió.

—Me alegra saber que ya tengo al menos el esquema de un plan... Pero lo primero es ir a All Saints. De hecho, igual puedo matar dos pájaros de un tiro, puesto que Rosamund Thorpe vivía por allí también. —Comprobó la hora—. Las once. Si salgo al mediodía, calculo que llegaré a la una y media.

—Pues será mejor que te des prisa, Maisie. Recuerda que tienes que preguntar por el doctor Andrew Dene. Hablaré con él por teléfono antes de que llegues.

9

Maisie salió marcha atrás de la casa de su padre hasta el sendero que llevaba a la verja de entrada de la finca. Conducía despacio por la grava cuando se encontró con lady Rowan, que paseaba a sus dos labradores, *Nutmeg* y *Raven*, y a su *springer spaniel* galés, *Morgan*, por el césped al borde del camino. Aunque se ayudaba de un bastón con empuñadura de plata, la postura de lady Rowan transmitía juventud. Iba vestida con una falda de paseo de *tweed*, una chaqueta de pana marrón y una bufanda pequeña de pelo. Completaba el conjunto con un alegre sombrero de fieltro marrón también, adornado con una pluma sujeta en la cinta con un broche de amatista. Saludó con la mano a Maisie, que detuvo el coche al llegar a su altura.

—¿Cómo está, lady Rowan? —preguntó bajándose del MG.

—Hola, Maisie, querida. Qué alegría verte. ¿Qué tal va el coche? Espero que te resulte útil.

—Oh, sí, mucho —respondió ella con una cálida sonrisa—. No se ha averiado nunca y va como la seda. Hoy voy a Hastings.

—¿Es por algún asunto emocionante? —Pero antes de que Maisie pudiera decir nada, la mujer levantó una mano y añadió—: Ya lo sé, ya lo sé, no puedes revelar la naturaleza de tu trabajo. No aprendo, según parece. ¡Pero es que da la sensación de que siempre estás ocupada con algo de lo más intrigante! —Se le formaron unas arruguitas en las comisuras de los ojos que enfatizaban la envidia que sentía—. Pero ya no soy la que era, Maisie, ya no soy la que era.

—No diga eso, lady Rowan. ¿Qué es eso que he oído sobre que está criando caballos de carreras?

—Estoy muy emocionada. El bueno de tu padre y yo hemos estado estudiando los registros de cría. Es un hombre muy entendido en caballos, así que esperamos ver el deseo de ganar en los ojos de ese potro. Confieso que me muero de ganas de que nazca, por eso estoy paseando de un lado para otro de la finca. Si no, estaría molestando en las cuadras.

—Mi padre está muy pendiente de la yegua, pero me ha dicho que es posible que el parto se alargue aún uno o dos días.

—¿Cuándo te vas, Maisie? ¿Vendrás a verme antes de que vuelvas a Londres?

Lady Rowan se contenía de hacer demostraciones de afecto que las incomodarían a las dos, pero lo cierto es que consideraba a Maisie casi como una hija.

—Me quedo hasta mañana. ¿No vuelve a Londres a finales de semana?

—Mmm, confieso que estoy tentada de quedarme en Chelstone hasta después del parto de *Merriweather*.

—¿Le parece bien que pase a verla cuando vuelva de Hastings?

—Sí, me parece fenomenal. No te entretengo más. Vamos, *Nutmeg*. ¡*Morgan*, ven aquí! Ya se nos ha vuelto a perder *Raven*.

Maisie se metió en el coche sin dejar de reír y bajó por el sendero. Siguió después por caminos rurales hasta tomar la carretera principal en dirección a Tonbridge. El trayecto hasta Hastings era cómodo. Se encontró con varios vehículos cuando atravesó la zona de verdes prados y bosques conocida como el Weald de Kent hacia Sussex, cerca de Bodiam, donde se apreciaban algunas partes del antiguo castillo detrás de los campos de lúpulo.

Entró en Hastings por el este, por las callejuelas de la zona vieja de la ciudad, que seguía teniendo el aspecto de una población pesquera, en un marcado contraste con las construcciones a lo largo del paseo marítimo en dirección a St. Leonards, levantadas durante el reinado de la reina Victoria para atender las necesidades de un turismo creciente que iba a pasar el día a la ciudad.

Su primera parada sería el hospital All Saints, una mansión de ladrillo en East Hill, en la zona del casco antiguo. Desde allí se veía el canal cuando hacía sol, pero cuando hacía malo tenía que soportar los embates del viento y la lluvia. Pasaba un poco de la una; justo como había calculado. Como hacía bueno, Maisie decidió aparcar en Rock-a-Nore y caminar junto a los edificios de madera de gran altura que servían como almacenes para los aparejos, en los que los pescadores extendían las redes para que se secaran. Subiría a East Hill en el funicular, un vagón que elevaba a los pasajeros desde el nivel del mar hasta la estación situada en lo alto del acantilado y que tenía una estructura de almenas, cada una de las cuales contenía un tanque de hierro con más de cuatro mil quinientos litros de agua que proporcionaban la cantidad necesaria para ejercer el contrapeso que permitía el movimiento del funicular. Desde allí partían los visitantes hacia los acantilados a disfrutar del aire fresco del mar, cortante en ocasiones. El hospital se encontraba a poca distancia a pie de allí.

Tras dejar atrás los puestos en los que los turistas compraban botes de anguila en conserva o caracoles en gelatina, o paseaban y se paraban a comer *fish and chips* en conos de papel de periódico, Maisie compró el billete y se dio cuenta de que subían con ella cuatro mujeres vestidas con faldas de paseo, botas de cuero y gruesos jerséis de lana; iban equipadas para caminar por la montaña. El estómago le dio un vuelco cuando el funicular se puso en movimiento. Se preguntó mientras subían si Billy habría utilizado aquel mismo medio de transporte para bajar a la ciudad en la fase de la convalecencia en la que le permitían hacer excursiones cortas. Sabía que había conocido a Doreen en Hastings. ¿Habría sido en el día libre de la joven, un día en el que cada uno estaba con sus amigos en el paseo marítimo, escuchando tocar a la banda mientras bebían zarzaparrilla? Se imaginó a Billy contando alguno de sus chistes y a Doreen sonrojándose y alejándose con su grupo, pero no sin antes volverse hacia él para sonreírle con timidez. El vagón dio una nueva sacudida antes de parar y Maisie esperó a que las cuatro mujeres se bajaran primero, con sus mapas ondeando al viento. Una de ellas señaló en dirección a Fairlight, ciudad a la que habían llevado a un grupo de mineros en paro para que abrieran una serie de senderos para excursionistas por el borde de los acantilados.

Las gaviotas chillaban bulliciosamente por debajo de ella cuando echó a andar. Desde aquella altura se veían los tejados de las casas construidas un poco más abajo. La arquitectura descubría la historia de la ciudad, desde las casas medievales con las vigas de madera por fuera, que se completaban con cabañas y ahumaderos de pescado detrás de la construcción principal, hasta las mansiones de estilo Regencia, pasando por las pequeñas casas de ladrillo adosadas construidas tal vez solo sesenta años atrás.

Se detuvo una vez a contemplar el hospital All Saints antes de tomar el sendero bordeado de árboles de poca altura y de arbustos que conducía a las amplias puertas de entrada al edificio. El paseo a pie había sido infinitamente más agradable que conducir entre callejuelas antiguas que ascendían en espiral de forma precaria hasta lo alto del acantilado. El hospital era una construcción de ladrillo y madera de planta cuadrada de principios de siglo. Pertenecía a un nuevo estilo de arquitectura, de líneas puras y tejado poco inclinado. Durante la guerra habían añadido edificios nuevos, cuando la casa fue requisada para uso militar como centro de rehabilitación. El propietario había terminado vendiendo la propiedad a las autoridades locales antes de que lo obligaran a vender a menor precio, y en la actualidad se utilizaba como centro de cuidado para enfermos crónicos, aunque muchos de los pacientes seguían siendo antiguos soldados.

La puerta, construida a partir de una pieza de madera de tamaño considerable, se abrió con facilidad cuando Maisie accionó la manilla de bronce y se encontró en un vestíbulo de gran tamaño con suelos de madera y paredes blancas. Se fijó también en las vigas curvas de madera sobre la escalera que se abría ante ella. Habían instalado un ascensor para facilitar el traslado de los pacientes con problemas de movilidad. Pegadas en el suelo, había unas tiras de goma situadas en lugares estratégicos para evitar en lo posible que se resbalaran aquellos que tenían que aprender a caminar de nuevo con soportes ortopédicos, muletas o piernas artificiales. A pesar de los jarrones con flores y el olor a lavanda del producto para pulir la madera y que flotaba en el aire, si uno giraba deprisa o inspiraba profundamente, se apreciaba el inconfundible olor a desinfectante y orina.

Maisie tocó en la ventana de cristal esmerilado de la oficina de conserjería. Le pidieron que esperase allí mientras llamaban al doctor Dene.

—Es un placer conocerla, señorita Dobbs —dijo Andrew Dene tendiéndole la mano cuando aún le quedaban tres escalones para llegar al final de la escalera—. Maurice me dijo que llegaría en torno a la una y media. Sígame, por favor.

Se estrecharon la mano y el médico le indicó otra puerta, que conducía a un pasillo largo. Aunque era uno de los alumnos que habían tenido a Maurice como tutor en la facultad de Medicina, Maisie se había imaginado a alguien más mayor. Por su aspecto no debía de sacarle más de cuatro o cinco años. Si estaba en lo cierto, estaba claro que el doctor no había tardado en obtener el reconocimiento profesional. El pelo castaño claro le caía sobre los ojos cada dos por tres mientras se dirigían a su despacho. Maisie tuvo que apretar para poder seguir el paso atlético del doctor Dene. Se fijó con agrado en su carácter afable y también en el respeto evidente que sentía por Maurice y, por extensión, por ella.

—¿Sabe? —prosiguió el médico—, siempre me había preguntado cómo sería trabajar con Maurice, codo con codo. Una vez me dijo algo sobre su ayudante, pero me quedé de piedra cuando me enteré de que ese ayudante consumado era una mujer.

—No me diga, doctor Dene.

El tono de Maisie llevó al médico a expresarlo de otro modo.

—No, por favor, no me entienda mal. —El doctor Dene abrió la puerta del despacho y le cedió el paso—. Siempre me pasa lo mismo: abro la boca y meto la pata. Lo que quería decir es que... bueno... a veces me daba la impresión de que el trabajo que realizaban era tan arriesgado que...

Ella enarcó una ceja.

—Va a ser mejor que retire todo lo que he dicho y nos concentremos en el asunto que la ha traído hasta aquí antes de que tenga que disculparme de rodillas.

—Si le digo la verdad, doctor, no se me ocurre mejor castigo ahora mismo. —Se quitó los guantes y se sentó donde le indicaba. Pese a la metedura de pata, Dene le parecía divertido—. Hablemos del asunto que nos ocupa.

—Sí, por favor —dijo él consultando la hora. Alcanzó una carpeta de papel manila con los bordes desgastados, apartada de los otros montones de papeles del escritorio—. Tengo una reunión dentro de veinte minutos. Pero no pasa nada porque llegue tarde —dijo sonriendo—. Entiendo que necesita información sobre el historial de un paciente llamado William Beale, cabo del ejército, que vino aquí para recuperarse de sus heridas.

—Así es.

—Bueno, le he echado un vistazo al expediente. He tenido que rescatarlo de lo que llamamos la «mazmorra», abajo, en el sótano. Por desgracia, el facultativo que se ocupó de él ha fallecido, pero todas sus notas están dentro de la carpeta. Parece que el señor Beale tuvo mucha suerte de conservar la pierna. Es asombroso lo que eran capaces de hacer los médicos en aquellas circunstancias, ¿no le parece?

—Creía que usted...

—No, no. Yo estaba en la facultad cuando me alisté, pero aún no tenía el título. Me enviaron al cuerpo de médicos de todos modos, pero no como cirujano, sino como ayudante. No era enfermero ni tampoco médico. Terminé en Malta aprendiendo más cosas relacionadas con las técnicas quirúrgicas que en la facultad cuando retomé las clases. Para entonces ya sabía que lo que me interesaba era lo que les ocurría a los soldados que volvían de la guerra, la recuperación, los cuidados posoperatorios y cómo se los podía ayudar.

—Entiendo. Entonces, ¿qué puede decirme sobre la recuperación del señor Beale?

Dene repasó las notas de nuevo. A veces giraba la carpeta para ver mejor un cuadro o un diagrama, y, por último, cerró la carpeta. Y miró a Maisie.

—Esto no sería como buscar una aguja en un pajar si me dijera por qué le interesa, en el aspecto médico, claro está.

Las formas del médico la sorprendieron, pero comprendía la necesidad, teniendo en cuenta la sucesión de técnicas y terapias que habían anotado en el historial. Maisie le describió sus observaciones sobre el comportamiento de Billy y comentó también que sus cambios de humor estaban afectando a su vida familiar.

—¿Es un cambio reciente?

—Le ocurre desde hace unos meses, y le ha aumentado el dolor en la pierna.

—Ya. —El médico echó mano del historial nuevamente—. Señorita Dobbs, usted fue enfermera en Francia, ¿no es así?

—Sí, yo...

—Y más tarde trabajó con pacientes que sufrían neurosis de guerra antes de volver a Cambridge, según tengo entendido. Maurice me ha contado que también pasó una temporada en el Departamento de Medicina Legal de Edimburgo.

—Es correcto.

—Entonces no hace falta que le diga lo que le pasa, ¿no?

Maisie lo miró fijamente. Sus ojos de color azul profundo echaban chispas.

—Me pareció mejor hablar con el médico que lo atendió, o con su sucesor, antes de sacar conclusiones.

—Una decisión sabia y muy profesional. Y, por cierto, yo soy el sucesor de la doctora Hilda Benton, la mujer que atendió al señor Beale cuando estuvo aquí.

Maisie se puso roja.

Andrew Dene se reclinó en su silla y juntó las manos uniendo la punta de los dedos formando un triángulo. Era el mismo gesto que adoptaba Maurice cuando reflexionaba sobre un problema.

—Le diré lo que sospecho que provoca los cambios de humor del señor Beale. He de añadir que no es inusual, aunque eso no impide que abordar el tema cause terror. Según las notas —se detuvo a abrir la carpeta y le entregó dos páginas—, al principio le trataron el dolor con ingentes dosis de morfina. Imagino que costaba medicarlo; probablemente fuera una de esas personas que ingieren la medicación y siguen sintiéndolo todo.

Maisie se acordaba de cuando llevaron a Billy a la Estación de Evacuación de Heridos en junio de 1917, con los ojos abiertos como platos en el momento en el que el bisturí le cortó la carne, y de la promesa de que nunca olvidaría al médico y a la enfermera que le habían salvado la vida.

—Hay que entender que por aquel entonces no sabíamos tanto sobre posología como ahora. De hecho, en el ejército eran bastante descuidados con la morfina, la cocaína y varios tipos de narcóticos más. Recuerde que la gente podía comprar la heroína y los utensilios para consumirla en la farmacia de la esquina, incluso en Savoy & Moore, para enviársela a los soldados que estaban en Francia por si acaso. Y después todos esperaban que la necesidad de medicarse y el dolor desaparecieran por arte de magia cuando los hombres se quitaran el uniforme. ¡Todo en orden, soldado, puede irse! Por desgracia, en muchos casos el dolor y la adicción persistían. Y aun en el caso de que ambas cosas desaparecieran, el regreso del dolor recrea de forma natural la necesidad de medicación. Ahora tenemos más cuidado, pero existe un próspero mercado negro de cocaína, sobre todo entre antiguos soldados. No quiero difamar a nadie, pero si le soy sincero, señorita Dobbs, creo que el señor Beale tiene un problema de dependencia de los narcóticos. Aunque por lo que me cuenta, parece que no es muy grave. Por el momento.

Maisie asintió con la cabeza.

—Doctor Dene, me gustaría saber si podría aconsejarme cómo debo proceder para que el señor Beale deje de consumir.

—Creo que no es arriesgado suponer que empezó a automedicarse cuando aumentó el dolor. Tenemos que curar la adicción y me temo que no tenemos mucho a nuestro favor. Estoy seguro de que algunos psiquiatras hablan de los éxitos de sus tratamientos, pero, sinceramente, creo que hay que cuestionar esas afirmaciones.

El médico se inclinó hacia delante sobre el escritorio y la miró.

—Si quiere ayudar al señor Beale, le sugiero lo siguiente: aléjelo de la fuente que le suministra la sustancia, ese es el primer paso. Lo siguiente es que admita el dolor y que pruebe terapias físicas. Si es necesario, podemos admitirlo aquí como paciente externo y puedo prescribirle algún analgésico en dosis controladas. Por último, aire fresco y que esté ocupado con algo que sea importante para él mientras se recupera. No estoy a favor de iniciar una cura para ese tipo de trastorno cuando el paciente está ocioso física y mentalmente. Así solo se consigue que piense en los efectos agradables de la sustancia que no puede consumir.

El médico la observó asentir con la cabeza.

—Gracias, por los consejos y por su tiempo, doctor Dene. Ha sido muy amable.

—De nada, señorita Dobbs. Una llamada de nuestro amigo mutuo, el doctor Maurice, es casi como una llamada a filas.

—Antes de que me vaya, doctor, me gustaría saber si por casualidad conoció usted a la señora Rosamund Thorpe. Tengo entendido que vivía por aquí antes de su muerte el pasado febrero.

—¡Qué extraordinaria coincidencia que me lo pregunte! La señora Thorpe visitaba el hospital. Había un grupo de mujeres en la ciudad que venían de visita con regularidad. Les leían a los pacientes, hablaban con ellos, ya sabe, para hacerles un poco más llevadera la estancia. Enviudó poco antes de morir, pero nunca dejó de venir. Estaba pendiente de los antiguos soldados en particular. —Negó con la cabeza varias veces y después continuó—. Nos quedamos atónitos cuando nos enteramos. Había hablado con ella muchas veces desde que trabajo aquí y jamás habría imaginado que se quitaría la vida. —La miró de nuevo antes de seguir—. ¿Puedo preguntarle a qué se debe su interés?

—El caso en el que estoy trabajando me ha puesto en contacto con una de sus amigas. Es lo único que puedo decir. Quiero saber más sobre la vida de la señora Thorpe, y sobre su muerte. ¿Puede contarme alguna cosa, doctor Dene?

El hombre pareció pensar si debía hablar o no antes de responder.

—Como podrá imaginar, lo pasó muy mal cuando falleció su marido, pero no creo que su muerte fuera inesperada, ya que era mucho mayor que ella, y hacia el final estaba muy medicado. De hecho, habían venido a vivir aquí por su salud, con la esperanza de que el aire del mar lo curase. —Negó con la cabeza antes de continuar—. La conducta de los jóvenes Thorpe, los hijastros de la señora Thorpe, casi de la misma edad que ella, con respecto al testamento de su difunto padre fue censurable, pero no me pareció ver en ella la tristeza que uno esperaría notar en un suicida.

—Entiendo.

Maisie confiaba en que el médico añadiera profundidad y color al retrato que estaba haciendo de Rosamund Thorpe. No la decepcionó.

—Sin embargo, sí le diré que no se parecía a las demás voluntarias. —Perdió la mirada en el paisaje marino que se extendía por encima de la pila de libros y papeles que reposaban en el alféizar, sobre los radiadores de hierro fundido—. Estaba muy implicada en su trabajo aquí, siempre quería hacer más. Si el horario de visitas terminaba a las cuatro, la mayoría de las mujeres estaban saliendo por la puerta a las cuatro y un minuto, pero ella se quedaba más, a terminar una carta o a llegar al final del capítulo que le estaba leyendo a algún pobre desgraciado que no podía sostener el libro por él mismo. De hecho, en una ocasión me dijo que estaba en deuda con ellos. Pero fue la manera de decirlo lo que hizo que se me quedara grabado. Al fin y al cabo, todos sentimos que les debemos mucho.

El médico se volvió hacia Maisie y miró la hora.

—¡Diantre! Tengo que irme. —Arrastró la silla para levantarse y dejó el historial a un lado de la mesa tras escribir en la portada: «Devolver al archivo».

—Muchas gracias por su tiempo, doctor Dene. Un asesoramiento minucioso. Le agradezco los consejos.

—No ha sido nada, señorita Dobbs. Permítame una advertencia en cualquier caso. No hace falta que le recuerde que al responsabilizarse de ayudar al señor Beale también se está implicando, técnicamente, en un delito.

—Sí, soy consciente, doctor Dene. Aunque confío, no, espero mejor dicho, que el señor Beale destruya todo resto de sustancias ilícitas en cuanto hablemos.

El médico enarcó una ceja mientras abría la puerta del despacho.

—No subestime la tarea. Por suerte, el doctor Blanche puede ayudarla.

De camino por el largo pasillo, el doctor Dene le indicó cómo llegar a la casa de Rosamund Thorpe y le dio el nombre de su ama de llaves. Estaba claro que todos se conocían en aquella parte de la ciudad.

Cuando llegaron a la salida, a Maisie se le ocurrió otra pregunta.

—Doctor Dene, espero que no le importe que se lo pregunte, pero parece que conoce muy bien al doctor Blanche, más de lo que cualquiera imaginaría en alguien que solo era uno de los muchos alumnos que asistían a sus clases o a sus tutorías. Y su evaluación de la situación del señor Beale, así como el consejo posterior, se parecen mucho a los que habría esperado de él.

El médico respondió fingiendo un acento que había perdido mucho tiempo atrás.

—Soy un chico de Bermondsey. —Y retomando la dicción propia de los condados del este del país con la que había hablado antes añadió—: Mi padre murió cuando yo era muy joven; era operario de mantenimiento, uno de esos que se suben a los edificios altos. Un día, yo tenía apenas quince años, estaba trabajando en la fábrica de cerveza cuando mi madre se puso enferma. No teníamos dinero para ir al médico. Me acerqué a la clínica del doctor Blanche y le supliqué que fuera a mi casa. Estuvo visitando a mi madre todas las semanas y me explicaba los cuidados que tenía que darle; me enseñó a administrarle los medicamentos y a hacer que se sintiera cómoda cuando se acercaba el final. Mi forma de compensarle por lo que había hecho fue ayudarle. Al principio hacía recados y después ayudaba en las clínicas, no con los pacientes, como es obvio, no era más que un niño. De no haber sido por el doctor Blanche, puede que nunca hubiera sabido lo que quería o lo que podía ser en la vida. Me ayudó a entrar en la Universidad de Guys, en la que estudié gracias a una beca. Pero tuve que trabajar a la vez en el turno de noche en la fábrica de cerveza para ganar un sueldo con el que vivir. Después estalló la guerra y creo que ya conoce el resto.

Maisie sonrió.

—Así es, doctor Dene. Conozco el resto muy bien.

10

MAISIE APARCÓ EL coche en West Hill y observó el camino hacia East Hill, por donde había llegado paseando apenas treinta y cinco minutos antes. Había bajado los ciento cincuenta y ocho escalones desde lo alto de los acantilados hasta Tackleway Street y había cruzado un callejón estrecho, uno de los muchos caminos casi secretos que recorrían el casco antiguo de Hastings. Fue a dar a Rock-a-Nore, donde había aparcado el coche al llegar. No le extrañaba que aquel lugar fuera el paraíso de los contrabandistas.

Hacía una agradable tarde de primavera. El sol y una suave brisa jugaban con las crestas espumosas de las olas de tal modo que, si mirabas hacia el Canal, parecía perforado por fragmentos de cristal. Maisie se puso la mano a modo de visera para protegerse los ojos de los destellos de luz y miró hacia el fondo del mar antes de tomar el camino hacia la casa de cuatro plantas de estilo Regencia en la que había vivido Rosamund Thorpe. Estaba ansiosa por entrevistar al ama de llaves y luego volver a Chelstone para planificar la siguiente parte de su visita a Kent. Era muy consciente de que hacía casi una semana del primer encuentro con Joseph Waite y aún no estaba segura de haber localizado a su hija.

Una mujer de baja estatura abrió la puerta y le dirigió una cálida sonrisa.

—Usted debe de ser Maisie Dobbs.

Maisie le devolvió la sonrisa. Le pareció que el ama de llaves tenía el aspecto de la típica abuela, con el cabello blanco rizado, el recatado vestido de lana del color del brezo y unos recios zapatos negros.

—El joven doctor Dene del hospital All Saints me ha llamado por teléfono para avisarme de su visita. Es un hombre muy bueno, ¿no cree? Me sorprende que no esté casado, no es que andemos cortos de mujeres jóvenes. Es verdad que estuvo saliendo con una chica... Discúlpeme, señorita Dobbs, ¡a veces me pongo a hablar y no paro! —La señora Hicks condujo a Maisie a una sala de dibujo que tenía ventanal curvo desde el que se podía contemplar West Hill—. El doctor Dene me ha dicho que es usted amiga de una amiga de la señora Thorpe y que quería saber cómo murió. —El ama de llaves la miró fijamente antes de continuar—: En condiciones normales no hablaría con nadie ajeno a la familia, pero el doctor Dene me ha dicho que es importante.

—Sí que lo es, señora Hicks, pero no puedo decir gran cosa por el momento.

La mujer asintió con la cabeza y se retorció las manos ante sí mostrando su incomodidad, y Maisie tuvo la sensación también de que quería hablar de su patrona fallecida. Pues le daría la oportunidad.

—Dígame, señora Hicks, ¿está en venta la casa? Hace ya dos meses que falleció la señora Thorpe, ¿no es así?

—Me han pedido que me quede y mantenga la casa en orden hasta que se venda. Me refiero a los hijos del señor Thorpe, de su primer matrimonio. Acaban de ponerla a la venta, porque hubo mucho papeleo y mucho ir y venir de abogados tras la... —Empezó a temblarle el labio inferior y sacó rápidamente un pañuelo bordado del bolsillo—. Lo siento, señorita, pero es que fue muy duro para mí encontrármela así.

—¿Fue usted quién encontró a la señora Thorpe?

La mujer asintió.

—Subí por la mañana porque tardaba en levantarse. Desde el fallecimiento del señor Thorpe, la casa había estado muy silenciosa. Aunque él era mayor, siempre estaban riéndose. Les bastaba ver que dos gotas de agua resbalaban por el cristal y ya estaban apostando a ver cuál llegaba antes abajo, y luego se reían, se lo digo de verdad. —No dejaba de arrugar y estirar el pañuelo entre las manos—. El caso es que a la señora Thorpe le costaba dormir y se levantaba pronto, por eso me extrañó no verla ya en danza.

—¿La encontró en la cama?

—No, estaba... —La señora Hicks se secó los ojos con el pañuelo—. Estaba tirada en el suelo de su cuarto de estar. Es una salita que conecta con su habitación. Le gustaba tomar el té allí por las vistas. Todavía tenía la bandeja del té del día anterior, y allí estaba ella, en el suelo.

—¿Cuándo le sirvió el té?

La mujer la miró antes de contestar.

—Pues debió de preparárselo ella, porque ese día yo tenía la tarde libre. Lo preparaba ella muchas veces, sobre todo si pensaba que yo tenía otras cosas que hacer. No les gustaba tener mucho personal de servicio en la casa. La limpieza la hacen las señoras Singleton y Acres, que vienen del centro de la ciudad todos los días por la mañana, y cuando organizaban alguna reunión en casa, llamábamos a una cocinera y a unas camareras. Yo solo tenía que ocuparme de ellos dos.

—Señora Hicks, sé que esto es difícil para usted, pero ¿hubo algo que le llamara la atención cuando entró en la habitación aquel día o cuando volvió más tarde?

—Me llevé una tremenda impresión, pero creo que sí pensé en una cosa después.

Maisie se acercó ligeramente hacia la mujer para escucharla.

—En la bandeja había un servicio de té para dos: dos porciones de pan de malta con pasas, sándwiches y panecillos para dos, y también unas galletas. Pero solo habían usado una taza. Me pregunté si estaría esperando a alguien que luego no se había presentado. Pero no me había dicho nada por la mañana. Se ve que tomó el veneno para suicidarse y lo tragó con una taza de té y una galleta. Pero no sé...

—¿Qué no sabe, señora Hicks?

—A veces era un poco rara. Se pasaba horas en el hospital con los soldados. Yo le decía que hacía demasiado, y ella me contestaba: «Señora Hicks, tengo que arreglar las cosas». Cualquiera diría que era ella la responsable del sufrimiento de los enfermos. Todos en la ciudad la querían. Siempre se paraba a hablar con los vecinos cuando salía a pasear, no era de esas señoras estiradas. —Se mordió el labio—. Sé que se puso muy triste cuando murió el señor Thorpe, pero no sabía que se encontrara tan mal como para quitarse la vida.

—Sé que es una pregunta extraña, señora Hicks, pero ¿de verdad cree que se suicidó?

La mujer se sorbió la nariz y se limpió con el pañuelo. Envalentonada por la lealtad hacia su patrona, se irguió en el asiento.

—No, señorita Dobbs, no lo creo.

—¿Sabe de alguien que quisiera verla muerta?

—Los hermanos Thorpe tenían celos de ella, no me cabe la menor duda, pero de ahí a matarla... No los veo capaces. Ese par no tiene iniciativa, en el mejor de los casos. De todos modos, lo que querían era el dinero y la casa que su padre le había dejado a su esposa, por mucho que a ellos no les faltara de nada. Han disfrutado mucho reuniéndose con los abogados todos los días. Se sentían importantes. Por lo demás, no creo que tuviera enemigos, aunque alguno tendría si es verdad que la mataron. Pero tampoco creo que fuera un accidente. Era muy cuidadosa, mucho. No tomaba nada, ni polvos para el resfriado. Claro que aún estaban en la casa los medicamentos para el dolor que tomaba el señor Thorpe. Eso fue lo que dijo el médico que se había tomado. Una sobredosis de analgésicos. Pero yo sigo sin imaginarla haciendo algo así.

La mujer se secó los párpados con el pañuelo y se limpió la nariz de nuevo.

Maisie se acercó a ella y le tocó el brazo.

—¿Podría enseñarme el lugar en el que la encontró?

Maisie permaneció de pie en la sala despejada y bien ventilada mientras la brisa suave que se colaba por las ventanas de guillotina entreabiertas agitaba las cortinas. Lamentó que hubiera pasado tanto tiempo de la muerte, porque era evidente que habían limpiado varias veces desde que la señora Hicks encontró a la señora Thorpe tendida entre la mesita del té y el sofá situado en ángulo junto a la ventana, desde la que se podía ver East Hill más allá de los tejados y el Canal al fondo.

—Señora Hicks, sé que lo que voy a decirle le sonará inusual, pero ¿le importaría dejarme a solas un momento?

—Como usted quiera, señorita Dobbs. Esta habitación tiene algo, ¿verdad que sí? No sabría decir qué es, pero siempre me lo ha parecido, incluso antes de que muriese. —Volvió a secarse los ojos—. Estaré fuera si me necesita.

Maisie cerró los ojos. Permaneció totalmente inmóvil y dejó que sus sentidos se mezclaran con el aura de Rosamund Thorpe que aún flotaba en su habitación. Se le erizó la piel, como si alguien a su lado le hubiera rozado el brazo para hacerle una confidencia, para decirle: «Estoy aquí, voy a confesarte algo». Abrió la mente a los secretos que se ocultaban entre aquellas cuatro paredes y reconoció la presencia familiar de un alma atormentada, sentimientos muy similares a los que había percibido en la habitación de Charlotte Waite y en la de Lydia Fisher. Sospechaba que Philippa Sedgewick se sentía igual de atormentada. Cuatro mujeres trastornadas. Pero ¿cuál sería la causa de esa desazón?

Tomó aire en silencio mientras se preguntaba: «¿Qué puedes contarme?». La respuesta no se hizo esperar. Una imagen se dibujó en la mente de Maisie, algo que empezó como un simple esbozo y fue tomando forma y textura, como cuando se sumerge una fotografía en solución de revelado. Podía verlo. Confiaba en que el ama de llaves pudiera proporcionarle la explicación necesaria y la llamó.

La mujer asomó la cabeza por la puerta antes de entrar en la habitación.

—¿Ha terminado, señorita?

—Sí, gracias.

La mujer la acompañó al piso de abajo y abrió la puerta de la casa.

—Me preguntaba si podría plantearle una última cuestión, señora Hicks.

—Por supuesto, señorita. Lo que sea para ayudarla.

—¿Sabe qué medicinas le prescribió el médico al señor Thorpe?

—Sé que había varios preparados y pastillas. La señora Thorpe organizaba todas las mañanas las cantidades que debía tomar y las colocaba en unos platitos. El señor Thorpe tomaba pastillas con el desayuno, la comida, la cena y antes de irse a la cama. Pero al final, el médico le prescribió morfina.

La señora Thorpe se disgustó mucho. Decía que uno sabe que no hay esperanza cuando a un enfermo empiezan a darle morfina, porque significa que ya no se puede hacer nada más para salvarle la vida. Lo único que se puede hacer es calmar el dolor.

A Maisie le encantaba conducir, ya fuera zigzagueando entre el tráfico de Londres —lo que siempre suponía un desafío teniendo en cuenta la ruidosa colección de camiones, coches grandes y pequeños y furgones de reparto tirados por caballos cargados con comestibles y cerveza—, o recorriendo las carreteras comarcales a solas con sus pensamientos. Le resultaba fácil pensar dentro del coche, dar vueltas a hechos e ideas mientras cambiaba de marcha o cuando se detenía para dejar pasar a un granjero que trasladaba a sus ovejas de unos pastos a otros.

Repasaba conversaciones, consideraba y evaluaba diferentes formas de proceder y dibujaba en su mente los distintos resultados. A veces otro conductor se detenía a la altura de su MG cuando el tráfico era lento, y al mirar a un lado veía a una joven conduciendo aquel coche tan rápido con la capota bajada y hablando sola, abriendo y cerrando la boca cuando formulaba una pregunta; y asentir con la cabeza cuando oía sus propias palabras en voz alta.

Se dirigía a la zona de marismas de Romney Marsh. La hermana Constance Charteris, abadesa de la abadía de Camden, la esperaba a las diez en punto. Había salido de la casa de su padre poco después de las ocho, tiempo más que de sobra para llegar, pero quería pensar, repasar la conversación que había mantenido el día anterior por la tarde con Maurice y lady Rowan, y recordar también el tiempo que había estado con su padre.

Maurice se había prestado a ayudar a Billy con la participación del doctor Andrew Dene, al que, al parecer, había llamado por teléfono después de su reunión con ella para contribuir también a la recuperación de Billy. No sería posible ingresarlo en el hospital, pero el doctor se había ofrecido a hacerle un seguimiento de su estado de salud y de sus avances en el tratamiento para superar su dependencia de los narcóticos, siempre y cuando este accediera a abandonar Londres. Cuando Maisie llegó a Chelstone, Maurice ya había diseñado un plan con la ayuda de Frankie Dobbs. Billy se instalaría en Chelstone con Frankie y vería a Maurice todos los días para «hablar».

Maisie conocía bien el poder sanador de la habilidad de Maurice para escuchar, capaz de propiciar una confesión con solo una palabra, una pregunta o un comentario. Una palabra que podía liberar los recuerdos y encender la luz en el alma de una persona. Había aprendido mucho de su mentor, pero sabía que su relación con Billy era demasiado cercana y eso impedía esa clase de conversación. Además del tiempo que pasara con Maurice, Billy sería «paciente» de Gideon Brown, que lo instruiría en un método nuevo de ejercitar la pierna en la que había sufrido las heridas, de manera que pudiera liberarse del dolor que lo dejaba sin energía. Solo había un obstáculo que superar: Billy tenía que aprobar el plan elaborado con tanto cuidado antes de hablar con Brown. Era necesario que su ayudante quisiera poner fin a su dependencia de los narcóticos.

—Hacer que Billy venga a Chelstone es lo más difícil, Maisie. Y la tarea va a recaer sobre ti —le había dicho Maurice mientras vaciaba la ceniza de la pipa en la chimenea.

Iba repitiendo las palabras de su mentor en voz alta mientras atravesaba Brenchley y Horsmonden. Por el camino, el sol salió de detrás de una nube e inundó de luz los resplandecientes prados verdes, donde los corderos recién nacidos daban sus primeros e inestables pasos, y supo que, de alguna manera, conseguiría que Billy fuera a Chelstone para recuperarse.

Macizos de prímulas bordeaban los setos cuando entró despacio en Cranbrook y se desvió hacia Tenterden, para avanzar por serpenteantes caminos rurales en dirección al pintoresco pueblo de Appledore, con sus casitas medievales de tejado de paja y los rosales que trepaban por las espalderas y las puertas. La promesa de un domingo perfecto se diluyó cuando las colinas desaparecieron y los prados ondulantes del Weald dieron paso a un terreno ganado al mar, un puzle de tierras de cultivo divididas entre sí por setos y muros de piedra. Maisie siguió el Royal Military Canal bajo una nube oscura de tormenta que amenazaba con descargar. Desde allí se disfrutaba de una vista panorámica de las marismas, donde los árboles crecían inclinados para protegerse del viento, y se veían casitas e iglesias desperdigadas como puntitos desangelados en un paisaje implacable.

No se detuvo para subir la capota del coche, pero sí se cubrió el cuello con cuidado con una bufanda roja de lana y se puso los guantes negros de piel. Su padre había insistido en que se llevara un termo de té caliente «por si acaso». Maisie pensó que aquellas marismas hacían honor a la descripción que hizo de ellas William Lambarde en el siglo XVI: «Amenazadoras en invierno, severas en verano, y nunca buenas». Pero sabía que algo la esperaba en aquella desolada tierra yerma. Estaba cerca de la abadía de Camden.

Mucho antes de llegar al final del sendero de grava que conducía a la mansión que se había convertido en el nuevo hogar de veinticuatro monjas benedictinas, Maisie divisó la abadía a lo lejos. Tenía planta en forma de E, con un cuerpo central rectangular de dos plantas, que iba de Norte a Sur, y del que salían tres alas. La entrada se encontraba en el ala central. Cada una de ellas estaba rematada por un hastial en campana formado por las dos vertientes del tejado, inspirado en las construcciones holandesas, país donde se había criado el primer dueño de la mansión. La hermana Constance le había escrito en su carta que las monjas de su comunidad habían perdido su hogar en Cambridgeshire cuando el Departamento de Guerra lo requisó para alojar a los oficiales. Sir Edward Welch, el propietario de Camden House, que por suerte no estaba bien situada para uso militar, la legó a la orden cuando se enteró de sus desafortunadas circunstancias. Murió poco después y Camden House se convirtió en la abadía de Camden.

Maisie aparcó, subió la capota por si se ponía a llover y entró en lo que antes había sido un vestíbulo inmenso. A su izquierda, una reja de hierro a la altura de la cara cubría una puerta pequeña. Maisie agarró el tirador de bronce situado junto a la reja, retrocedió e inmediatamente oyó el tintineo grave y resonante del timbre. Esperó temblando en el vestíbulo frío y oscuro.

La puertecita se abrió y una monja la miró e hizo un breve gesto de asentimiento con la cabeza. Maisie sonrió al instante y al hacerlo se fijó en el leve temblor de las comisuras de los labios de la monja antes de bajar la cabeza de forma piadosa.

—Vengo a ver a la hermana Constance. Me llamo Maisie Dobbs.

La monja asintió y cerró la puerta. Maisie se quedó esperando y temblando otra vez. Oyó que se abría otra puerta y el eco de unas pisadas cada vez más fuertes que anunciaban la llegada de alguien. Era la misma mujer. Vestía la ropa de las postulantes, y como eso significaba que aún no había hecho sus votos, podía hablar con Maisie sin necesidad de que hubiera barrera física entre ambas.

—Acompáñeme, por favor, señorita Dobbs.

La postulante se giró con cierto empaque, como si estuviera practicando para el día en el que llevara el hábito largo en vez del vestido hasta media pierna, y toca en vez del cuello blanco cerrado con botones hasta arriba. El bajo del velo ondeaba al caminar, lo que recordó a Maisie las alas de una gaviota descendiendo para posarse en el agua. Abrió una puerta de madera de roble con unas bisagras de hierro puntiagudas que se extendían hacia el centro de la hoja y dejó que Maisie entrara. La dejó sola y cerró tras de sí con un golpe sordo que reverberó en el ambiente.

Era una sala pequeña con una chimenea en un extremo y una ventana con vistas al jardín en el otro. Los troncos y el carbón crepitaban y chisporroteaban, y la alfombra roja y los pesados cortinajes, también rojos, daban a la sala un aire cálido y acogedor. El único adorno en la pared desnuda era un crucifijo. Habían colocado un cómodo sillón de orejas delante de la reja que cubría una puertecita situada al lado del crucifijo. En una mesa auxiliar había una bandeja, y Maisie se fijó en que salía vapor de la boquilla de la tetera tapada con un sencillo cubreteteras blanco. Al inspeccionar más de cerca, vio también un plato con galletas de avena caseras, una jarrita con leche, azúcar y una taza sobre un plato. La vajilla carecía de adornos.

Cuando estudiaba en Girton, cada miércoles durante un trimestre Maisie había ido caminando con sus compañeras a la abadía en la que la orden vivía antes. A la una y media en punto, la hermana Constance abriría la puertecita que comunicaba con su habitación dispuesta a acosar con preguntas, cuestionar suposiciones y escarbar en busca de opiniones. En la hermana Constance se daba una combinación de compasión y pragmatismo. Mirándolo en retrospectiva con la experiencia que había ganado desde entonces, Maisie era consciente de que la abadesa había aguantado a todas aquellas niñas entusiastas, si no de buena gana, con amable habilidad.

La puerta retumbó al cerrarse y la cálida sonrisa que tan bien conocía asomó al otro lado de la reja.

—¡Maisie Dobbs! Qué alegría verte. Quédate bien atrás, por favor, aún no me he recuperado por completo de este terrible resfriado, por eso es mejor que no te acerques mucho.

Su presencia no delataba su edad. Tenía el timbre de voz de una mujer mucho más joven. De hecho, Maisie había caído en la cuenta de que no sabía cuántos años tenía.

—No quiero que quede ni una sola galleta en ese plato cuando terminemos de conversar, Maisie. Las jóvenes de hoy en día no sabéis comer. ¡En mi época, no quedarían más que unas pocas migas a estas alturas y me chuparía los dedos hasta que no quedara ni una pizca!

Desde su asiento junto a la reja, Maisie se inclinó un poco hacia los barrotes a pesar de la advertencia de la monja sobre los posibles gérmenes.

—Le aseguro, hermana, que como muy bien.

La abadesa guardó silencio unos segundos antes de continuar.

—Y dime, querida niña, ¿qué te trae hasta mí? ¿Qué puede hacer una vieja monja por una joven sabuesa? Tiene que ser importante para hacerte venir en domingo.

—Conozco la misión que rige la orden benedictina y sus votos solemnes. Sin embargo, creo que una joven que estoy buscando podría encontrarse en la abadía de Camden. —Hizo una pausa. La monja la miraba fijamente sin hablar. Maisie continuó—: Charlotte Waite ha desaparecido y a su padre le preocupa que le haya pasado algo. Creo que ha venido a la abadía buscando refugio. ¿Puede confirmar mis sospechas?

—Entiendo —respondió la abadesa sin más.

La joven aguardó en silencio.

—Maisie, sabes que, en su regla, san Benito ordenaba a sus discípulos tener un cuidado y una compasión especiales con aquellos que buscaban refugio, los pobres y los peregrinos, y lo decía porque «a todos los huéspedes se los acogerá como a Cristo». Habrá los que llamen a la puerta todos los días en busca de comida y bebida, pero a veces el hambre que es más acuciante, es una necesidad de sustento que no tiene nombre, pero que siempre puede calmarse en nuestra mesa.

Maisie asintió con la cabeza.

—Uno de nuestros votos, cuando un alma acude a nosotras en busca de alimento que alivie la pobreza de espíritu, es la discreción que proporciona la clausura.

La hermana hizo una pausa, como esperando a que Maisie contestara.

—No pretendo... interrumpir el camino sagrado de quien acude a la mesa de la abadía en busca de alimento. Solo quiero tener la confirmación de que Charlotte Waite está aquí. A salvo.

—Ah, sí, solo. Una palabra interesante, ¿no crees? *Solo*.

Ya salió la hermana Constance que Maisie esperaba.

—Sí y la usamos con demasiada soltura, estoy segura de ello.

La monja asintió con la cabeza.

—Solo. Solo. Al compartir esa información, y, por favor, no lo tomes como confirmación o como negación, quebrantaría la confianza, una confianza sagrada. ¿Dónde ves el «solo» en eso, Maisie? Dime, ¿qué opinas?

Era el turno de Maisie de sonreír. La abadesa se había puesto los guantes y estaba lista para pelear.

—En este contexto el «solo» es una petición de la verdad. He venido simplemente en busca de una información que tranquilice a su padre.

—«Simplemente» y «solo», ni más ni menos. Todo y nada, qué sencillo, ¿no?

La monja tomó un vaso de agua, bebió y volvió a dejarlo donde estaba mientras reflexionaba en silencio con las manos ocultas dentro de las amplias mangas de su hábito. Levantó la vista y asintió con la cabeza.

—¿Sabes cuál es una de las preguntas que me hacen más a menudo?: «¿Por qué las monjas de clausura están detrás de unos barrotes?». Y yo siempre respondo lo mismo: «¡Los barrotes están ahí para que no entréis, no para que nosotras no salgamos!» —Guardó silencio una vez más, mientras Maisie esperaba a que tomara una decisión—. La orden tendrá en consideración tu petición y para ello, querida, debo conocer toda la historia. Sí, ya sé que al decir esto he respondido a tu pregunta. Sin embargo, las dos sabemos que ese «solo» de antes no termina ahí, ¿verdad?

—Así es. Déjeme que le cuente lo que ha sucedido.

Le sirvieron un almuerzo temprano a solas en la sala. Se excusó para ir al cuarto de baño que tenían para las visitas. Cuando regresó, con el ruido de los tacones en los adoquines, la esperaba una bandeja con un tazón de nutritiva sopa de cebada con verduras, una botella de sidra de manzana con un vaso puesto encima y tres rebanadas de pan integral crujiente y todavía caliente. Estaba tomando la última cucharada de sopa cuando la puertecita se abrió y la hermana Constance apareció al otro lado de la rejilla.

—Termina tranquila. Sigue comiendo.

—No pasa nada. Casi he terminado. —Se sirvió un vaso de sidra, bebió un sorbo y lo posó en la mesa. Se notaba que la hacían allí y que era fuerte.

—La orden ya ha tomado una decisión. En esta ocasión podemos confirmar que la señorita Waite se encuentra en la abadía. Está cansada y necesita descanso para recuperarse. No puedo dejar que la asaltes con preguntas. Dale tiempo.

—Pero...

—¿Es posible que alguien más pierda la vida? La orden ha considerado la situación y hemos llegado a la conclusión de que debemos continuar ofreciendo refugio a la señorita Waite. —La miró fijamente antes de continuar—. Rezaremos, Maisie. Pediremos a Dios que nos dé fuerza y que nos guíe en este asunto.

Menos mal que Stratton no había ido con ella, pensó Maisie. Si supiera que la orden estaba ayudando a una asesina, no se quedaría callado. En ese momento, la hermana dijo algo que la sorprendió.

—Si vienes la próxima semana, tal vez puedas hablar con la señorita Waite. Para entonces habré conversado con ella varias veces y te escribiré.

—Gracias, hermana Constance.

—Y tal vez puedas quedarte un poco más. Echo de menos los debates que me proponían mis alumnas cuando me perdían el miedo, y antes de que alcanzaran la madurez suficiente para ser conscientes de que los mayores a veces tenemos algo que decir. —Hizo una pausa—. Y tal vez podrías contestarme a algo que me provoca curiosidad.

Maisie inclinó la cabeza en señal de que ella también tenía curiosidad.

—Me gustaría saber dónde buscas tú refugio, Maisie. Y quién te ofrece consejo y compañía.

La joven asintió.

—Nos vemos la semana que viene.

—Muy bien. Hasta entonces, hija, hasta entonces. —Y la reja se cerró con un sonido metálico.

Maisie se subió el cuello de la chaqueta para protegerse de los goterones de lluvia que habían empezado a caer sobre Romney Marsh. Abrió la puerta del coche y contempló de nuevo el imponente edificio. Sí que parecía seguro. Mucho. Charlotte Waite se había buscado una fortaleza y un ejército de caballeros que la protegieran. Los caballeros eran mujeres y las armas que esgrimían, plegarias. Pero ¿a quién estaban protegiendo? ¿A una asesina o a otra posible víctima?

11

LADY ROWAN DECIDIÓ quedarse en Chelstone hasta que naciera el potro, y lord Julian optó por viajar a Lancashire a visitar una fábrica en quiebra que estaba pensando adquirir. La crisis económica no podía durar para siempre y quería estar bien posicionado para poner en marcha sus inversiones en el sector manufacturero en el momento oportuno. Cuando llegara a Londres, estaría en Belgravia sola con el personal de servicio unas pocas semanas más.

La vuelta a Londres en coche le permitió pensar de nuevo en los pasos siguientes a la luz de las revelaciones de los últimos días. La tarea para la que la habían contratado en el caso Waite estaba casi finalizada. Sabía dónde se había refugiado Charlotte Waite, aunque aún tenía que convencerla para que volviese a casa de su padre. En el curso normal de los acontecimientos, Maisie no daría por cerrado el caso hasta que no hubieran tenido lugar las conversaciones personales con Charlotte y Joseph Waite por separado y estos se comprometieran a crear una relación nueva. Pero ¿podía poner fin a aquel caso una vez finalizado su encargo y olvidarse de la muerte de tres mujeres? Maisie dio un rodeo. En vez de ir directa a Londres, se dirigió hacia el Oeste, hacia el condado de Surrey, y después subió hacia el Norte, a Richmond. Ya era hora de su peregrinaje mensual para visitar a Simon, su antiguo amor, que había resultado herido grave en la guerra y vivía en una residencia donde recibía los cuidados que necesitaba, en compañía de otros hombres con unas heridas similares que afectaban a la mente. Aunque no sabría que era ella la que se sentaba con él y le tomaba las manos mientras hablaban, Maisie sentiría el calor de sus dedos, sentiría la sangre que corría por sus venas y seguiría contándole qué hacía en su día a día. Le describiría los jardines que se extendían tras los cristales, las hojas que se ponían marrones, rojas y doradas antes de caer; y después le contaría que la nieve solía cubrir las ramas y que las heladas invernales formarían carámbanos donde brotarían hojas nuevas en primavera. Ese día le diría que las hojas nuevas se estaban abriendo, que estaban brotando los narcisos y los crocos, que el sol estaba más alto en el cielo y que flotaba en el aire el frescor primaveral. Pero sobre todo compartiría con él sus pensamientos y secretos más profundos mientras este asentía con la cabeza y acompasaba su respiración, y los ojos fijos en un lugar en la lejanía que ella no podía ver.

Aparcó y paseó por el nivel inferior del jardín antes de dirigirse a la entrada principal, como hacía siempre. Contempló el curso serpenteante del río Támesis a su paso por Richmond e inspiró cuatro veces mientras posaba la mano derecha sobre su chaqueta berenjena en el lugar exacto en el que sabía que se encontraba el centro de su cuerpo. Cerró los ojos e inspiró una vez más. Estaba lista.

—Buenos días, señorita Dobbs, me alegro de verla. Ya tocaba, ¿verdad? Primera semana de mes, como un clavo.

—Buenos días a usted también, señora Holt. ¿Sabe si el capitán Lynch está en el jardín de invierno, como siempre?

—Sí, creo que sí, pero pase a ver a la enfermera que está hoy al cargo, ya que va, ¿le importa?

—En absoluto. Nos vemos a la salida, señora Holt.

—Muy bien, señorita Dobbs.

Maisie se dio la vuelta y se alejó por el pasillo en dirección al despacho donde la enfermera encargada ese día estaría anotando la medicación en los informes clínicos de los pacientes. Aunque solo llevaba seis meses visitando a Simon con regularidad, las enfermeras la conocían.

La enfermera la saludó con una amplia sonrisa y Maisie sonrió a su vez, tras lo cual mantuvieron un diálogo casi idéntico al que había mantenido con la señora Holt. La enfermera dijo que a esas alturas seguro que ya podía ir sola hasta el jardín de invierno, como llamaban al invernadero.

—Allí está, bien tapadito y contemplando los jardines —dijo al sacar un pesado llavero del bolsillo del delantal, seleccionó una llave y cerró el armario de las medicinas—. Toda precaución es poca. —Tras asegurarse de que estaba bien cerrado, se volvió hacia Maisie—. Pediré a una auxiliar que vaya dentro de un rato a ver si el capitán necesita alguna cosa.

Maisie vio a Simon en su silla de ruedas, al lado de la ventana del invernadero, bajo unos altos árboles tropicales que sin duda morirían con el cambiante clima inglés si los sacaran de allí. Llevaba un pijama de rayas azul marino y una gruesa bata azul de cuadros escoceses. Zapatillas azules a juego y una manta sobre las rodillas. No había duda de que su madre seguía comprándole lo que necesitaba, para asegurarse de que tuviera un aspecto digno con ropa que elegía con sumo cuidado para él, un inválido que jamás volvería a distinguir entre tonos y matices, colores claros y oscuros. Maisie se preguntaba lo que sentirían sus padres en los últimos años de su vida, al conocer que había muchas probabilidades de que su hijo viviera más que ellos y que la única despedida que recordarían era la que tuvo lugar en 1917, después del último permiso.

—Hola, Simon —dijo sacando una silla para sentarse a su lado y le tomó las manos—. He tenido un mes muy interesante. Te voy a contar lo que me ha pasado.

Hablando con él en voz alta cuando Simon no entendía nada, Maisie era consciente de que estaba aprovechando la situación para repasar los detalles del caso Waite y el de los asesinatos.

En un momento dado se abrió la puerta del pasillo y apareció una enfermera joven, que saludó al asentir con la cabeza y sonrió. Comprobó que su paciente no mostraba signos de nerviosismo con su visita y se marchó en silencio.

Cuando se alejaba, Maisie se preguntó qué pensaría al ver a una mujer de treinta y tantos años con aquel hombre roto por dentro que había sido el amor de su vida. ¿Le parecería que era inútil lo que hacía ella, que después le daría de comer y observaría que sus músculos se movían en respuesta física al estímulo pero sin señal alguna de que reconociera el gusto o la textura? ¿O una chica joven como ella, que probablemente no sería más que una niña cuando terminó la guerra, pensaría que Maisie no era capaz de abrir su corazón a otro porque su amado seguía estando presente, por mucho que la cabeza no le funcionara?

Maisie miró hacia el jardín. ¿Cómo ser fiel y abrir de nuevo su corazón al mismo tiempo? Era como si le pidieran que estuviera en dos sitios a la vez, una parte en el pasado y otra en el futuro. Suspiró y paseó la mirada por los alrededores. Observó a dos enfermeras que paseaban por un sendero, empujando cada una la silla de un veterano de guerra. A lo lejos, una mujer mayor sostenía a un hombre que caminaba con torpeza, con la cabeza colgándole hacia un lado. Al verlos acercarse, Maisie vio que el hombre tenía la mirada perdida, la boca abierta y que sacaba y metía la lengua todo el rato. Se dirigían al patio que había delante del invernadero.

La mujer llevaba la misma ropa sobria que vestía la primera vez que se vieron, cuando abrió la puerta de la casa de Joseph Waite a Maisie y a Billy. De hecho, llevaba una ropa tan sobria y anodina que Maisie no había vuelto a acordarse de ella. Y de repente se la encontraba allí, acompañando a un hombre que tenía la cabeza igual de perdida en la espesura del pasado que Simon. ¿Quién sería? ¿Su hijo? ¿Su sobrino?

Lo condujo hacia una puerta situada en un lateral del invernadero y una enfermera acudió en su ayuda; cogió al hombre por el otro lado mientras la señora Willis le rodeaba la cintura con un brazo y le sostenía la mano.

Maisie se quedó un rato más y después se despidió de Simon en silencio. Pasó por la recepción al salir.

—Un día precioso para venir de visita, ¿verdad, señorita Dobbs?

—Sí, ha estado muy bien. Me ha gustado en especial que los tulipanes estuvieran brotando.

—¿Volverá dentro de un mes entonces?

—Sí, por supuesto. ¿Puedo preguntarle una cosa? Es sobre otra visita.

La recepcionista frunció el ceño ligeramente y apretó los labios.

—¿Otra visita? Déjeme que compruebe quién ha venido hoy. —Consultó el libro de visitas que tenía delante y siguió los nombres con la uña pintada de rojo—. ¿A quién busco?

—Me ha parecido ver a una conocida, la señora Willis. ¿Es posible que haya venido a visitar a algún familiar?

—Ah, sí, la señora Willis. Una mujer muy amable. Callada, no habla mucho, pero muy amable. Viene a ver a Will, su hijo. Will, diminutivo de Wilfred, Wilfred Willis.

—¿Su hijo? ¿Y viene una vez al mes?

—Oh, no, claro que no. Una o dos veces a la semana. Nunca falla, viene todos los domingos, y muchas semanas vuelve el miércoles o el jueves también. Viene todo lo que puede.

—¿Y lleva haciéndolo desde la guerra, desde que lo ingresaron?

La recepcionista la miró y frunció el ceño.

—Pues... sí. Pero no me sorprende. Es su madre.

—Claro, sí, por supuesto. Bueno, ya me marcho.

—Nos vemos dentro de un mes, señorita Dobbs.

—Eso es, dentro de un mes. Hasta entonces.

Maisie se volvió para marcharse, pero la recepcionista la interrumpió.

—Ah, señorita Dobbs, a lo mejor se encuentra a la señora Willis en la parada del autobús. No sé si Dulwich le pilla de camino, pero pensé que le gustaría saberlo. Es un trayecto largo en autobús.

—Por supuesto, señora Holt. Si sigue allí, la acercaré a su casa.

Maisie maldijo cuando salió del hospital, pero no vio a la mujer en la parada y no había nadie esperando.

Solo eran las dos de la tarde, de manera que decidió desandar el camino. Se daba perfecta cuenta de que su curiosidad por el asesinato de las dos mujeres y el posible asesinato de una tercera le parecía más interesante que el caso de la desaparición de Charlotte Waite. Lo cierto era que le resultaba estimulante haber descubierto un posible nexo y tener motivos por ello para seguir indagando. Tenía una idea de quién era Lydia Fisher y la clase de vida que llevaba, pero dudaba acerca de Philippa Sedgewick, la mujer asesinada en Coulsden. El inspector Stratton había dicho que el asesinato de la señora Fisher era idéntico al de la señora Sedgewick. ¿Habrían sido víctimas desafortunadas de la coincidencia? Las pruebas sugerían que el asesino conocía a Lydia Fisher. ¿Conocía Philippa Sedgewick a su asesino también? Y si su muerte había sido un asesinato en lugar de un suicidio, entonces Rosamund Thorpe también había tomado el té con su asesino. Aunque en su caso no se había producido ensañamiento con un cuchillo después de muerta. Sujetaba el volante con una mano mientras se mordisqueaba la uña del meñique de la otra. Charlotte era la clave.

Mientras esperaba a poder reunirse con ella en la abadía, intentaría averiguar algo más sobre Philippa Sedgewick. No había nada como reunir información e impresiones en persona.

Se dirigió a Kingston-upon-Thames siguiendo un camino que la llevó por Ewell en dirección a Coulsden. Parar en el trayecto de Kent a Richmond habría sido una forma más juiciosa de emplear el tiempo y el combustible, pero no había planeado hacer una visita a Coulsden cuando salió de casa por la mañana. Estaba más nerviosa que cuando se encontró con el cadáver de Lydia Fisher. El asesino podía volver a atacar pronto. Si se trataba de muertes aleatorias en las que el asesino convencía a sus víctimas para que lo invitaran a su casa, ninguna mujer estaría segura. Pero si, por el contrario, las víctimas lo conocían, tenía que haber algún otro nexo de unión entre ellas.

Al entrar en la ciudad de Coulsden, se echó a un lado de la carretera y buscó algo en el maletín. Fue a la segunda página de *The Times* de la semana anterior hasta dar con lo que buscaba. «Se investiga el asesinato de una mujer en Coulsden. La policía busca al asesino.» Leyó por encima la historia elaborada por los periodistas dispuesta en columnas. Le saltaron a la vista las palabras *despiadado, clavó* y *carnicero*, y, por último, encontró lo que buscaba: «La mujer, la señora Philippa Sedgewick, que vivía en el número 14 de Bluebell Avenue...».

Aparcó en la acera opuesta de la casa y apagó el motor. No eran unas casas antiguas, posiblemente las habrían construido en 1925 para la nueva clase media en la que los hombres iban a trabajar a la ciudad en tren todos los días, mientras las mujeres les decían adiós por la mañana y no los veían hasta la hora de la cena. Los niños ya estaban bañados, en pijama y listos para irse a dormir en cuanto su padre colgaba el sombrero y el abrigo en el perchero, besaba en la cabeza a su hija y le daba un apretón en el brazo a su hijo, acompañado de un «Buen chico».

Unos ejemplares jóvenes de sicomoro crecían en las dos aceras de la calle, plantados con la intención de crear un exuberante dosel que diera sombra a aquellas casas familiares. Todas eran idénticas, con un amplio mirador en la fachada delantera, tejado asimétrico con un faldón más largo y una torreta con un dormitorio pequeño por debajo del alero del otro. La puerta de entrada tenía una vidriera de colores, y habían usado el mismo cristal para decorar el borde superior de todas las ventanas de la fachada delantera. Pero esa casa era especial. Era la casa en la que Philippa Sedgewick había esperado a que su marido regresara de trabajar en la ciudad. Era la casa en la que habían asesinado a una mujer de treinta y dos años. Maisie sacó un taco de fichas del maletín. En vez de bajarse del coche, anotó la descripción de la casa en una y escribió unas preguntas: «¿Por qué he supuesto que su marido trabajaba en la ciudad? Averiguar más sobre el marido. ¿Decírselo a Billy?».

Las cortinas estaban echadas, la costumbre en una casa que estaba de luto. Daba la impresión de que era fría y oscura, protegida del sol bajo de aquella tarde primaveral. La muerte había pasado por esa casa y se quedaría flotando sobre ella hasta que el espíritu de la mujer descansara en paz, pensó. Suspiró y se fijó de nuevo en la construcción, pero esta vez la observó prestando atención a otros detalles. Parecía una casa triste, en una calle llena de casas con niños. Se los imaginaba caminar de vuelta del colegio, las niñas con la cartera rebotando contra la cadera, los niños con la gorra en la mano y los brazos estirados para guardar el equilibrio mientras devolvían un balonazo o corrían detrás de las niñas para hacerlas rabiar y tirarles del pelo, hasta que alguna madre salía a la calle y los reñía. La prensa no había dicho nada de que el matrimonio Sedgewick tuviera hijos, aunque sí podía ser que los desearan, porque ¿para qué vivir en un lugar como ese si no? Era una casa triste, no había duda.

La cortina se movió de manera imperceptible. Al principio pensó que lo había visto por el rabillo del ojo. Maisie se concentró en la ventana curva de la habitación de la torre. La cortina se movió de nuevo. La estaban observando. Salió del coche y cruzó la calle con paso ligero, levantó el pasador de la verja baja y siguió hasta la puerta. Golpeó fuerte con la aldaba de bronce asegurándose de que quienquiera que estuviera en la casa lo oyera. Esperó. No obtuvo respuesta. Esperó aguzando el oído.

La puerta se abrió.

—¿Es que no van a dejarme en paz? ¿No tienen ya bastantes historias? Son una banda de buitres. ¡Buitres!

Maisie se encontró frente a un hombre de estatura media. Le hacía falta pasarse un peine por el cabello castaño, se apreciaba la sombra oscura de la barba incipiente con alguna cana ya, y vestía pantalones de *tweed* holgados, camisa gris de franela y encima un chaleco de lana de color gris claro jaspeado con verde y morado. No llevaba zapatos ni calcetines ni tampoco corbata, y Maisie pensó que tenía pinta de necesitar un buen plato de comida.

—Discúlpeme, señor Sedgewick...

—No me venga con esas, es usted como todos los...

—¡No soy periodista, señor Sedgewick! —exclamó ella irguiéndose todo lo que pudo para mirarlo a los ojos.

El hombre arrastró los pies, bajó la mirada, se frotó el mentón y terminó levantando la vista. Los hombros, que al abrir tenía levantados y tensos, casi a la altura de las orejas, cayeron de golpe; tenía aspecto de estar destrozado en cuerpo y alma. Estaba exhausto.

—Lo siento. Le ruego que me disculpe, pero solo quiero que me dejen en paz —dijo al tiempo que cerraba la puerta.

—Pero tengo que hablar con usted...

Maisie recordó que el marido de Philippa Sedgewick también podría ser el asesino. Aunque dudaba que aquel hombre lo fuera, tenía que actuar con prudencia.

—Dígame deprisa qué es lo que quiere, aunque dudo que pueda ayudar a nadie. ¡Ni siquiera puedo ayudarme a mí mismo! —dijo él.

—Me llamo Maisie Dobbs. —Levantó la solapa del maletín y sacó una tarjeta de un compartimento interior sin dejar de mirarlo a los ojos—. Soy investigadora privada y creo que hay un nexo de unión entre un caso en el que estoy trabajando y el asesinato de su esposa.

Una expresión de incredulidad silenciosa se asomó al rostro del hombre durante unos segundos. Se quedó con la boca abierta y no pestañeó siquiera. Y acto seguido soltó una carcajada histérica. Reía y reía sin parar, doblándose y apoyando las manos en las rodillas hasta que levantó la cabeza y trató de contestar. La fina línea entre las emociones se estaba rompiendo. Aquel hombre, que acababa de perder a su mujer, estaba sufriendo una crisis. Maisie se percató de que el vecino de enfrente los miraba desde la puerta de su casa. Se volvió hacia el señor Sedgewick y vio que estaba llorando. Lo instó a entrar en la casa y cerró tras de sí.

Maisie encendió la luz del vestíbulo y sin soltarle el brazo continuó por el pasillo hasta la cocina, al fondo de la casa. Para ella la cocina era sinónimo de calidez, pero cuando encendió la luz, se le cayó el alma a los pies. Ayudó al hombre a sentarse y después descorrió las cortinas, abrió la puerta que daba al jardín trasero y contempló las tazas y platos de té que se amontonaban en el escurreplatos, junto con varios cazos y uno o dos platos. Vio también cigarrillos a medio fumar flotando en el fondo de varias copas de cristal tallado, regalo de bodas tal vez, entre restos de brandy.

—Lo siento, perdóneme, pensará usted que soy...

—No pienso nada, señor Sedgewick. Lo está pasando mal.

—Dígame otra vez quién es usted y a qué ha venido.

Maisie se identificó de nuevo y le explicó el motivo de su visita a la casa de la primera víctima, que las autoridades supieran, del «asesino despiadado que no derramaba sangre», como se habían referido a él por utilizar veneno antes del cuchillo.

—No veo en qué podría ayudarla. He pasado horas literalmente hablando con la policía. Me he pasado hasta el último segundo de todos los días desde que asesinaron a mi mujer preguntándome quién y por qué haría algo así. Y, como podrá imaginar, la policía pensó durante un tiempo que yo era el «quién». Probablemente sigan pensándolo.

—Deben tener en cuenta todas las posibilidades, señor Sedgewick.

—Las líneas de investigación, ya lo sé —contestó él frotándose el cuello y, al hacerlo, Maisie oyó que le crujía la espalda.

—¿Va a ayudarme? —le preguntó.

—Sí, sí —respondió él con un suspiro—. Si ayudándola a usted me ayudo a mí mismo, responderé lo mejor que pueda a todas sus preguntas.

Maisie sonrió y sintiéndose otra vez como la enfermera que había sido en otro tiempo, alargó la mano y apretó la del hombre.

—Se lo agradezco, señor Sedgewick.

El hombre vaciló un instante antes de continuar.

—¿Le importaría llamarme por mi nombre de pila, señorita Dobbs? Sé que es descarado por mi parte pedírselo... y comprenderé que no quiera hacerlo, pero... desde hace semanas no oigo más que Sedgewick por aquí o señor Sedgewick por allá. Mis vecinos me evitan y en el trabajo me han dicho que no vuelva hasta que el asesino... —parecía que iba a derrumbarse otra vez— ... hasta que se cierre el caso. Me llamo John. Y soy un hombre que ha perdido a su mujer.

Pasaron a la sala de estar. Maisie vio que el hombre se sentaba en un sillón junto al fuego y ella descorrió las cortinas lo justo para que entrara la luz natural. El sol que entró de repente hizo que se encogiera como si lo atravesara dolorosamente. La sala estaba desordenada, los periódicos sin leer se amontonaban en una pila, las colillas se desbordaban de los ceniceros y el polvo se acumulaba encima de la repisa de la chimenea, el escritorio de pequeño tamaño y las mesitas auxiliares. Las cenizas en la chimenea apagada daban a la sala un aspecto aún más desangelado. Como si la incomodidad lo empujara a encerrarse en sí mismo, el hombre se sentó en el borde del sillón encogiendo los hombros y se agarró los codos. Maisie se estremeció y se acordó de sus primeros días de formación con Maurice, cuando le dijo: «Observa el cuerpo, Maisie; fíjate en que el estado mental se manifiesta en la postura». John Sedgewick se abrazaba a sí mismo como tratando de evitar derrumbarse allí mismo.

Dejó que el silencio los envolviera, y aprovechó los minutos para recomponerse y aclararse las ideas mientras reflexionaba sobre la conexión que se había establecido entre el hombre y ella. Se imaginó que, de su frente, justo sobre la nariz, emergía un río de luz. Un hilo brillante, en dirección al hombre y lo envolvía en un aura luminosa. Poco a poco, el hombre que quería que lo llamara John relajó los hombros, soltó los brazos y se reclinó en el sillón.

Maisie sabía que no era buena idea romper la confianza establecida entre ambos acribillándolo a preguntas que seguro que ya le habría hecho la policía.

—¿Quiere contarme algo sobre su mujer, John? —preguntó en voz baja.

El hombre soltó el aire y una media carcajada aguda e irónica.

—¿Sabe una cosa, señorita Dobbs? Es usted la primera persona que me lo pregunta de esa forma. La policía es más directa.

Asintió con la cabeza, pero no dijo nada, invitándolo a que continuara.

—Era encantadora, señorita Dobbs. Una chica adorable. Divertida, siempre la recuerdo como una jovencita. No era alta como usted. No, Pippin, así era como la llamaba… —Cerró los ojos otra vez y contrajo el rostro en una mueca para evitar que se derramaran las lágrimas que se le habían empezado a acumular en los ojos—. Pippin era delgada, no era una chica corpulenta. Y sé que ya no era tan pequeña, pero para mí seguía siendo una jovencita. Nos casamos en 1920. La conocí en casa de mis padres, ¿qué le parece? Había ido a ver a su madre viuda, que conocía a la mía del Instituto de la Mujer o del Comité de Decoración Floral de la iglesia o algo así.

Miró hacia el jardín como si su mujer muerta fuera a entrar por la puerta de un momento a otro. Maisie sabía que el hombre la estaba viendo ante sí y empezó a formarse una imagen mental de una mujer joven con un sencillo vestido de verano verde pálido. Llevaba unos guantes de algodón verdes para protegerse las delicadas manos mientras cortaba rosas de todos los colores y las iba echando en una cesta que tenía a los pies. La vio levantar la vista al oír los pasos de su marido, que acababa de abrir la verja de la entrada y caminaba hacia ella.

—De hecho, creo que nuestras madres lo organizaron para que nos conociéramos. —Esbozó una pequeña sonrisa al recordarlo—. Y nos llevamos a las mil maravillas. Al principio era tímida. Según parece estaba un poco apagada desde la guerra, pero no tardó en recuperar el optimismo. La gente decía que era porque se había enamorado.

Maisie se dijo que debía indagar más sobre el motivo del decaimiento de Philippa, pero por el momento quería ganarse la confianza de John Sedgewick y que se sintiera a gusto con ella. No lo interrumpió.

—Vivimos con su madre un tiempo después de casarnos. Tenía una casa en el pueblo, nada ostentoso. Después estuvimos un par de años de alquiler en un piso y cuando construyeron estas casas en 1923, compramos una de inmediato. Philippa había recibido una pequeña herencia de su padre y yo contaba con ahorros y un fondo fiduciario, de manera que no nos supuso un gran esfuerzo. —Guardó silencio y respiró profundamente antes de continuar—. Como es natural, una casa como esta se compra para formar una familia, pero los bebés no vinieron. —Se detuvo y la miró directamente—. Qué torpe soy, lo siento. Seguro que esto es lo último que quería oír, señorita Dobbs.

—Continúe, por favor, señor... John. Hábleme de su esposa.

—Era estéril. No era culpa suya, por supuesto, pero los médicos no fueron de gran ayuda. Dijeron que no había nada que hacer. El primero, un zoquete trasnochado con el pelo blanco, nos dijo que no era nada que no pudiera arreglarse con un par de copas de jerez. ¡Menudo imbécil!

—Lo siento mucho, John.

—Sea como sea, aceptamos que seríamos una familia de dos. De hecho, justo antes de... justo antes del final... —El hombre cerró los ojos para apartar las imágenes que le invadieron la mente, imágenes de su esposa muerta, Maisie estaba segura. Volvió a inspirar profundamente para luchar contra las emociones—. Justo antes del final, decidimos comprar un perro. Pensamos que le haría compañía mientras yo estaba en el trabajo. Aunque ella siempre estaba ocupada; iba a la escuela del pueblo a leer a los niños una vez a la semana y cosas por el estilo, y le encantaba el jardín. El problema era que se culpaba a sí misma.

—¿Se culpaba? —preguntó ella mirándolo con atención.

—De ser estéril. Decía que una recogía lo que sembraba.

—¿Le dijo alguna vez a qué se refería?

—Nunca. Imaginé que se cargó a la espalda todas las cosas malas que pudiera haber hecho en la vida —respondió él encogiéndose de hombros—. Mi Pippin era una buena chica.

Maisie se inclinó hacia él, lo bastante como para infundirle calor y, de forma inconsciente, seguridad.

—¿Puede decirme si su esposa estaba preocupada por algo? ¿Tuvo alguna desavenencia con alguien?

—Pippin no era de esas personas efusivas con los demás o de las que se pasan el día cotilleando con los vecinos, pero siempre era amable y considerada, sabía cuando alguien necesitaba ayuda y siempre se paraba a charlar cuando se encontraba a algún conocido por la calle. ¿O se refiere a alguna desavenencia en la vida?

—Sé que puede parecer una tarea ingente, John.

—¿Sabe? Creo que solo había salido con un chico antes de que nos conociéramos. Era tímida con los hombres. Ocurrió durante la guerra y era bastante joven, tendría unos diecisiete años como mucho. Si no recuerdo mal, lo conoció en Suiza. Él y su grupo se habían fijado en Pippin y sus amigas; de hecho, él salió con cada una de ellas en algún momento. Terminó casándose con una, y, por lo que tengo entendido, no tuvo más que problemas con él. Un mujeriego. —Frunció el ceño de pronto—. ¿Sabe? Es curioso que me haya acordado, porque hace un tiempo se puso en contacto con Pippin. A finales del año pasado, creo, pero se me había olvidado.

—¿Quién era ese hombre? ¿Por qué se había vuelto a poner en contacto con ella? ¿Lo sabe?

—Tengo muy mala memoria para los nombres, pero era un nombre bastante inusual. No como John —dijo son una leve sonrisa—. Al parecer, su mujer, que, como ya le he dicho era una vieja amiga de Pippin, tenía un problema con la bebida. El marido buscó nuestro número y la llamó para pedirle ayuda. Quería que hablara con ella para ver si la ponía en el buen camino. Pero no habían vuelto a verse desde hacía años y creo que Pippin no quiso saber nada. Le dijo que no y se acabó. Al menos que yo sepa. Me dijo que su amiga probablemente bebía para olvidar. No me paré a pensar mucho en ello en ese momento. Me dijo: «Todo el mundo busca algo para olvidar. Ella tiene la botella y yo, mi jardín». Suena un poco cruel, pero yo no quería que se relacionara con una mujer así.

Maisie no quería influir en la opinión del hombre con sus sospechas.

—¿Y seguro que no se acuerda de cómo se llamaba ese hombre? ¿Por qué letra empezaba su nombre?

—Pues no sé, señorita Dobbs, era algo como... —se frotó la frente pensativo—. No me acuerdo... Creo que empezaba por M. ¡Sí, eso es! Mu, Me, Ma... Man... ¿Cómo era? Mal... Mag... ¡Magnus! Eso es, Magnus Fisher.

—¿Y su mujer se llamaba Lydia?

—¡Sí! ¡Lo sabía desde el principio, señorita Dobbs!

—¿Ha leído el periódico últimamente, John?

—No, no puedo soportarlo. Siempre están señalando, y mientras Pippin siga estando en primera plana, el dedo me señala a mí.

Maisie insistió un poco más.

—¿La policía no ha vuelto por aquí desde la semana pasada?

—No. Bueno, siguen pasando por la zona para comprobar que sigo aquí. Se supone que no debo alejarme hasta que cierren la investigación o la línea de investigación oficial que estén siguiendo.

Le sorprendió que Stratton no hubiera vuelto a ver a John Sedgewick tras encontrar el cadáver de Lydia Fisher.

—John, Lydia Fisher apareció muerta en su casa la semana pasada. La asesinaron. La autopsia posterior reveló similitudes entre la muerte de su esposa y la de la señora Fisher. Supongo que la policía no ha hablado con usted aún porque siguen investigando. Los de la prensa se mostraron de lo más generoso con detalles del asesinato de su esposa, y como siempre hay delincuentes dispuestos a copiar los crímenes, puede que la policía no quiera llamar la atención sobre las similitudes en este punto de la investigación. Aún es pronto. No tengo la menor duda de que tanto la policía como la prensa se presentarán aquí en breve.

John Sedgewick se agarró los hombros y se balanceó hacia delante y hacia atrás. Enseguida se levantó y comenzó a caminar de un lado para otro.

—Creerán que lo hice yo, creerán que lo hice yo...

—Cálmese, John, cálmese. No van a creer que lo hizo usted. Sospecho que va a ser todo lo contrario.

—Pobre mujer, pobre mujer... y pobre Pippin.

El viudo rompió a llorar con tanta intensidad que se dejó caer como un peso muerto en el sillón. Maisie se puso de rodillas a su lado para que pudiera recostarse en su hombro. Todas las formalidades que señalaba el protocolo en la interacción entre una mujer y un hombre que no se conocían se esfumaron cuando Maisie dejó que su fortaleza mental penetrara en John Sedgewick, que, una vez más, trataba de recuperar la compostura.

—No lo entiendo. ¿Qué quiere decir?

—Aún no lo sé, pero pienso averiguarlo. ¿Cree que puede responder a alguna otra pregunta, John?

El hombre sacó un pañuelo usado del bolsillo y se secó los ojos y la nariz.

—Sí, sí, lo intentaré, señorita Dobbs. Siento mucho...

Ella se sentó y levantó una mano.

—No se disculpe. El dolor de la pérdida tiene que salir, no hay que enterrarlo. ¿Sabe si su esposa conocía también a una mujer llamada Charlotte Waite?

El hombre la miró.

—¿La hija de «ese» señor Waite? Pues sí. Pero fue hace mucho tiempo, mucho antes de que ella y yo nos conociéramos. ¿De qué va todo esto, señorita Dobbs?

—No estoy segura, John, de momento me limito a recopilar datos.

—Charlotte y Lydia formaban parte de la misma pandilla. Ya sabe, un grupo de chicas jóvenes que salían juntas los sábados, iban a tomar el té y a comprar baratijas con su asignación semanal. Ese tipo de cosas.

Maisie asintió, aunque ella no había tenido nada parecido a una pandilla cuando era más joven, ni baratijas, solo recados y tareas en la parte de abajo de la casa que trataba de realizar con toda la rapidez y eficacia posibles para poder tener más tiempo para estudiar.

—Pero con el tiempo se distanciaron, ya sabe, suele pasar. Charlotte era muy rica, igual que Lydia. Pippin tenía cierto estatus social, pero cuando maduró decidió que no quería seguir formando parte de ese círculo. Creo que todas fueron distanciándose, pero como ya le he dicho, ocurrió antes de que Pippin y yo nos conociéramos.

—¿Formaba parte del grupo una mujer llamada Rosamund?

John suspiró y se presionó los ojos con las manos.

—Me suena el nombre. Creo recordar una «Rosie», pero Rosamund… no, Rosamund no me suena.

Maisie iba a hacerle una nueva pregunta, pero John se le adelantó.

—¿Sabe? Acabo de acordarme de otra cosa. Pero no sé si le será útil.

—Dígame.

—Tiene que ver con la hija de Waite, o más bien con su padre, pero tuvo que ocurrir antes de que nos casáramos —calló y se rascó la cabeza—. Las fechas se me dan tan mal como los nombres. Sí, fue antes de que nos casáramos porque me acuerdo de que estaba en la sala de estar de la madre de Pippin. Lo estoy viendo. Yo llegaba a la casa en bicicleta cuando un coche grande salía. Demasiado rápido en mi opinión. Y recuerdo que levantó tanta grava que se me clavó alguna piedrecita en la cara. El caso es que el ama de llaves me abrió la puerta y dijo que Pippin estaba en la sala.

Cuando entré, la encontré secándose los ojos, había estado llorando. Le supliqué que me contara qué le pasaba, lo único que me dijo fue que el señor Waite, el padre de Charlotte, y ella habían tenido una discusión. Amenacé con ir a pedirle cuentas, pero ella dijo que no lo permitiría, que si lo hacía, no querría volver a verme. También me dijo que no volvería a ocurrir.

—¿Y nunca le contó el motivo de esa desavenencia?

—Jamás. Imaginé que tendría que ver con Charlotte. Pensé que lo mismo Pippin había mentido por ella, no sé, que había dicho que su amiga estaba con ella cuando no era cierto. Al parecer, Charlotte era una chica muy rebelde. ¡Empiezo a recordar cosas!

—¿Sabe si su esposa volvió a ver al señor Waite? ¿Si volvió a tener noticias de él?

—No, no creo. Nunca dijo nada. Cuando nos casamos, empezamos a llevar una vida muy normal, sobre todo cuando nos mudamos a esta casa.

El hombre tenía mala cara, estaba muerto de cansancio.

—Enseguida lo dejo en paz, John. Pero dígame una cosa. ¿Fue el ama de llaves quien encontró el cuerpo de la señora Sedgewick?

—Así es, la señora Noakes. Viene todos los días a limpiar, preparar la cena y esas cosas. Había salido un par de horas a comprar y al volver a casa se encontró a Pippin en el comedor. Según parecía, había estado tomando el té. Le pareció extraño, porque no la había avisado de que fuera a recibir visita.

—¿Y usted estaba trabajando?

—Sí, trabajo en la ciudad. Soy ingeniero de obras públicas y estuve toda la tarde en una obra. Me vio mucha gente, pero también tuve que desplazarme a varios sitios, algo que interesa mucho a la policía. Se sientan ahí con todos esos mapas y horarios de trenes tratando de averiguar si me habría dado tiempo a venir a casa, asesinar a mi mujer y volver a la obra para ver si tengo coartada.

—Entiendo. ¿Le importaría enseñarme el comedor?

Al contrario que la cocina y la sala de dibujo, el comedor estaba impoluto, aunque la presencia de la policía se notaba en toda la casa. Estaba claro que habían llevado a cabo un registro exhaustivo de la habitación en la que había muerto Philippa Sedgewick.

—No había sangre. —Los tendones del cuello se le tensaron al hablar del asesinato de su mujer—. Al parecer el asesino la drogó primero, antes... antes de usar el cuchillo.

—Ya.

Maisie recorrió toda la sala observando, pero no tocó nada. Todas las superficies estaban limpias, apenas se veía una fina capa de polvo. Se dirigió a la ventana y descorrió las cortinas para añadir luz natural a la granulosa iluminación eléctrica. Tomar las huellas dactilares se había vuelto una práctica muy habitual y vio los residuos del polvo que utilizaba la policía para hacer resaltar aquellas que hubiera podido dejar el asesino. Sí, los hombres de Stratton se habían empleado a fondo.

—El inspector Stratton no es mal tipo. No, no es el peor. Es ese sargento que va con él quien me pone los pelos de punta, Caldwell se llama —dijo John como si le hubiera leído la mente—. ¿Lo conoce?

Maisie estaba concentrada en revisar hasta el último rincón del comedor, pero la imagen del hombre bajo e inquieto, con la nariz picuda y la mirada de hielo se le apareció en la mente.

—Lo he visto un par de veces.

—Pues esa suerte tiene. Solo le faltó acusarme del asesinato cuando me llevaron a la comisaría para interrogarme.

Stratton fue más amable. Aunque he oído que es una práctica habitual, ya sabe, uno hace de bueno y otro de malo para desequilibrar al sospechoso o conseguir que se relaje, y entonces va el primero y se le tira a la yugular.

Maisie repasó todas las superficies y todos los muebles. El hombre, que ya estaba mucho más tranquilo con ella, divagaba. Maisie tocó algo en el suelo y se llevó los dedos a la nariz.

—Oí hablar a dos agentes. Al parecer, Stratton perdió a su mujer durante el parto hace cinco años. Tiene un niño y lo está criando solo. Supongo que eso me ayuda a comprenderlo mejor.

Maisie, que estaba de rodillas, se levantó tan deprisa que se mareó.

—No pretendía asustarla, señorita Dobbs. Sí, es viudo. Igual que yo.

Maisie terminó el reconocimiento con cuidado de no dejar patente su deseo de quedarse a solas para poner en orden sus pensamientos y distraerse de la tarea que tenía entre manos. Puede que no tuviera otra oportunidad. Pero parecía que aquel comedor no le transmitía nada, más allá de la pena por la pérdida de John Sedgewick.

—Tengo que irme, John. ¿Cree que estará bien?

—Sí, sí. Tengo la impresión de que hablar sobre Pippin me ha dado fuerzas. Debería de ponerme a hacer algo. Ordenar la casa, por ejemplo. La señora Noakes se disgustó mucho y no ha querido volver, aunque me escribió para decirme que cree que soy inocente. Me reconforta que lo diga, teniendo en cuenta que mi hermana y mi madre se están ocupando de mantener las distancias conmigo, y la madre de Pippin está demasiado apenada para venir a verme.

—Puede que abrir las cortinas haga que se sienta mejor. Deje que entre la luz, John.

—Es probable que me venga bien salir al jardín —contestó él sonriendo—. Siempre fueron los dominios de Pippin, ¿sabe? Desde pequeña le gustó cultivar cosas.

—Disfrute del jardín. Al fin y al cabo, su mujer lo creó para los dos.

Se dio la vuelta para marcharse cuando, de repente, sintió una presión en el centro de la espalda, como si algo la retuviera. Ahogó un pequeño grito y se dio cuenta de que había pasado por alto algo importante.

—¿Hay algún lugar, una parte del jardín quizá, que le gustara especialmente a su mujer? ¿Tenía un cobertizo para las macetas o un invernadero?

—Sí, en un lateral de la casa. De hecho, la señora Noakes me dijo que la había dejado allí cuando salió a comprar aquel día. Le encantaba el invernadero. Yo lo diseñé. Tiene tres partes: la sección acristalada tradicional para conservar los semilleros; un cobertizo con ventanas para trasplantar las macetas y una tercera zona en la que tenía plantas exóticas y en la que le gustaba sentarse en un sillón con algún libro de jardinería. Creo que nunca la vi con ningún otro género de lectura. Venga conmigo, se lo enseñaré.

La condujo hacia el santuario hortícola de Philippa Sedgewick en el lateral de la casa, protegido de las miradas por un sauce. Nada más entrar, Maisie sintió el calor húmedo propio de los invernaderos bien cuidados, así como el aroma acre y penetrante de los ejemplares jóvenes de geranio que crecían en macetas de barro. Caminó despacio por un sendero interior hasta una puerta holandesa de madera y cristal. Abrió ambas secciones y entró en la sección de invernadero y sala de estar combinadas: el lugar favorito de la mujer.

Le recordó el invernadero en el que Simon pasaba el día con sus secretos y la manta sobre las piernas. Había un sillón de mimbre con cojines verdes y rosas en los que aún se notaba la marca del cuerpo que se había recostado sobre ellos, como si acabara de levantarse. Parecía tan confortable que si hubiera un gato, ya se habría apropiado de él. Maisie se movió a su alrededor y se fijó de inmediato en el libro de jardinería que había en una mesa junto al sillón. Levantó la tapa y lo hojeó hasta que el libro se abrió solo en el punto que su dueña había señalado con un marcapáginas, tal vez en el momento de la llegada del asesino. Imaginó a Philippa al oír el breve sonido de la aldaba a lo lejos, colocar el marcapáginas y salir corriendo a abrir la puerta. ¿O habría ido el asesino a buscarla al ver que no abría la puerta? Si era alguien conocido, Philippa habría marcado la página por la que iba y le habría ofrecido un té.

Geranio. *Pelargonium*. Maisie pasó el dedo por el lomo del libro y se pinchó con algo. Lo miró más de cerca palpando con cuidado y sacó del lomo algo que pinchaba y que a la vez tenía una parte suave. «Sí, sí, sí.»

Maisie guardó el hallazgo en un pañuelo mientras John observaba una planta bastante grande con hojas verdes y carnosas situada en un rincón.

—Yo no sabría diferenciar una de otra, como podrá suponer, pero Pippin se sabía el nombre de todas ellas, y en latín. Creo que esa fue la única razón por la que lo estudió, para conocer más cosas sobre las plantas.

—Yo también estudié latín solo para entender mejor otro tema. Ahora sí que me voy, John. Muchas gracias por su ayuda, ha sido usted muy amable.

—No empezamos con muy buen pie, ¿verdad? —dijo él tendiéndole la mano—. Pero creo que me ha ayudado usted más a mí que yo a usted.

—Sí que me ha ayudado, John. Muchísimo. Estoy segura de que tendrá noticias del inspector Stratton pronto y le agradecería que no mencionara que he estado aquí.

—No diré ni una palabra, señorita Dobbs. Pero antes de que se vaya, ¿puedo preguntarle en qué caso está trabajando?

—Se trata de una persona desaparecida.

Y se marchó sin dilación para que no le hiciera más preguntas. Tenía que pensar. Se dio toda la prisa que pudo en arrancar el coche y metió la marcha. Se volvió a mirar la casa una última vez antes de alejarse a toda prisa, y vio que John Sedgewick se dirigía con lentitud hacia los rosales y se agachaba a arrancar las malas hierbas. Más tarde, zigzagueando entre el tráfico de vuelta a Londres, Maisie pensó no en Sedgewick, sino en Richard Stratton, que también había perdido a su mujer. Y pensó en el hallazgo que había hecho por pura casualidad. Cuando llegara a su habitación, lo guardaría con su otro hallazgo, idéntico a ese, el que había hecho en la sala de dibujo de Lydia Fisher.

12

La estufa de gas estaba apagada, así que hacía frío en el despacho cuando entró el domingo por la tarde. Encima del escritorio había una hoja de papel con la caligrafía grande, de niño de primaria, de Billy y varios sobres sin abrir colocados por separado para que Maisie pudiera ver el remitente antes de abrir cada uno. Su ayudante había tenido una mañana de sábado provechosa.

—Brrr. Veamos: la factura de Cantwell está enviada, bien. Lady Rowan ha llamado, pero no ha dejado ningún mensaje. Andrew Dene... ¿Andrew Dene? Mmm. —Enarcó las cejas y continuó—. Devueltos los expedientes a los abogados...

El teléfono sonó.

—Fitzroy cinco, seis, cero, cero.

—¿Señorita Dobbs?

—Sí.

—Soy John Sedgewick. Me alegro de que haya respondido.

—¿Alguna noticia, señor Sedgewick? —dijo ella adoptando el tratamiento formal a propósito.

—Así es. Pensé que le gustaría saber que el inspector Stratton y ese odioso Caldwell han venido a verme justo después de que se marchara usted. Me han preguntado por Magnus Fisher.

—No me diga. ¿Y qué querían saber?

—Por qué se había puesto en contacto con Pippin. Les he dicho lo mismo que a usted. No había nada más que añadir. No se preocupe, no he dicho que ha venido a verme. Pero me he quedado pensando en algo que ha dicho Stratton.

—¿De qué se trata?

—Resulta que Pippin sí que vio a Fisher. Hace dos meses aproximadamente. Él acababa de llegar de una de sus expediciones y acordaron verse. Después, él volvió a marcharse un par de semanas y luego regresó. Al parecer las fechas de regreso se corresponden con las fechas de los asesinatos de Pippin y la señora Fisher, por eso la policía está interesada en él.

—¿Han dicho algo sobre el motivo?

—No. Stratton me ha repetido lo de que tienen que considerar todas las posibilidades y me ha preguntado si yo conocía a la señora Fisher. Me han preguntado también, otra vez he de añadir, detalles íntimos sobre mi felicidad conyugal.

—Todo forma parte del procedimiento habitual, señor Sedgewick. No hay duda de que se lo preguntaron para poder especular sobre los motivos de su esposa para reunirse con Fisher.

—Así es, y les dije que pensé que lo hizo para intentar ayudar de alguna forma, teniendo en cuenta los problemas de la señora Fisher con la bebida. Me pareció que estaban insinuando que había algo entre Pippin y Fisher, sobre todo porque ya habían salido juntos hace unos años. Es angustioso, señorita Dobbs.

—Lo entiendo y estoy con usted. Sin embargo, la policía solo intenta hacer su trabajo. Quieren dar con el asesino antes de que vuelva a atacar.

—Es muy difícil para mí, pero sé que tiene razón.

—Gracias, señor Sedgewick. Ha sido muy amable al llamar para contármelo. ¿Se siente mejor ahora?

—Sí, sí, estoy mejor. ¿Y sabe? Esta tarde ha venido a casa una vecina y me ha traído un guiso de carne. Me ha dicho que no lo había hecho antes al ver que tenía las cortinas echadas, y que siente mucho lo que le ha ocurrido a Pippin. Pero la acompañaba su marido, así que no estaría tan segura de mi inocencia.

—Bueno, es un comienzo. Buenas noches, señor Sedgewick.

—Sí. Buenas noches, señorita Dobbs.

Magnus Fisher. Posible, todo es posible, pensó. Había ido detrás de Philippa y sus amigas. Y se había casado con Lydia. ¿Habría mantenido también una relación más profunda con Rosamund y Charlotte? ¿Y si su interés inicial por esas mujeres había perdurado aunque hubiera perdido intensidad y la llama había vuelto a prender más tarde hasta el punto de descontrolarse por completo? Bajó la mirada y terminó de leer las notas de Billy.

«Lady Rowan ha vuelto a llamar. Definitivamente, no volverá a Ebury Place hasta dentro de quince días por lo menos.»

Maisie sonrió al ver la siguiente nota.

> Querida señorita:
>
> Me alegra que ya esté de vuelta en Londres. Mañana llegaré puntual, bien temprano por la mañana. Espero que lo haya pasado bien en Kent.
>
> Atentamente,
>
> Billy Beale

No le costaba nada imaginar a Billy de pequeño, con su pelo del color del trigo enmarañado y apelmazado, la nariz llena de pecas y la lengua asomando entre los dientes, concentrado mientras seguía con la pluma la curva de cada letra. No le cabía duda de que su profesora había puesto mucho énfasis en la palabra «bien».

Echó un vistazo a cada uno de los sobres cerrados hasta llegar a una letra que conocía muy bien, una caligrafía inconfundible con tinta azul casi negra. Le dio la vuelta al sobre y vio el lacre de la abadía de Camden. Debajo de la dirección se leían las palabras «En mano», lo que significaba que había entregado la carta a alguien que había pasado por la abadía después que Maisie, pero había regresado de inmediato a Londres y había llegado antes que ella. Cogió su navaja Victorinox y abrió el sobre. Extrajo una hoja doblada de papel de lino de color crema tan grueso que era casi cartón, en la que la hermana Constance había escrito:

Querida Maisie:

Cuánto me ha alegrado verte hoy en la abadía. La visita de una de las alumnas más memorables que he tenido es siempre motivo de alegría, pero confieso que me habría gustado verte con algo más de carne, eres toda huesos.

No quiero entretenerme con comentarios superficiales, así que iré directa al grano para aprovechar que ha venido un visitante de Londres que no tardará mucho en volver y que se llevará esta carta de paso. He aconsejado a la señorita Waite que hable contigo y ha aceptado. Si se siente con el ánimo para hacerlo es por la seguridad y el refugio que la comunidad le ha ofrecido, por lo que he de pedirte que respetes la confianza que tengo en ti y te comportes con integridad. La hermana Judith me ha dicho que a la señorita Waite le vendría bien descansar dos o tres días, ya que, al igual que todas nosotras, ella también ha enfermado de un resfriado terrible. Te sugiero que vengas el jueves por la mañana.

Atentamente,
Hermana Constance Charteris

Perfecto, pensó Maisie reclinándose en el asiento con una sonrisa. No le cabía ninguna duda de que la hermana Constance había utilizado sus poderes de persuasión con Charlotte, aunque habría preferido una fecha más oportuna para la entrevista. Tendría que elegir bien las palabras cuando se reuniera con Joseph Waite el martes.

Cuando salió del despacho, una densa niebla envolvía los árboles de la plaza y casi no se veían las farolas. Oyó a lo lejos el repiqueteo de los cascos de un caballo y las explosiones del motor de los coches en los que la gente más próspera salía a cenar o regresaba a casa después de pasar el día fuera. El sonido llegaba distorsionado no solo por la oscuridad, sino por la niebla. Deseó estar en Kent y ver las estrellas y los campos silenciosos iluminados por la luna llena.

¿Y si ya había tenido contacto con el asesino? ¿Se habrían cruzado por la calle delante de la casa de Lydia Fisher? ¿Estaría Charlotte implicada o su fuga no era más que el acto de una mujer que no soportaba que siguieran tratándola como a una niña? ¿Podría ser ella la asesina? ¿O tal vez temiera convertirse en la siguiente víctima? ¿Y qué pasaba con Magnus Fisher? ¿Qué motivos podía tener para asesinar a su mujer y a dos de sus conocidas? ¿Habría sucedido algo en Suiza años atrás, algo que todas ellas sabían y que era tan grave como para matarlas y que no hablaran? ¿Qué podría decirle Charlotte sobre Fisher? ¿Y qué pasaba con las pruebas que había encontrado y que tenía guardadas cuidadosamente? ¿Serían nada más que basura doméstica?

Se centró de nuevo en la mansión Waite y evaluó los sentimientos que le despertaban Charlotte y su padre. Admitió que estaba un tanto confusa con Joseph Waite. Su arrogancia le parecía desagradable y su actitud controladora hacia su hija adulta, espantosa. Pero al mismo tiempo respetaba sus logros y reconocía su generosidad. Era un hombre de extremos. Un hombre que trabajaba mucho y que se permitía lujos, pero que también ayudaba sin reparar en gastos y se mostraba amable si consideraba que el destinatario lo merecía.

¿Podría ser el asesino? Se acordó de su destreza con todos aquellos cuchillos de carnicero. ¿Tendría un motivo? Si lo tenía, ¿explicaría eso la huida de su hija?

¿Qué sabía ella sobre Charlotte en realidad, más allá de que no vivía en paz consigo misma? La opinión de su padre no era imparcial. Ojalá pudiera reunirse con Charlotte Waite antes. Tenía que formarse una opinión propia sobre su carácter. ¿Podría reunirse con su padre antes de tenerla?

Maisie arrancó el coche. Ya era hora de que volviera a Ebury Place. Tenía muchas cosas en las que pensar, mucho que planificar. El día siguiente iba a ser largo, y tenía una tarea difícil a primera hora: hablar con Billy sobre sus cambios de conducta.

La puerta delantera de la mansión de Belgravia se abrió antes de que llegara a los escalones de la entrada.

—Hemos oído el motor en el garaje, señora.

—Me parece estupendo. Hace frío esta noche, ¿verdad, Sandra? Y hay mucha niebla.

—Ya lo creo, señora, y no es bueno que se le meta a uno en los pulmones. Menos mal que en nada llegará el verano.

Sandra cerró la puerta cuando Maisie entró, y le tomó el abrigo, el sombrero y los guantes.

—¿Cenará en el comedor esta noche o le subo una bandeja a su habitación, señora?

Maisie se detuvo un momento y se volvió hacia Sandra.

—Creo que me apetece una buena sopa de verdura en la habitación. Pero no ahora mismo, hacia las ocho y media.

—Muy bien, señora. Teresa ha subido a prepararle un baño caliente en cuanto hemos oído el coche. Le vendrá bien después de venir conduciendo desde Chelstone.

Maisie subió, dejó el maletín lleno de papeles en el escritorio y cambió la ropa de calle por la bata y las zapatillas. ¿Tan pronto había pasado el tiempo? Había salido hacia Chelstone el viernes por la noche y regresado a Londres esa misma mañana. Se había levantado nada más oír las pisadas de su padre en las escaleras a las cuatro de la mañana; se había lavado y vestido, y había tomado una taza de té bien fuerte con él antes de que saliera a ver cómo se encontraba la yegua.

—He echado sales de lavanda en la bañera, señora. La lavanda ayuda a relajarse antes de irse a la cama —dijo Teresa dejando dos toallas grandes y esponjosas en el toallero junto a la bañera, llena de agua perfumada.

—Gracias, Teresa.

—De nada, señora. ¿Necesita alguna otra cosa?

—No, gracias.

Teresa hizo una pequeña reverencia y salió del baño.

Maisie se sumergió en el agua y estiró la pierna para abrir el grifo del agua caliente cuando le pareció que empezaba a enfriarse. Se le hacía extraño vivir en la parte de arriba de la mansión y que las chicas que hacían el mismo trabajo que la había llevado a aquella casa y a la vida que ahora tenía la llamaran «señora». Se reclinó en la bañera y dejó que el vapor perfumado del agua caliente subiera y le envolviera el pelo, lo que le recordó el baño semanal que le permitían cuando trabajaba como criada. Enid golpeaba la puerta en cuanto creía que su compañera se estaba demorando demasiado. Maisie podía oírla: «Venga, Mais. Deja que entremos las demás. Es un poco descarado que nos tengas esperando, en el pasillo».

Y después se acordó de Francia, del barro frío que se le metía en los huesos, un frío que aún seguía sintiendo. «Estás congelada, hija mía.» Maisie sonrió al recordar a la señora Crawford y casi sintió el calor reconfortante del abrazo de la anciana cuando regresó de Francia, herida. «Nosotros cuidaremos de ti, hijita. Vamos, vamos, ya estás en casa.» Y la rodeó con un brazo mientras le frotaba la espalda con la otra mano, igual que una madre con su bebé.

De repente, llamaron a la puerta.

—¡Vaya horas! —exclamó Maisie cuando se dio cuenta del tiempo que llevaba en la bañera. ¡Ya voy! ¡Un momento!

Salió de la bañera a toda prisa, secándose por el camino, y se puso la bata. Se soltó el pelo y sacudió la cabeza mientras pasaba a la sala de estar. Se encontró con que le habían dejado la bandeja con la cena en una mesita delante del sillón, junto a la chimenea, en la que Sandra había echado un montón nuevo de carbón que las llamas rodeaban.

—Así está mejor, señora. No queremos que se resfríe.

—Te lo agradezco, Sandra. ¡Resfriarme es lo último que quiero!

Sandra dejó las tenazas en el cubo del carbón, se levantó y le sonrió.

—Parece que el señor Carter vuelve la semana que viene para preparar la casa antes de que llegue la señora.

—Ya nos enteraremos entonces, ¿no te parece, Sandra? —dijo ella con una sonrisa mientras se colocaba la servilleta sobre las rodillas—. ¡Mmm, esta sopa huele que alimenta!

Sandra le hizo una reverencia y asintió con la cabeza.

—Gracias, señora. —Pero en vez de irse de inmediato, se demoró—. No hay tanto personal como antes, ¿verdad?

—No tanto como antes de la guerra, eso seguro, Sandra. —Maisie se reclinó en el sillón y contempló el fuego en vez de tomar la cuchara—. Definitivamente no. Y si se lo preguntaras a la señora Crawford, te diría que aún había más empleados antes de que el señor comprara los coches a motor, cuando en las cuadras había caballos y mozos.

Sandra frunció los labios y se miró los pies.

—Todo está cambiando, ¿verdad? Quiero decir que todas nos preguntamos para qué mantienen esta casa cuando pasan más tiempo en Chelstone.

Maisie se quedó pensando un momento antes de contestar.

—Ah, en ese aspecto creo que conservarán Ebury Place unos cuantos años más todavía, al menos hasta que James regrese a Inglaterra. Al fin y al cabo, forma parte de su herencia. ¿Te preocupa tu trabajo, Sandra?

—Nos preocupa a todas, señora. Espero que no le importe que lo diga, pero las cosas son distintas. Ahora ya no son tantas las chicas que entran a servir. Pero es extraño ver el cambio delante de tus ojos.

—Sí, en eso tienes razón. Hemos visto cambiar muchas cosas desde la guerra.

—Creo que la gente intenta olvidarse de la guerra, ¿no le parece, señorita? Porque ¿quién va a querer que se la recuerden? Mi primo, no el que murió allí, sino el que volvió de Loos con heridas de guerra, decía que una cosa era que se acordaran de ti y otra muy distinta que te recordaran todos los días lo que pasó. No le parecía mal que la gente se acordara de lo que él había hecho estando allí, ya me entiende, pero no quería que se lo recordaran. Decía que le costaba mucho porque todos los días ocurría algo que lo hacía.

Maisie pensó en su baño y en el hecho de que el placer absoluto que había sentido le había recordado el pasado, aunque fuera un recordatorio de una sensación opuesta, recordatorio del frío y la incomodidad.

—Bueno, voy a seguir con lo mío, señora. La dejo cenar. Buenas noches.

—Buenas noches, Sandra. Y no te preocupes por los cambios. Muchas veces son para mejor.

Maisie se terminó la sopa y se recostó en el sillón mientras contemplaba las brasas que iban convirtiéndose en rescoldos. Alimentaría el fuego justo antes de irse a la habitación, consciente de que mientras se quedaba dormida le retirarían la bandeja sin hacer ruido, y que sin hacer ruido le dejarían otra con el desayuno cuando se recogiera el pelo a la mañana siguiente. Sus pensamientos habían tomado otra dirección después de la conversación con Sandra. A lo mejor sí que estaba preparada para un cambio. No por fuera, aunque sabía que la transformación exterior era una señal del cambio interior, sino en lo que imaginaba en un futuro. Sí, a lo mejor merecía la pena reflexionar sobre ello.

Se acomodó sobre las almohadas pensando en la delgada línea que separaba el recuerdo del recordatorio, y en cómo un recordatorio constante podía llevar a alguien al borde de la locura, o podía empujarlo a las drogas o al alcohol, cualquier cosa que le hiciera olvidar el lado más amargo del pasado. Pero ¿y si ese recordatorio era otro ser humano? ¿Qué pasaría en ese caso?

13

Maisie se levantó temprano. Se lavó rápido y se puso el traje azul que dejaba entrever discretamente el cuello y los puños de la blusa de lino blanca que llevaba debajo. Previendo una mañana fría, optó por llevar el abrigo azul marino, el *cloche* ya viejo y los guantes negros. Agarró el maletín negro y salió de la habitación a toda prisa.

Estaba a punto de abrir la puerta camuflada del descansillo que conducía a las escaleras de atrás, por las que se llegaba a la cocina, pero se lo pensó mejor. Si aparecía por sorpresa, las chicas podían sentirse incómodas. Bajaría por la escalera principal y llamaría a la puerta de la cocina antes de entrar para que estuvieran sobre aviso. La posición intermedia que ocupaba en la casa requería pensar bien las cosas antes de actuar.

Tocó en la puerta, esperó un par de segundos y asomó la cabeza sin aguardar respuesta.

—¡Buenos días a todas!

Las tres chicas contuvieron un grito de sorpresa.

—¡Qué susto nos ha dado, señorita! —dijo Sandra—. Iba a hacerle el desayuno.

—Siento haberos asustado. Se me ha ocurrido que podía desayunar aquí si no os importa.

—Pues claro que no, señorita. No nos importa. ¡Menos mal que esta mañana tiene el pelo seco!

—¿Lo de siempre, señorita? ¿Copos de avena y tostadas con mermelada? Esta mañana tiene que comer bien porque hace frío. Dicen que vamos a tener una Pascua ventosa.

Maisie sonrió al notar el cambio de tratamiento; ya no era «señora», sino que volvía a ser «señorita». Se sentía como si habitara en dos países, ni aquí ni allí, siempre en el medio.

—Aún faltan dos semanas para eso y hoy tengo prisa. Me tomaré una tostada y una taza de té, gracias.

—Enseguida, señorita. El té casi está y la tostada en un santiamén. ¿Seguro que no quiere un huevo pasado por agua?

—Tengo bastante con el té y la tostada, Teresa —dijo ella negando con la cabeza.

Sacó unas cartas del maletín y se puso a leerlas. Era consciente de que las chicas se miraban entre sí y movían los labios sin emitir sonido. Sandra carraspeó y se acercó a la mesa.

—¿Señorita?

—Dime, Sandra.

—Pues estábamos pensando que... Nos preguntábamos si querría ir al cine con nosotras el sábado por la tarde. No solemos salir las tres juntas, siempre se queda una en la cocina, aunque no haya nadie en la casa, pero como habrá más gente del servicio, la casa no se quedará desatendida.

—¿Qué película vais a ver?

—Es una película sonora y he oído que da un poco de miedo. Participa Donald Calthrop. Se titula *Chantaje*. Va de una chica que sale con un policía, un detective, que...

—Me parece que no, Sandra.

—Mmm, supongo que todo lo que tenga que ver con la policía será como un día normal de trabajo para usted, ¿no?

—Eres muy amable por decírmelo. Os agradezco mucho que hayáis pensado en mí. Tiene gracia, pero no me gustan las películas de miedo. Luego no duermo.

—Pues sí que tiene gracia —dijo Sandra riéndose.

Casi sin probar el desayuno, Maisie salió de la mansión por las escaleras de piedra de la puerta trasera y se dirigió desde las antiguas cuadras hacia el coche. George, el chófer de los Compton, estaba en Kent, así que habían encargado a un criado que dejara el garaje como los chorros del oro y listo para el Rolls-Royce de los Compton. El viejo Lanchester se quedaba siempre en la casa de Londres y, aunque solo lo usaban de vez en cuando, lo limpiaban, abrillantaban y mantenían en buen estado de forma regular. El MG de Maisie le proporcionaba algo que hacer todos los días.

—Podría habérselo llevado a la puerta, señorita. Aquí lo tiene, limpio y brillante para recorrer Londres. Estaba lleno de barro por debajo.

—El clima tiene el mismo respeto por los coches de motor que por los de caballos, Eric, ninguno. Gracias por dejarlo reluciente. ¿Has comprobado el nivel de aceite?

—Sí, señorita. He echado un vistazo a todo. La llevaría de punta a punta de Gran Bretaña si quisiera, eso se lo aseguro. Una maravilla de coche, sí señor.

—Gracias, Eric.

Maisie aparcó de nuevo en Fitzroy Street, en el mismo sitio que la noche anterior. No mucha gente poseía vehículos motorizados, por lo que los peatones observaron a Maisie con interés cuando se bajó del coche rojo y reluciente.

Se encaminó al despacho consciente de que iba a ser una mañana difícil. Subió con paso lento las escaleras para tener la energía necesaria para afrontar lo que se le venía encima. Su cuerpo y sus intenciones debían alinearse, no podía mostrar determinación para la tarea que tenía por delante con aquellos hombros hundidos.

Metió la llave en la cerradura y le sorprendió que Billy no hubiera llegado todavía. Miró la hora. Las ocho y media. A pesar del mensaje que le había dejado, su ayudante llegaba tarde. Se acercó a la ventana frotándose la cicatriz de la nuca, que había empezado a dolerle.

Se puso las manos en el pecho, la derecha encima de la izquierda, y respiró profundamente. A medida que relajaba la tensión, comenzó a visualizar la conversación con Billy, concentrándose en las palabras finales de un diálogo que aún no se había producido. Presionó más fuerte con las manos y relajó el ritmo de la respiración a voluntad para calmar el pulso, y notó que también cedía la molestia constante de la cicatriz. «Esto es un recordatorio —pensó—, todos los días, igual que el dolor de la pierna de Billy es un recordatorio para él.» Y mientras calmaba los latidos de su corazón y también su alma, pensó una cosa: si Lydia Fisher había elegido el alcohol y Billy los narcóticos para hacer frente al embate de los recuerdos diarios, ¿cómo amortiguaba ella el dolor? Estaba pensando en ello cuando se le ocurrió la terrible posibilidad de que quizá se esforzaba mucho no solo en cumplir con las exigencias de su trabajo, sino también en aislarse. Quizá trabajaba tanto que no solo era capaz de ignorar el dolor físico, sino que se había convertido en una isla a la deriva, sin establecer conexión humana alguna. Se estremeció.

—Buenos días, señorita, qué buena mañana hace. Pensé que iba a necesitar el abrigo, pero he tenido que venir corriendo desde la parada del autobús y he terminado quitándomelo.

Maisie miró la hora en su reloj de plata prendido en la solapa de la chaqueta.

—Siento llegar un poco tarde, señorita, pero se ha formado un buen atasco. He tomado el autobús y a la mitad de Mile End Road me he dicho que no tendría que haberme molestado. Habría llegado más deprisa andando, cojo y todo. Menudo jaleo se había montado. Un coche, y no se ven tantos por ahí, se ha estampado contra un carro. Gracias a Dios que no íbamos muy rápido. Pero tendría que haber oído cómo se han puesto los conductores con él. Creía que iban a darle con el látigo, de verdad se lo digo. Uno gritaba: «Ponle a él los arreos y que descansen los jodidos caballos. ¡Está loco!». Perdone, señorita, solo repito lo que les he oído decir. Las cosas se ponen feas cuando los coches...

Billy gesticulaba mucho mientras hablaba y evitaba el contacto visual. Se demoró en quitarse el abrigo y la gorra y en colgarlos en el perchero, y a continuación se puso a hojear el periódico como si buscara algo en particular.

—He visto algo aquí esta mañana que pensé que le gustaría...

—Billy.

—Era sobre aquel...

—¡Billy! —Maisie subió la voz y luego prosiguió con su tono normal—. Quería hablar contigo de un asunto. Vamos a sentarnos junto a la estufa. Trae una silla.

Billy enrojeció, pero dejó el periódico encima de su mesa, sacó la silla y la puso al lado de la de Maisie.

—¿Va a echarme, señorita?

—No, Billy, no voy a echarte. Sin embargo, sí que me gustaría que fueras más puntual.

—Sí, señorita. Lo siento. No volverá a ocurrir.

—Billy.

—Dígame, señorita.

—Voy a ir directamente al grano —continuó ella consciente de que era falso, pues estaba lejos de ir al grano.

Inspiró profundamente y empezó—. Llevo un tiempo preocupada por tus... cambios de humor, vamos a llamarlos, y...

—Puedo expli...

—Déjame terminar, Billy. Me preocupan tus cambios de humor y, por supuesto, el dolor que es evidente que te están produciendo las heridas de la pierna. Me preocupas.

Billy se frotó las rodillas hacia delante y hacia atrás, una y otra vez, la mirada puesta sobre las llamas vacilantes que chisporroteaban dentro de la estufa.

—Sabes que fui enfermera y que conozco las sustancias que se administraban a los heridos en la guerra. Vi a los médicos trabajar en condiciones penosas, apenas podían practicar su profesión. Sobre la morfina y otros medicamentos, no siempre sabían la potencia que tenía lo que prescribían. —Miró a su ayudante buscando con cuidado las palabras, como si atravesara un campo de minas, tratando de prestar atención para no provocar en Billy la búsqueda de una justificación para sus actos o el estallido que se temía. Él apretaba la mandíbula y la movía hacia delante y hacia atrás mientras escuchaba sin apartar la vista del fuego.

—Billy, creo que la dosis de morfina que te dieron era excesiva, aunque lo más probable es que no lo supieras al principio. Los heridos llegaban a centenares, pero a veces había alguno que destacaba, y, como te imaginarás, me he acordado de ti. Tú eras uno de esos a los que era casi imposible medicar. Te trasladaron rápidamente al hospital general, donde te administraron más medicación. Y luego pasaste a un centro de rehabilitación en el que te prescribieron más morfina para el dolor.

Él asintió, pero no dijo nada.

—Y cuando se terminaron las recetas, tú y otros muchos en tu situación, descubristeis que no era difícil acceder a sustancias de efectos similares, sobre todo aquí, en Londres. Cocaína, ¿verdad? Seguro que has estado años sin consumir, pero cuando la pierna empezó a molestarte otra vez, viste que tenías más ingresos y también encontraste un distribuidor aquí al lado.

Maisie hizo una pausa. Billy tardó un momento, pero al final asintió con la cabeza y se decidió a hablar. Lo hizo sin apartar la vista de los chorros de calor que les calentaban los pies, pero no quitaban el frío que les envolvía los hombros y la cabeza.

—Me quedo asombrado con usted muchas veces, señorita —dijo y la parte superior de su cuerpo pareció relajarse cuando se resignó a que había llegado el momento de decir la verdad—. Ha dado en el clavo, como siempre. No tiene sentido decir lo contrario —dijo despacio y en voz baja, algo poco habitual en él—. Cuando salí del centro de rehabilitación la primera vez, nada más llegar a Londres y antes de volver y casarme con Doreen y venirnos a vivir aquí, era fácil conseguirla. Teníamos que hablar con los canadienses que estaban aquí de permiso. La llamaban «nieve». Buenos tipos esos canadienses. Perdieron a muchos de los suyos. El caso es que dejé de consumir, como usted ha dicho. Y de pronto, hará unos cuatro meses, con el frío de las Navidades, la pierna empezó a dolerme otra vez, mucho más que antes. Algunos días creía que no podía bajar las escaleras. Y estaba agotado, me encontraba muy mal...

Maisie dejó que Billy siguiera hablando. Él miraba el fuego hipnotizado.

—Y un día apareció ese tío, uno que había visto por ahí, y me vio en el pub de abajo. Me estaba tomando una cerveza rápida antes de irme a casa y se me acercó. «¿Eres tú, Billy?», me dijo. Parecía eufórico. Y cuando quise darme cuenta, me estaba contando dónde podía conseguirla. —Se tapó los ojos con las manos como tratando de borrar la imagen de su mente y después las bajó y se puso a frotarse los muslos—. Y yo dije que vale, que un poco me aliviaría. Y fue como antes de la guerra, señorita, no me dolía. Me sentía como un niño otra vez y le diré que llevaba un tiempo sintiéndome como un viejo.

Billy calló. Maisie alargó la mano hacia el pomo que había en un lateral de la estufa y subió la llama. No dijo nada para dejar que él siguiera hablando a su propio ritmo.

—Y si le digo la verdad, ojalá no lo hubiera visto, ni a él ni a su alijo. Pero también le digo que me gustaría sentirme así todo el tiempo. Me gustaría...

Billy echó hacia delante el cuerpo hundido y se puso a llorar. Maisie se inclinó hacia él. Se acordó de la señora Crawford y le acarició la espalda; la caricia lo tranquilizó como si fuera un niño pequeño. Hasta que al final dejó de llorar y se enderezó. Se sonó la nariz.

—Parezco un maldito elefante sonándose la nariz, ¿eh, señorita? —Billy dobló el pañuelo y repitió la operación—. Mire, señorita, me iré de aquí. No tengo derecho a trabajar con usted, eso no hay quien lo discuta. Ya encontraré otra cosa.

—Billy, antes de que hagas tal cosa, piensa en todos esos hombres que hacen cola para que les den algún empleo. Además, el negocio va bien y te necesito. Pero te necesito sano y libre de esa carga. Y tengo un plan.

Billy levantó la vista y se limpió la nariz, que le había empezado a sangrar. Se la apretó fuerte con el pañuelo para cortar el sangrado y echó la cabeza un poco hacia atrás.

—Perdone, señorita.

—He visto cosas peores. Te decía que tengo un plan. Te ayudará, pero va a requerir un esfuerzo enorme por tu parte.

Maisie le contó a grandes rasgos el plan que había diseñado con Maurice.

—Ah, así que el doctor Andrew Dene, el que llamó para hablar con usted —dijo Billy—. Y yo pensando que tal vez fuera alguien que había conocido por aquellas tierras.

—Es que así ha sido —respondió ella.

—No me refiero a eso, señorita, me refiero a conocer..., conocer, ya sabe.

—Fui a verlo para pedirle consejo, Billy. Quería saber cómo podía ayudarte.

—Le agradezco que se tomara la molestia y todo eso, pero creo que no quiero irme de la ciudad. —Se dio unos golpecitos en la nariz con el pañuelo para comprobar si se había detenido el sangrado y se guardó el pañuelo en el bolsillo—. Echaría de menos a los críos y a Doreen. Y no me veo todo el día de brazos cruzados hasta la hora de hacer unos ejercicios especiales para las piernas y ver al médico.

Maisie suspiró. Maurice ya le había advertido que Billy pondría reparos al principio, no sabía si suaves o más firmes. En ese punto daba las gracias porque no se hubiera puesto furioso al decirle que conocía su adicción a la cocaína. Tal vez hubiera otro modo de ayudarlo sin que tuviera que alejarse tanto de Londres. Pero mientras tanto tenía que asumir cierto compromiso.

—Billy, quiero que me prometas que no irás a buscar más cocaína.

—Nunca llegué hasta el punto de que me gustara, señorita, no como otros. He intentado recurrir a ella solo cuando me dolía mucho. Si le digo la verdad, me asustaba saber que algo que tomas puede cambiarte tanto. Me daba un miedo de mil demonios. Pero cuando me dolía otra vez, tomar un poco no parecía tan malo.

—Está bien. Dejémoslo por hoy. Pero insisto en que hables con Doreen —dijo con cuidado de no faltar a la promesa que le había hecho a la mujer de Billy—. Si yo me he dado cuenta de tus cambios, estoy segura de que ella también. Te pido que hables con ella cuanto antes y le preguntes qué opina de lo que te he sugerido.

—Pero, señorita, con todo mi respeto, usted no conoce a mi Doreen. Es de lo mejor que hay, pero puede ser fuerte como un roble.

—Fuerte con un corazón de oro, sospecho, Billy. Habla con ella, por favor.

—Está bien, señorita, lo haré.

Maisie sintió que se había quitado un peso de encima. El primer reto del día ya había pasado. Recordó el consejo de Maurice y supo que Billy iba a necesitar tiempo para aclararse las ideas ahora que se había quitado de encima la carga de llevar a cuestas su secreto.

Había llegado el momento de concentrarse en el caso Waite.

—Tengo un montón de cosas que contarte de mi visita a Kent —dijo—. Hoy vamos a tener que anotar multitud de datos. Charlotte está en la abadía de Camden. Al menos he completado la parte más importante del caso Waite. Está localizada y se encuentra a salvo.

Maisie se preguntaba si debía enseñar a Billy lo que había encontrado en la casa de Lydia Fisher y Philippa Sedgewick. Aunque nunca se lo había preguntado, estaba segura de que cuando era su aprendiz, Maurice se había guardado cosas para sí, como si creyera que compartir un hallazgo antes de que considerase oportuno desvelarlo le restara poder. Maisie no quería hacerlo hasta que no estuviera segura de lo que significaba.

—Quiero hablar con Magnus Fisher —continuó Maisie—. La policía está husmeando, rebuscando en su pasado, con quién ha estado y cuándo. Creo que es sospechoso del asesinato de su esposa, Lydia, de modo que si quiero verlo, tengo que darme prisa.

—¿No cree que el inspector Stratton se preguntará qué anda tramando? Quiero decir que seguro que se entera de que ha hablado con Fisher.

—Cierto, pero también sabe que estoy trabajando en un caso de desaparición y que Lydia Fisher podría haber tenido información relevante. —Se quedó pensativa—. Sí, llamaré al señor Fisher ahora mismo. ¿Cuál es el número de la casa de Cheyne Mews?

Billy le dio su libreta y ella marcó.

—Residencia Fisher —contestó la criada.

Maisie sonrió al identificar la voz de la criada del otro día.

—Buenos días, soy la señorita Dobbs. ¿Qué tal está hoy?

—Ay, señora, es usted —respondió la chica agradecida—. Muchas gracias por preguntar. Ya se me va pasando, aunque no para de venir gente.

—No lo dudo. ¿Podría hablar con el señor Magnus Fisher?

—Me temo que no está en casa, señora. Pero puedo darle el recado.

—¿Sabe dónde está? Aún no he tenido oportunidad de darle el pésame.

—Oh, sí, claro. Está en el hotel Savoy.

—¿El Savoy? Gracias.

—Esto ha sido muy fácil, demasiado —comentó a Billy mientras dejaba el auricular en la horquilla—. Está en el Savoy, ¿qué te parece?

—Pues que no pierde el tiempo.

—Una elección extraña si lo que busca es un poco de intimidad, pero, por otro lado, el personal del hotel puede contener a la prensa, y tendrán que hacerlo si la criada va diciéndole a todo el mundo dónde se encuentra.

Maisie levantó de nuevo el auricular y llamó al hotel. Le sorprendió que le pasaran con él.

—Magnus Fisher.

—Oh, señor Fisher, ¡qué rapidez! Me ha dejado sorprendida.

—Estaba en recepción. ¿Quién es?

—Me llamo Maisie Dobbs. En primer lugar, acepte mi sentido pésame.

—¿De qué va todo esto?

—Señor Fisher, soy investigadora privada. No puedo decirle mucho hasta que nos veamos en persona. Sin embargo, le avanzaré que es posible que su difunta esposa estuviera implicada en el caso que me ocupa. ¿Podríamos vernos esta mañana?

—¿Trabaja para la policía?

—No.

—Ahora siento curiosidad. Sin embargo, le diré que estoy en el punto de mira de la policía. En este momento no se me permite salir de Londres. ¿Dónde y cuándo quiere que nos veamos?

—¿Le parece bien dentro de una hora? —sugirió Maisie tras consultar el reloj—. Quedamos en Embankment, junto a la Aguja de Cleopatra. Llevaré abrigo y sombrero azul marino. Ah, y tengo gafas, señor Fisher.

—Nos vemos dentro de una hora, señorita Dobbs.

—Gracias, señor Fisher.

—¿Va a ponerse otra vez las gafas de mentira, señorita?

Maisie abrió el primer cajón de su mesa y buscó una funda de peltre, la abrió, sacó unas gafas con montura de carey y se las puso.

—Sí, Billy. Siempre me ha parecido muy útil este pequeño cambio en la apariencia de una persona. Si un agente está siguiendo a Fisher y da una descripción mía, en lo que más se fijará será en las gafas. Y Stratton sabe que yo no tengo problemas de vista.

—¿Le parece seguro verse con Fisher? Dese cuenta de que ha vuelto a cambiar el tiempo y si hace malo, no habrá mucha gente paseando junto al río. Ese hombre podría empujarla y nadie se enteraría. No olvidemos que puede que sea...

—¿El asesino? No te preocupes. Tú sigue trabajando en el mapa del caso. Aquí te dejo las fichas de los últimos dos días —dijo mientras cogía el abrigo—. Iré en metro. Estaré aquí hacia las doce.

—Como usted diga, señorita.

MAISIE SE DIRIGIÓ hacia la estación de Warren Street mientras pensaba que quedarse a solas en el despacho añadiendo al mapa del caso los datos que habían reunido le daría a Billy la oportunidad de recomponerse ahora que su secreto había salido a la luz. Aunque pudiera sentir cierta aprensión, se había liberado del peso de la culpabilidad que lo consumía.

Maisie saludó con un gesto de la mano a Jack Barker, el vendedor de periódicos y bajó hacia los andenes. Tomó la línea Northern hasta la estación de Embankment. Hacía un aire húmedo y frío cuando salió y se dirigió hacia el Támesis. Una llovizna que no llegaba a ser lluvia pero que era más que niebla oscurecía el día y obligó a algunos viandantes a abrir los paraguas. Maisie se subió el cuello, se limpió las gafas con el pañuelo y giró a la izquierda para tomar el paseo a la orilla del Támesis hacia el obelisco de la Aguja de

Cleopatra. Los adoquines del suelo estaban húmedos y resbaladizos, y el río tenía un color gris sucio. El aire olía a humo y a los desechos en descomposición arrastrados por la marea.

Llegó al punto de encuentro y miró la hora. Eran las diez en punto. Habían pasado cuarenta y cinco minutos exactos desde que había hablado con Fisher.

—¿Señorita Dobbs?

Maisie se dio la vuelta. Tenía ante sí a un hombre de metro ochenta, ancho de espaldas y corpulento, aunque no parecía que tuviera sobrepeso. Vestía pantalones negros, chubasquero de color tostado y sombrero marrón con una cinta beis. Se fijó en que llevaba camisa y jersey de lana debajo del chubasquero, pero no corbata. El paraguas le tapaba parte de la cara.

—Sí. ¿Señor Fisher?

Magnus Fisher ladeó el paraguas ligeramente y asintió con la cabeza.

—¿Dónde le parece bien que hablemos? No hace día para sentarse en un banco a ver pasar las aguas sucias del río, ¿no le parece? —dijo el hombre.

—Vayamos hacia la estación de metro de Temple. Podemos hablar de camino. ¿Le han seguido?

Magnus Fisher miró a su alrededor. Estaban prácticamente solos.

—No. Me he escabullido por la entrada de servicio y he venido por Villiers Street. La policía sabe dónde estoy y que siempre vuelvo. Es como jugar al gato y al ratón, solo que nos saludamos tocándonos el ala del sombrero. —Se volvió hacia ella—. ¿A qué viene todo esto?

Maisie marcó un paso que era serio y pausado.

—Investigo la desaparición de una mujer a petición de su familia. Creo que era amiga de su esposa.

—¿Y en qué puedo ayudarla yo? Paso la mayor parte del tiempo en el extranjero, así que no conozco bien a las personas que se relacionan con mi mujer.

—Imagino que podemos hablar en confianza, señor Fisher.

El hombre se encogió de hombros.

—Por supuesto. Mientras usted y yo hablamos por lo menos no pensaré en lo que me estarán preparando los de la policía.

—¿Conocía usted a Charlotte Waite?

Magnus Fisher soltó una carcajada.

—La hija de Waite. Sí, la conocí hace años y sí, Lydia y ella seguían en contacto.

—¿Dónde y cuándo se conocieron?

—Poco antes de que estallara la guerra yo estaba en Suiza haciendo alpinismo con unos amigos. Lydia, al igual que Charlotte, cuyos padres eran hombres de la calle que se habían hecho ricos, estudiaban en un colegio para señoritas de segunda fila en aquel país. Nos conocimos en una matiné de canto tirolés.

—¿Conoció allí a Lydia, Charlotte y a sus otras amigas?

—Sí. Eran cuatro chicas. Lydia, Charlotte, Philippa y la pequeña Rosamund. Supongo que sabe que Philippa también está muerta. Por eso piensan que fui yo. Porque quedé con Philippa en un par de ocasiones al volver de mis viajes.

—Entiendo. —Maisie quería preguntarle por Philippa Sedgewick después, pero primero quería saber hasta qué punto conocía aquel hombre a cada mujer—. ¿Veía a las cuatro chicas con frecuencia por aquel entonces, señor Fisher?

El hombre, que mantenía el paraguas entre los dos, sacó un brazo para ver si llovía.

—Se puede decir que sí —contestó mientras doblaba el paraguas—. Está bien, lo confieso, mis amigos y yo flirteamos con todas ellas —suspiró—. Mire, señorita Dobbs, éramos tres chicos jóvenes de viaje por Europa sin nadie que nos supervisara, y conocimos a cuatro chicas jóvenes que se las arreglaban para despistar a su carabina a la menor oportunidad. ¿Qué se cree? Pues claro que coqueteé con todas ellas. Charlotte era un poco malcriada para mi gusto, si le soy sincero. Se daba muchos aires. Rosie no era mi tipo, me temo. Era la que siempre tenía miedo de que las pillaran. —Se rio otra vez de un modo que a Maisie le pareció desagradable—. Philippa se enamoró de mí, pero me parecía muy pesada. Yo tenía veintidós años y el mundo a mis pies, de manera que lo último que quería era tener a una llorona detrás de mí todo el día. Me temo que le rompí el corazón.

Maisie se acordó del sauce llorón que había junto a la casa de los Sedgewick y del refugio secreto de Philippa oculto tras sus hojas amarillentas.

—¿Y Lydia?

—Lydia era la más divertida. Siempre lo pasábamos bien cuando estaba ella, al menos por entonces.

—¿Cuándo se casaron?

—Volvimos a encontrarnos después de la guerra.

—¿Estuvo usted en Francia?

—No, no, qué va —respondió él riéndose—. Partí con una expedición a Sudamérica en mayo de 1914. Había intentado unirme a la divertida excursión de Shackleton a la Antártida. Menos mal que no lo hice, ¿no cree? Quedar atrapados en el hielo fue un infierno y cuando volvieron, nadie quería saber nada de ellos. Mientras ellos intentaban entrar en calor, yo andaba escarbando entre templos en ruinas y espantando moscas. Regresé en 1919 sin dinero y con un montón de anécdotas en las que no aparecía ni una trinchera.

Maisie se contuvo. Aunque la conversación era necesaria y resultaba evidente que a Fisher le gustaba que le hiciera caso, detestaba su actitud.

—Yo organicé el reencuentro con Lydia. Por entonces, ya había heredado. Nos casamos aquel mismo año. —Guardó silencio y se quedó pensativo de repente—. Mire, señorita Dobbs, voy a serle sincero. Me atraía la idea de tener una mujer con dinero. Sabía que si nos casábamos, podría viajar y disfrutar de un cierto grado de libertad que me sería imposible de otro modo. Pero también pensé que sería más divertido de lo que fue en realidad.

—¿A qué se refiere?

Fisher dio una patada a una piedra.

—Cuando regresé, me di cuenta de que a Lydia le gustaba beber. No recordaba haberla visto tomar más de medio vaso de vino caliente especiado cuando estábamos en Suiza, pero estaba claro que entretanto se había aficionado bien al vino. Al principio no me di cuenta de lo serio que era el problema, pero después respiraba con alivio cuando me ofrecían una nueva expedición. Salía pitando sin pensármelo. Con el tiempo empezaron a gustarle esos cócteles nuevos que se han puesto de moda. A ver, yo también bebo, pero aquello era inaceptable.

»Intenté hablar con sus antiguas amigas para pedirles consejo y ayuda, pero habían perdido el contacto. Lydia no me dijo nada específico, pero creo que discutieron por algo antes de que terminara la guerra. Es muy probable que fuera por el problema de Lydia con el alcohol. Vi a Philippa un par de veces unas semanas antes de que la asesinaran, como ya le he dicho, pero, la verdad, no me ofreció su ayuda. Yo quería que hablara con Lydia y la convenciera para que dejara la bebida.

—¿Y llegaron a verse?

—No. Philippa dijo que lo haría, pero luego se echó atrás. Tengo que admitir que estuve a punto de perder los estribos con Lydia. Quiero decir que casi lo estropeo todo por una discusión sin importancia. ¡Mujeres! —dijo negando con la cabeza—. El caso es que la respuesta que obtuve a mis súplicas fue un: «Tú no lo entiendes». Para entonces nuestro matrimonio se había desmoronado por completo. Le diré la verdad: yo me aferraba al dinero y Lydia a la primera botella que veía. Según parece, llegó a invitar a un palurdo de los barrios bajos a tomar algo en casa la misma tarde que la asesinaron. Pero he oído que lo han dejado marchar sin más. Seguro que era el hombre que vi cuando entré a buscar el equipaje. Por cierto, no le estoy diciendo nada que no le haya contado ya a la policía.

Maisie asintió con la cabeza.

—¿Estaba usted en casa el día que murió su mujer?

—Unos cinco minutos. Lydia estaba ebria, así que agarré mis cosas y me marché rápido. Nuestro matrimonio se había terminado.

—Entiendo. —Maisie no dijo nada de la visita de Billy y guardó silencio antes de plantear su siguiente pregunta a Magnus Fisher—. ¿Y seguro que no ha vuelto a ver a Charlotte Waite desde que coincidieron en Suiza?

—Seguro. Ninguna de ellas vino a la boda. Claro que tampoco sé si estaban invitadas. Me pasé el día sonriendo y diciendo «gracias».

—¿Y su mujer no le dijo nunca nada sobre ella?

—Bueno, creo que tal vez vino a casa en una ocasión y Lydia comentó algo sobre que su padre la controlaba mucho. Una situación absurda donde las haya. ¡Estoy deseando que encuentren al asesino para poder volver a África lo antes posible, o a cualquier lugar lejos de esta ciudad fría y deprimente!

Cruzaron la calle en dirección a la estación.

—¿Seguro que no puede decirme nada más sobre Charlotte Waite, señor Fisher?

—No —contestó él negando con la cabeza—. Nada. Con Stratton y su *bulldog*, ese baboso de Caldwell, pisándome los talones, lo único que me preocupa en este momento es mi autoconservación, señorita Dobbs.

—Gracias, señor Fisher.

—Espere, sí hay una cosa.

—Dígame.

—¿Le gustaría cenar conmigo cuando la policía me deje en paz?

Maisie abrió tanto los ojos que hasta con las gafas puestas era patente su indignación.

—Le agradezco la invitación, pero creo que no, señor Fisher. De hecho, no le haría ningún daño pasar el duelo.

Y pese a que el hombre le había brindado una cantidad de información considerable en la que pensar, hizo una breve inclinación con la cabeza y lo dejó plantado en la puerta de la estación de metro.

Maisie se alejó caminando con paso vivo hacia Strand para tratar de serenarse y luego caminó hacia la izquierda en dirección a Southam Street y Covent Garden.

—¡Será descarado! —masculló—. ¡El cuerpo de su mujer todavía no se ha enfriado!

Pero por odioso que le hubiera parecido Magnus Fisher, no se había sentido amenazada. Dudaba mucho que algo le importara tanto como para matar, ni siquiera el dinero.

Atravesar el mercado, con su ritmo más relajado una vez que había pasado la hora punta, la calmó. Le recordaba a su padre, que a veces dejaba que lo acompañara al mercado por la mañana temprano cuando era pequeña. Se reía al ver a los mozos yendo de un lado para otro con seis, siete, ocho y hasta diez cestas redondas llenas de fruta y verdura sobre la cabeza, y siempre olía a cuero y al sudor de los caballos que tiraban de los carros pesados.

Bajó al andén de la estación de Covent Garden y tomó la línea de Piccadilly hasta Leicester Square, y después hizo trasbordo a la línea Northern hasta Warren Street.

—Buenos días, señorita Dobbs. ¿Mucha prisa hoy? —dijo Jack Barker quitándose la gorra para saludarla cuando pasó por su lado caminando deprisa.

—Siempre estoy ocupada, señor Barker.

MAISIE CERRÓ CON un portazo y Billy dio un respingo.

—¡Caray, señorita, menudo susto me ha dado!

—Perdona. Acabo de estar con Magnus Fisher. No es la persona más encantadora del mundo, pero ha resultado útil —dijo Maisie mientras se quitaba el abrigo y se acercaba a la mesa de su ayudante para dejarle unas cuantas fichas—. He hecho algunas anotaciones mientras venía en el metro.

Billy se puso a leerlas.

—Vaya, ha estado muy...

Un repentino golpe seco contra el cristal de la ventana los sobresaltó. Maisie ahogó una exclamación de sorpresa y se llevó la mano al pecho.

—¿Qué ha sido...?

—¡Una maldita paloma!

—¿Una paloma?

Billy se acercó a la ventana.

—No se preocupe. No se ha partido la cabeza, no, pero seguro que se ha llevado un buen batacazo. Qué pájaro más bobo.

—Pero ¿ha sido una paloma?

—Ya le digo, señorita. Les pasa a veces, que se chocan contra las ventanas.

—Espero que no pase muy a menudo.

—Mi madre se habría puesto como loca si hubiera estado aquí. Siempre decía que si un pájaro entraba en casa o quería entrar traía un mensaje de los muertos.

—¡Justo lo que quería oír!

—Qué va, señorita, no hay nada de lo que preocuparse. Cuentos de viejas. En mi caso es que no me gustan los pájaros. Los odio desde la guerra.

El teléfono sonó en ese momento y Billy fue a contestar.

—¿Por qué desde la...? —Maisie dejó la frase a medias cuando él descolgó el teléfono.

—Fitzroy cin... —calló sin terminar de dar el número—. Sí, señor. Qué buena noticia, señor. Le paso con ella —dijo Billy y a continuación tapó el auricular.

—¿Quién es, Billy?

—Es el inspector Stratton. Parece muy complacido. Acaban de arrestar al tío que ha asesinado a esas mujeres.

Maisie cogió el auricular, saludó al inspector y prestó atención a lo que le contaba, intercalando expresiones del tipo «No me diga», «Entiendo» y también «¡Qué bien!» o «Pero...» antes de darle su opinión.

—Permítame felicitarlo, inspector. Sin embargo, tengo la sensación...

Se produjo una interrupción durante la cual Maisie se tocó los mechones que se le habían vuelto a soltar de lo que pretendía ser un recatado moño. Billy se inclinó hacia delante sobre el mapa del caso mientras la escuchaba.

—Me parece perfecto, inspector. ¿Mañana? Sí. Muy bien. En Schmidt's al mediodía. Por supuesto. Sí. Lo estoy deseando.

Colocó el auricular en la horquilla y regresó a la mesa al lado de la ventana. Tomó un lápiz y empezó a dar toquecitos repetidos sobre un papel.

—Eran buenas noticias, ¿verdad?

—Es una forma de decirlo.

—¿Ocurre algo malo?

—No ocurre nada malo en realidad —respondió ella volviéndose hacia Billy.

—¡Buf! Apuesto a que unas cuantas mujeres se sentirán más tranquilas cuando se enteren, ¿no le parece?

—Puede ser.

—¿Y quién es? ¿Lo conocemos?

—Acaban de arrestar a Magnus Fisher en su hotel. Hace una hora estaba hablando con él. Stratton no podía darme detalles sobre las pruebas que han encontrado. Y por cierto, Billy, no digas nada, la noticia aún no ha llegado a oídos de la prensa. El inspector dice que un testigo vio entrar a Fisher en la casa de Cheyne Mews la tarde que mataron a su mujer y que tenía una aventura con Philippa Sedgewick.

Maisie entrelazó los dedos y apoyó la barbilla sobre los nudillos.

—¡Caray! Quién iba a decirlo —dijo Billy, pero al fijarse en que su jefa tenía el ceño fruncido añadió—: Parece que Stratton y usted han tenido sus más y sus menos.

—Yo no lo diría así, pero sí que intenté advertirle.

—¿Advertirle? ¿Por qué?

Maisie lo miró y atravesó el asombro del hombre con sus ojos azules.

—Porque en mi opinión, Billy, el inspector Stratton ha arrestado a un hombre inocente de cometer asesinato.

14

Maisie caminaba por Charlotte Street en dirección a Schmidt's. El día estaba otra vez cambiante y fresco, así que se puso el chubasquero encima de su vestido negro nuevo. Se había cambiado tres veces antes de salir de casa, pues tenía que pensar no solo en la comida con el inspector, sino también en la reunión que tenía después con Joseph Waite. Y en todo momento había sido consciente de la sensación que le recorría el estómago y las piernas y que había atribuido a la preocupación. Era cierto que tenía ganas de ver a Stratton, aunque le había decepcionado la urgencia con la que había cerrado el caso de las mujeres asesinadas. Tenía la impresión de que el inspector había cometido un error terrible. ¿Sería ese el origen de las sensaciones físicas que le habían provocado una especie de vértigo en dos ocasiones antes de salir de casa?

Caminaba por los adoquines grises cuando sintió que una ola de calor se extendía por su cuerpo. Se sintió débil. Se metió en una calle lateral y se apoyó contra la pared de ladrillo. Inspiró profundamente y cerró los ojos. Solo esperaba que no se le acercara nadie a preguntar si se encontraba mal o a ofrecerse a ayudarla. «Siento como si mis cimientos se tambalearan», pensó. Abrió los ojos y ahogó un grito. Todo lo que la rodeaba había cambiado y a la vez seguía siendo igual que antes. Intentó enfocar la vista, pero era como mirar un cuadro que estuviera mal colgado sin conseguir ponerlo recto. Había que subirlo un poco... no, bajarlo... un poco más a la izquierda... demasiado, un pelín a la derecha... Y según lo miraba, la imagen del cuadro cambió y lo que vio fue Groom's Cottage, en Chelstone. Luego se desvaneció.

Maisie se apartó de la pared cuando le pareció que estaba recuperada, pero no despegó la mano de los ladrillos. Cuando notó que recuperaba el equilibrio, echó a andar hacia Charlotte Street. Le quitó importancia a lo sucedido y se dijo que le estaba bien empleado por salir de casa sin desayunar. ¡Su padre le habría echado una buena regañina! «El desayuno es la comida más importante del día, hija. Ya sabes lo que dicen: "Desayuna como un rey, almuerza como un príncipe y cena como un mendigo". Es primordial para tener siempre una salud de hierro.» Pero cuando vio a Stratton a lo lejos, esperándola en la puerta del restaurante, Maisie decidió que llamaría a Chelstone en cuanto terminara el almuerzo. A lo mejor el potro había nacido ya. O puede que...

MAISIE CLAVÓ EL tenedor en la contundente salchicha de tipo alemán con col y patatas de guarnición.

—Me alegra salir de la comisaría, aunque solo sea durante una hora, señorita Dobbs —dijo el inspector—. Desde que la prensa ha publicado la noticia, no damos abasto. He de reconocer a Caldwell el mérito de haber encontrado la última pieza del rompecabezas.

Maisie seguía sujetando el tenedor y el cuchillo, pero era incapaz de comer.

—Inspector, creo que usted, y el sargento Caldwell, se han equivocado.

El hombre se reclinó en su asiento.

—Señorita Dobbs, sé que posee usted ciertas habilidades en este campo.

—Se lo agradezco, inspector. Pero creo... —Hizo una pausa mientras dejaba los cubiertos en el plato—. Creo que se han apresurado en sacar conclusiones.

Stratton se enderezó la corbata antes de hablar.

—Mire, si tiene usted pruebas de las que no estoy al tanto...

Maisie pensó en el pañuelo blanco de lino que había guardado en su escritorio de Ebury Place y se preguntó si los delicados hallazgos que se ocultaban entre los pliegues podrían considerarse pruebas. ¿Pruebas de qué? La evaluación que había hecho del carácter de Magnus Fisher se sustentaba en una única entrevista personal, y la de Philippa Sedgewick, en la palabra de su esposo. La policía había construido su caso contra Fisher sobre datos concretos.

—No, inspector, nada tangible.

El hombre suspiró.

—Respeto lo que hace, señorita Dobbs, pero todos nos equivocamos a veces, y esta vez las pruebas apuntan a Fisher. Aun en el caso de que no estuviera teniendo una aventura con la señora Sedgewick y solo se hubiera puesto en contacto con ella para hablar de su esposa, como él afirma, lo habían visto con ella en varias ocasiones más. Creemos que la señora Sedgewick sabía que lo que a Fisher le interesaba era el dinero de su mujer, por lo que representaba un riesgo para él. Y sabemos que la mente del asesino no tiene por qué asentarse en la realidad, señorita Dobbs. Creen que pueden salirse con la suya. En el caso de Fisher, sabíamos que quería el dinero, y pensó que podría hacerse con él cuando estuviera muerta y escapar del país.

—Pero el método...

Stratton levantó la mano derecha antes de coger el cuchillo de nuevo.

—Fisher tiene todo tipo de armas debido a su trabajo, algo a medio camino entre arqueólogo, cuentista y jugador empedernido. Siempre le debía dinero a alguien en alguna parte, y la señora Fisher era la única heredera de su familia. Él lo heredaría todo cuando ella muriera.

—¿Spilsbury está seguro del arma empleada?

El inspector Stratton cortó una gruesa rodaja de salchicha y la pinchó junto con un poco de lombarda.

—Sí. La bayoneta de un rifle Lee-Enfield de cañón corto, un arma habitual en la guerra. Y sorpresa, algo que Fisher guardaba entre las muchas herramientas que acabo de mencionar. Un poco caradura, teniendo en cuenta que no pisó el campo de batalla. Su excusa es que posee algunos artículos que no suelen emplear los arqueólogos, pero que él utiliza para impresionar a los atrevidos viajeros que lo acompañan. Según Fisher, hurgar entre un montón de huesos antiguos en la arena con la punta de una bayoneta tiene contentos a sus intrépidos seguidores, que se vuelven a casa con una anécdota que contar durante la cena. La prueba en su contra es sólida. Estoy seguro de que dentro de nada tendremos una confesión.

Maisie, que apenas había tocado la comida, no podía probar un solo bocado más.

—Inspector, tengo la impresión de que está más decidido de lo habitual a conseguir que condenen a ese hombre.

Stratton intentó que no se le notara que se estaba enfadando.

—Ese hombre mató a su mujer, señorita Dobbs. Y a la mujer de otro. ¡Es un asesino y debería ir a la horca por ello!

Maisie se preguntaba si no estaría dejando que las circunstancias de su vida personal afectaran al resultado de aquel caso. Al fin y al cabo, el inspector, igual que John Sedgewick, había perdido a su mujer.

El inspector pagó la cuenta.

—Gracias por la comida, inspector.

—Ha sido un placer, señorita Dobbs. Espero que tenga suerte con su caso, aunque me gustaría que tratara de no aceptar investigaciones que deberían ponerse en manos de la policía.

—Ha sido decisión de mi cliente. Me parece que involucrar a la policía habría sido hacerles perder el tiempo.

Stratton acarició el ala de su sombrero antes de ponérselo.

—Tal vez podríamos quedar otro día para comer o para cenar.

—Claro que sí, inspector, cuando cerremos nuestros respectivos casos.

—Hasta entonces, señorita Dobbs —dijo él tocando el ala del sombrero a modo de despedida.

Ella respondió inclinando la cabeza con una sonrisa.

—Hasta entonces —dijo e insistió una vez más—, inspector, le pido encarecidamente que revise de nuevo todas las pruebas que han conducido al arresto de Fisher. Sabe mejor que nadie que no hay que ceder a la presión popular por el deseo de ver a un sospechoso entre rejas. Hace falta más tiempo.

—Esta vez debemos aceptar que no estamos de acuerdo, señorita Dobbs. Adiós.

De vuelta a Fitzroy Square, Maisie se reprendió por haber ofendido al inspector Stratton, pero tras considerarlo de nuevo, echó los hombros hacia atrás y apretó el paso. «No —pensó—. Se equivoca. Han apresado al hombre equivocado. ¡Y pienso demostrarlo!»

Al levantar la cabeza, vio un destello dorado a lo lejos, entre los viandantes que se cruzaban con ella. Se dirigía hacia ella. ¡E iba corriendo!

—¡Billy! —gritó—. ¡No corras, camina! ¡Camina!

Aun así él siguió avanzando hacia ella a grandes aunque torpes zancadas, un poco más rápido que si caminara pero sin llegar a correr tampoco, como si un lado de su cuerpo quisiera ir rápido y el otro no pudiera seguirle el ritmo. Maisie echó a correr hacia él, de modo que cualquiera que los viera creería que eran amantes que habían estado separados por el tiempo y la distancia.

—¡Billy! ¿Qué pasa, Billy? Respira hondo, cálmate, cálmate.

Al hombre le faltaba la respiración.

—Venga aquí, señorita. Mejor se lo cuento ahí al lado —dijo él señalando con la cabeza una calle lateral situada a la derecha.

—Muy bien. Respira hondo, Billy, respira.

El hombre intentaba tomar aire, pero sus pulmones dañados por el gas se expandían entre las costillas, de modo que Maisie podía ver lo mucho que le subía y le bajaba el pecho. Billy bajó la barbilla como si quisiera retener el preciado aire que ansiaba su cuerpo.

—Señorita... Pensé que no iba a encontrarla... que lo mismo se había ido con Stratton.

—¿Qué ha pasado? Dime qué ha pasado —dijo ella aferrándose a la tela del abrigo de Billy, y en ese momento lo supo—. Es mi padre, ¿verdad? ¿Es mi padre?

—Sí, señorita. Tengo que llevarla a Chelstone. Está bien, parece que no le duele nada.

—Pero ¿qué ha ocurrido?

—Espere, señorita. Está bien, está bien. Escúcheme. Ha tenido un accidente con el caballo esta mañana. Acaba de llegar una nota del señor Carter. La yegua tenía problemas para parir, así que el señor Dobbs preparó las cuerdas, ya sabe.

—Sé lo que hacen con ellas —dijo ella, que ya podía pensar con claridad, y echó a andar hacia Charlotte Street. Billy la siguió cojeando.

—El caso es que parece que resbaló con algo y entonces pasó otra cosa y terminó inconsciente. Lo llevaron deprisa al hospital de Pembury y le hicieron radiografías. Esas cosas son malas a su edad.

—Quiero que llames por teléfono a Waite. Cancela la cita.

—Señorita, no estará pensando en ir usted sola, ¿verdad? No va a conducir todo ese camino, teniendo en cuenta que no...

—¿Que no qué, Billy? —Se detuvo y lo fulminó con la mirada, pero mientras lo miraba se fijó en el sudor que le cubría la frente y le caía por las mejillas, y en las lágrimas que se le escapaban por el rabillo del ojo—. Lo siento. Gracias.

—Se va a poner bien, ya lo verá. Su padre es fuerte como un roble, señorita. Pero creo que es mejor que vaya con usted.

—No puedo esperar a que vayas a Whitechapel y no puedes irte sin avisar a tu mujer.

—No le pasará nada. Puedo llamar por teléfono a la tienda que hay en nuestra calle. Acaban de instalarlo. Ellos le darán el mensaje.

—Voy sola —dijo ella negando con la cabeza—. Necesito que te quedes aquí. Tienes que ocuparte del despacho. Descansa, tómate un té y cuida del negocio en mi ausencia.

—Sí, señorita.

Maisie puso el coche en marcha mientras él le cerraba la portezuela.

—Oye, te está sangrando la nariz otra vez. Y otra cosa. ¡Como me entere de que vuelves a consumir esa cosa, yo misma te daré un pescozón, Billy Beale!

Billy se quedó mirando a Maisie cuando salió a Warren Street derrapando, consciente de que iba a pisar el acelerador al máximo, ya fuera por calles urbanas o por caminos rurales.

> Más deprisa que las brujas, más deprisa que las hadas,
> pasan puentes, pasan ríos, pasan cercas, pasan casas,
> y lo mismo que soldados que dispersa la batalla...*

Era el poema favorito de Maisie cuando era pequeña. Su madre se la sentaba en las rodillas y las movía al ritmo que recitaba los versos, golpeando el suelo con los pies cada vez más deprisa hasta que la niña se imaginaba que iba de verdad en un vagón de ferrocarril.

> Valles, colinas, llanuras, peñascos
> se desvanecen igual que un chubasco...

Pisó el acelerador al máximo camino de Pembury. La lluvia golpeaba la luna del coche en forma de gruesos goterones largos como carámbanos que caían ladeados sobre el cristal. Se inclinó hacia delante para ver mejor la carretera y limpió con el dorso de la mano el vaho; el corazón le latía con furia en el pecho. El poema seguía resonando en su mente.

> Allí puedo ver a un niño que gatea y se encarama
> y desde una enredadera está pasando a una rama,

Recordó la cocina pequeña en la casa adosada de Lambeth en la que vivían antes de que su madre falleciera. Miró mentalmente aquellos ojos afables y chispeantes, y después

---

* Versos del poema «Desde un vagón de ferrocarril», de Robert Louis Stevenson, perteneciente al libro *Jardín de versos para niños*, Ediciones Hiperión, 2017 (Trad. Jesús Munárriz).

los fogones, a su padre apoyado contra la pared mientras escuchaba las risas de su mujer y su hija. Hacía mucho tiempo de eso.

> Ahí va un carro que sigue el camino:
> va con la carga y con el campesino;
> ahí un molino y allá un riachuelo:
> ¡son como chispas saltando en el cielo!

Su madre ya no estaba, Simon ya no estaba. ¿Iba a perder a su padre también? Maisie soltó un grito mientras cruzaba Tonbridge a gran velocidad.

Giró para tomar el amplio camino de entrada y al final vio el edificio de ladrillo con la alta chimenea que escupía humo en el lateral más alejado. Se acordó de haber pasado por el hospital en otro tiempo y que la persona que iba con ella le dijera que cuando la chimenea echaba humo significaba que estaban quemando miembros amputados. En aquel primer momento, Maisie había puesto los ojos en blanco con expresión de incredulidad, segura de que le estaban tomando el pelo. Pero ahora la chimenea se alzaba sobre el hospital como un genio maligno que no estaba dispuesto a conceder ningún deseo. Aparcó muy rápido y salió corriendo hacia el edificio principal.

—Quiero ver al señor Francis Dobbs. Lo han traído esta mañana. ¿Dónde está?

El portero uniformado estaba acostumbrado a tratar con familiares preocupados, era evidente, pero al mismo tiempo no era de los que dejaban que le metieran prisa.

—Espere un momento, voy a comprobarlo —dijo siguiendo con el dedo un listado de nombres, pero ella no podía esperar, de modo que le quitó la carpeta y leyó por encima los nombres buscando el de su padre.

—Pabellón 2B. ¿Por dónde se va? ¿Dónde está el señor Dobbs?

—Cálmese, señorita. Ya se ha terminado el horario de visitas —dijo el hombre al recuperar su carpeta.

—¡Dígame dónde está!

—Está bien, está bien. ¡Tranquilícese! Venga por aquí.

El portero salió de su oficina y le indicó con la mano cómo llegar. Maisie le dio las gracias y salió corriendo hacia las escaleras.

«Todos los hospitales son iguales.» Maisie reconocía la distribución, pese a que nunca había estado en ese. Los pasillos alicatados, la escalera que olía a desinfectante, los pabellones alargados y las camas con estructura metálica le recordaban al Hospital Real de Londres en Whitechapel, en el que se había inscrito como enfermera voluntaria en 1915.

Entró en el pabellón similar a un claustro, con dos filas de camas enfrentadas y alineadas a la perfección. Sabía que las enfermeras recorrían el pabellón todos los días con una bobina de hilo y una regla comprobando que todas las camas estuvieran en el lugar exacto, para que cuando la enfermera jefe hiciera su ronda, viera que el pabellón cumplía escrupulosamente las normas relativas al orden que ella misma había establecido. Todos los pacientes, enfermeras, camas o botellas tenían que estar justo donde la enfermera jefe esperaba que estuvieran. Maisie buscó a su padre en el ordenado pabellón mientras la luz del lento atardecer acariciaba las paredes de color crema.

—Acompáñeme, señorita Dobbs —le indicó una enfermera tras consultar la hora en el reloj que llevaba prendido en el uniforme, el mismo acto que la propia Maisie seguía realizando todos los días—. No está sufriendo, aunque aún no reconoce a nadie.

—¿Quiere decir que está en coma?

—El médico espera que se encuentre mucho mejor mañana. El otro caballero no se ha apartado de su lado. El médico ha ordenado que se le permita quedarse —susurró la enfermera mientras avanzaban por la sala hasta una cama separada de las demás por una cortina que la rodeaba por completo para darle intimidad y que los demás pacientes no vieran al hombre inconsciente.

—¿Qué otro caballero?

—Uno de más edad. El médico.

—Ah, entiendo —dijo Maisie aliviada al saber que Maurice estaba allí.

La enfermera descorrió la cortina. Los ojos de Maisie se llenaron de lágrimas. Se acercó a toda prisa a la cama y tomó la mano de su padre entre las suyas. Le hizo una seña con la cabeza a Maurice, que sonrió, pero no hizo ademán de acercarse.

Inclinada sobre el cuerpo de su padre, cubierto por una sábana y la manta verde habitual en todos los hospitales, Maisie frotó las manos con las venas marcadas de su padre, como si el calor que generaba pudiera despertarlo. Le tocó la frente y la mejilla. Le habían cubierto la cabeza con un grueso vendaje blanco y vio que quedaban restos de sangre reseca en la herida que le habían curado. Bajó la mirada hacia el cuerpo y vio que tenía un armazón pequeño sobre las piernas. ¿Una fractura? Se acordó entonces del humo de la chimenea y confió en que solo fuera eso.

—Me alegro de que estés con él, Maurice. ¿Cómo has conseguido que te dejen estar aquí?

—Le dije a la enfermera al cargo del pabellón que era médico para que me dejara quedarme. Al parecer andan un poco cortos de personal y los dos pensamos que era mejor que hubiera alguien con tu padre en todo momento.

—Debes de estar cansado, pero te lo agradezco mucho, Maurice —dijo ella masajeando las manos de su padre.

—Los que ya tenemos una edad sabemos lo que vale una siesta, Maisie, y las aprovechamos, aunque no contemos con la comodidad de una almohada o una cama.

—Cuéntame qué le ha ocurrido.

—La yegua tenía problemas. Según tu padre, el potro no venía bien. Así que le indicó a lady Rowan que llamara al veterinario, que, cómo no, estaba atendiendo a otro animal en no sé qué granja. Estamos en la época en la que paren las ovejas, ya lo sabes. Así que mientras tanto tu padre decidió seguir el procedimiento habitual y pidió una cuerda para colocar al potro en una posición más adecuada para el parto. Lady Rowan estaba allí, con dos peones. Por lo que tengo entendido, tu padre resbaló con el heno sucio y húmedo, y cayó mal. Se golpeó la cabeza con el suelo de piedra, lo que ya es bastante malo, pero, para colmo, uno de los peones había apoyado en la puerta del cubículo la pesada herramienta que llevaba, y le cayó encima.

—¿Cuándo ha pasado todo eso?

—Esta mañana, a las nueve y media o así. Acudí en cuanto me llamaron, le curé las heridas de inmediato y después llamé al doctor Miles, el médico que vive en el pueblo. Llegó de inmediato, seguido por el veterinario. Trajeron a tu padre al hospital a toda prisa.

Maisie miraba cómo subía y bajaba el pecho de su padre debajo del pijama de rayas blancas y azules que ponían a los pacientes en el hospital. Nunca lo había visto con otra cosa que no fueran unos pantalones de pana viejos, camisa de cuello redondo, chaleco y un pañuelo bastante llamativo anudado al cuello. Aunque llevaba trabajando como mozo de cuadra desde que terminó la guerra, seguía pareciendo más un vendedor ambulante londinense con su caballo y su carreta llena de verduras. Pero en esos momentos estaba pálido y callado.

—¿Se va a poner bien?

—El médico dice que la pérdida de consciencia es temporal, que la recobrará de un momento a otro.

—Dios mío, solo quiero que se ponga bien.

Maisie se miró las manos entrelazadas con la de su padre. El silencio se extendió entre ella y su antiguo profesor y mentor. Sabía que la estaba mirando, haciéndole preguntas en silencio, aunque no tenía duda de que aguardaba el momento para planteárselas de viva voz.

—¿Maisie?

—Dime, Maurice. Creo que quieres preguntarme algo, ¿no es así?

—Ya sabes que sí —respondió él inclinándose hacia delante—. Dime, ¿por qué os habéis distanciado tu padre y tú? Apenas vienes a visitarlo, aunque cuando lo haces, te alegras de verlo. Y si bien conversáis, no aprecio esa antigua camaradería, esa conexión que solía haber entre vosotros. Antes estabais muy unidos.

Maisie asintió con la cabeza.

—Ha sido siempre muy fuerte, nunca se ponía enfermo. Creía que nada podría detenerlo jamás.

—¿No como la enfermedad que detuvo a tu madre o las heridas que detuvieron a Simon, quieres decir?

—Sí. —Centró de nuevo la atención en la mano de su padre—. ¡No sé cómo empezó, pero no todo es culpa mía y lo sabes!

El hombre la miró con atención.

—Puedo decir sin miedo a equivocarme que desde que nos conocemos, eras poco más que una niña entonces, jamás te había oído hablar como una cría hasta ahora. Estás muy irritable, querida.

Maisie suspiró.

—También es culpa de mi padre. Parece que quiere apartarse de mí. No sé qué fue primero, si mi trabajo, que me impedía salir de Londres incluso los fines de semana, o que mi padre siempre tenía algo que hacer. Suele estar ocupado con alguna cosa cuando voy de visita. Ya sé que me quiere y me recibe con mucho cariño, pero después no... hay nada más. Es como si verme fuera una molestia para él. Como si ya no formara parte de él.

Maurice guardó silencio un momento y entonces preguntó:

—¿Has reflexionado sobre ello?

—Pues claro que lo he hecho, pero intento no darle vueltas. Supongo que sigo teniendo la esperanza de que sean imaginaciones mías, que solo es que él está metido de lleno en la ambición de lady Rowan de criar un caballo de carreras ganador o que yo estoy enfrascada en algún caso.

—Y basándote en tu intuición, ¿cuál crees que es la causa verdadera de este cambio?

—Pues... No lo sé.

—Vamos, Maisie, yo creo que sí lo sabes. Venga, querida, hemos trabajado juntos demasiado tiempo. Te he visto crecer, te he visto esforzarte, te he visto herida, te he visto enamorada y te he visto hacer tu duelo. Sé cuando intentas eludir la verdad. Cuéntame lo que piensas.

Maisie habló en voz baja mientras seguía masajeando la mano de su padre.

—Creo que tiene que ver con mi madre. Le recuerdo a ella. Tengo sus mismos ojos, su mismo pelo, incluso esto es igual. —Se sacó un mechón y volvió a esconderlo en el moño—. Dentro de unos años tendré la misma edad que tenía mi madre cuando cayó enferma, y soy clavada a ella. Él la adoraba, Maurice. Creo que mi padre siguió adelante con su vida solo por mí. El hecho es que no es capaz de verme sin ver a mi madre, aunque no soy ella. Soy diferente.

Maurice asintió con la cabeza.

—El dolor de que te recuerden a alguien es una hoja afilada. Pero hay algo más, ¿verdad?

—Sí, supongo que sí. —Tragó el nudo que se le había formado en la garganta—. Me mandó lejos, ¿verdad? A Ebury Place. Y sé que las cosas no podrían haber salido mejor, lo sé, y que hoy no estaría aquí si mi padre no hubiera hecho lo que hizo, pero...

—Pero no se te olvida.

—No.

—¿Y qué me dices del perdón?

—Quiero a mi padre, Maurice.

—Nadie cuestiona tu amor. Te lo vuelvo a preguntar: ¿Qué me dices del perdón?

—Supongo que... Supongo que aún queda algo de resentimiento. Cuando pienso en ello, aunque nos hayamos reconciliado y esté segura de que él haría lo que fuera por mí, supongo que... Supongo que en lo más profundo de mi ser sigo enfadada. —Tras decir esto último se colocó las manos sobre las costillas.

El silencio se extendió de nuevo entre los dos y ahogó la reverberación de la confesión susurrada que acababa de hacer ante Maurice, hasta que este tomó la palabra.

—¿Puedo hacerte una sugerencia, Maisie?

—Sí —contestó ella en voz baja asintiendo con la cabeza.

—Tienes que hablar con tu padre. No contarle cosas, sino hablar con él. Debéis trazar un nuevo camino. No hace falta que te diga que aunque sea un hombre fuerte, se hace mayor. Este accidente lo va a debilitar, aunque espero que se recupere por completo. He observado que has entrado cargando con la culpa, el remordimiento y, sí, también el miedo, miedo a haber perdido tu última oportunidad. Pero no la has perdido en absoluto. Utiliza lo que has aprendido, tu corazón, tu intuición y tu amor hacia tu padre para forjar un vínculo nuevo y más fuerte todavía.

Ella lo miraba mientras hablaba.

—Me siento tan... débil, Maurice. Debería haber sabido que no era bueno permitir que las cosas siguieran así.

—¿Deberías haberlo sabido? ¿Cómo que deberías, Maisie? Por suerte eres humana y reconocer que nos equivocamos es lo que nos permite hacer nuestro trabajo. —Se levantó de la silla frotándose la espalda y el cuello—. Bueno, se está haciendo tarde.

—Perdona. Siento haberte entretenido.

—No, quería estar aquí hasta que llegaras —respondió él levantando una mano para hacerla callar—. Pero ahora debo volver y poner al día a lady Rowan. Creo que nuestro paciente mejorará con tu compañía.

—Gracias, Maurice.

El hombre asintió con la cabeza y tomó el abrigo y el sombrero del respaldo de la silla.

—Maurice, quería preguntarte si podría hablar contigo mañana sobre un caso.

—¿El caso Waite?

—Es algo más en realidad. Estoy convencida de que los asesinatos de Coulsden y Cheyne Mews, y puede que uno más, están relacionados con el caso Waite.

—Tendrás que ir a Chelstone cuando hables con el médico mañana por la mañana después de la ronda, o puede que antes si la enfermera jefe se entera de que estás aquí. Ven a mi casa cuando quieras.

—Gracias —dijo ella mirando a su padre un momento antes de volverse de nuevo hacia Maurice—. ¿Sabes? Es extraño, pero creo que los asesinatos tienen que ver con recordar y con que nos recuerden algo, y, ahora que lo pienso, también tienen que ver con el perdón.

Maurice sonrió y descorrió la cortina para salir.

—No me sorprende en absoluto. Como he dicho muchas veces, querida, cada caso tiene la capacidad de arrojar luz sobre algo que debemos conocer sobre nosotros mismos. Hasta mañana.

Maisie se sentó en la silla que había ocupado Maurice junto a la cama dispuesta a continuar con la vigilia hasta que su padre volviera en sí. Oyó los pasos de su mentor perderse a lo lejos del pabellón. Estaba sola con sus pensamientos y, aunque se aferraba a la mano de su padre con fuerza y asumía el compromiso de mejorar las cosas entre ellos, no dejaba de pensar en las mujeres asesinadas y en Charlotte.

15

Maisie abrió los ojos cuando el amanecer asomaba por el borde superior de las hojas de las ventanas visibles más allá de la cortina que rodeaba la cama de su padre. ¿Cuánto tiempo llevaba durmiendo? Levantó la cabeza para mirar a su padre y se enderezó en la silla para no molestarlo.

—¡Papá! ¡Papá... estás despierto!

Frankie Dobbs compuso una sonrisa con dificultad.

—Llevo despierto un rato, cariño. No quería molestarte.

—Ay, papá, qué alegría —dijo ella echándose sobre la cama para abrazarlo y luego volvió a su silla.

—A mí me alegra que hayas venido, cariño.

—Vine en cuanto me avisaron.

Frankie apretó la mano de su hija con la suya, más grande.

—Si te soy sincero, por un momento pensé que eras tu madre. Te juro que me he quedado sin habla al verte ahí. Pensé que se había terminado, que estaba otra vez con ella.

Maisie le tomó el pulso y le tocó la frente con sus dedos finos y alargados.

—Siempre comprobándolo todo, hija mía. Siempre asegurándote de que todo está bien, ¿eh?

Padre e hija guardaron silencio un rato. Maisie sabía que tenía que aprovechar la puerta que Maurice le había abierto y hablar de su madre.

—Ya nunca hablamos de mamá.

Frankie intentó acercarse a su hija y puso una mueca de dolor.

—No, cariño, no lo hacemos. Me guardé los recuerdos para mí y supongo que tú hiciste lo mismo.

—Papá...

—Y mientras te miraba ahí dormida, he estado pensando que nos hemos ido distanciando, ¿no crees?

—Ya lo sé...

Las patas de la estructura metálica que sostenía las cortinas chirriaron cuando alguien la movió y la enfermera del turno de noche interrumpió su conversación.

—Me pareció oír voces. Me alegra ver que ha recobrado el conocimiento, señor Dobbs. Nos tenía preocupados. El doctor vendrá pronto para ver cómo se encuentra, y a la enfermera jefe le dará un ataque si la encuentra aquí, señorita Dobbs. Mi turno termina en cuanto el médico venga a ver al paciente, pero será mejor que no esté aquí para entonces, señorita.

—Sí, será lo mejor. Luego vuelvo, papá, en la hora de visita —dijo Maisie inclinándose para darle un beso.

Salió del espacio cerrado por las cortinas al pabellón abierto. La luz del sol entraba por las ventanas y caldeaba el ambiente que compartían pacientes y enfermeras.

Cuando ya se dirigía a la salida, se volvió hacia la enfermera.

—¿Cuál es el pronóstico?

—Verá, señorita...

—Yo también he sido enfermera, entiendo la situación.

—Se supone que no debo decir nada... y sabremos más cuando el médico lo examine, por supuesto, pero hasta el momento puedo decirle que ha sufrido una conmoción cerebral grave y se ha roto las dos tibias. Son fracturas parciales, pero hay que vigilarlas también. Sospecho que va a necesitar dos o tres meses de reposo teniendo en cuenta su edad, y estoy segura de que le recomendarán el traslado a un centro de rehabilitación donde pueda recibir los cuidados adecuados.

—Entiendo.

—Pero podremos decirle algo con más detalle cuando vuelva esta tarde. Váyase a casa, tómese un té y duerma un poco. Su padre va a necesitar que esté usted en perfecto estado de forma.

Maisie condujo al tiempo que daba las gracias a ese ser o fuerza invisible que hubiera podido tener algo que ver con los acontecimientos de las últimas horas, por todas las oportunidades que parecían estar materializándose en diferentes frentes. Se le estaba ocurriendo que echar una mano con los caballos mientras su padre se recuperaba sería un trabajo de verdad para Billy. De esa manera estaría lo bastante cerca para que Maurice lo orientara en su recuperación, para llevar a cabo los ejercicios físicos con Gideon Brown y para que Andrew Dene pudiera supervisar sus avances. Su padre no se quedaría tranquilo hasta saber que los caballos estaban al cuidado de alguien conocido, y ¿quién mejor que otro londinense? El hospital All Saints podría ser una posibilidad en el caso de que su padre tuviera que ingresar en un centro de rehabilitación durante un mes. El doctor Andrew Dene sabría entender a un hombre que hablaba su mismo idioma.

Su cerebro funcionaba a toda máquina mientras conducía a gran velocidad por caminos rurales en dirección a Chelstone y repasaba una lista de tareas pendientes cada vez más larga.

Más deprisa que las brujas, más deprisa que las hadas,
pasan puentes, pasan ríos, pasan cercas, pasan casas,
y lo mismo que soldados que dispersa la batalla...

Pero lo primero de todo, antes de bañarse, comer o dormir, era ir a ver a Maurice. Se inclinó hacia el asiento del copiloto sin apartar los ojos de la carretera y metió la mano en el maletín buscando el pañuelo de lino en el que había guardado cuidadosamente los pequeños objetos que había encontrado en casa de Lydia Fisher y Philippa Sedgewick. Quería compartir el delicado hallazgo con Maurice. Quería que la aconsejara.

Disminuyó la velocidad para tomar el sendero amplio y curvado que conducía a Chelstone Manor. Las ruedas del MG hacían saltar la grava. Se frotó los ojos, que le escocían con el brillante sol primaveral que despuntaba en un ángulo bajo por un claro entre las nubes. Iba a hacer un día luminoso pero frío. Columnas de narcisos cubiertos de escarcha se mecían a lo largo del sendero, intercalados con campanillas y prímulas. Sí que iba a ser un buen día. Su padre estaba fuera de peligro.

Las cortinas de la planta de arriba de Dower House estaban echadas. Maurice no debía de estar levantado aún. Le dio un poco de rabia, pero se le pasó. Quizá era mejor porque le dejaba más tiempo para ordenar las ideas y anticiparse a las preguntas. Echaba de menos trabajar con él, aunque la sensación de vacío que le había quedado cuando este se jubiló iba desapareciendo a medida que ganaba confianza en sí misma. Aparcó el coche en el patio que había detrás de la mansión, en los dominios de George, el chófer de los Compton.

—Buenos días, señorita —saludó mientras se limpiaba las manos y se dirigía hacia ella por el suelo de adoquín—. ¡Válgame el cielo! Pero ¿qué ha estado haciendo con este pobre coche? ¿Carreras por la pista de Brooklands? Será mejor que saque todas las herramientas para una revisión completa. Seguro que le hace falta aceite y una buena limpieza debajo del capó, por no hablar de la pintura. ¡Y cómo están las ruedas!

—¡No podría dejarlo en mejores manos, George!

—La verdad es que me alegra tener algo que hacer —dijo el chófer levantando el capó, y después la miró de nuevo—. ¿Cómo está el señor Dobbs esta mañana? ¿Mejor?

—Mucho mejor, gracias. Está despierto, aunque puede que aún tarde un poco en levantarse.

—Menudo susto que nos dio. Estamos todos esperando noticias.

—Os mantendré al corriente. ¿Puedo dejarte al cargo de *Lily*, entonces? Tiene que estar lista a las tres para ir a Pembury. Es la hora de visita.

—*¿Lily?* ¿Le ha puesto a un coche como este el nombre de Lily?

Maisie sonrió y después soltó una carcajada.

—A las tres, George. Gracias.

—Muy bien, señorita. Por cierto, he visto a la señora hace un rato. Iba hacia las cuadras.

—Ah, muy bien. Iré a ponerla al día de las novedades.

Lady Rowan estaba apoyada en la cerca que rodeaba un prado, al lado de la cuadra donde había ocurrido el accidente. Parecía pensativa. Los tres perros andaban por ahí cerca olfateando entre los arbustos, pero levantaron la cabeza y la saludaron moviendo el rabo.

—Hola, querida. ¿Cómo se encuentra tu padre? Estoy muerta de preocupación.

—Está mejor, mucho mejor, aunque no podré decirle mucho más hasta que vea al médico esta tarde.

—Tu padre puede darnos una sorpresa, Maisie. ¡Creo que vivirá hasta los cien años! —Miró a la joven con gesto serio cuando esta se apoyó en la cerca para observar a la yegua y a su potro—. No tienes que preocuparte por la convalecencia. A mí me conviene que se recupere por completo, así que correré con todos los gastos necesarios.

—Gracias, lady Rowan.

—Bien —dijo la mujer volviendo la atención hacia el prado—. ¿Qué te parece?

Maisie observó al potro, que estaba de pie bajo la protección que le brindaban la cabeza y el cuello de su madre. El pelaje alazán relucía con la suavidad de recién nacido y el tomo de pelo tieso como un cepillo sobre su cuello largo y delicado anunciaba la crin abundante que tendría cuando creciera. Sorprendía lo rectas que tenía las patas, y Maisie habría jurado que se apreciaba ya una actitud desafiante en el potrillo.

—Es... el hombrecito de la casa, ¿verdad?

—Ya lo creo que sí y eso que solo tiene un día —contestó la mujer observando con detenimiento su nuevo proyecto vital—. Pensé en llamarlo *El dilema de Francis Dobbs,* pero al final voy a ponerle *Sueño de Chelstone*. Muy apropiado, ¿verdad? Lo llamaré *Soñador* para acortar.

El animal las miró con el mismo detenimiento.

—¿Ves cómo nos mira? ¿Y esa postura? —añadió la mujer.

—Sí —contestó Maisie.

—La llaman la «mirada de los campeones», querida. Va a ser un campeón, te lo digo de verdad. Va a ganar el derbi, ¡estoy segura! ¿A que ya estás viendo a Gordon Richards sobre él saliendo disparado del cajón de salida en la pista del hipódromo de Epsom? —dijo y se quedó pensativa un momento—. Pero hasta entonces ¿cómo me las voy a arreglar sin tu padre?

—Ah, no se preocupe por eso. Tengo un plan.

Lady Rowan se rio y el sonido de su voz cuando habló a continuación interrumpió la quietud de la mañana, de tal forma que la yegua se sobresaltó y se llevó a su pequeño al otro extremo de la pradera.

—Habría apostado a que tendrías un plan, Maisie. ¿De qué se trata?

—Se lo contaré con detalle esta noche, lady Rowan, cuando cierre unos cuantos flecos pendientes —respondió ella mirando la hora—. Pero primero tengo que llamar a mi ayudante y luego quiero ir a ver a Maurice. ¿Puedo utilizar el teléfono de la mansión?

—Por supuesto. Te espero para la cena y así me cuentas qué tal va tu padre. ¡Y me muero de ganas de conocer tu plan!

Maisie miró una vez más al potro mientras se alejaba hacia la casa. Habría jurado que *Soñador*, el potro que tenía la mirada de los campeones, seguía todos sus movimientos.

—¡Qué alegría hablar contigo, Billy!

—Aquí estoy, defendiendo el fuerte, señorita. ¿Qué tal está el señor Dobbs?

—Mucho mejor, gracias. Fuera de peligro. ¿Qué dijo Waite cuando lo llamaste para cancelar la cita?

—Tuve que dejarle el mensaje a su secretaria primero para que hablara con él. Pobre mujer, ni que le hubiera dejado el recado de que habían ardido todas las tiendas. Le tiene mucho miedo.

—Billy...

—El caso es que cuando se lo dijo, el propio Waite en persona se puso al aparato y me gritó que era Joseph Waite y que a él nadie le hacía eso.

—Ay, por favor.

—Pero he de admitir que cuando le dije el motivo de que no pudiera ir a verlo cerró el pico. Tiene gracia, ¿eh? Dijo que la familia era lo primero y que le gustaba que una hija honrara a su padre y todo eso.

—¿Podrá verme dentro de poco?

—Me dio cita para el viernes, pero dijo que lo avisara si había algún problema, y que cuente con él para lo que necesite. Muy extraño, señorita. Un cambio muy brusco y muy peculiar.

—Es un hombre muy peculiar en lo que respecta a la familia, tengo que admitirlo. —Guardó silencio mientras tomaba nota—. Con un poco de suerte tendré buenas noticias para entonces. Mañana voy a la abadía a hablar con Charlotte.

—Está bien ocupada, señorita.

—No permiten visitas en el hospital hasta esta tarde y lo más probable es que solo me dejen ver a mi padre una vez al día hasta que el médico diga lo contrario, así que podré trabajar en el caso mientras estoy aquí.

—Muy bien. El doctor Dene ha vuelto a llamar.

—¿En serio?

—Sí. Y ha sido una conversación interesante porque quería dejarle un mensaje sobre su visita a... Espere un momento. A veces no entiendo lo que escribo, se lo digo de verdad. Aquí está. Su visita al ama de llaves de la señora Thorpe.

—¿Qué decía el mensaje?

—Lo único que dijo fue que quería darle un mensaje de la mujer, que le gustaría hablar con usted de nuevo. Que se ha acordado de algo que podría serle útil.

Maisie lo anotó mientras lo escuchaba y miró la hora.

—Sacaré un hueco para ir.

—Muy bien, señorita. ¿Alguna cosa más?

—Pues sí. Recuerdas que hablamos de la posibilidad de que pasaras un mes en Chelstone, ¿verdad? Y dijiste algo así como que no querías estar todo día de «brazos cruzados» —dijo Maisie, pero no le dejó contestar y continuó—: Bueno, pues te he encontrado un trabajo que es crucial tanto para lady Rowan como para mí. Tiene que ver con *Sueño de Chelstone*, el caballo favorito para ganar el derbi de 1934.

Antes de regresar a la casa de su padre, Maisie tranquilizó a Carter y a la señora Crawford. Cuando entró, sintió frío. Jamás había tenido frío en aquella casa, pero ese día le parecía que la escarcha del exterior se filtraba por las paredes de piedra y las contraventanas, y se instalaba en todos los rincones.

«¡Esto no puede ser!», pensó mientras echaba un vistazo a su alrededor. Era evidente que su padre había salido deprisa a atender a la yegua. Vio la tetera esmaltada casi llena de té encima de la mesa, una rebanada de pan cortada de cualquier forma, con los bordes resecos, y no había guardado el resto en la panera. La mantequillera y el bote de la mermelada casera de tres frutas de la señora Crawford estaban abiertos, y había un cuchillo sucio apoyado en el borde del plato. Maisie sonrió al imaginarse a su padre bebiéndose a toda prisa el té hirviendo y untando mermelada en un trozo de pan grueso como la puerta, y salir corriendo hacia las cuadras. Recogió la cocina antes de prepararse un relajante baño caliente.

Encendió el fuego y puso dos cacerolas grandes para hervir agua en el fogón y un caldero que se usaba para la sopa. Descolgó la tina de metal del gancho en el lavadero y la puso en el suelo delante de los fogones para verter el agua hirviendo, que luego mezclaría con agua del grifo hasta encontrar la temperatura ideal para meterse. Corrió las cortinas, echó la llave de la puerta y fue a la que en otro tiempo había sido su diminuta habitación, abrió el armario y buscó algo que ponerse. Tocó las prendas que hacía tiempo que tendrían que habérselas dado al trapero. Había ropa de cuando estaba en la universidad, las prendas que lady Rowan ya no se ponía y que la señora Crawford le había arreglado con su habilidad con la aguja. También estaba allí el vestido azul que le había regalado Priscilla, su compañera de Girton. Tocó el frío tejido de seda y se acordó de Simon, de la fiesta en la que habían bailado toda la noche. Apartó los recuerdos y descolgó unos pantalones holgados de color marrón que le había regalado Priscilla en un tiempo en el que consideraban unas «frescas» a las mujeres que se los ponían.

Encontró también un par de zapatos de piel gastados y fue a la cómoda de su padre a por una de sus camisas de cuello redondo y unos calcetines para completar el atuendo. Seguro que habría una chaqueta de pana vieja en el lavadero y, si no, siempre podría ponerse el chubasquero mientras le lavaban la ropa en la mansión. No le había dado tiempo a preparar una bolsa con otras prendas cuando salió de Londres, así que tendría que apañarse.

Se preparó el baño y abrió la portezuela de la cocina de leña mientras se metía en el agua y se preparaba para el día que tenía por delante. Empezó a enjabonarse y se preguntó qué querría contarle el ama de llaves de Rosamund Thorpe. La comunidad del casco antiguo de Hastings no era muy grande y no le costó imaginar a la pobre mujer, triste por la pérdida de su patrona, acordándose de algo de vital importancia cuando se quedó sola. Y al no saber cómo dar con Maisie, puesto que no habría querido utilizar el teléfono de su difunta patrona, la mujer había ido a buscar al doctor Dene con la esperanza de que él pudiera hacerle llegar el mensaje de que quería hablar con ella cuando volviera a Hastings. Pero ¿por qué no le había dicho al doctor qué era lo que había recordado? Maisie supuso que para la leal sirvienta hacer algo así era equivalente a chismorrear. «Y eso no podía ser.» Se enjabonó los hombros y escurrió el paño para dejar que el agua caliente le cayera por el cuello. Rosamund Thorpe, Lydia Fisher y Philippa Sedgewick. Se las imaginó a las tres. «¿Qué teníais en común? ¿Qué te hizo salir huyendo, Charlotte Waite?» Cuatro mujeres. Las cuatro habían sido amigas en otro tiempo. Una pandilla. Una pandilla de chicas a punto de pasar a la edad adulta. «¿Cómo sería eso?» Cerró los ojos y se zambulló de nuevo en los recuerdos del pasado. La biblioteca de Ebury Place, Girton, la ropa de lady Rowan que ya no usaba, el vestido azul de seda, Priscilla riéndose mientras metía un cigarrillo en la boquilla de marfil, el hospital de Londres... Francia. Ella también había marchado al frente siendo poco más que una cría. Dejó que sus pensamientos vagaran un poco más mientras el agua se enfriaba. «¿Qué hicisteis durante la guerra? Estabais protegidas, encerradas en vuestro mundo de privilegios, en vuestro círculo seguro.»

Maisie salió de su ensimismamiento al oír que llamaban bruscamente a la puerta. Pero no se movió ni hizo ademán de coger la toalla del respaldo de la silla, ni preguntó quién era, porque no quería que se le olvidara lo que estaba pensando. Esperó en silencio hasta que oyó el roce de un papel que metieron por debajo de la puerta y pasos que se alejaban por el sendero del jardín. Se acomodó dentro del agua para aguantar unos minutos más, reconfortada por el calor de las llamas de la cocina de leña. «Rosamund, Lydia, Philippa y... Charlotte. ¿Qué hicisteis durante la guerra? Y si tú también corres peligro, Charlotte, ¿quién quiere veros muertas a todas?»

La nota la había dejado el ama de llaves de Maurice para invitarla a desayunar con él. Se puso a toda prisa los pantalones, la camisa blanca y los zapatos, que quedaban muy bien con los mejores calcetines de rombos de su padre. Antes de salir, Maisie sacó el pañuelo de lino que llevaba en el maletín y se lo metió en el bolsillo de la chaqueta que había encontrado colgada en el lavadero, tal como había supuesto. En vez de recogerse el pelo en un moño, se hizo una trenza floja. Al verla llegar a la mansión con su ropa sucia debajo del brazo, la señora Crawford, que había salido al huerto, había exclamado: «¡Estás igual que cuando tenías quince años, Maisie Dobbs!».

Cuando Maurice la vio llegar por el sendero que conectaba Groom's Cottage con Dower House, abrió la puerta.

—¡Está consciente, Maurice! ¡Volvió en sí mientras yo dormía!

Maisie se acercó corriendo hasta su mentor, que se llevó la misma sorpresa que la señora Crawford, pues creyó estar viendo de nuevo a su alumna beber con avidez del pozo de sabiduría que le brindaba.

—Cuánto me alegro, Maisie. Ahora ya puede recuperarse. Es asombrosa la conexión que existe entre el cuerpo y la mente. Aun estando inconsciente, el paciente nota la presencia sanadora del amor.

—Si yo tuviera ese poder, Maurice, saldría caminando del hospital hoy mismo. Pero hay más. Los dos hemos empezado a hablar.

Maurice se hizo a un lado y extendió el brazo para que la joven entrara en su casa.

—Un poder mágico, universal y maravilloso, ¿verdad que sí? Consigue mover montañas cuando las intenciones son sinceras.

—Sea lo que sea estoy muy contenta. Y si no es demasiado egoísta por mi parte, me gustaría pedir un poco más de ese poder mágico en el caso que me ocupa. ¿Vamos al invernadero?

—Sí. Hay huevos y beicon si te apetecen, y unos panecillos recién hechos que están deliciosos. Me recuerdan a mi infancia en París.

Maisie sonrió con ganas de tomar ese café solo que tanto le gustaba a Maurice.

Profesor y alumna, maestro y aprendiz, se sentaron en el invernadero cálido y luminoso desde el que divisaban entre flores el jardín y las praderas que se extendían más allá de sus límites. Maisie lo puso al corriente de los avances que había hecho en el caso de Charlotte Waite y en cómo se había complicado con los asesinatos.

—Sí, todo parece indicar que habría que indagar en la muerte de la señora Thorpe —dijo el hombre reclinándose en el sillón de mimbre estilo Lloyd Loom mientras observaba la bandada de gorriones que bajaba a comer las migas que les habían dejado en el comedero. Maisie aguardó un momento—. ¿Sobredosis en el caso de la señora Thorpe, seguida por la morfina y la bayoneta de un rifle Lee-Enfield en el caso de las otras dos mujeres, quieres decir?

Maisie bebió un sorbo de café reconfortante, pero casi no tocó el pan crujiente, pese a haberse dado cuenta de que no había probado bocado desde la comida del día anterior con el inspector Stratton. Casi deseó tener una copa del vino de sauco de Maurice en la mano. Comenzaba el interrogatorio.

—Es como si el asesino no tuviera suficiente con envenenarlas, como si necesitara dar rienda suelta a un...

sentimiento, eso es, un sentimiento más hondo. Como si buscara justicia.

—¿Has hablado con el médico de la señora Thorpe sobre su salud mental? ¿Descartas por completo el suicidio?

—No, por completo no. Su médico es quien extendió el certificado de defunción. Él dictaminó que había sido suicidio. He hablado con el ama de llaves, que la conocía muy bien, y con otros vecinos de la ciudad.

—No pongo en duda tu instinto, pero la intuición debe sustentarse en una intensa labor de investigación. Veamos. ¿Dices que han arrestado al señor Fisher basándose en las pruebas que sugieren que mantenía una relación amorosa con la señora Sedgewick?

—Según John Sedgewick, Fisher contactó con su mujer, Philippa, para hablar del problema que tenía la señora Fisher con la bebida, porque este no sabía qué hacer. También me dijo que Philippa no quería ver a Fisher, pero que accedió por lealtad hacia su vieja amiga. Se trata de una relación muy diferente de la que propone la policía. Tengo la impresión de que excepto Lydia y Charlotte, que sí mantenían cierto grado de comunicación, las cuatro fueron buenas amigas, pero ahora mantenían las distancias entre ellas.

—¿Y a qué crees que se debió el distanciamiento?

Maisie posó la mirada en el comedero y el alboroto de los pájaros, que no dejaban de picotear las migas y entre sí, apretujados en la plataforma de madera.

—¿Qué es lo que piensas tú, Maisie?

—Pienso que tuvo que pasar algo hace años —contestó ella despacio y meditando bien las palabras mientras observaba el frenesí que tenía lugar en el comedero—. No estoy segura, pero tengo la sensación de que es algo que no quieren que se les recuerde. Y verse o mantener el contacto les hace revivir la... vergüenza.

Se produjo un silencio en el invernadero y fue Maurice quién lo rompió.

—Quieres enseñarme algo.

—Sí, así es —contestó ella y sacó el pañuelo doblado del bolsillo que dejó en la mesa, entre los dos—. ¿Quieres que vaya a por las gafas, Maurice? Creo que vas a necesitarlas.

El hombre asintió.

—Toma.

La joven le dio la funda de piel de lagarto a su mentor, que la abrió con tanto cuidado que casi se oyó el ruido de las bisagras. Sacó las gafas de media luna con montura metálica, se las colocó en el puente de la nariz y se echó hacia delante para ver lo que guardaba Maisie mientras levantaba el mentón ligeramente para ver mejor.

Maisie desdobló el pañuelo con la punta del pulgar y el índice, y le mostró su hallazgo.

Maurice miró el pañuelo y después la miró a los ojos. Estaban tan cerca que podían sentir el aliento del otro.

—Qué delicadeza. La naturaleza es una artista consumada.

—Y que lo digas.

—¿Y dices que encontraste una en casa de los Fisher y otra en casa de los Sedgewick?

—Llegué a casa de los Fisher poco después del asesinato y sentí que me llamaba, aunque estaba casi escondida. La que hallé en casa de los Sedgewick estaba oculta dentro de un libro.

—Que abriste por casualidad, sin duda alguna.

—Así es.

—¿Y la mujer de Hastings? ¿La señora Thorpe?

—Han pasado muchas semanas desde su muerte, Maurice, y la señora Hicks se ha asegurado de que la casa esté impoluta para las personas que pudieran estar interesadas en comprarla. Me temo que si había alguna, a estas alturas se la habrá llevado con el cepillo de barrer.

—¿Y qué es lo que piensas? ¿Qué significan?

—No estoy segura, pero sí que creo que son importantes.

Maisie y Maurice alargaron la mano a la vez como marionetas dirigidas por un titiritero para tocar la delicada forma de los objetos que tenían ante sí: dos plumas pequeñas y suaves de color blanco.

16

DESPUÉS DE DESAYUNAR, Maisie fue a buscar el coche para ir a Hastings con la idea de terminar con el tiempo suficiente de ver a su padre por la tarde. George se quejó de que acababa de empezar a retocar la pintura. En el ascenso desde el casco antiguo, el sol en el horizonte arrancaba destellos a la superficie del mar como si hubieran esparcido diamantes por toda ella. Aparcó fuera del hospital All Saints y se entretuvo un momento a admirar el paisaje. Se fijó en lo pequeño que se veía el centro de la ciudad desde allí arriba. Se oía el sonido que hacía el casco de tablones de tingladillo de las barcas de pesca al arrastrarlas hacia la playa de cantos rodados con ayuda de un pesado cabrestante, y a las gaviotas revoloteando sobre ellas. La captura de la mañana llegaba tarde.

—La brisa marina le hace mucho bien a uno, ¿sabe?

—¡Doctor Dene! No lo he visto subir por la carretera.

—No podría haberlo hecho, porque he venido por un atajo. El casco antiguo está lleno de recovecos, callejones y escondites que solo conocen los lugareños y yo ya soy un lugareño hecho y derecho.

Andrew Dene le abrió la puerta y Maisie notó que el médico se fijó en su indumentaria poco formal.

—Solo tengo que informar al personal de que ya estoy aquí, pero después podremos ir a mi guarida a discutir ese par de asuntos que tiene en mente.

El médico asomó la cabeza en la sala. Maisie lo oyó decir algo y las risas del personal cuando la apartó y la condujo por el pasillo hasta su «guarida», que seguía estando igual de desordenada que la otra vez.

—Entonces, la rehabilitación de su padre y Rosamund Thorpe, ¿no es así?

—¿Cómo sabe lo de mi padre? —preguntó ella al quitarse los guantes.

Él la miró y enarcó una ceja.

—Todo se sabe en los sitios pequeños. Y he tenido que hablar con Maurice esta mañana. Conozco al doctor Simms, el médico que se ocupó de su padre cuando lo llevaron al hospital de Pembury. Un buen hombre. Todos sus pacientes se recuperan muy bien. Hemos tratado juntos a varios.

—Entiendo.

El médico continuó hablando como si le leyera el pensamiento.

—Nuestro historial de recuperación en casos de accidente es de primera, señorita Dobbs. Estaría encantado de organizar el traslado de su padre cuando le den el alta en Pembury. Puedo empezar... —Se inclinó sobre una montaña de carpetas que se tambaleó de forma precaria cuando la rozó. Maisie alargó el brazo instintivamente para sostenerla.

—No se preocupe, señorita Dobbs, aún no he perdido ningún expediente —dijo tomando una carpeta de color marrón claro de la pila de documentos—. Así se hará una idea de la cantidad de trabajo que tengo. Como le iba diciendo, puedo abrir el historial ahora mismo y llamar al doctor Simms para decirle que he hablado con usted.

—Gracias. Me quita un peso de encima.

—Muy bien, arreglado entonces. Nos ocuparemos de los detalles de la admisión en la oficina de administración cuando se vaya —dijo el médico, que anotó varias cosas en una hoja de papel, cerró la carpeta y la dejó en la mesa—. Y ahora el tema de la señora Thorpe.

—Sí. Quería saber si podría decirme algo más sobre ella, en particular sobre su conducta en los días previos a su muerte. Sé que pasaba mucho tiempo aquí.

—Si le soy sincero, creo que lo estaba llevando bastante bien teniendo en cuenta que acababa de enviudar, pero era evidente que estaba pasando el duelo. —Se inclinó hacia un lado, movió otra montaña de carpetas y miró hacia el mar antes de dirigirse de nuevo a ella—. Cree que la asesinaron, ¿no es así?

La sorpresa de Maisie se dejó ver en sus ojos. No se esperaba el comentario.

—Pues lo cierto es que...

—Vamos, señorita Dobbs. Recuerde que yo también conozco a Maurice. Sé lo que hace usted. Y Rosamund Thorpe era una persona muy querida y respetada en la ciudad, aunque no fuera de aquí.

—¿Cree usted que se suicidó? ¿No reconocería los síntomas de la depresión que preceden a algo así?

El médico se quedó pensativo.

—¿Su silencio quiere decir que tiene dudas?

—Que me quede pensativo quiere decir solo eso, que estoy pensando. Verá, aunque me parece poco probable que una mujer como la señora Thorpe se quitara la vida, sí me percaté de su tristeza en varias ocasiones, sobre todo cuando les leía a los veteranos de guerra. Lo que le voy a decir es una observación subjetiva, sin diagnosticar, pero su tristeza me parecía desgarradora, más que la que apreciaba en otros voluntarios. Tiene que entender que no todos reaccionan de la misma manera ante lo que ven. Por ejemplo, todos reconocemos a un veterano de guerra cuando lo vemos por la calle, tenga algún miembro amputado, esté ciego o desfigurado, pero cuando estamos cerca de uno de ellos en un contexto como este, rodeado por otros que han sufrido heridas parecidas, es un recordatorio terrible para ellos. Creo que a algunas personas les recuerda hechos y sentimientos que preferirían olvidar. La mayoría lo superan con rapidez, y antes de que te des cuenta los tienes cantando canciones antimilitaristas con los pacientes en la fiesta de Navidad del hospital.

—¿Y la señora Thorpe?

—Ella no era así. Aunque siempre tenía una gran sonrisa para los pacientes, y siempre quería ayudar a los que habían sido soldados, se iba muy triste después de cada visita. Era como si venir aquí de voluntaria fuera un acto de autoflagelación.

—¿Cree que se suicidó?

—Digámoslo así: vi algunas cosas que me dicen que había algo en ella que la hacía susceptible de caer hasta cierto punto en las profundidades de la desesperación, pero no la veo llegando al suicidio.

—¿Por qué?

El médico suspiró.

—Soy médico, especializado en accidentes y rehabilitación. Trato con aspectos concretos que tienen lugar en el cuerpo, aunque me interesa también lo que motiva a cada persona para recuperarse. Estoy acostumbrado a las finas líneas que separan las cosas, pero no estoy familiarizado con el tipo de especulaciones que constituyen su ámbito de actuación. Pero si me pide que me arriesgue a hacer una suposición...

—¿Sí?

—Diría que... —El médico vaciló. Como Maisie no decía nada, el hombre suspiró y continuó—: Creo que sentía que tenía una deuda que saldar y venir aquí era una forma de hacerlo. No me malinterprete... —Maisie notó el acento original del doctor Dene—. No quiero jugármela y que tome mis palabras como si fueran hechos. Es solo mi opinión.

—Gracias, doctor Dene. Agradezco mucho su sinceridad, y lo que me ha contado es totalmente confidencial. ¿Dice que la señora Hicks quiere verme otra vez?

El hombre consultó el reloj de bolsillo.

—Estará en la casa ahora. La llamaré para decirle que va hacia allí.

El doctor Dene movió varios libros y papeles hasta que apareció el teléfono. Llamó a la residencia de los Thorpe e informó a su ama de llaves que la señorita Maisie Dobbs salía en ese momento del hospital. Colgó el auricular y colocó los libros y los papeles encima del teléfono otra vez. Maisie miró aquel desorden con los ojos como platos.

—Perdone que le diga esto, doctor, pero ¿no cree que le vendría bien invertir en un archivador para todos esos expedientes?

—¡No! ¡No sería capaz de encontrar nada! —respondió él con una sonrisa pícara—. ¿Está libre para comer cuando termine con la señora Hicks?

—Pues... la hora de visita en Pembury empieza a las cuatro, así que... puedo comer, pero he de estar en camino a la una y media más o menos. Me gusta ir con tiempo.

—Estoy seguro. Podemos dar un paseo por la playa y comer *fish and chips* en la zona de los almacenes de los aparejos. No hay restaurantes refinados por allí. Los sitios están un poco desvencijados, pero no ha probado un pescado frito igual en ningún sitio.

Estaba aparcando delante de la casa de Rosamund Thorpe cuando la señora Hicks le abrió la puerta y salió a saludarla.

—Gracias por llamarme, señora Hicks, se lo agradezco mucho.

—Ay, señorita Dobbs, me gusta ayudar. Me dio la impresión de que quería preservar el buen nombre de la señora Thorpe, así que cuando me acordé, pensé que tenía que encontrar la forma de contactar con usted. Espero que no le haya importado que se lo pidiera al doctor Dene. Es un hombre muy agradable.

Cerró la puerta cuando Maisie entró y la condujo a la sala de dibujo, donde había dispuesto una bandeja con el servicio de té y unas galletas.

Maisie se sentó en el sofá y se quitó los guantes. Seguía teniendo frío en los pies y las manos, a pesar de que iba bien abrigada.

La señora Hicks sirvió el té para Maisie y le ofreció unas galletas, pero ella las rechazó. Tenía que dejar hueco para una buena ración de *fish and chips*.

—Muy bien. Quiere que vaya directa al grano.

—Sí, por favor. Es muy importante para mí entender por qué querría quitarse la vida la señora Thorpe o, en caso contrario, quién podría querer verla muerta.

—Como ya supondrá, llevo todo este tiempo devanándome los sesos buscando respuesta a lo primero y no he tenido mucha suerte con lo segundo. Todo el mundo tenía buena opinión de la señora Thorpe. Pero entonces me acordé de una visita. Fue hace años, poco después de que se casara, no mucho después de que acabara la guerra lo más probable. Joseph Waite...

Maisie dejó la taza en el plato con tanta brusquedad que produjo un tintineo.

—¿Se ha quedado frío el té?

—No, no, está muy bien. Continúe, por favor, señora Hicks —respondió ella, e introdujo la mano en el maletín para sacar las fichas y empezar a tomar notas.

—Como le iba diciendo, vino por aquí Joseph Waite, el padre de una de sus viejas amigas. Pero hacía años que no se veían, desde antes de la guerra. El caso es que el señor Waite llegó en un coche enorme con chófer y preguntó por la señora Thorpe. Puede que no supiera su nombre de casada, porque se tomó ciertas libertades. Lo que dijo fue: «Me gustaría ver a Rosie». Era la primera vez que oía que alguien la llamaba así y me pareció un fresco por llamar a una mujer casada por su nombre de pila, y aunque no hubiera estado casada.

—Continúe.

—Lo conduje al salón de delante e informé a la señora de que tenía visita y de quién se trataba. Se sobresaltó al oírlo, lo noté, pero lo único que dijo fue: «Menos mal que no está el señor Thorpe» y después: «No le diga nada, señora Hicks». Y nunca dije nada hasta ahora.

—¿Qué ocurrió?

—Fue a saludarlo como la señora que era y el hombre fue muy desagradable. No quiso té ni ninguna otra cosa. Solo dijo que quería hablar con ella en privado y me miró. Y después de eso, me dijeron que saliera de la habitación.

—¿Sabe de qué quería hablar con ella?

—No, señorita, lo siento. Pero estaba enfadado y su visita la disgustó mucho, ya lo creo.

—¿Oyó usted algo?

La mujer suspiró y trató de pensar.

—Como comprenderá, a mis años las personas olvidamos las cosas, pero a él sí lo recuerdo. Los muros de estas casas son como fortalezas para protegerse del viento y las tormentas. Las construyeron originalmente para los tenientes del almirante Nelson. No se oye mucho a través de estas paredes. Pero sé que mi patrona se disgustó. Y cuando ya se iba, abrió la puerta y entonces sí que oí lo que dijo el señor Waite; fue algo... amenazador, supongo que podríamos decir.

—¿Qué dijo?

—Dijo: «Pagarás. Todas pagaréis algún día. Recuerda lo que te digo, señorita, lo pagaréis». Y se fue con un portazo tan fuerte que pensé que la casa se venía abajo. ¡Aunque con el tiempo que lleva en pie resiste a todo, incluso a los hombres como Joseph Waite!

La mujer guardó silencio un momento y luego retomó la palabra, aunque habló con menos contundencia.

—Pero ¿sabe qué fue lo más extraño?

—¿Qué, señora Hicks? —dijo Maisie con poco más que un susurro.

—Salí del comedor donde estaba colocando unas flores cuando oí que abrían la puerta del salón. Quería estar preparada para acompañarlo a la salida. Pero cuando terminó de hablar, levantó la mano así —la mujer levantó el brazo como si fuera un policía deteniendo el tráfico— para que no me acercara a él y se dio media vuelta muy deprisa. Estaba llorando. Aquel hombre tenía el rostro lleno de lágrimas. No sé si serían de rabia, de pena o de qué. Pero me pareció muy extraño, porque la señora Thorpe también estaba muy disgustada.

Que un maniático del control como Joseph Waite hubiera perdido la compostura no la sorprendió, pues sabía que cuando ese tipo de personas cruzaban una barrera emocional, solían derrumbarse. Recordó la desesperación de Billy y aquella época en la que también ella conoció una pena igual, y al hacerlo se le rompió el alma por Rosamund y también por Joseph Waite, por extraño que pareciera. A pesar de lo que hubiera hecho, aquel hombre sabía lo que era sufrir.

—¿Volvió por aquí alguna otra vez?

—Nunca. Yo me habría enterado.

—¿Y la señora Thorpe nunca le confesó el motivo de aquella visita?

—No. Me pareció que aquel hombre quería que se sintiera tan mal como él.

—Mmm... Señora Hicks, sé que ya se lo he preguntado, pero tengo que asegurarme. ¿De verdad cree que la muerte de la señora Thorpe fue provocada?

El ama de llaves vaciló y le dio vueltas varias veces al anillo que llevaba en el dedo antes de responder.

—Sí. A ratos me lo planteo y no puedo saberlo con seguridad, ya que no estaba aquí. Pero ¿quitarse la vida? Lo dudo mucho, muchísimo. Parecía decidida a ayudar a los demás, sobre todo a los hombres que habían ido a la guerra cuando no eran más que unos niños, unos niños heridos.

El reloj de la repisa de la chimenea marcó la hora, eran las doce menos cuarto.

—Le agradezco mucho su tiempo, señora Hicks. De nuevo ha sido usted de gran ayuda.

La mujer se sacó un pañuelo del bolsillo y se secó los ojos.

—Debe de echarla mucho de menos, ¿verdad? —dijo Maisie levantándose y rodeándole los hombros con el brazo.

—Así es, señorita Dobbs. La echo mucho de menos. La señora Thorpe era una mujer muy amable y buena, y demasiado joven para morir. No he tenido valor para deshacerme de su ropa, como me pidieron los hijos del señor Thorpe.

Maisie sintió como si le cubrieran con suavidad la mano que tenía en el hombro del ama de llaves. Pensó en Rosamund.

—¿Llevaba luto la señora Thorpe cuando murió, señora Hicks?

—La verdad es que sí. Un vestido negro muy bonito, muy correcto pero sin dejar de ir a la moda. La señora no era una mujer trasnochada, siempre iba muy elegante.

—¿La enterraron con...?

—¿Ese vestido? Oh, no, no podía permitirlo, no iba a dejar que la metieran en el frío suelo vestida de luto. No. Me aseguré de que la enterraran con una preciosa bata de seda que tenía. Parecía la bella durmiente. No, el vestido que llevaba puesto el día de su muerte está en el armario. Lo guardé cuando terminé de vestirla. No quería que lo hiciera una persona desconocida, así que me ocupé yo. Pensé que lo mismo tendría que tirar a la basura el vestido negro, pero no fui capaz.

—¿Puedo verlo, por favor?

La mujer pareció sorprendida al oírlo, pero asintió con la cabeza.

—Claro que sí, señorita Dobbs. Sígame.

El ama de llaves la llevó a la habitación. Abrió el armario de caoba y sacó un vestido negro de lana fina, con la cintura baja y un fajín de seda a juego con el ribete del cuello y los puños. Tenía dos elegantes bolsillos ribeteados de seda negra cosidos al cuerpo del vestido.

Maisie lo sostuvo en alto y después lo extendió sobre la cama.

—¿Lo ha lavado desde entonces?

—No, lo metí en el armario, con unas bolas de naftalina, claro.

Maisie asintió con la cabeza y miró de nuevo el vestido. Aprovechando que la señora Hicks fue a abrir la ventana para que entrara el aire, Maisie metió la mano en el bolsillo izquierdo y lo revisó con detenimiento. Nada. Se alargó para meter la mano en el derecho y se pichó la yema de los dedos con algo. Sin soltarlo, metió la mano libre en el bolsillo de su chaqueta en busca de un pañuelo limpio, que abrió antes de sacar el objeto en cuestión. Era la pluma blanca y suave de un pájaro joven. Inspeccionó brevemente su hallazgo antes de colocarlo sobre el pañuelo, lo dobló y se lo guardó de nuevo en el bolsillo de la chaqueta.

—¿Qué opina, señorita Dobbs?

—Es muy bonito. Una pena que se eche a perder un vestido tan bonito, pero está teñido de dolor.

—Yo pensé lo mismo. Debería haberlo quemado, la verdad. Puede que lo haga.

El vestido podría ser una prueba y debía conservarse. Maisie se lo advirtió a la mujer, aunque lo hizo con cuidado para no alarmarla.

—Es mejor que no lo haga. Consérvelo. Conozco a alguien a quien le vendría muy bien. ¿Quiere que la avise?

La mujer asintió con la cabeza.

—Es de muy buena calidad para destrozarlo. Lo guardaré hasta que me diga algo.

—Gracias, señora Hicks. Ha sido muy amable y más aún cuando me he presentado sin avisar.

—Sin avisar no. El doctor Dene me pidió que la ayudara en todo lo que pudiera. Dijo que era usted una persona de total confianza y que esto lo hace para preservar el buen nombre de la señora Thorpe. Será mejor que se dé prisa o llegará tarde a comer.

—¿Cómo lo sabe?

—Era fácil de adivinar, señorita Dobbs. Me pareció que el doctor Dene se alegró mucho cuando le dije que tenía información para usted, creo que se puso muy contento de tener un motivo para verla de nuevo. Ya sé que no es asunto mío, y así no se habrían hecho las cosas en mis tiempos, cuando el señor Hicks y yo salíamos, pero me dio la impresión de que quería llevarla a comer a algún sitio especial hoy. Tenía ese sonido en la voz.

Maisie se sonrojó.

—¿Y qué sonido es ese, señora Hicks?

—Ya sabe, ese sonido, el que tienen los caballeros cuando se sienten satisfechos de sí mismos.

Maisie sonrió con disimulo y se despidió de la mujer. Le apetecía comer con Andrew Dene, era cierto, pero también tenía ganas de estar a solas y desplegar todas las fichas que había llenado de notas para decidir qué podría significar la información que había recabado esa mañana. La imagen cada vez estaba más nítida, como si cada conversación fuera una pincelada nueva que proporcionara color y profundidad a una historia que se iba revelando ante sus ojos con gran rapidez. Tenía tres plumas, prueba de que las tres muertes estaban relacionadas y de que a Rosamund Thorpe también la habían asesinado.

Bajó en el coche hasta el sitio donde había quedado con Andrew Dene, al lado de las barcas de pesca y del viejo caballo que hacía girar el cabrestante que arrastraba las embarcaciones a tierra. Quería volver a Londres, pero a la vez se sentía culpable por querer hacerlo cuando su padre la necesitaba. Se moría de ganas de sentarse con Billy delante de la mesa con todas las pistas, sospechas, pruebas, corazonadas y anotaciones reunidas durante la investigación del caso desplegadas ante ellos. Quería dar con la clave, la respuesta a la pregunta que se repetía: ¿Cuál era el nexo de unión entre aquellas tres plumas blancas, las tres mujeres asesinadas y su asesino? ¿Y dónde encajaba Joseph Waite en todo aquello? Palpó el pañuelo en el bolsillo y le dio unas palmaditas.

—Gracias, Rosamund —dijo poniendo la mano de nuevo sobre el volante.

Aparcó al final de High Street bajo la mirada de todos los que pasaban por allí. Mientras caminaba por el paseo marítimo entre las gaviotas y las palomas que seguían a los peatones para ver si les tiraban pan o algo, se anotó mentalmente preguntar a Billy por qué no podía soportar a las palomas.

El aire era fresco, pero hacía bueno para pasear después de un almuerzo rápido a base de *fish and chips*. El sol estaba alto y si hubiera hecho calor, cualquiera habría dicho que estaban en verano.

—¡No PUEDO CREER que le haya quitado todo ese rebozado tan rico antes de comerse el pescado! —exclamó Andrew Dene.

—Me encanta el pescado, pero no me gusta demasiado el rebozado. Eso sí, las patatas estaban deliciosas.

—¡Pero si se las ha echado casi todas a las gaviotas, que ya están bastante gordas!

Caminaban en silencio y Maisie miró una vez más la hora.

—¿Sabe cuántas veces ha consultado la hora en un minuto? Sé que no es posible que mi compañía le resulte tan tediosa. Tendría que abandonar esa costumbre.

—¿Disculpe? —dijo ella muy sorprendida. Jamás se había encontrado con un hombre tan impertinente—. Iba a decir que es mejor que demos la vuelta para estar en el coche a...

—¿La una y media? ¿Más o menos? Sí, no se me ha olvidado. ¿Ha hecho progresos en la investigación, señorita Dobbs?

—He conseguido más información, eso seguro. El reto está en colocarla de forma que tenga lógica. A veces son meras conjeturas.

—¿Puedo ayudarla con alguna otra cosa? —preguntó él.

Volvían paseando hasta el coche. Maisie metió a propósito las manos en los bolsillos de su chaqueta y se aferró al pañuelo que contenía la tercera pluma. No pensaba volver a mirar la hora hasta que estuviera bien lejos del doctor Dene.

—No... bueno, sí. Dígame, doctor Dene, si tuviera que nombrar una cosa que marque la diferencia entre los pacientes que se recuperan con rapidez y los que no, ¿qué sería?

—Buf. ¡Maisie Dobbs y sus preguntas sencillas!

—Hablo en serio.

—Y yo. Es una pregunta complicada y seguro que usted está más capacitada para responder que yo. Fue enfermera y, lo que es aún más importante, tiene formación en asuntos relacionados con la psicología.

—Me gustaría saber su opinión. Inténtelo, por favor —insistió ella volviéndose hacia él mientras caminaba.

—Bueno, si tuviera que nombrar una cosa, diría aceptación.

—¿Aceptación? Pero ¿no es eso lo que impide que alguien con una herida o lesión intente mejorar?

—Y ahora está haciendo de abogado del diablo, ¿no es así? En mi opinión, lo primero es la aceptación. Algunas personas no aceptan lo que les ha ocurrido. Piensan: «Ojalá no hubiera ido por esa calle». O en el caso de su padre: «Ojalá hubiera sabido que el suelo estaba mojado y que Fred, o comoquiera que se llame, había dejado sus herramientas en el medio». Se quedan atascados en el hecho que provocó la lesión.

—Creo que sé lo que quiere decir.

—En el caso de los soldados que no son capaces de seguir con su vida, y está claro que algunos sufren lesiones que ni todos los tratamientos terapéuticos del mundo pueden curar, los que tienen problemas para aceptarlo son los que no avanzan, no dejan de pensar en lo que ocurrió. Pero no es tanto que piensen: «Ojalá no me hubiera alistado», de hecho, la mayoría dicen «Por lo menos fui»; sino más bien: «Ojalá me hubiera agachado, hubiera saltado cuando pude, hubiera corrido un poco más rápido o hubiera vuelto a buscar a mi amigo». Y todo eso se mezcla con la culpa por haber sobrevivido y que sus compañeros no lo consiguieran.

—Entonces, ¿qué responde?

El médico se detuvo al llegar a la altura del coche y Maisie se apoyó en la carrocería con la vista dirigida al canal para dejar que el sol le calentara la cara.

—Ojalá pudiera decirle una sola cosa como me pide, pero la verdad es que yo diría que son tres cosas. Lo primero es aceptar lo ocurrido. Lo tercero, tener una imagen, una idea de lo que vas a hacer cuando te encuentres mejor. Y en el medio, en segundo lugar, tener un camino que seguir. Por ejemplo, por lo que he oído sobre su padre, se va a recuperar bien. Ha aceptado el accidente, tiene una idea de lo que le depara el futuro cuando mejore, como es asegurarse de que el potro llegue en perfectas condiciones para entrenar en Newmarket, y es consciente de los pasos que debe seguir para lograrlo. Al principio solo aguantará de pie uno o dos minutos, después utilizará muletas, luego un bastón y, por último, le quitarán la escayola. El doctor Simms le indicará qué actividades es recomendable hacer y cuáles no para recuperar la forma.

—Entiendo.

—Hay muchas zonas poco definidas —continuó él, y Maisie tuvo que contenerse para no mirar la hora—. Por ejemplo, en el caso del señor Beale... Ups, creo que será mejor que se vaya, señorita Dobbs —dijo al tiempo que le abría la puerta del coche.

—Gracias, doctor Dene. He disfrutado mucho de la comida.

—Sí, yo también. Estoy deseando recibir a su padre en All Saints.

—Me pondré en contacto con la administración del hospital en cuanto me confirmen todos los datos.

—Muy bien, señorita Dobbs.

«¡Madre mía, menudo personaje!» Aun así, Maisie lo encontraba interesante, fascinante, provocador y... divertido. Era capaz de reírse de sí mismo. Pero había algo en él que le resultaba molesto; le gustaba y a la vez la confundía, porque parecía conocerla. No tenía nada que ver con su nombre, sus logros o su profesión. Había más cosas que conformaban su identidad. Andrew Dene entendía cuáles eran sus raíces. Aunque no conociera los detalles de su historia, Maisie sabía que él la entendía.

Después del accidente y la conversación en el hospital, primero con Maurice y después con su padre, Maisie había conseguido recordar más cosas de su madre. Se acordó de un día en la cocina, con nueve años más o menos. Su madre le había estado contando cómo había conocido a su padre y que nada más verlo había sabido que era el hombre perfecto para ella. «Allí mismo me propuse conquistarlo, Maisie.» Y se había reído al tiempo que le apartaba de la frente los rizos negros con el dorso de la mano llena de jabón.

Maisie pensó en eso de conquistar a un hombre y en cómo podría una mujer de su edad abordar el asunto.

Mientras ascendía por el camino hasta lo alto de las colinas en dirección a Sedlescombe, sus pensamientos se centraron en Joseph Waite y en los acontecimientos trágicos que le habían sucedido en la vida. Su padre y su hermano habían fallecido en sendos accidentes en la mina, su mujer había muerto al dar a luz, había perdido a su hijo en la guerra, y su hija, a la que trataba de controlar sin éxito, no quería saber nada de él. ¿No le había dicho Lydia Fisher a Billy que Charlotte era una fiestera? Pero al pasar al condado de Kent, en el límite, cerca de Hawkhurst, Maisie se detuvo y se paró a pensar en que estaba empezando a sentir lástima por Joseph Waite. Sí, lástima. Pero ¿era lástima por un hombre que había apuñalado a tres mujeres a sangre fría literalmente?

Puede que Charlotte Waite tuviera la respuesta. Al día siguiente podría juzgarlo por sí misma. ¿Era, como su padre creía, una pusilánime? ¿O era una persona acostumbrada a escaparse de casa como le había dado a entender Lydia Fisher a Billy? El relato de Magnus Fisher no le servía para nada. Pero el relato de cada narrador mostraba solo una perspectiva, una faceta de la persona que Charlotte enseñaba cuando estaba con cada uno de ellos. ¿Cuál era la verdadera? ¿Quién era Charlotte en realidad?

17

El jueves amaneció en Kent lloviendo y con fuertes rachas de viento. Maisie miraba el día desde la cálida comodidad de la casa de su padre temblando, aunque no era ninguna sorpresa.

—¡Cómo no! ¡Se pone a llover justo cuando tengo que ir a las marismas!

Ese día tenía que cruzar el condado otra vez en dirección al gris infinito de las marismas, cuyos habitantes, si es que veía a alguno, iban a toda prisa y con la cabeza gacha a sus quehaceres diarios. Hacía el típico día en el que los lugareños trataban de no salir, y hasta los granjeros buscaban algo que hacer en los establos y no ir al campo. Y ese día iba a conocer por fin a Charlotte Waite.

—Brrr —dijo Maisie entre dientes mientras iba corriendo al coche.

George se dirigió también hacia el vehículo con una ropa impermeable que parecía más propia de un pescador.

—¿Vas a pescar truchas para el té, George?

—No, señorita. Le dejo lo de pescar cosas a usted.

—Me está bien empleado —dijo ella riéndose cuando el hombre levantó el capó para abrir la llave de la gasolina, el primero de los cinco pasos para arrancar el MG—. Gracias por venir.

—La he visto corriendo bajo la lluvia y quería asegurarme de que saliera de aquí sana y salva. Es una lástima que tenga que conducir hoy, así que tenga cuidado. Tome las curvas despacio.

—No te preocupes, George.

—¿A qué hora volverá? Solo por saberlo.

—No regresaré a Chelstone. Desde Romney Marsh iré a Pembury a ver a mi padre y de ahí a Londres. Regresaré a Kent lo antes posible para volver a verle —explicó Maisie despidiéndose de George con la mano, mientras él daba unas palmaditas en la carrocería antes de volver corriendo al garaje para protegerse de la lluvia.

Los manzanos que el día antes estaban cargados de flores chorreaban agua y presentaban un aspecto lamentable. Los altos cerezos estaban doblados y las ramas de los ejemplares más viejos que bordeaban el camino tenían tantas flores que casi les costaba mantenerse derechas. Maisie esperaba que la tormenta pasara pronto para que los árboles y la tierra se secaran rápido y llegara de nuevo la primavera, su estación favorita en Kent, con su brillante esplendor.

Mientras conducía, Maisie reflexionaba sobre la visita que había hecho a su padre el día anterior. Se lo había encontrado al final de la columna de camas del pabellón, sentado en la suya e inclinándose hacia delante con esfuerzo para saludarla cuando la vio llegar.

—¿Cómo estás, papá?

—Mejor cada día. Espero poder levantarme y andar dentro de poco.

—Bueno, yo no estoy tan segura de eso. Acabo de hablar con el doctor Simms y me ha dicho que te vendrían bien un par de semanas de recuperación junto al mar antes de volver a casa, y que no deberías cargar nada de peso en la pierna derecha hasta entonces.

Frankie Dobbs había estado a punto de quejarse, pero se detuvo al mirar a su hija.

—Te ha dado el sol en las mejillas y pareces descansada, hija mía.

Era cierto. Incluso Maisie se había fijado en que las ojeras que solía tener se habían suavizado, tenía el pelo más brillante y se sentía mucho mejor, aunque había estado tan ocupada que ni siquiera se había percatado de su mal aspecto. Había sido Maurice el que había identificado la que podía ser la causa de su cansancio: «Has tomado algo que no es tuyo, Maisie. Has absorbido parte de lo que guardaban esas mujeres en su interior. Y aunque ser una esponja puede resultarte útil en el trabajo, también puede ser un obstáculo, ya que convertirte en uno de los objetos de tu investigación no tiene por qué ayudar».

La visita a Chelstone le había revelado más cosas, le había servido para sanar algunas heridas y para reforzar la base sobre la que padre e hija habían empezado a reconstruir poco a poco su relación. Cuando la luz de la comprensión iluminó sus reflexiones, sintió que parte del resentimiento que guardaba se desvanecía, lo que le permitió volver la cabeza hacia el pasado con más amabilidad y un poco más de compasión. Conforme se aproximaba a la abadía, pensó en Lydia, Philippa y Rosamund, en quién sería aquella persona que no había sido capaz de perdonarlas y en qué podrían haber hecho aquellas mujeres que justificara una ira tan honda e implacable; una ira mezclada con pasión que había conducido al asesinato.

La lluvia empezó a amainar cuando ya casi había llegado a su destino, y por un momento pareció que el sol se abría paso entre las plomizas nubes arrastradas por el viento en el cielo gris purpúreo. Pero aquello era habitual en las marismas. La promesa de un día luminoso hacía pensar que los elementos estaban conteniéndose. Pero el observador no tardaba en comprender que solo habían dado un respiro momentáneo antes de que el viento gélido comenzara a aullar con fuerzas renovadas, acompañado de una nueva descarga de lluvia áspera.

Aparcó delante de la abadía, salió del coche y echó a correr. La recibió un silencio roto únicamente por el goteo del agua que resbalaba de su chubasquero.

—La hermana Constance me ha ordenado que la acompañase directamente a la sala de estar para que se seque —dijo la joven postulante, que evitaba mirarla a los ojos—. Su chubasquero, su sombrero y sus guantes estarán listos para cuando se marche.

—Gracias. —Maisie bajó la vista y siguió a la mujer, que caminaba pegada a la pared hacia la sala en la que Maisie y la abadesa habían conversado en su visita anterior.

El fuego crepitaba igual que la otra vez, aunque en esa ocasión había dos sillones de orejas delante de la reja. Maisie se sentó en uno y se reclinó con un suspiro audible. La puerta que había detrás de la reja se abrió y apareció la abadesa. Le brillaban los ojos cuando habló.

—Buenos días, querida.

—Buenos días, hermana Constance. Ha sido muy amable al aconsejar a la señorita Waite que mantuviera este encuentro.

—Sé que es importante para ti y para el trabajo que estás haciendo. Sin embargo, mi prioridad es la señorita Waite. Debemos pensar en la mejor manera de contribuir a que se cure y se recupere.

Maisie entendía que ese preámbulo al encuentro con Charlotte era importante.

—Entenderás que cuando una joven solicita unirse a la comunidad... —la monja la miró fijamente—. ¿Te sorprende? Ay, Maisie, pensé que habrías intuido ya que lo que la señorita Waite quiere es quedarse aquí y unirse a la congregación. Es una opción atractiva para una mujer que ha encontrado solaz entre estas paredes. Sin embargo, debo añadir que la admisión no es inmediata en ningún caso.

La hermana Constance esperó a que Maisie hiciese algún comentario y siguió.

—Algunos piensan con desacierto que una comunidad religiosa es un lugar en el que esconderse y que el refugio temporal que aquí se ofrece puede convertirse en algo permanente. No es así. Nuestras novicias están en paz con el mundo exterior. Han disfrutado de lo que les aportaba la vida en sociedad en el sentido más amplio, han contado con el apoyo de una familia que las quiere y en algunos casos han tenido varios pretendientes. He hablado con la señorita Waite de que sus cimientos deben ser firmes antes de comprometerse con Dios. No puede venir empujada por el miedo, buscando un escondite.

—¿Qué quiere decir, hermana Constance?

—Entrar en una orden religiosa no es una vía de escape. Es un compromiso serio. Los cimientos son la relación que se tiene con la familia, con el primer amor, digamos. Charlotte Waite ha tenido una relación difícil con su familia, sobre todo con su padre. Esa dificultad constituye una grieta en los cimientos. La casa de su futuro no se puede levantar sobre unos cimientos inestables.

Maisie frunció el ceño al pensar en su situación particular en vez de en la de Charlotte. ¿Por eso se sentía tan sola? ¿Había sido la ruptura de la relación con su padre lo que le había impedido relacionarse con otros, pues sentía que siempre hacía algo mal? ¿Lo que la frenaba a la hora de participar en planes y la sorprendía cuando lo hacía? ¿Lo que le dificultaba abrirle el corazón a otras personas? Tal vez. ¿Acaso no había notado, ahora que pensaba en ello, que últimamente le resultaba más fácil interaccionar con otras personas en el plano personal? Pensó en Andrew Dene.

—Veo que lo entiendes, Maisie.

—Eso creo, hermana.

La monja sonrió y continuó.

—Creo que hablar con Charlotte Waite podría sacar a la luz el motivo de discordia entre su padre y ella. Le pediré que se reúna aquí contigo, pero yo estaré presente durante la conversación, porque así lo ha solicitado.

—Gracias, hermana Constance.

La puertecita se cerró y Maisie se quedó a solas con sus pensamientos. Habría preferido verla sin testigos, pero agradecía poder reunirse con ella fuera como fuera. Se había comprometido a insistirle en que volviera a casa con su padre, pero ¿y si con ello estaba poniendo en peligro su vida?.¿Y quizá la vida de alguien más? ¿Había alguna posibilidad de que Charlotte quisiera llevar una vida religiosa para expiar el crimen del asesinato?

La puerta de la sala de estar se abrió sin hacer ruido y una mujer de estatura media entró a la vez que se abría la puerta detrás de la reja que separaba a la hermana Constance de los visitantes.

Maisie realizó una rápida evaluación de Charlotte. Vestía falda gris, chaqueta de punto muy bien tejida, blusa blanca, zapatos negros y medias tupidas. El pelo, de color castaño apagado recogido en un moño flojo y con la raya en medio, le enmarcaba el rostro como unas cortinas. La única nota de color la daban unos brillantes ojos de color azul claro. Así vestida, Charlotte resultaba una persona corriente y poco memorable. Cuando abrió la boca para saludarla, Maisie se acordó del comentario que le había hecho Andrew Dene sobre Rosamund Thorpe: «Era como si venir aquí de voluntaria fuera un acto de autoflagelación».

—Buenos días, señorita Waite —dijo al tiempo que se levantaba y le tendía la mano tratando de evaluar el carácter y las emociones que delataba la postura de la mujer—. Me alegra que haya accedido a reunirse conmigo —añadió para inspirarle seguridad.

Charlotte parecía haberse quedado de piedra. Solo sus ojos dejaban entrever cierto desagrado hacia Maisie, que con toda probabilidad se basaría en la hostilidad que sentía hacia la persona a quien representaba.

—Sentémonos —ofreció Maisie.

La recién llegada se dirigió sin hacer ruido al otro sillón, se alisó la parte de atrás de la falda y se sentó con las piernas dobladas en ángulo, como le habían enseñado en el colegio suizo.

—Señorita Waite —comenzó Maisie tras aclararse la garganta—, su padre está muy preocupado por usted.

La mujer levantó la mirada y se encogió de hombros de una manera que le daba aspecto de mocosa consentida más que de mujer adulta.

—Soy consciente de que hay muchos problemas de comunicación entre su padre y usted —prosiguió Maisie—. Ayúdeme a comprender qué ocurre entre ustedes, por favor. A lo mejor puedo ayudarles de alguna manera.

Charlotte Waite pareció considerar el ofrecimiento. Y por fin se decidió a hablar. Para sorpresa de Maisie, la voz se parecía mucho a la de su padre: fuerte, que no se correspondía con el cuerpo delgado, casi frágil, envuelto en aquella ropa gris.

—Señorita Dobbs, agradezco su intención. Sin embargo, Joseph Waite solo quiere tener a buen recaudo lo que él considera que es de su propiedad junto al resto de sus posesiones. Lo que estoy haciendo es ejercer mi decisión de no ser suya, sino de mí misma.

—Entiendo su posición, señorita Waite, pero eso no es algo que se pueda conseguir huyendo, ¿no cree? —dijo Maisie mirando de reojo a la hermana Constance a través de la rejilla.

—He intentado hablar con mi padre. He vivido en su casa mucho tiempo. Quiere que dependa de él, tenerme siempre a la vista, controlarme.

—¿Y cuál es el motivo, en su opinión, de semejante comportamiento?

Maisie sabía que debía evitar hacer juicios de valor, pero había empezado a desconfiar y no le gustaba Charlotte Waite ni su forma de racionalizar las cosas. ¿Le estaría influyendo la lástima que había sentido un rato antes por su padre?

—Lo cierto es que es usted muy diferente del investigador que contrató la última vez para que me buscara.

—Desde luego. Pero no ha contestado a mi pregunta.

Charlotte se sacó un pañuelo del bolsillo y se sonó la nariz.

—Toda mi vida he tratado de compensar el hecho de que no soy mi hermano, señorita Dobbs. No soy Joseph segundo. A mí no se me dan bien las mismas cosas que se le daban bien a él, y mi hermano despuntaba en ser el favorito de mi padre —dijo sin poder contenerse.

Maisie sospechaba que jamás le había contado a nadie lo que sentía.

—¿Y qué sentía usted por su hermano, señorita Waite?

La mujer empezó a llorar.

—Hábleme, Charlotte —añadió Maisie, tratándola por su nombre de pila.

—Yo quería a Joe. Lo adoraba y quería ser como él. Joe siempre estaba ahí para mí. Me protegía, pero...

—¿Sí?

—También tenía sentimientos encontrados.

—¿Sentimientos encontrados?

—Sí. Yo... empecé a sentir... celos de él, sobre todo cuando me hice mayor. Me preguntaba por qué era él el favorito. Él podía trabajar con mi padre, mientras que a mí me trataba como si no tuviera cerebro. Me hacía a un lado y me ignoraba.

Maisie guardó silencio. Qué afortunada había sido ella, en comparación, con el padre y las oportunidades que había tenido, por mucho que Charlotte fuera hija de un hombre rico. Había tenido mucha suerte. Inspiró profundamente. Quería pasar a hablar del día en el que Charlotte huyó de la casa de su padre, pero debía encontrar un equilibrio entre su compromiso de devolver a Joseph Waite a su hija y la necesidad de resolver el asesinato de tres mujeres: el resto de miembros de la pandilla de Charlotte.

—Señorita Waite, Charlotte si me lo permite, a lo mejor puede explicarme qué relación hay entre los sentimientos que describe y lo que ocurrió el día que abandonó la casa de su padre.

La mujer se sorbió la nariz y se limpió con el pañuelo. Maisie la observaba con detenimiento, desconfiando de la volatilidad emocional que mostraba. «Se ha puesto en guardia otra vez.»

—Sinceramente, estaba harta de vivir en casa de mi padre. Hacía años que quería salir de allí, pero él no estaba dispuesto a mantenerme a menos que permaneciera bajo su techo.

Maisie se puso rígida al oír la reivindicación privilegiada de Charlotte. «Sé imparcial.» Las palabras de Maurice resonaban en su cabeza. Aquel caso estaba suponiendo un reto tras otro para ella.

—¿Mantenerla, señorita Waite?

—¿La hija de Joseph Waite viviendo sola y trabajando? Eso sería inaceptable.

—Ya, entiendo —dijo Maisie con un tono que esperaba que animara a Charlotte a seguir hablando. Percibía que la abadesa la estaba observando y sospechaba que había intuido lo que pensaba y que comprendía su dilema.

—Sea como sea, la vida se había complicado. El desayuno fue la gota que colmó el vaso.

—¿Discutió con su padre?

—No, no hablamos excepto para darnos los buenos días. Puede que hubiera sido mejor haber discutido. Significaría que al menos era consciente de mi existencia.

—Continúe, Charlotte.

La mujer inspiró profundamente y siguió.

—Me senté, abrí el periódico y leí que una vieja amiga...

—Había sido asesinada.

—¿Cómo lo ha sabido?

—Es mi trabajo, señorita Waite.

—¿Sabía que me disgusté al enterarme de la muerte de Philippa?

—Lo sospechaba. Pero ¿por qué abandonó la casa? ¿Qué temía?

Charlotte tragó saliva.

—No nos veíamos desde hacía tiempo. Desde la guerra. Si le hubiera dicho a mi padre que había muerto, le habría parecido que mi disgusto estaba injustificado.

—¿Eso es todo?

—Sí.

«Miente», pensó Maisie, que continuó presionándola hasta donde creyó oportuno.

—¿Tuvo algún otro motivo para abandonar la casa? Ha dicho que tuvo problemas con su padre durante un tiempo.

—¡Toda la vida! —exclamó la otra con vehemencia.

—Sí, soy consciente. Tiene que haber sido muy difícil para usted. Pero me ha parecido entender por sus palabras que la relación estaba siendo más complicada de lo habitual.

Charlotte la miró como intentando adivinar cuánto sabía, pero al final cedió.

—Otra amiga había muerto varias semanas antes. Se... se quitó la vida. No habíamos vuelto a vernos desde la guerra y me enteré porque vi la esquela en *The Times*. De hecho, al principio no sabía que... se había quitado la vida. Lo descubrí más tarde, cuando llamé a la familia para darles el pésame.

—Entiendo. ¿Y su padre?

—No me dejó que asistiera a la misa conmemorativa. Me lo prohibió. No hubo funeral como tal, ya que la iglesia no lo permite en los casos de suicidio.

—¿Y por qué cree que le prohibió que asistiera?

—Puede ser porque hacía tiempo que no nos veíamos, y me... me llevé un disgusto.

—¿Alguna otra cosa, Charlotte? ¿Se le ocurre alguna otra razón?

—No.

«Se ha dado mucha prisa en responder, demasiada.»

—¿Cómo conoció a esas dos amigas, Philippa y...?

—Rosamund —contestó mordiéndose un padrastro—. Nos conocimos hace muchos años, en el colegio, y seguimos viéndonos durante la guerra —se limitó a decir.

Maisie se percató de la parquedad de la respuesta y trató de que concretara un poco más.

—¿Qué hacían cuando se veían durante la guerra?

—No me acuerdo. Hace mucho de eso.

Maisie la miró frotarse las manos en un intento por disimular que estaba temblando.

—Entonces, a su padre no le gustaban dos de sus amigas. ¿Y qué opinión tenía de Lydia Fisher?

Charlotte se levantó de un salto.

—¿Qué sabe usted de Lydia? ¡Dios mío! Lo sabía desde el principio, ¿verdad?

—Siéntese, señorita Waite. Respire hondo y cálmese. No pretendo contrariarla ni hacerle daño. Solo quiero saber la verdad.

Maisie miró de refilón hacia la reja y vio que la hermana Constance enarcaba una ceja. «Estoy pisando arenas movedizas, pero me va a dejar que presione un poco más. Por el momento.»

Charlotte se sentó de nuevo.

—¿Qué tiene que ver Lydia con todo esto?

—Supongo que no habrá leído la prensa. Lydia Fisher está muerta, Charlotte.

—¡No! ¡No puede ser! —exclamó ella con verdadera sorpresa, al menos en apariencia.

—Y han arrestado a su marido, Magnus, acusado de asesinar a Philippa y a Lydia.

—¿Magnus?

—Parece sorprendida.

Charlotte contestó con los músculos del cuello tensos.

—¡Pero si él no había vuelto a saber nada de Rosamund desde el colegio!

—¿Rosamund? Pensé que se había quitado la vida.

Charlotte se cubrió la cara con las manos. La abadesa carraspeó, pero Maisie intentó hacer una pregunta más.

—¡Charlotte! —El tono de Maisie la obligó a levantar la cabeza. Tenía las mejillas cubiertas de lágrimas—. Charlotte, dígame una cosa: ¿por qué había una pluma blanca junto a cada una de las víctimas?

En ese momento, la mujer se derrumbó.

—¡Basta! ¡Esto no puede continuar! —dijo la monja levantando la voz. La puerta de la sala se abrió y dos novicias se llevaron a Charlotte.

Maisie cerró los ojos y respiró hondo para calmar el pulso.

—¿Así es como trabajas, Maisie Dobbs?

—Cuando es necesario, sí, hermana.

La monja dio unos toquecitos sobre el escritorio que tenía delante en actitud reflexiva y después se dirigió a Maisie, que se sorprendió al oírlo.

—Lo superará —dijo con un suspiro—. Y es evidente incluso para mí que oculta algo. Sin embargo, está en su derecho.

—Pero...

—No hay peros, Maisie. El interrogatorio no ha sido como yo esperaba.

—Tal vez podría haberme mostrado más amable.

—Sí, podrías —respondió la mujer pensativa—. Sin embargo, puede que me hayas hecho un favor, aunque eso no justifica cómo te has portado con Charlotte. —Suspiró de nuevo y explicó lo que quería decir—. Para reconstruir una relación hay que pasar primero por la fase de la confesión, y es mejor hacerlo en voz alta con alguien que te escucha. Lo que acaba de pasar aquí ha sido una confesión, pero te las has arreglado para empujar a Charlotte hasta el borde del fuego, aun siendo evidente que el calor la asustaba.

—Es una forma de expresarlo, hermana Constance. —Maisie se quedó pensativa—. Mire, sé que la he presionado, pero han asesinado a tres mujeres y han arrestado a un hombre inocente. Y Charlotte...

—Tiene la clave.

—Sí.

—Voy a aconsejarle que vuelva a hablar contigo, pero antes tendrá que recuperarse. Y tienes que darme tu palabra de que no te mostrarás tan hostil la próxima vez. Estoy muy decepcionada contigo.

—Le agradezco mucho que anime a la señorita Waite a hablar conmigo, hermana Constance. Le doy mi palabra de que seré más considerada con ella sabiendo que está muy sensible. Pero el tiempo apremia.

La monja asintió con la cabeza y cerró la reja, señal para Maisie de que era hora de irse.

Una postulante le llevó a la sala el chubasquero seco, el sombrero y los guantes, y Maisie se lo puso todo antes de volver al coche. Arrancó y una vez dentro golpeó el volante con la mano.

—¡Maldita sea!

18

Maisie estaba sentada delante de su escritorio cuando llegó Billy el viernes por la mañana. Había que cerrar los detalles de varios casos, y tenían que hablar de dos clientes potenciales que habían pasado por la oficina en el tiempo que Maisie había estado fuera.

—Has estado trabajando mucho, Billy.

—Así no pienso en otras cosas.

—¿Te ha dolido mucho la pierna esta semana?

—Me da la lata todo el tiempo. Pero me he portado bien, señorita. Voy por el buen camino.

El hombre tenía unas ojeras tan oscuras como las de ella. Ojalá accediera a irse a Chelstone.

—¿Has pensado en mi propuesta?

—He hablado con Doreen de ello. Nos preocupa el tema del dinero.

—Tienes mi palabra de que no será un problema.

—Lo sé, señorita, lo sé, pero me siento... No sé.

—¿Vulnerable?

—Una buena palabra.

—Es normal, Billy. No puedo expresar lo importante que es para mí que ayudes a mi padre. Que alguien en quien confío esté con él y le eche una mano con los caballos. Sé que se moriría de preocupación si no. Y sé que te duele la pierna, así que uno de los peones se ocupará de las labores más pesadas. Mi padre está mejorando. Para cuando quiera volver a Chelstone, ya podrá levantarse de la silla de ruedas, y le prepararemos una cama en la planta de abajo. Así no tendrás que cargar con él.

—Dos cojos juntos.

—Venga, ya verás. Vas a volver de allí como nuevo. He oído que el amigo de Maurice, Gideon Brown, es asombroso. Ha hecho maravillas con personas que habían sufrido todo tipo de heridas y lesiones. Además, estarás al aire libre, en el campo.

—Bien lejos de la tentación, ¿eh, señorita?

Maisie suspiró.

—Sí, Billy, eso también.

Él asintió con la cabeza.

—De acuerdo, de acuerdo, iré, pero primero tenemos que cerrar el caso de la señorita Waite y las otras mujeres. No puedo dejar el trabajo a medias.

—Me parece muy bien —aceptó Maisie—. ¿Algo más?

Billy la miró con seriedad.

—¿Pueden venir Doreen y los niños?

—Por supuesto que pueden. No es una cárcel, ya lo sabes. De hecho, si Doreen quiere, creo que podría tener trabajo con lady Rowan.

—Seguro que le gustaría.

—Por lo que me ha contado, lady Rowan ha estado tan preocupada con la yegua y el potro que lleva «retraso» con los preparativos para volver a Londres. Quiere que le arreglen varios vestidos en vez de comprar nuevos, así que le hablé de Doreen.

—Podría trabajar en una oficina de empleo, señorita. Acabaría con las colas en menos que canta un gallo.

Maisie se rio.

—Venga, a trabajar. Quiero ponerme al día de todo lo que ha pasado mientras estaba fuera. Tenemos que salir a las diez más o menos. Seguiremos cuando volvamos por la tarde. Y también tengo que hablar con el inspector Stratton más tarde.

—¿Para ver si Fisher ha cantado?

—En cierto modo. Aunque creo que sobre lo único que puede cantar es sobre sus deudas de juego y las borracheras de su mujer. Pero los periódicos le están sacando mucho partido.

—No se los quita ni con agua caliente, señorita. Me da lástima.

—Y no es para menos. Apostaría mi negocio a que es inocente.

Maisie había evitado a propósito hablar en detalle con su ayudante sobre las últimas novedades del caso Waite. Aunque quería completar el mapa del caso como un artista con un cuadro sin terminar, también sabía que era bueno dejar reposar los hechos, los pensamientos, las observaciones y los sentimientos. En el camino de vuelta después de su reunión con Charlotte Waite, había llegado a la conclusión de que la única persona que estaba en peligro en ese momento era la propia Charlotte, un plan había empezado a tomar forma en su cabeza, y su ejecución dependería de ella en exclusiva, de Charlotte.

A las diez en punto, justo cuando salían para ir a ver a Joseph Waite, sonó el teléfono.

—Siempre igual, ¿no?

—Y que lo digas —contestó ella y levantó el auricular.

—¿Puedo hablar con la señorita Maisie Dobbs?

—Soy yo.

—Hola, señorita Dobbs. Soy el reverendo Sneath, del pueblo de Lower Camden. Tengo un mensaje importante para usted de parte de la hermana Constance, de la abadía.

He estado allí hoy y me ha pedido que la telefoneara en cuanto llegara a la parroquia.

—¿De qué se trata, reverendo Sneath? —dijo Maisie asustada. Al ver que le cambiaba la expresión de la cara, Billy se acercó a la mesa.

—Se lo leeré para que no se me escape nada.

Maisie se mordió el labio mientras el hombre desdoblaba la hoja y se oía el ruido que hacía el papel. El reverendo carraspeó y comenzó a leer:

—«Querida Maisie: la señorita Waite ha abandonado la abadía. Ayer volvió a su celda nada más hablar contigo y no se presentó a las comidas ni tampoco a las oraciones, como solía hacer. Ordené que le llevaran una bandeja de comida, pero esta mañana, al ver que no la había probado, registramos la abadía en su búsqueda, sin éxito. Temo que los angustiosos acontecimientos de ayer la hayan alterado. No he informado a las autoridades puesto que no es un miembro de la comunidad. Sin embargo, me preocupa lo que pueda pasarle. Haz todo lo que puedas para encontrarla, Maisie. No hace falta que te diga que tú eres responsable de su seguridad. Os tendremos a las dos en nuestras oraciones.»

—Dios mío —dijo Maisie dejándose caer en la silla.

—Y que lo diga.

—Gracias, reverendo. Rompa el mensaje, por favor. Y le agradecería mucho si fuera tan amable de avisar a la hermana Constance de que me pondré en contacto con ella en cuento localice a la señorita Waite.

—Por supuesto. Que pase un buen día, señorita Dobbs.

Y se cortó la comunicación.

—Ha vuelto a fugarse, Billy —dijo con la mano todavía encima del auricular, como si sus ganas de que alguien pudiera decirle dónde se encontraba Charlotte bastaran para que el teléfono volviera a sonar.

—¡Caray! ¿Y qué vamos a decirle a Waite?

—Nada. No quiero alarmarlo hasta que hayamos hecho averiguaciones. De momento seguiremos como si supiéramos dónde está. Pero tenemos que encontrarla y rápido. ¡Vamos! Hablaremos en el coche.

Intercambiaron opiniones por el camino hasta que Maisie puso fin a las especulaciones.

—Vamos a dar un poco de aire al asunto. Todo son teorías, necesitamos una inspiración.

—Muy bien, señorita. Dejaremos que las ideas vengan a nosotros en vez de ir nosotros a buscarlas.

—Eso es —contestó ella de la forma más convincente que pudo, aunque no era capaz de quitarse el nudo de miedo que se le había formado en el estómago. ¿Dónde se habría metido ahora Charlotte Waite?

MAISIE RECIBIÓ UNA vez más la indicación de aparcar con «el morro hacia fuera» y una vez más, tras el cordial recibimiento de Harris, rompió la calma la llegada de la secretaria del señor Waite, agarrada a sus carpetas.

—Ay, señorita Dobbs, ya está usted aquí. La he llamado por teléfono, pero estaba comunicando, y al intentarlo por segunda vez ya no contestaba. Lo siento mucho.

Maisie pensó en una gallina sobresaltada agitando las alas al verla y levantó la mano en ademán de tranquilizarla.

—¿Qué ocurre, señorita Arthur?

—Es el señor Waite —contestó la secretaria mientras los invitaba a entrar en una oficina con las paredes recubiertas de madera que estaba a un lado del vestíbulo principal—. Les pide disculpas, por supuesto, pero ha... tenido que salir de viaje con urgencia... por un asunto de trabajo.

Maisie se dio cuenta de que la señorita Arthur no sabía mentir. Frunció el ceño.

—Entiendo.

—He intentado contactar con usted, pero supongo que ya habría salido —continuó nerviosa la secretaria.

—No se preocupe, señorita Arthur. Aunque hoy tenía mucho que contarle.

—Sí, sí, esperaba que así fuera. Me ha pedido que me ocupe de inmediato de todas las facturas parciales que tenga preparadas por sus servicios.

—Es muy amable por su parte. —Maisie se volvió hacia Billy, que le entregó un sobre marrón, y se lo pasó a la secretaria—. Puedo concertar una cita para la semana que viene si le parece.

—Por supuesto, señorita Dobbs —contestó ella rodeando su escritorio y sacando de un cajón un talonario y el libro de cuentas. Miró la factura por encima y procedió a rellenar el cheque mientras hablaba con Maisie—. De hecho, el señor Waite me ha pedido que le diga que ha pensado en las conversaciones que han mantenido y está satisfecho con sus progresos. Confía en que traiga a la señorita Waite de vuelta a su debido tiempo.

—Un cambio de postura radical, ¿no le parece, señorita Arthur?

Le parecía muy sospechoso que Charlotte y su padre estuvieran eludiendo el enfrentamiento con ella. ¿Sería una coincidencia o lo habían hecho a propósito?

La señorita Arthur no respondió mientras firmaba el cheque con su letra pequeña y redondeada. Lo introdujo en un sobre y se lo entregó a Maisie. Acto seguido anotó la cantidad pagada en el libro de cuentas y después echó mano de una gruesa agenda.

—Déjeme que compruebe cómo tiene la agenda. ¿Le viene bien el miércoles a mediodía?

Maisie le hizo un gesto de asentimiento a Billy, que anotó la hora en una ficha.

—¿Tendrá la bondad de informar al señor Waite de que espero estar en situación de organizar el regreso de la señorita Waite muy pronto?

—Por supuesto, señorita Dobbs. Todos tenemos muchas ganas de que vuelva a casa.

—Sí.

Maisie observó con interés a la secretaria, que parecía concentrada en organizar los papeles de su escritorio. Siempre le había parecido que tanto ella como los demás miembros de la casa temían el regreso de Charlotte. ¿Qué le estaba ocultando la señorita Arthur? ¿Estaría Charlotte en la casa? ¿Habría localizado Waite a su hija y se la había llevado a rastras? Pero entonces ¿por qué ocultarle su paradero?

—Avisaré a Harris para que los acompañe a la puerta.

—Gracias, señorita Arthur.

Casi habían llegado a la puerta cuando Maisie se volvió hacia el mayordomo.

—¿Podría hablar un momento con la señora Willis? Quiero comentarle algo.

—Se ha tomado la tarde libre, señorita. Pero puede que esté aún en su habitación. ¿Quiere que vaya a buscarla?

—Oh, no, puedo acercarme hasta su puerta si no le parece mal. La vi hace unos días en la parada de autobús de Richmond y quería ofrecerme a llevarla en coche la próxima vez —contestó Maisie moviéndose mientras hablaba, pues sabía que era una manera de empujar al mayordomo a aceptar el ofrecimiento.

—Por supuesto, señora. Sígame.

—Billy, espérame en el coche, por favor.

—Claro, señorita —respondió él para disimular su sorpresa.

Harris acompañó a Maisie por el pasillo que conducía a una escalera desde la que se accedía al piso de abajo y continuaron hacia un lateral de la casa. El diseño del edificio era bastante moderno, aunque imitaba un estilo arquitectónico más antiguo. La escalera que llevaba a la cocina era amplia y las habitaciones de los empleados de rango superior, espaciosas. Aquella casa había sido diseñada para proporcionar tanto a su dueño como a sus empleados unas comodidades desconocidas en épocas pasadas.

Harris llamó a la puerta de madera pulida de color crema.

—¿Señora Willis? Tiene visita.

Maisie oyó ruido dentro y al poco abrió la puerta el ama de llaves mientras se colocaba con nerviosismo el pelo. Llevaba un vestido de lana de color amatista con un pequeño cuello y puños blancos, y seguía tratando de ablandar con el talón el cuero de uno de los zapatos negros para que le entrara el pie sin tener que agacharse delante de la visita.

—Qué sorpresa.

—Lamento molestarla, señora Willis —dijo Maisie y a continuación se volvió hacia Harris—. Gracias por traerme hasta aquí.

El hombre le hizo una inclinación y se marchó, y Maisie se giró de nuevo hacia la señora Willis.

—¿Puedo pasar?

—Por supuesto, cómo no. Lo siento. No suelo tener visitas, perdóneme por no estar preparada para recibirla.

La mujer le indicó con una seña que la siguiera hasta una salita inmaculada. Había un sofá pequeño y un sillón a juego delante de la chimenea, y una mesa abatible con una de las alas plegadas para encajar con el limitado espacio junto a la pared. La superficie pulida brillaba tanto que se reflejaba en ella el jarrón de narcisos situado sobre un tapete de ganchillo. Había varias fotografías en un aparador junto a la ventana, desde la que tenía una bonita vista de los jardines del lateral de la casa.

—¿Le apetece tomar alguna cosa, señorita Dobbs?

—No, gracias.

—Siéntese, por favor. Supongo que ha venido para organizar el regreso de la señorita Waite.

—La verdad es que he venido a verla a usted.

La mujer la miró con los ojos muy abiertos.

—¿A mí, señorita?

—Sí. Espero que no le parezca descarado por mi parte, pero la vi en Richmond la última vez que estuve allí visitando a un viejo amigo. Vive en la misma residencia que su hijo.

—Lo siento mucho, señorita Dobbs. ¿Era su novio?

Maisie se sorprendió un poco por aquella pregunta tan directa, pero era una observación lógica que cabía esperar, ya que muchas mujeres de su edad se habían quedado solteras tras perder a su prometido en la guerra.

—La verdad es que sí, pero ha pasado mucho tiempo.

—Cuesta olvidar, ¿verdad? —dijo el ama de llaves, sentada enfrente.

—A veces sí —respondió Maisie aclarándose la garganta—. El caso es que quería decirle que si puedo llevarla, no tiene más que decírmelo.

—Es muy amable por su parte, pero...

—No voy todas las semanas, pero puedo llamarla por teléfono cuando vaya para saber si quiere que la lleve.

—No quiero causarle problemas, señorita, de verdad.

—No es problema en absoluto. Y si ve mi coche otro día que esté allí, espéreme y la traeré de vuelta a casa.

—Está bien, señorita Dobbs, lo haré —dijo la mujer sonriendo.

«Jamás pedirá ayuda a nadie», pensó Maisie.

De repente, se oyó un estrépito en la ventana y Maisie soltó un grito. La señora Willis se levantó.

—¡Aquí vienen, a ver si alguien les da algo de comer!

—¿Qué demonios es ese ruido? Me ha dado un susto de muerte.

—No se preocupe, son solo las palomas. Siempre vienen a ver si pillan algo más. Es la hora de la comida y saben a quién pueden sacarle alguna migaja.

El ama de llaves levantó la tapa del bote de loza marrón de rayas para las galletas que tenía en la repisa de la chimenea, sacó una galleta y se dirigió a la ventana. Maisie la siguió y la observó. La mujer se inclinó sobre el aparador y levantó la ventana de guillotina. Sobre el alféizar aguardaban más de una docena de palomas.

—Aquí tenéis, pedigüeñas. ¡Coméoslo todo porque no voy a daros más hoy! —dijo la mujer mientras desmigaba la galleta.

Maisie se rio al ver que las aves se abrían paso a empujones para conseguir que les dieran más migas.

—Atenta ahora. De aquí probarán suerte en la planta de arriba.

—¿Quién más les da comida?

—El señor Waite, claro. Ahí donde lo ve, es un blando. Él paga las facturas de la residencia de mi hijo. Perro ladrador, poco mordedor, dicen.

En ese momento las palomas se elevaban en un revuelo de plumas como si siguieran la señal silenciosa de un gaitero místico. Maisie se fijó en que volaban hacia la planta de arriba mientras la señora Willis cerraba la ventana muy despacio. Por un momento le pareció que el tiempo se detenía, aunque seguía avanzando cuando las palomas soltaron montones de plumas blancas, pequeñas y perfectas a su paso, que descendieron flotando con la suave brisa hasta posarse en el césped recién cortado, mientras que otras se quedaron pegadas en los cristales de las ventanas como si fueran copos de nieve.

—Ay, no me diga que es una de esas personas a las que no le gustan los pájaros —dijo el ama de llaves.

—No, en absoluto —contestó Maisie regresando al centro de la habitación mientras recobraba la calma—. Pero a mi ayudante no le gustan nada.

—¿Y cómo es eso? Son preciosas.

—Sí que lo son. No sé por qué no le gustan. Tengo que preguntárselo. —Miró la hora—. Debo irme, señora Willis. No olvide que puede avisarme para que la lleve a la residencia.

—Es usted muy amable, señorita Dobbs —repitió la mujer para acompañarla a la puerta—. ¿Veremos a la señorita Waite dentro de poco?

—Sí. La semana que viene si todo va bien.

—Qué buena noticia, muy buena. Cuanto antes vuelva, mejor. La acompaño a la salida.

Maisie dejó que la mujer la acompañara hasta la puerta de la casa. No habría sido correcto que un invitado anduviera solo por la casa en busca de la salida, y menos aún en la mansión de Joseph Waite. Al llegar a la puerta se despidió de la señora Willis de nuevo. Oyó que la puerta se cerraba cuando llegaba al último escalón, y salió corriendo hacia el lateral de la vivienda por la curva que trazaba el jardín delantero. Oyó que Billy echó a correr a su encuentro.

—¡No corras! ¡Por el amor de Dios, piensa en tu pierna y tus pulmones!

Billy se puso a su lado.

—¿A qué ha venido esa charla con la señora Willis, señorita?

—En un principio porque quería hacerle un favor, pero ahora ya no lo tengo tan claro.

—No me entero.

—Te lo explicaré luego —dijo ella cuando llegó a la esquina de la casa. Miró primero hacia el alféizar de la habitación del ama de llaves y después hacia la ventana del piso de arriba.

—¡Malditos pajarracos!

—No te preocupes, Billy, tú no les interesas —dijo Maisie observando la ventana por la que salió una mano a espolvorear más migas para las palomas hambrientas. Era una mano grande, que reconoció fácilmente desde allí abajo gracias al sol que se coló entre las nubes en el momento justo y arrancó destellos a un anillo de oro y diamantes.

—¿Ve algo interesante, señorita?

—Ya lo creo que sí, Billy, muy interesante.

Billy pareció respirar aliviado cuando entraron en el coche y pusieron rumbo a Londres.

—¿Hablamos del posible paradero de la señorita Waite?

—No, espera a que lleguemos a la oficina. Tenemos que aclararnos bien las ideas. Cuéntame primero por qué no te gustan las palomas ni las tórtolas. ¿Te pasa con todas las aves? —preguntó Maisie al salirse al centro de la carretera para adelantar al carro del trapero. El caballo que tiraba de él marchaba a paso lento, como si supiera por instinto que no había sido un buen día para el negocio.

—Ay, señorita, es que no tiene lógica. Los pájaros no tienen la culpa.

—¿De qué no tienen la culpa?

—Que no, señorita. No puedo contárselo. Va a pensar que me falta un hervor. Es una tontería, una manía que está solo en mi cabeza, como diría usted.

—Creo que no diría tal cosa —contestó ella echándose a un lado de la carretera sin parar el motor y se volvió hacia él—. Cuéntamelo todo. ¿Por qué odias los pájaros?

Tenía la impresión clara de que esa «tontería» de Billy ocultaba algo importante.

—Supongo que no me queda más remedio que decírselo, ¿no? —dijo con un suspiro.

—Supongo que sí.

—Y no piensa mover este cacharro hasta que lo haga, ¿verdad?

—Exacto.

Suspiró de nuevo antes de hablar.

—No es tan tonto ahora que sé un poco más lo que pasa aquí arriba desde que trabajo con usted —dijo señalándose la cabeza—. No me gustan por culpa de la guerra. Es pensar en ellas y empieza a dolerme la pierna —dijo frotándose el muslo.

—¿Qué tiene que ver tu pierna con ellas?

—Verá, yo tardé un poco en alistarme. Solo tenía un hermano y los dos trabajábamos con nuestro padre. No éramos como esas familias grandes con diez hijos en las que si falta uno siempre quedan muchos más. El caso es que iba a alistarme, pero mi madre no quería, aunque yo creía que era mi deber. Y ya sabe lo que es que se te meta entre ceja y ceja que tienes que hacer alguna cosa.

Maisie asintió. «Te estás yendo por las ramas, Billy.»

—Así que un día decidí que no podía seguir posponiéndolo y me alisté. Tendría que haber visto cómo se puso mi madre cuando se lo conté. Menos mal que mi hermano era demasiado joven y al menos tendría a uno de sus hijos en casa. Aún me quedaban unos días para presentarme para el servicio, y una tarde mi hermano, quince años tenía por entonces, y yo salimos a divertirnos un poco. Aún no tenía uniforme. De hecho, le diré que llevaba tres semanas en los barracones de Colchester y seguía sin uniforme. Se habían alistado tantos hombres que se les habían terminado. ¿Se lo puede creer? No me extraña que lo pasáramos tan mal, no me extraña.

Billy negó con la cabeza mientras Maisie esperaba a que llegara al meollo de la historia.

—Cielo santo, hablo como si entonces ya fuera un viejo, pero solo tenía dieciocho años. El caso es que íbamos paseando por la calle cuando se nos acercó una chica con una gran sonrisa. Y va y nos entrega una pluma a cada uno y nos dice que deberíamos vestir uniforme y que...

—¡No puede ser! —dijo Maisie ahogando una exclamación—. ¡Lo hemos tenido delante de las narices todo el tiempo y no lo hemos visto!

Maisie metió la marcha, miró hacia atrás y se incorporó a la carretera.

—¿El qué no hemos visto?

—Luego te lo cuento, Billy. Sigue con la historia.

Él guardó silencio.

—Tranquilo, te estoy escuchando —dijo y apretó el acelerador para ganar velocidad.

—Es por las plumas. Indican cobardía, ¿verdad? Lo que quiero decir es que ya me había alistado, así que me daba lo mismo. Como quien oye llover. Pero a Bobby no le sentó igual. Era solo un niño, pero se moría de ganas de ser un hombre. Y si una chica guapa se te acerca y te llama cobarde, ¿qué haces? Pues vas y te alistas a escondidas. En cuanto yo me fui.

Maisie se sonrojó al recordar que ella también había mentido sobre la edad que tenía para poder inscribirse en el cuerpo de enfermeras voluntarias, y el enfado de su padre cuando se enteró.

—Mi madre le echó un buen sermón, mi padre se puso hecho una furia y yo todo el día por ahí cumpliendo órdenes de los peces gordos que no sabían mucho más que yo.

De repente, Maisie redujo la velocidad al caer en la cuenta y sintió un escalofrío.

—¿Qué le pasó a tu hermano? —preguntó mirándolo de soslayo y aferrándose con fuerza al volante.

Billy miró por la ventanilla.

—Se lo cargaron. Menudo idiota. Criando malvas a los dieciséis en un sitio en el que ni siquiera hablan nuestro idioma. Y todo por una maldita pluma.

—¿Por qué no me lo habías contado nunca?

—Fue hace mucho tiempo, señorita. Pero cada vez que veo un bicho de esos, cada vez que lo miro, el condenado agita las alas para alejarse y se le caen una o dos plumas. Y en cuanto veo una pluma, veo a Bobby corriendo detrás de mí con la pluma en la mano diciendo: «Me ha llamado cobarde. ¿Lo has visto? ¡Me ha llamado cobarde, Billy! ¡Ahora todo el mundo pensará que no quiero cumplir con mi deber!». Pero él no era ningún cobarde. Dio su vida con dieciséis años.

Billy se frotó las piernas otra vez. Maisie dejó que el silencio se extendiera sobre ambos. «Tengo que llevármelo a Chelstone cuanto antes.»

—Lo siento muchísimo, Billy.

—Le puse su nombre a mi hijo. Solo espero que no haya más guerras para no perderlo. Es mi mayor miedo. Que haya otra guerra y que mi hijo tenga edad para alistarse.

Maisie asintió con temor.

—Entonces, ¿de qué va todo esto? Ya sabe, lo que ha dicho antes de que estaba ahí delante y no lo había visto.

19

En cuanto llegaron a la oficina, Maisie cogió el teléfono y llamó a Scotland Yard mientras Billy pensaba en voz alta.

—Mi madre siempre decía que el mejor sitio para esconder algo es a la vista de todos. Lo decía cuando le entregaba el sobre de la paga el viernes por la noche. Tomaba el dinero y lo guardaba en un bote que estaba en la mesa y luego me daba un par de chelines. A lo mejor la señorita Waite se está ocultando a la vista de todos.

Maisie levantó la mano para pedir que guardara silencio cuando le contestaron en Scotland Yard.

—Me gustaría que nos viéramos para hablar de un asunto relacionado con el caso Sedgewick-Fisher, inspector. Tengo información que podría ser de su interés.

Maisie oyó un profundo suspiro.

—¿Tiene que ver con el señor Fisher?

—Bueno... no. No directamente.

—Señorita Dobbs, estamos convencidos de que tenemos al culpable.

Maisie cerró los ojos. Debía andarse con cuidado.

—He visto algo que podría resultarle útil.

Otro suspiro acompañado de ruido de voces de fondo. ¿Sería aquella llamada motivo de burla entre los hombres del Departamento de Homicidios? Tendría que correr el riesgo. No podía ocultar pruebas que estaba convencida de que eran importantes. Que la policía se negara a escuchar era otra cuestión.

—Mire, señorita Dobbs, le agradezco cualquier información. Es obvio que en mi posición no puedo decir lo contrario, y si dicha información tiene que ver con Fisher, estaré encantado de que la comparta conmigo. Pero la cuestión es que creemos que investigar otras supuestas pistas es una pérdida de tiempo cuando ya tenemos al asesino.

—¡Han detenido a un hombre inocente y haría bien en escucharme!

—¡Se está pasando, señorita Dobbs!

—Pero, inspector, otro punto de vista podría...

—Está bien —dijo el inspector exasperado, pero Maisie sabía que estaba apelando a su sentido de la responsabilidad—. Nos vemos en la cafetería que hay en la esquina de Oxford Street y Tottenham Court Road en, déjeme ver, media hora.

—Gracias, inspector, la conozco. Está justo enfrente de Comestibles Waite Internacional.

—Exacto. Nos vemos en media hora.

—Hasta ahora.

Maisie colgó y dejó escapar el aire entre los labios formando una O.

—No le ha hecho mucha gracia, ¿eh?

—Ninguna. Y tengo que andarme con ojo. Al darle información, me arriesgo a socavar su autoridad o a contrariarlo aún más. Al fin y al cabo, si decide escucharme, será él quien tenga que volver a la comisaría y retirar las acusaciones contra Magnus Fisher. Necesito que siga siendo mi aliado.

—Entonces, ¿qué problema tiene?

Maisie sacó el pañuelo de lino del maletín y se dirigió a la mesa en la que tenían el mapa del caso extendido y sujeto con chinchetas para trabajar mejor. Hizo una seña a Billy de que se acercara.

—Creo que está dejando que dos cosas interfieran en su trabajo: su historia personal y su rango dentro del departamento. Y por otro lado, también él tiene que ir con cuidado, porque si tuviera que apostar...

—Y sabemos que usted no es de las que apuestan —dijo Billy sonriéndole.

—No, pero si lo hiciera, apostaría a que Caldwell va detrás del puesto del inspector y le está amargando la vida al tratar de hacerle sombra todo el tiempo. Por eso debe vigilar con quien intercambia información.

—¿Y su historia personal?

Maisie se inclinó sobre el mapa y desplegó el pañuelo.

—Es viudo. Su mujer murió durante el parto hace cinco años y está criando él solo a su hijo.

Billy hizo una mueca de dolor.

—¡Caray! Eso es horrible. Ojalá no me lo hubiera dicho. Ahora me acordaré cada vez que lo vea. —Él también se inclinó sobre el mapa—. ¿Qué es eso?

—Plumas. Pequeñas y blancas. Las que he ido encontrando a lo largo de la investigación. Una por cada mujer. En dos de los casos estaban cerca del lugar en el que había estado la víctima antes de que llegara el asesino. En el caso de Rosamund Thorpe, estaba guardada en el bolsillo del vestido que llevaba cuando murió.

—Aaah —dijo Billy con un escalofrío.

—No pueden hacerte nada. Las mujeres que las repartían durante la guerra son las causantes de tu rechazo.

Billy la miró sujetar las plumas en el mapa con un poco de pasta adhesiva.

—¿Sabe ya quién es el asesino?

—No, Billy, no lo sé.

El hombre la miró de reojo mientras daba vueltas a algo.

—Pero tiene una idea de quién puede ser. Lo veo.

—Sí, tengo una idea, pero es solo eso, una idea. Aunque nos va a costar trabajo. Tenemos que encontrar a Charlotte Waite. Quiero que hagas lo siguiente...

Billy abrió su libreta preparado para anotar las instrucciones mientras Maisie repasaba el catálogo de posibilidades con los ojos cerrados.

—Un animal se esconde en su madriguera cuando tiene miedo o está herido. Puede que Charlotte no tenga nada que temer y que solo quiera desaparecer para dejar de ser la hija de Joseph Waite. Debemos tener en cuenta que es posible que haya huido a Europa. No olvidemos que conoce Lucerna y París. Intenta conseguir acceso a la lista de pasajeros del tren que enlaza con el barco. Charlotte podría haber ido por la línea secundaria desde la estación de Appledore hasta Ashford, o también es posible que haya pasado primero por Londres. Hay un centenar de posibilidades. Mira también en el aeródromo de Croydon y pregunta en la compañía aérea Imperial Airways. Ah, sí, hay otro aeródromo en Kent, en Lympne. Pregunta en todos los hoteles que puedas, pero no empieces por los grandes. Ve a aquellos que no sean ni demasiado finos ni demasiado vulgares. Llama a su exprometido, Gerald Bartrup. No, mejor ve a verlo. Quiero que lo mires cuando le preguntes si ha visto a Charlotte en las últimas veinticuatro horas. Presta atención, Billy, con la vista y también con el cuerpo. Si te está mintiendo, lo sabrás.

La lista de cosas era larga y Billy tendría que trabajar hasta tarde. Maisie se preguntaba si Charlotte dispondría de fondos secretos desviados a una cuenta propia. ¿Adónde podría haber ido? ¿Dónde estaba en ese preciso instante?

Aunque la conversación entre los dos a veces era tensa, Maisie tenía ganas de reunirse con el inspector Stratton. Sabía que la admiraba y que estaba tratando de conocerla mejor, aunque sus avances eran tímidos. Pero ¿era prudente por su parte aceptarlos? ¿Estaría poniendo en peligro su trabajo y su reputación al fomentar una relación más estrecha con él?

Stratton estaba en la puerta de la cafetería cuando Maisie llegó caminando desde Fitzroy Square. El inspector se levantó el sombrero a modo de saludo y le abrió la puerta de la cafetería para dejar que entrara primero.

—Ahí tenemos sitio. Es un establecimiento bastante informal, pero sirven rápido. ¿Té y tostadas con mermelada?

—Perfecto, inspector —dijo Maisie, que acababa de caer en la cuenta de que no había comido nada desde el desayuno.

Se sentó en un banco junto a la pared decorada con papel de flores descolorido que estaba manchado en algunos sitios. Se desabrochó la chaqueta y miró por la ventana mientras esperaba a Stratton, que estaba en el mostrador poniendo las tazas y las tostadas en una bandeja. Maisie alargó el cuello para observar a los clientes que entraban y salían de la tienda de comestibles de Joseph Waite en la otra acera. «¡Y dicen que no hay dinero!»

Stratton dejó la bandeja en la mesa y se sentó en una silla enfrente de Maisie.

—La cuchara se tiene de pie en la taza de lo fuerte que está aquí el té.

—Té recién hecho que se ha dejado reposar, no hay nada igual, inspector. Sobrevivimos en Francia gracias a eso.

—Ya lo creo. En más de una ocasión he recurrido a un termo de este té cuando me ha tocado trabajar toda la noche. Bueno, vamos a lo nuestro. No he venido aquí a hablar de tés. ¿Qué ha descubierto, señorita Dobbs? Sé que estuvo husmeando el día que encontró el cuerpo de Lydia Fisher.

—Lydia era amiga de Charlotte Waite. Joseph Waite me había pedido que localizara a su hija, que había desaparecido de su casa. Él es mi cliente —contestó ella cogiendo un pedazo de tostada cortada en cuatro triángulos. Dio un mordisco de buena gana porque estaba muerta de hambre y se limpió las comisuras con un pañuelo. No era el tipo de establecimiento en el que ponían servilletas.

Stratton enarcó una ceja.

—Una debutante desaparecida. No parece un caso muy jugoso, si me permite que se lo diga, señorita Dobbs —dijo él alargando la mano hacia su tostada.

—Lo suficiente para pagar los gastos de un despacho propio, un ayudante y un coche bastante rápido, inspector —respondió ella echando chispas por los ojos.

—Me está bien empleado —dijo él sonriendo.

Maisie bajó la cabeza.

—Al grano entonces. ¿Qué quería decirme?

—Lydia Fisher y Philippa Sedgewick eran amigas.

—¡Eso ya lo sé!

—Y también Rosamund Thorpe, la mujer que vivía en Hastings.

—¿Que es...?

—Otra víctima. Se cree que se suicidó unas semanas antes de que asesinaran a la señora Sedgewick.

—¿Y qué... tiene eso que ver con su caso de persona desaparecida o con nuestra investigación de asesinato?

—Todas eran amigas hace tiempo, las tres mujeres que están muertas y Charlotte Waite. Formaban una pandilla.

—¿Y?

Maisie lo observó antes de continuar. «Se está mostrando obtuso a propósito.»

—Inspector, los que conocían a Rosamund Thorpe no creen que se quitara la vida. Además, las cuatro antiguas amigas parecían estar empeñadas en evitarse mutuamente. Creo que mantenían las distancias por vergüenza. Diría que se dedicaron a repartir plumas a los hombres que no llevaban uniforme durante la guerra.

—¡Qué mujeres tan horribles!

—Y... —vaciló un momento antes de seguir. No sabía si hablarle de las plumas que había hallado junto a las víctimas. Tenía miedo de que se burlara de ella—. Y... creo que Magnus Fisher no mató a su mujer ni a Philippa Sedgewick. La persona que busca es alguien...

—¡Ya tenemos a nuestro hombre!

—¿Por qué... por qué tiene tantas ganas de meter en la cárcel a Fisher?

—No puedo decírselo.

—La gente quiere al asesino entre rejas y usted, junto con Caldwell, han decidido darle lo que quiere.

Stratton suspiró.

—Y tenemos razón. Es un caso evidente.

Maisie apretó los puños llena de frustración.

—Y no puede soportar a un hombre que abandonó a su mujer y que, en su opinión, le arrebató la suya a otro que sí la amaba.

—Señorita Dobbs, deje este tipo de trabajo a los profesionales. Sé que ha tenido suerte en otras ocasiones. Nos ayudó cuando trabajaba con un hombre con un cargo importante, pero... ¡no se entrometa! —Se levantó—. Espero que nos veamos en circunstancias más propicias.

Por mucho que le gustara ser ella la que dijera la última palabra, Maisie sabía que no debía permitir que se separaran con resentimiento.

—Lo mismo digo, inspector. Lamento haberlo ofendido. Tendrá noticias mías pronto.

El policía se fue y Maisie volvió a sentarse. «Debería haberlo sabido. ¡Tenía que haberme controlado! Se notaba su obstinación en el modo de moverse, de sentarse y de hablar. Le he dicho a la policía todo lo que querían oír. ¿Debería haber profundizado en el tema de las plumas? No, se habría reído.»

Recogió sus cosas y salió de la cafetería.

Estaba a punto de girar en la esquina de Tottenham Court Road cuando se detuvo a mirar la fachada azul y dorada de la tienda de comestibles. Cambió de sentido y se dirigió a la puerta del establecimiento mejor situado de toda la cadena de Joseph Waite.

Una algarabía de voces reinaba en el interior y de nuevo se fijó en los dependientes, el que se inclinaba sobre el mostrador para señalar un queso con la cabeza o el que sostenía una pieza de carne en alto para que el cliente la inspeccionara. Otro pesaba frutas secas y otro contaba galletas, el dinero corría de un lado a otro y los dependientes se lavaban las manos constantemente. Maisie estaba en el centro de la tienda, al lado de la mesa donde se exhibía una muestra de los últimos productos llegados de ultramar. Sí que había dinero, pese a las largas colas que se formaban en los comedores sociales en otra parte de la ciudad.

Maisie contempló el ajetreo que había en los dominios de Waite. «¿Por qué he vuelto? Aquí hay algo para mí. Pero ¿qué? ¿Qué se me pasó la otra vez?» Miró hacia la parte superior de las paredes, los intrincados mosaicos que debían de haber costado una fortuna. Y de nuevo hacia abajo, el suelo de madera pulida y al chico que seguía barriendo de un extremo a otro de la tienda, para que ningún cliente pisara una miga siquiera.

Nadie prestaba atención a la mujer joven y bien vestida que lo observaba todo desde el centro de la tienda, pero que no llevaba ninguna bolsa, ni hacía ademán de acercarse a los mostradores con la intención de comprar. Tanto los dependientes como los clientes estaban demasiado concentrados en sus cosas como para fijarse en que la mujer tenía los ojos cerrados y la mano en el pecho para sentir el latido del corazón. Por un segundo, un instante fugaz, Maisie se dejó guiar por su brújula interior en aquel lugar tan concurrido. Y acto seguido, como si respondiera a una orden que solo ella podía oír, abrió los ojos y miró la placa situada sobre la puerta dedicada a los empleados que habían muerto en la guerra. Fijó la mirada en el hijo de Waite, Joseph Jr., el querido heredero de un hombre hecho a sí mismo y conocido por ser duro como una roca, pero que también era capaz de sentir compasión. Un hombre de extremos. «No te pares», dijo una voz dentro de su cabeza. Y ella obedeció. Leyó todos los nombres empezando por el principio: Avery..., Denman..., Farnwell..., Marchan..., Nicholls..., Peters... y más... Richards, Roberts..., Simms..., Simpson..., Timmins..., Unsworth..., todas las letras del abecedario estaban representadas. Leyó los nombres moviendo los labios en silencio, como una profesora repasando la lista. Y de pronto se detuvo. Cerró los ojos. «Claro, cómo no.»

Abrió los ojos de nuevo y miró los mostradores hasta dar con uno de los empleados de más edad.

—Disculpe. ¿Puede ayudarme?

—Dígame, señora. Las salchichas son de esta mañana, las preparan los carniceros de la casa, formados por el mismísimo señor Waite. Las mejores salchichas de Londres.

—Seguro que están muy buenas, pero ¿puede decirme dónde puedo encontrar a alguien que trabajara para el señor Waite durante la guerra? Alguien que conociera a alguno de los chicos de ahí arriba —dijo señalando la placa.

—Pero, señorita, esos nombres son de empleados de todas las tiendas. Aunque el viejo Jempson, del almacén, conocía a todos los chicos de Londres. Se alistaron juntos y formaron uno de esos batallones de amigos. La mayoría eran de los almacenes, es donde empiezan los aprendices y donde se matan los animales que se envían después a las tiendas. Waite los transporta en vehículos refrigerados, ¿sabe?

—¿Puede decirme dónde está el almacén?

—Al otro lado del río. En Rotherhithe, la «despensa de Londres», donde están todos los almacenes. Le escribiré la dirección, espere. No tiene pérdida. Está cerca del muelle de St. Saviour. ¿Es usted pariente?

—Amiga.

—Entiendo. El hijo del señor Waite también empezó en el almacén. Su padre quiso que empezara desde abajo. Dijo que tenía que ascender como todos los demás. —El hombre salió del mostrador y volvió con un trozo de papel—. Tome. ¿Le pongo unas salchichas para la cena?

Maisie estuvo a punto de decir que no, pero luego se lo pensó mejor y sonrió.

—Sí, perfecto. Póngame medio kilo —dijo.

—Muy bien. —Y con una floritura copiada al propio Joseph Waite, el dependiente agarró una buena cantidad de salchichas de cerdo bien gordas unidas entre sí como una cadena y las puso en la báscula.

La familia Beale iba a disfrutar de una buena cena esa noche.

—¿Le ha ido mejor con Stratton esta tarde?

—Ojalá pudiera decir que sí, Billy. Empezamos con buen pie, pero luego se torció.

—Qué raro. Siempre me pareció un tipo razonable.

Maisie se quitó el chubasquero, el sombrero y los guantes, y dejó el maletín y una bolsa de la compra encima de la mesa.

—Todo se arreglará y volveremos a hablarnos cuando cerremos este caso. Los hombres en la posición de Stratton no pueden cerrar demasiadas puertas, sobre todo las de aquellos a quienes han pedido asesoramiento en algún momento. Lo que pasa es que se están librando dos peleas: una en el departamento y otra dentro de Stratton. Mientras nos vean haciendo nuestro papel, no hay de qué preocuparse. —Miró la hora—. ¡Qué tarde es, Billy! Son casi las cuatro y media. Vamos a repasar unos puntos del caso Waite y a planificar lo que haremos el lunes. Lo primero que haré mañana por la mañana será ir a Chelstone, tengo que ver a mi pa...

El timbre del teléfono la dejó a mitad de la frase.

—Fitzroy cinco... Señorita Waite. ¿Dónde está? ¿Se encuentra bien?

—Sí —contestó. Había interferencias en la línea.

—¿Señorita Waite? Dígame dónde está. Podría estar en peligro.

Silencio.

—¿Señorita Waite? ¿Sigue ahí?

—Sí, sí, estoy aquí.

—¿Puede hablar un poco más alto? Se oye muy mal.

—Estoy en una cabina —dijo Charlotte un poco más alto.

—¿Por qué me llama, señorita Waite?

—Tengo... tengo que hablar con usted.

—¿Sobre qué? —preguntó Maisie aguantando la respiración mientras la presionaba un poco.

—Tengo que decirle algo más. No se lo conté... todo.

—¿Puedo decírmelo ahora?

Silencio.

—¿Señorita Waite?

—Tengo que hablar con usted en privado, cara a cara.

—¿Dónde está? Voy ahora mismo.

Maisie creyó oír que lloraba y después nada, aparte de las interferencias de la línea.

—¿Señorita Waite? ¿Sigue ahí?

—Es inútil. Es inútil...

Y se cortó la comunicación. Maisie dejó el auricular en la horquilla.

—¡Maldita sea!

Billy la miró atónito.

—¿A qué ha venido eso, señorita?

—Era Charlotte Waite. Me ha dicho que quería hablar conmigo y después ha dicho que era inútil y ha colgado.

—¿Se ha echado atrás?

—Eso parece. Se oía muy mal. Podría estar en cualquier parte. Pero había mucho ruido de fondo. —Cerró los ojos como si quisiera oír la conversación otra vez—. ¿Qué era ese ruido?

—¿Quiere que haga todo esto de todos modos? —preguntó Billy levantando la lista de tareas.

—Sí. Por lo que yo sé, podría haber llamado desde París o desde un hotel en Edgeware Road. Pero al menos sabemos que está viva. Se está haciendo tarde, pero puedes empezar hoy y seguir mañana por la mañana.

—Como usted diga.

—Tengo que hablar con lady Rowan mañana antes de ir a ver a mi padre y después volveré a Londres para seguir con la búsqueda de Charlotte Waite.

—¿En qué va a ayudarla lady Rowan?

Maisie se volvió hacia él.

—Formó parte del movimiento sufragista antes de la guerra y sabe mucho sobre lo que hacían las diferentes asociaciones de mujeres. Podría serme útil.

—Entiendo.

Maisie lo miró y después se dirigió a su mesa y suspiró.

—Billy, trabaja media hora y después te vas a casa. Ha sido un día largo. De hecho, ha sido una semana larga y también vas a tener que emplear varias horas mañana.

—Gracias, señorita. Quiero ver a los niños antes de que se vayan a la cama.

—Ah, Billy, os he traído una cosa —dijo y levantó la bolsa de papel.

—¿Qué es eso?

—Medio kilo de salchichas de Waite. Dicen que son las mejores de Londres.

Poco después de que Billy iniciara el viaje de vuelta a Whitechapel, Maisie se subió al MG, puso el motor en marcha y salió de Fitzroy Square. Había confirmado con una llamada telefónica que el almacén de Waite estaba abierto hasta tarde, porque tenían que cargar los camiones para las entregas del día siguiente. El señor Jempson, el encargado, estaba allí y había accedido de buena gana a recibirla.

Las sirenas de niebla situadas a lo largo del río avisaban con gran estruendo a los conductores de carruajes, coches y barcazas, que se abrían paso entre el turbio manto de niebla y humo que empezaba a cubrir la ciudad una vez más. Maisie conducía por las calles, o más bien callejones de lo estrechas que eran, caminos poco frecuentados que comunicaban los muelles con los almacenes de la ribera. Siguiendo las indicaciones con atención, llegó por fin a una calle lateral adoquinada y fue a parar hasta una verja abierta con un letrero en la parte superior en el que se leía escrito con letras azules y doradas: «Comestibles Waite Internacional. Almacén Sudeste». Un guardia con uniforme azul y dorado le hizo señas desde la garita y se acercó con una carpeta sujetapapeles bajo el brazo.

—Buenas noches, señorita —dijo llevándose la mano a la gorra azul—. La esperan, ¿no es así?

—Sí. Vengo a ver al señor Jempson.

—Ah, sí, ha llamado hace un rato para avisarme de que vendría —dijo el guardia, que se agachó y señaló el amplio patio con una farola en cada extremo—. No aparque junto a los camiones, o me echarán la bronca. Vaya a la zona donde pone «Visitas». Aparque con el morro hacia fuera, señorita, si no le importa.

«¿Aquí también?», pensó Maisie y su cara debió de reflejar sus pensamientos.

—Al señor Waite le gusta así —dijo el guarda con una sonrisa—. ¿Ve aquella puerta grande de madera? Entre y suba las escaleras. Alguien de la oficina saldrá a buscarla. Ahora mismo llamo para decirles que va para allá.

Maisie le dio las gracias y se percató de que no habían reparado en gastos en el equipamiento del almacén. Tras aparcar siguiendo las instrucciones al pie de la letra, entró en el edificio de granito y subió las escaleras. Al final la esperaba un joven con unos pantalones de color gris oscuro, zapatos con cordones bien lustrados, camisa blanca impoluta con unos brazaletes para evitar que las mangas llegaran a las muñecas y corbata negra. Se sujetaba en la oreja un lápiz recién afilado.

—Buenas noches, señorita Dobbs. Me llamo Smithers. Venga por aquí, la acompañaré al despacho del señor Jempson.

—Gracias.

La llevó hasta una oficina rodeada de ventanas que daban al almacén. Tenían el marco de madera de cerezo, igual que el recubrimiento de las paredes, y brillaban a la luz de varias lámparas.

—Gracias, señor Smithers.

Jempson le indicó con la mano que tomara asiento en un sillón de cuero delante del escritorio. Era obvio que se reservaba para las visitas, puesto que también había una silla mucho menos cómoda al lado.

—Le agradezco que me dedique un momento de su tiempo, señor Jempson.

—¿En qué puedo ayudarla?

Maisie tenía que ir con cuidado. Ya sabía que todos en la empresa tenían a su jefe en alta estima.

—Quería saber si podría ayudarme con un asunto bastante delicado.

—Lo intentaré —contestó el jefe del almacén, un hombre alto y delgado vestido de forma casi idéntica a la de su ayudante, que la miraba con expresión alerta por encima de sus gafas de media luna.

Maisie se relajó en el sillón y Jempson la copió. «Perfecto.» Cuando notó que el hombre estaba receptivo, pensó en la placa conmemorativa con los nombres que había en todas las tiendas Waite y se dispuso a preguntar por el asunto al que llevaba dándole vueltas desde la visita a Dulwich esa misma mañana.

Salió del almacén una hora después. El señor Jempson había resultado de lo más útil. De hecho, como le había confesado mientras la acompañaba al coche:

—Me ha venido muy bien hablar de ello. Los vi marchar a todos y la mayoría no regresaron. Aquello le rompió el corazón al jefe. Toda ayuda a las familias le parecía poca. Debe de ser terrible para él. Que te lo recuerden todos los días, cada vez que miras a los ojos a tu propia hija. En mi opinión, es un milagro que quiera que vuelva. Pero como ya le he dicho antes, no le quedaba otra que tenerla en casa después del jaleo de las ventanas rotas durante el tiempo que estuvo viviendo en un piso ella sola cuando acabó la guerra. Todo el mundo quería al señor Waite, pero a nadie le caía bien su hija ni las arpías con las que se juntaba. No puedo culpar a nadie que haya perdido a un ser querido.

Maisie le puso la mano en el brazo.

—Muchas gracias otra vez, señor Jempson. Cuídese, y no se preocupe, esta conversación quedará entre usted y yo.

El hombre se llevó la mano a la frente a modo de saludo y Maisie se adentró en la densa oscuridad acompañada por el alarido de las sirenas. No se alejó mucho. Se detuvo cerca del agua un momento y permaneció dentro del coche repasando el plan. Tenía que llamar a lady Rowan esa misma noche para preguntarle si al día siguiente podían dar un paseo antes de desayunar. Sabía que le ofrecería unas impresiones nuevas y valiosas para complementar las pruebas con las que ahora contaba.

Su prioridad absoluta era encontrar a Charlotte. ¿Estaría dispuesta a confesar? ¿O corría peligro inminente? Negó con la cabeza, se subió el cuello y se bajó del coche. Caminó por Bermondsey Wall y se detuvo a contemplar la niebla, tan densa que parecía cuajarse sobre el agua. Aquel lugar debía su nombre a un muro que se construyó originalmente en la Edad Media para contener las crecidas del río; como la gente caminaba por el muro para evitar el suelo embarrado, el muro se convirtió en un camino, pero nunca perdió el nombre original*. Maisie permaneció en silencio e inmóvil, como si se hubiera quedado atascada en el barro. Charlotte había desaparecido y ella tenía la culpa. La

---

* Esta es la explicación del nombre de Bermondsey Wall. *Wall* significa «muro» en inglés.

cadena de sirenas de niebla a lo largo del río comenzó a sonar de nuevo. Maisie cerró los ojos. «¡Eso es!» ¿Qué era lo que había dicho Billy sobre esconder algo a la vista de todos? Se acordó de que lo que había oído de fondo mientras hablaba con Charlotte cuando la llamó desde una cabina eran las sirenas de niebla al sur del río. Charlotte estaba allí cerca, delante de sus narices. Pero ¿dónde?

Aquella zona estaba siempre atestada de gente. Sería como buscar una aguja en un pajar. Cerca estaban la fábrica de vinagre Sarson's, la cervecera Courage, la conservera Cross & Blackwell, los talleres de guarnicionería, la fábrica de galletas de Peek Freans, los muelles, los almacenes a los que llegaban productos de todo el mundo... ¡Podría estar en cualquier lugar de Bermondsey! Maisie sabía que no podía posponer el viaje a Kent, pero no se entretendría y regresaría rápidamente a Londres. También cabía la posibilidad de que Charlotte la hubiera llamado a propósito desde un lugar reconocible para llevarla en la dirección equivocada. Necesitaba a alguien de la zona que fuera fiable. Sonrió. «Un chico de Bermondsey. Eso es lo que necesito.»

20

Maisie salió de Londres al amanecer y llegó temprano a Chelstone. La cabaña no resultaba acogedora como cuando su padre estaba allí, hacía frío. Descorrió las cortinas y abrió las ventanas para que entrara la luz del sol y el aire fresco. Las habitaciones estaban limpias y ordenadas, señal de que el servicio de la casa grande se estaba ocupando también de la cabaña. Todos en Chelstone querían mucho Frankie Dobbs y cuidaban de la casa hasta su vuelta, pero no se respiraba la vida que el hombre sabía dar a su sencillo alojamiento.

Maisie dio una vuelta por la casa acariciando las cosas de su padre, como si al tocar las correas de cuero para reparar que aguardaban en el lavadero o sus herramientas y sus cepillos lo sintiera más cerca. Hizo una lista de las cosas que había que hacer. Había que poner una cama en la pequeña sala de estar para que no tuviera que subir las escaleras y preparar un dormitorio para Billy en la planta de arriba. Tenía que hablar otra vez con Maurice para organizar el programa de rehabilitación físico, mental y espiritual de su ayudante. Sabía que la contribución de su padre a esa parte de la recuperación de Billy era vital también, porque Frankie era, por encima de todo, padre, y su presencia le aportaría tantos beneficios como los cuidados de Maurice, Gideon Brown o el doctor Dene.

Después salió al encuentro con lady Rowan, que en ese momento atravesaba con paso decidido los jardines de la mansión hacia la cabaña.

Lady Rowan la saludó levantando el bastón y la llamó.

—Buenos días, Maisie —y a continuación se volvió a sus perros—: ¡Suelta eso, *Nutmeg*! ¡Suéltalo y ven aquí!

Maisie se rio al ver que el perro iba hacia su dueña con el rabo entre las piernas y la cabeza gacha de remordimiento.

—Este perro se lo come todo, absolutamente todo. Qué alegría verte, querida.

La mujer le apretó el brazo. Aunque le tenía mucho cariño, lady Rowan, que se contenía a la hora de hacer demostraciones de afecto por cuestiones de posición social y lugar, solo había manifestado sus sentimientos en una ocasión: cuando Maisie regresó de Francia. Aquel día, lady Rowan la había abrazado mientras le confesaba lo aliviada que estaba de tenerla de vuelta en casa. Y Maisie había recibido el abrazo en silencio sin saber muy bien qué decir.

—A mí también me alegra verla —respondió ella poniéndole la mano sobre la suya un segundo.

—Bien, vamos al grano —dijo la mujer mirándola mientras echaban a andar por el césped—, porque sé que has venido por trabajo, Maisie. Cuéntame cómo está tu querido padre y háblame de ese joven al que vas a enviarnos para que nos eche una mano.

—A mi padre lo veré más tarde, antes de volver a Londres. He hablado con el doctor Simms y cree que aún tendrá que quedarse una semana más en el hospital antes de trasladarlo al centro de rehabilitación. Estará allí entre tres y cuatro semanas, según el doctor Dene, que dice que podría haber sido más, pero ha hablado con los médicos de Pembury y mi padre está haciendo muchos progresos ya desde esta primera fase. Durante el tiempo que esté fuera, el señor Beale se ocupará de los caballos. Y, después, cuando mi padre vuelva a Chelstone, el señor Beale se quedará en la cabaña con él y trabajará bajo su supervisión.

—Lo que significa, como ambas sabemos, que tu padre andará cojeando por las cuadras todos los días aunque se supone que no debería hacerlo.

—Es probable, aunque ya le he pedido al señor Beale que lo vigile.

Lady Rowan asintió con la cabeza.

—Será un alivio cuando vuelva a estar él al mando. Entonces podré irme a la ciudad sin preocupaciones.

—Claro que sí. Muchas gracias, lady...

La mujer la mandó callar levantando una mano y las dos se inclinaron la una hacia la otra para sortear la rama baja de una majestuosa haya.

—Y ahora dime, ¿qué puedo hacer por ti, Maisie Dobbs? —preguntó la mujer con una sonrisa y los ojos chispeantes.

—Quiero que me cuente todo lo que sepa sobre las diferentes agrupaciones de mujeres que se formaron durante la guerra. Tengo especial interés en las que se dedicaban a repartir plumas blancas.

Lady Rowan pestañeó varias veces seguidas y el brillo de sus ojos se apagó al instante.

—¡Esas arpías!

—Arpías.

Era la segunda vez en dos días que oía que se referían así a esas mujeres. En su mente aparecieron las guardas ilustradas de un libro que Maurice le había mandado leer muchos años atrás. El encargo iba acompañado por una breve nota que decía: «Al estudiar los mitos y las leyendas antiguas, aprendemos algo sobre nosotros mismos. Las historias no son nunca solo historias, Maisie, sino que contienen las verdades fundamentales de la condición humana». El dibujo a carboncillo mostraba unas aves con cara de mujer, aves que se alejaban volando en la oscuridad con un ser humano en el pico. Lady Rowan la sacó de su ensimismamiento.

—En aquella época tú estarías inmersa en tus estudios en Girton o haciendo algo útil en un país extranjero, y por eso no conociste a la Orden de la Pluma Blanca. —Aminoró el paso como si quisiera que los recuerdos la alcanzaran—. Fue antes del servicio militar y lo fundó el almirante Charles Fitzgerald. Cuando el entusiasmo inicial por alistarse empezó a decaer, seguían necesitando hombres que fueran al frente, y se le ocurrió que la manera de conseguirlo era utilizando a las mujeres, cómo no. Recuerdo que aquellas octavillas surgieron de la nada por todas partes —y poniendo voz de hombre añadió—: ¿Y ese muchacho aún no lleva uniforme?

—Ah, sí, creo que vi una en una estación de tren antes de ir a Francia.

—La idea era sacar a la calle a las chicas jóvenes y que dieran una pluma blanca, símbolo de cobardía, a los jóvenes que no vistieran uniforme. Y... —levantó el dedo para hacer énfasis— el movimiento contó con el apoyo de esas dos mujeres, la que escribió *La pimpinela escarlata*, ¿cómo se llamaba? Ah, sí, Orczy, la baronesa de origen húngaro, y Mary Ward, casada con Humphry Ward.

—No le gustaba esa mujer, ¿eh?

Lady Rowan frunció los labios. Maisie se percató de que estaba tan concentrada en las palabras de la dama que no se estaba fijando en la espléndida vista que la rodeaba. Habían llegado a una cerca con unos escalones para pasarla. Si hubiera estado sola, la habría pasado de un salto con la misma energía que los tres perros, pero descorrió el cerrojo oxidado para abrir la puerta y dejó que lady Rowan pasara primero.

—Sinceramente, no, no me gustaba. Hizo un trabajo encomiable al proporcionar educación a aquellos que no habrían tenido la oportunidad de otro modo, y organizando grupos de teatro para niños de madres trabajadoras y ese tipo de cosas. Pero estaba en contra del movimiento sufragista, de modo que éramos como el agua y el aceite. Hace tiempo que falleció, claro, pero apoyó el reclutamiento de los hombres gracias a las acusaciones de las mujeres, que es un modo horrible. Y en cuanto a las mujeres...

—Sí, me interesan las mujeres que repartían las plumas.

—Ya —dijo la mujer con un suspiro—. Sentí curiosidad por ellas en su momento. ¿Qué las empujó a hacer algo así? ¿Qué se les pasaría por la cabeza para decir: «Claro, cuenten conmigo. ¡Saldré a la calle con mi bolsa de plumas blancas y le daré una a cada chico que vea que no lleve uniforme, aunque no sepa nada de él!».

—¿Y qué piensa ahora, después de tanto tiempo?

Lady Rowan suspiró y se detuvo para apoyarse en el bastón.

—De eso sabes tú más que yo. Me refiero a que tú te dedicas a descubrir por qué la gente hace lo que hace.

—¿Pero? —la animó Maisie.

—Cuando pienso en aquella época, me parecen alarmantes algunas cosas que ocurrieron. En un momento dado, el gobierno consideró al movimiento sufragista una tribu de merodeadoras andrajosas, y nada más declararse la guerra se produjo la división en nuestras filas. Un grupo se puso del lado de Lloyd George, que convenció a las mujeres para que dejaran que los hombres fueran a la guerra y ocuparan ellas sus puestos de trabajo hasta que regresaran.

La otra mitad del movimiento abogábamos por la paz, junto a muchas otras mujeres de toda Europa. A nivel individual creo honestamente que las mujeres teníamos que tomar partido. En realidad, todas somos Boadicea, la reina guerrera. —Sonrió con tristeza—. Pero algunas mujeres jóvenes que no defendían una causa clara, encontraron en cierta forma su sitio, algo que les parecía que merecía la pena, puede que incluso una conexión de algún tipo, en esa organización que amedrentaba a los jóvenes para alistarse. Me pregunto si lo verían como un juego en el que conseguían puntos por cada hombre al que empujaban a ir a la guerra.

Las dos se volvieron al mismo tiempo y echaron a andar de vuelta a Chelstone Manor. Caminaron en silencio un rato hasta que lady Rowan tomó la palabra de nuevo.

—¿No vas a decirme por qué has acudido a mí para preguntarme todo esto? ¿A qué viene tanta curiosidad por la Orden de la Pluma Blanca?

Maisie inspiró profundamente.

—Tengo motivos para creer que la muerte de tres mujeres jóvenes hace poco está relacionada con ese movimiento —contestó ella mirando la hora.

Lady Rowan asintió con la cabeza. Parecía un poco cansada después de la caminata tempranera.

—Esa es una cosa más que detesto de la guerra. Aunque se acabe, nunca se termina del todo. Que sí, que parece que todos son muy amigos otra vez, con todos esos acuerdos, tratados internacionales y pactos. Pero sigue habitando dentro de los vivos, ¿a que sí? —Se volvió hacia Maisie—. ¡Cielo santo! ¡Ya hablo como Maurice!

Siguieron por el camino hasta llegar a los cuidados jardines de la mansión.

—¿Te quedas a desayunar conmigo, Maisie?

—No, gracias. Será mejor que me vaya. ¿Puedo usar el teléfono antes?

—No tienes que preguntarlo. Adelante —dijo la mujer indicándole con un gesto que podía irse—. Y ten mucho cuidado, ¿me oyes? ¡Esperamos verte a final de mes con ese señor Beale!

«Solo si consigo cerrar este caso rápidamente», pensó Maisie y echó a correr hacia la mansión.

—¡Señorita Dobbs! Me alegra que me llame. He vuelto a hablar con el doctor...

—No lo llamo por mi padre, doctor Dene. Tengo un poco de prisa y me preguntaba si podría ayudarme con un asunto. ¿Aún recuerda bien Bermondsey?

—Por supuesto. De hecho, voy a la clínica de Maurice un fin de semana dos veces al mes.

—Entiendo —dijo ella sorprendida por no saber a esas alturas que el médico seguía vinculado al trabajo de Maurice—. Necesito encontrar a una persona que se oculta en Bermondsey. Podría estar en peligro, por eso tengo que localizarla cuanto antes. ¿Sabe de alguien que pueda ayudarme?

El médico soltó una carcajada.

—Suena a historia de agentes secretos, ¿no, señorita Dobbs?

—Hablo totalmente en serio —respondió ella impacientándose—. Si no puede ayudarme, dígamelo y acabamos antes.

—Perdóneme. Sí, conozco a alguien —dijo él con un tono diferente—. Se llama Smiley Rackham y suele estar en la puerta del pub El arco y la flecha, al final de Southwark Park Road, donde ponen el mercado. Siga hasta que vea la casa de comidas de la esquina, métase por la calle lateral y lo verá. No tiene pérdida. Smiley vende cerillas y lo reconocerá por la cicatriz que le va desde la boca hasta la oreja. Parece que tiene una gran sonrisa en la cara*.

—Ah, vale. ¿Lo hirieron en la guerra?

—Pues como no fuera en la de Crimea, dudo que haya estado en la guerra. No, Smiley trabajaba descargando barcazas cuando era pequeño y un día el gancho de la grúa lo agarró de la boca. Seguro que la tenía abierta en ese momento. —Se rio—. Aunque hay mucha gente nueva en la zona, no se le escapa nada. Empiece por ahí. Pero le costará dinero.

—Gracias, doctor Dene.

—Señorita Dobbs...

Pero Maisie ya había colgado. Tenía el tiempo justo para llegar a la hora de visita de la mañana en Pembury.

Maisie aparcó en Bermondsey sintiéndose muy culpable desde que salió del hospital. La conversación con su padre había sido forzada y titubeante, los dos buscando un tema que pudiera interesar al otro, tratando de evitar ciertas preguntas. Ella no quería sacar el tema de su madre y, al final, consciente de su incomodidad, su padre había dicho: «Estás pensando en el trabajo, ¿verdad, cariño?». Y al insistirle en que no hacía falta que se quedara más tiempo, Maisie se había marchado aliviada con la promesa de que la próxima vez se quedaría más. «Tu padre se hace mayor.» Las palabras de Maurice habían resonado en su cabeza durante todo el trayecto hasta Londres. Pero ahora tenía que localizar a Smiley Rackham.

---

* *Smile* significa «sonrisa» en inglés. Smiley significaría sonriente o risueño.

El mercado estaba hasta los topes cuando llegó y seguiría siendo un hervidero hasta la noche. Incluso las mujeres de los puestos se vestían como hombres, con gorra, chaqueta gastada y delantal hecho de sacos viejos. Se llamaban a voces, gritaban los precios de la mercancía y contribuían a que la marea humana siguiera en movimiento y que el alboroto no cesara en el recinto. Por fin encontró el pub. Smiley estaba en la puerta, tal como había dicho el doctor Dene.

—¿Señor Rackham?

Maisie se inclinó para hablar con el anciano. La ropa que vestía, aunque pulcra, como si hubiera pertenecido a un caballero, estaba muy vieja. Tenía unos ojos chispeantes debajo de aquella gorra, y cuando sonrió se le formó un hoyuelo en la barbilla cubierta de barba incipiente. Era una sonrisa ancha que acentuaba la cicatriz amoratada que tan bien le había descrito el médico.

—¿Y quién lo busca?

—Me llamo Maisie Dobbs —continuó ella adoptando el acento del sur de Londres de su niñez—. Andrew Dene me ha dicho que usted puede ayudarme.

—Así que el bueno de Andy le ha dicho que hable conmigo, ¿eh?

—Sí. Andy me ha dicho que usted sabe por dónde se mueve la gente.

—Cada vez es más difícil con tanta alma caritativa de Oxford y Cambridge todo el día aquí.

Si la situación no hubiera sido tan apremiante, Maisie habría sonreído. Pero tenía que ir al grano. Sacó la fotografía de Charlotte Waite y se la entregó.

—Mis ojos ya no son lo que eran. Tendría que ponerme gafas —dijo el hombre entrecerrándolos—. Pero son caras...

Maisie metió la mano en el bolso y le dio una moneda reluciente de media corona.

—Y bonitas también. Déjeme pensar. —El hombre se dio unos golpecitos en la sien—. Tengo que devanarme estos sesos viejos —dijo acercándose la foto para verla mejor—. Nunca olvido una jeta. Me dicen que tengo memoria fotográfica. Pero... —calló un momento— está muy cambiada.

—¿La ha visto?

—No estoy cien por cien seguro. Los ojos, ya sabe...

Maisie le dio un florín.

—Sí. En el comedor social. Solo ha ido un par de días, pero la he visto entrar y salir. Aunque no va tan emperifollada.

—¿Qué comedor? ¿Dónde?

—El que llevan los cuáqueros no, el otro, el que está en Tanner Street, al lado del antiguo asilo de pobres —dijo el hombre y le dio las indicaciones.

—Gracias, señor Rackham.

—Pero no me llamo Rackham, ¿sabe? —dijo él con ojos chispeantes.

—¿Ah, no?

—¡Qué va! Me llamo Pointer. Me llaman Smiley Rackham porque es lo que hago, devanarme los sesos* —dijo y se dio unos golpecitos en la sien otra vez—. Pero no tendré que hacerlo en un par de días gracias a usted, señorita Dobbs.

El hombre hizo sonar las monedas y Maisie se despidió de él con la mano al tiempo que se alejaba.

Permaneció un momento en la entrada del comedor social oculta entre las sombras, observando sin ser vista. Era

---

* En inglés *rack one's brains* significa «devanarse los sesos». Rackham es la pronunciación de la gente de los barrios bajos londinenses de *rack'em,* que significaría literalmente «devanárselos».

una sala grande con varias mesas de caballete alineadas y cubiertas con manteles blancos. El personal que lo atendía se esforzaba en mantener la dignidad de las personas que lo habían perdido todo en una depresión económica que estaba afectando a todos los estratos sociales. Y en el escalón más bajo, las alegrías eran pocas. Hombres, mujeres y niños hacían cola para que les dieran un tazón de sopa y un mendrugo de pan, y después se sentaban a la mesa entre caras conocidas, puede que cerca de algún amigo con el que intercambiaban un saludo o una broma. Había quien se ponía a cantar para que los demás lo siguieran. Maisie vio allí dentro algo que no se podía comprar con dinero: espíritu. Un hombre al principio de la cola se puso a bailar marcando el ritmo con palmas. Todos empezaron a cantar mientras esperaban y Maisie sonrió, a pesar de la preocupación por encontrar a Charlotte.

Ternera y zanahorias cocidas,
ternera y zanahorias cocidas,
eso es lo que hay que meter en las barrigas,
engorda y te alegra el día.
Vegetariano no hay que hacerse,
el alpiste es comida de pájaros,
tú llena el buche por la noche y por el día
de ternera y zanahorias cocidas.

Y entonces vio a Charlotte.

Aquella mujer que iba y venía entre la cocina y las mesas, hablando con los demás trabajadores, sonriendo a los críos, revolviéndole el pelo a un niño con cara de pillo o mediando en una pelea por un juguete, era una mujer diferente. Dos días. Llevaba allí solo dos días y la gente la respetaba. Maisie negó con la cabeza mientras la miraba ayudar a otro voluntario. «Y nadie sabe quién es en realidad.» Había algo en la manera que tenía Charlotte de moverse y hablar con la gente que le recordaba a alguien. «Es una líder nata y audaz.» Charlotte Waite era igual que su padre.

Maisie salió de entre las sombras.

—Señorita Waite —dijo tocándole la manga cuando volvía a la cocina con una olla vacía.

—¡Usted!

Maisie sujetó la olla antes de que se cayera y entre las dos la llevaron a una mesa.

—¿Cómo me ha encontrado?

—Eso no importa ahora. ¿Quería hablar conmigo?

—Mire... —Charlotte miró a su alrededor—. No puedo hablar aquí, ¿entiende? Venga a buscarme cuando termine el turno. Estoy hasta las siete y de aquí me voy a la pensión en la que me alojo.

Maisie negó con la cabeza.

—No, señorita Waite. No pienso perderla de vista. Me quedaré aquí hasta que termine. Deme un delantal. Les echaré una mano.

Charlotte la miró con asombro.

—¡Venga ya, señorita Waite, sé bien lo que es trabajar duro!

Charlotte le quitó el abrigo y cuando regresó, se pusieron manos a la obra mientras los hambrientos clientes se lanzaban a cantar otra cancioncilla e inundar el comedor con sus voces.

Me gustan las cebolletas en vinagre,
me gustan las verduras encurtidas,
la col en conserva está buena
acompañando al fiambre el domingo para la cena.

Me gustan los tomates,
pero lo que yo prefiero
es un poco de pepi-pepi-pepi,
un poco de pepino.

Las dos salieron del comedor social a las siete y media. Charlotte condujo a Maisie por las calles oscuras hasta un casa de tres plantas en estado ruinoso que en su momento habría sido el hogar de algún comerciante rico, pero, dos siglos más tarde, los dueños habían dividido el edificio en varios apartamentos y habitaciones amuebladas con baño compartido. La habitación de Charlotte en la última planta era pequeña y el techo estaba tan inclinado que tenían que agacharse para no darse con las vigas. Pese a lo segura de sí misma que se había mostrado en el comedor social, Charlotte estaba nerviosa y se excusó para ir al cuarto de baño, al final del pasillo húmedo e inhóspito. Maisie se fiaba tan poco de ella que la esperó en el pasillo y no perdió de vista la puerta. Respiró hondo y cerró los ojos. Visualizó una luz blanca que se derramaba sobre su cabeza e inundaba su cuerpo de compasión, comprensión y palabras de apoyo para animar a Charlotte mientras se desahogaba. «No juzgues. Escucha y acepta la verdad de lo que te cuente. Decide pensando en el bien de todos los involucrados. Que tu trabajo les permita encontrar la paz...»

Charlotte regresó y entraron de nuevo en la habitación agachándose. Fue en ese momento cuando Maisie se fijó en la oración enmarcada colgada en la pared, que a buen seguro se habría llevado consigo de la abadía.

Por la misericordia de Dios descansen en paz.

Cuando vengas a juzgar a los vivos y a los muertos, concédeles el descanso.

Concédeles, Señor, el descanso eterno,
y que los ilumine tu luz perpetua.
Por la misericordia de Dios descansen en paz.

¿Habría encontrado el descanso en la abadía de Camden? ¿Descansaban Rosamund, Lydia y Philippa en paz? ¿Y el asesino? ¿Hallarían alguna vez el descanso todos ellos?

Charlotte colocó dos sillas de madera delante de una exigua estufa de gas y se sentaron sin quitarse el abrigo, porque hacía mucho frío. Guardaron silencio unos minutos hasta que Charlotte empezó a hablar.

—No sé por dónde empezar, si le digo la verdad.

Maisie le tendió las manos ya templadas hacia las de ella y dijo con voz amable:

—Empiece por cualquier parte. Podemos avanzar y retroceder como nos parezca.

Charlotte tragó saliva y frunció los labios.

—Creo... Creo que todo empezó la primera vez que fui consciente de lo mucho que mi padre quería a mi hermano, Joe. No era que a mí no me quisiera. No, era simplemente que a él lo quería muchísimo más. Creo que era bastante pequeña. Mi madre no estaba casi nunca. No estaban hechos el uno para el otro. Supongo que eso ya lo sabe.

Charlotte guardó silencio un momento. Tenía los ojos cerrados y le temblaban las manos. Maisie se fijó en el movimiento debajo de los párpados, como si recordar el pasado le causara un tremendo dolor.

—No era algo evidente, eran más bien detalles pequeños. Volvía a casa del trabajo y nada más ver a Joe se le iluminaba la cara. Le revolvía el pelo, ese tipo de cosas. Después me veía a mí, pero su sonrisa no era tan... vivaz.

—¿Se llevaba usted bien con su hermano?

—Sí, sí. ¡Joe era mi héroe! Él lo sabía, y yo sabía que él era consciente de lo que sentía. Siempre se le ocurría algún juego especial para que jugáramos juntos, y si mi padre quería jugar al críquet o a cualquier otra cosa con él, Joe siempre decía: «Pero Charlie también viene». Así me llamaba, Charlie.

Maisie guardó silencio y al cabo de unos minutos le tocó la mano para animarla a continuar.

—No sé cuándo empezó a molestarme. Creo que fue cuando cumplí doce o trece años. Me sentía como si estuviera participando en una carrera que nunca podría ganar, y estaba agotada de intentarlo. Para entonces mi madre vivía cómodamente en Yorkshire. Mi padre, que empezaba a tener mucho éxito en los negocios, se la quitó de encima. Estaba abriendo tiendas nuevas y Joe iba siempre con él. Era siete años mayor que yo y lo estaba formando para que tomara las riendas del negocio algún día. Recuerdo que un día, en el desayuno, dije que yo quería hacer lo mismo que Joe, quería empezar a trabajar en el negocio familiar, desde abajo, como los demás aprendices. Mi padre se rio. Dijo que no estaba hecha para el trabajo duro, «dar el callo» dijo. Que no tenía las «manos para dar el callo».

Charlotte sabía imitar a la perfección la forma de hablar de su padre.

—Y fue cuando me envió a un colegio en Suiza. Fue horrible. Echaba de menos a Joe, mi mejor amigo. Y echaba de menos mi casa. Pero... pero allí pasó algo. He pensado en ello muchas veces —dijo mirando a Maisie de frente por primera vez—. He reflexionado mucho sobre lo que pudo haber ocurrido. Me... distancié mucho. Me habían ido apartando durante mucho tiempo —dijo y empezó a titubear—. Me pareció que era lo mejor que podía hacer, el mejor sitio para estar. Ya que se empeñaban en echarme fuera, allí fuera me quedaría. ¿Lo entiende?

Maisie asintió con la cabeza. Lo entendía bien.

—Hice amigas, unas chicas del colegio. Rosamund, Lydia y Philippa. Era uno de esos colegios en los que te pulen para ser una dama de la alta sociedad, pero no se fomenta la educación. Me sentí humillada. Era como si mi padre pensara que solo servía para hacer arreglos florales, comprar ropa y dirigirme a los sirvientes de manera apropiada. Entonces estalló la guerra y todas volvimos a Inglaterra. Mi padre, cómo no, el gran hombre de negocios —Maisie notó el sarcasmo en la voz de Charlotte— ya había cerrado varios contratos con el gobierno para suministrar víveres para el ejército. —Levantó la cabeza pensativa—. Si lo piensas bien, es asombroso que haya gente que se enriquezca con la guerra. Mi asignación para comprar ropa procedía de la comida que Joseph Waite vendía para los soldados.

Apartó la mirada y se quedó ahí sentada sin decir nada un buen rato, hasta que se sintió con fuerzas para retomar el relato.

—Al volver a casa, las cuatro nos sentíamos desubicadas, no sabíamos muy bien qué hacer. Probamos a tejer bufandas, calcetines y esas cosas. A enrollar vendas. Joseph trabajaba en el almacén. Había empezado desde abajo del todo y en esa época estaba en la sección de cuentas por cobrar. Pero ya había estado como aprendiz con los carniceros, había salido a repartir pedidos, era el niño mimado de todo el mundo. Todos querían al «joven Joe» —dijo esto último imitando el acento del sur de Londres y Maisie la miró de repente.

—¿Cómo se llevaba con él después de Suiza?

—Muy bien. Cuando le pedí a mi padre que me dejara trabajar en el negocio y me dijo que no, Joe me defendió, dijo que era una buena idea, que daría ejemplo. —Volvió a mirar a lo lejos—. Era un chico maravilloso.

Maisie no dijo nada mientras Charlotte guardaba silencio y ordenaba las ideas.

—Así que allí estábamos nosotras, cuatro chicas que no sabían hacer nada, pero tenían mucho tiempo libre, y en mi caso, ningún sitio en el que la quisieran. —Soltó el aire con fuerza—. Fue entonces cuando me enteré de lo de la Orden de la Pluma Blanca. Vi un cartel. Y convencí a las demás. No me costó mucho. Fuimos a una reunión. —Levantó las manos con las palmas hacia arriba en un gesto de impotencia—. Ahí empezó todo.

Maisie la miró. «Una líder nata y audaz.»

—Entramos en el juego y estábamos dispuestas a jugar. Salíamos cada día con nuestras bolsitas de plumas blancas y se las entregábamos a los jóvenes que no vestían uniforme. Nos las repartíamos entre las cuatro a partes iguales y luego quedábamos para ver si las habíamos entregado todas. Todas creíamos que hacíamos lo correcto. A veces... A veces pasaba por una oficina de alistamiento y veía a un hombre, dos en alguna ocasión, en la puerta sosteniendo en la mano la pluma que yo misma les había entregado. Y pensaba: «Bien hecho».

»En casa no sabían a lo que me dedicaba. Mi padre estaba ocupado siempre y Joe trabajaba mucho en el almacén. Nadie se preguntaba qué estaría haciendo. Joe preguntaba por mí nada más entrar por la puerta. Creo que sabía que me estaba desmoronando. Pero por dentro... —calló y se tocó con la palma la sobria hebilla del cinturón del vestido— por dentro estaba resentida con él. No sabía dónde echar todo ese pus horrible que se estaba acumulando en mi interior. Era una especie de enfermedad, de tumor. —Le cayó una lágrima por la mejilla—. Un día se me ocurrió una manera de vengarme de él, de mi padre, y de quitarme de en medio a Joe un tiempo. El problema era que no lo pensé bien. No se me ocurrió que sería para siempre.

Se produjo un silencio. Maisie se frotó con energía los brazos que se le habían vuelto a enfriar. «No juzgues.»

—Continúe.

Charlotte Waite la miró. Cualquiera habría dicho que su actitud era arrogante, pero Maisie sabía que estaba reuniendo fuerzas.

—Sugerí a las chicas, a Rosamund, Lydia y Philippa, que teníamos que entregar todas las plumas que pudiéramos. Y les propuse un modo de lograrlo. El almacén de Waite, en el que trabajaban muchos hombres jóvenes: mensajeros, conductores, empaquetadores, carniceros, personal administrativo, un ejército, de hecho, en varios turnos. Un timbre señalaba el cambio. Mi plan era apostarnos fuera de la verja en el cambio de turno y entregarles las plumas. —Se puso la mano encima de los labios juntos y se lanzó—. Entregamos una pluma a todos y cada uno de los hombres que salían del almacén, sin importarnos su edad o su trabajo. Y cuando terminamos, fuimos a las tiendas principales de la ciudad, a todas a las que nos dio tiempo en un día, e hicimos lo mismo. Cuando mi padre nos vio, solo me quedaba una pluma. —Charlotte bajó la cabeza—. Se nos acercó con el coche, seguido por otro vehículo. Abrió la puerta y salió hecho una furia. Ordenó al chófer del otro coche que llevara a Rosamund, a Lydia y a Philippa a su casa, mientras que a mí me agarró del brazo y me metió en el coche casi a rastras. —Abrió los ojos y miró a Maisie de nuevo—. Seguro que está al corriente de los grupos que se alistaban juntos, vecinos de la misma calle o compañeros de trabajo, y constituían un batallón, ¿no, señorita Dobbs?

Maisie asintió.

—Pues mi padre perdió a más de tres cuartas partes de su plantilla cuando los hombres se alistaron todos juntos en la misma semana que les entregamos las plumas. Se pusieron el nombre de Los Chicos de Waite. Joe era uno de ellos.

Las manos de Charlotte llamaron la atención de Maisie. Se estaba clavando las uñas de una mano en la carne de la otra. Se había hecho sangre. Se cubrió la herida y siguió.

—Mi padre piensa deprisa. Se ocupó de informar a las familias de que los hombres conservarían sus empleos y podrían retomarlos a su vuelta, y ofreció trabajo a las esposas y las hijas con la promesa de que les pagaría el mismo sueldo que a los hombres. Se ocupó también de que los hombres que se habían alistado recibieran con regularidad un paquete de productos Waite. A mi padre se le da bien cuidar de las familias. El problema es que nunca ha tenido esa compasión conmigo. Para sus trabajadores era un hombre maravilloso, un verdadero patriarca. Organizaba fiestas para los niños, daba pagas extra en Navidad. La empresa siguió funcionando durante toda la guerra, ganó mucho dinero.

Charlotte se miró la herida de la mano sin pensar y se la limpió en el costado del abrigo.

—Y murieron todos. Bueno, algunos volvieron heridos, pero la mayoría murieron en el campo de batalla. Joe murió. Está enterrado allí. —Miró a Maisie a los ojos de nuevo—. Así que ya ve, nosotras, yo, los maté. Ya sé que va a decir que, tarde o temprano, los habrían llamado a filas, pero la realidad es que yo sé que fuimos nosotras quienes los enviamos a una muerte segura. Si contamos a los padres, las novias, las viudas y los hijos, debe de haber una legión de personas que querrían vernos muertas a las cuatro.

Durante el silencio que se produjo a continuación, Maisie se sacó un pañuelo limpio del bolsillo de la chaqueta de *tweed*. Lo sostuvo entre la mano de Charlotte y la suya, y presionó la palma contra la de ella con los ojos cerrados. «No juzgues. Decide pensando en el bien de todos los involucrados. Que tu trabajo les permita encontrar la paz.»

21

Maisie insistió en que Charlotte fuera con ella a Ebury Place. Quedarse sola en Bermondsey era demasiado peligroso. No hablaron mucho en el trayecto en coche por las calles londinenses, incluido el desvío por Whitechapel, durante el cual Charlotte permaneció en el MG mientras Maisie entraba un momento en casa de Billy para pedirle que se reuniera con ella en la oficina al día siguiente por la mañana. Ese domingo iba a ser laborable, y muy importante.

Maisie confiaba en que Charlotte no intentaría huir y la instaló en una de las habitaciones de invitados que había en la misma planta en la que se alojaba ella. Ya podía descansar de verdad. Había sido un día muy largo y sería una larga noche, en vista de que su plan, que debía ejecutarse sin demora, iba tomando forma. Pasaban ya de las diez cuando fue a la biblioteca para llamar por teléfono a Maurice. Contestó al primer tono.

—¡Maisie! —contestó el hombre sin esperar a oír su voz—. Estaba esperando tu llamada.

Maisie sonrió.

—Ya lo sabía yo.

Los dos sabían que Maisie tenía que hablar con su mentor cuando la conclusión de un caso estaba cerca. Ambos se pegaron el auricular a la oreja como si los guiara un hilo invisible.

—He hablado con Andrew Dene esta mañana —dijo Maurice.

—Ah... ¿Te ha llamado para hablar sobre el estado de mi padre?

—No, lo cierto es que ha venido a verme.

—¿Ah, sí? —preguntó ella sobresaltada.

Maurice dibujó una amplia sonrisa.

—No eres la única alumna que viene a mi casa, Maisie.

—Ya lo sé, por supuesto —contestó ella contenta de que Maurice no pudiera ver que se había sonrojado.

—Como te iba diciendo, Andrew ha venido a verme por varios asuntos, incluido el señor Beale.

—¿Y?

—Nada preocupante, solo quería hablar sobre la mejor manera de ayudarlo.

—Entiendo.

—Supongo que llegará aquí en breve, en uno o dos días, ¿no?

—Sí, en cuanto cerremos el caso.

—Y ahora dime. Percibo que en lo que se refiere al encargo que te hicieron, el caso ya está cerrado. ¿Has encontrado a Charlotte Waite?

—Sí, aunque su padre insistió en que consideraría mi trabajo terminado cuando la llevara a su casa de Dulwich.

—¿Y cuándo ocurrirá eso?

—He quedado con Billy en la oficina mañana por la mañana. Los tres iremos en taxi.

—Pero tienes otro plan en mente, ¿verdad?

—Así es.

Maisie oyó que Maurice golpeaba la pipa y el frufrú del paquete de tabaco Old Holborn. Cerró los ojos y se lo imaginó introduciendo y presionando el tabaco en la cazoleta, encendiendo a continuación una cerilla y acercándola al borde para prender el tabaco. Maisie inspiró imaginándose el aroma. En ese momento volvía a ser una niña sentada a la mesa de la biblioteca de Ebury Place, leyendo en voz alta sus anotaciones mientras su profesor caminaba de un lado a otro sosteniendo la pipa en la mano derecha y en un momento dado la señalaba y le preguntaba: «¿Qué pruebas tienes que sustenten esas conclusiones?».

—¿Qué más querías decirme? ¿Y dónde, si puedo preguntar, está la policía? —preguntó Maurice.

—Charlotte ha confesado que con sus actos provocó que un buen número de empleados de su padre se alistaran, su hermanastro, Joe, la niña de los ojos de su padre, entre ellos. —Maisie respiró y le relató la historia que le había contado el jefe del almacén primero y luego Charlotte—. Charlotte Waite se considera culpable de un crimen.

—Me imagino que no consideras a Charlotte capaz de cometer un asesinato.

—Estoy segura de que no es la asesina, pero sí creo que podría ser la siguiente víctima.

—¿Y el hombre que ha detenido la policía y que creen que es el asesino?

—Creo que es inocente. Tal vez no sea un buen hombre, pero no ha matado ni a Rosamund ni a Philippa ni a Lydia.

—Stratton parecía un hombre justo. ¿No ha querido escuchar tus quejas?

Mientras hablaban, Maisie sintió, y no era la primera vez, que su mente y la de su profesor eran una sola, sintió la proximidad intelectual y el entendimiento, incluso cuando la interrogaba.

—El inspector Stratton ha dejado que sus prejuicios se interpongan en este caso. Perdió a su mujer durante el parto y se quedó solo con un hijo. La desazón interior le ha nublado el buen juicio habitual. El hombre que según él es el asesino, Magnus Fisher, es un personaje antipático, un hombre que no ha tratado bien a las mujeres. De hecho, admite haberse casado con Lydia Fisher por su dinero.

—Entiendo.

—He intentado trasladarle mis sospechas en varias ocasiones, sin éxito. Stratton no querrá creer que Fisher es inocente hasta que le entregue al verdadero asesino en bandeja.

—Sí, está claro —convino Maurice y se detuvo para fumar de la pipa—. Y tienes un plan para atrapar al asesino, ¿no es así?

—Así es.

—Háblame otra vez del modus operandi de los tres asesinatos —continuó Maurice.

—Sir Bernard Spilsbury afirma que envenenaron a las víctimas y Cuthbert ha identificado la sustancia: morfina. En dos de los casos, al envenenamiento siguió un brutal apuñalamiento.

—¿El arma?

—La bayoneta de un rifle Lee-Enfield de cañón corto.

Maurice asintió con la cabeza.

—El asesino dio rienda suelta a su furia tras la muerte de la víctima.

—Sí.

—Interesante.

—Ira, dolor, sufrimiento... soledad —dijo Maisie—. Tenemos un cóctel de motivos suculento como detonante.

—Charlotte tiene razón, Maisie. Podría ser cualquiera entre un centenar de personas.

—Un centenar de personas podría tener motivos para buscar venganza, pero no todo el mundo lo haría de ese modo. El asesino es alguien que vive atormentado, alguien que no encuentra ni un minuto de tregua en las veinticuatro horas que tiene el día. Y esa persona ha descubierto de forma trágica que imponer su castigo no le ha servido para mitigar el terrible dolor de la pérdida. El asesino no es una persona cualquiera dentro de esa multitud de parientes que han perdido a un ser querido. No, es alguien en particular.

Maurice volvió a asentir con la cabeza.

—Y ya sabes de quién se trata, ¿verdad?

—Eso creo, sí.

—¿Me prometes que tomarás todas las precauciones debidas, Maisie?

—Te lo prometo.

—Muy bien.

Los dos guardaron silencio un momento y fue Maurice quien lo rompió.

—No te fíes de la compasión, Maisie. No permitas que te impida ver el peligro. No dejes que la lástima te domine, jamás. Sé que hay que detener a este asesino, que tal vez sienta que ni siquiera si asesina a Charlotte conseguirá aplacar su dolor. Podría seguir matando. Nos hemos enfrentado a grandes peligros juntos, Maisie. Recuerda todo lo que has aprendido. Y ahora cuelga, venga. Tienes que prepararte para mañana. Va a ser un día largo.

Ella asintió.

—Ya te contaré en qué termina todo, Maurice.

Antes de abandonarse al descanso en su cama, Maisie se puso el abrigo y el sombrero de nuevo y salió de la casa, recordando el consejo que le había dado su mentor la primera vez que trabajaron juntos: «Cuando caminamos y cuando miramos algo a lo que no estamos acostumbrados, nos desafiamos a nosotros mismos a movernos con libertad en nuestro trabajo y a observar las conclusiones desde otra perspectiva. Mueve el cuerpo, Maisie, y moverás la mente». Caminando por las calles silenciosas de Belgravia se dio cuenta de que con aquellas últimas palabras, Maurice había dado por supuesto algo que no era verdad.

Había pasado varias horas meditando en silencio y se encontraba lista para lo que pudieran depararle las siguientes veinticuatro horas. Antes de tomar un desayuno ligero en la cocina, y que Sandra le confirmara que ella misma le había subido el desayuno a la señorita Waite y le había preparado un baño, Maisie llamó por teléfono a la residencia Waite. Después, en la cocina, había repasado el resto del plan y, finalmente, había subido a llamar a la habitación de Charlotte.

—Buenos días —saludó esta cuando abrió la puerta.

—¿Preparada, señorita Waite?

—Sí.

—Pues en marcha. Es hora de irnos. La espero en la puerta principal dentro de veinte minutos.

Eran las diez de la mañana cuando llegaron a Fitzroy Square, en la que reinaba la paz habitual de los domingos. Cuando detuvieron el coche junto al edificio de estilo georgiano en el que se encontraba la oficina de Maisie, Billy cruzaba la plaza.

—Esto es sincronización —dijo ella—. Mi ayudante acaba de llegar. Él forma parte de mi plan y nos acompañará a Dulwich.

Maisie hizo las presentaciones. Ya dentro del despacho, Billy se ofreció a tomarle el abrigo para colgarlo, mientras que Maisie se quitaba la chaqueta y la colgaba detrás de la puerta.

—Vamos al grano. Tenemos que salir a la una. Así podremos asegurarnos de que tenemos claros todos los puntos. —Hizo una seña a Charlotte para indicarle que se acercara a la mesa de trabajo. Habían puesto un pliego de papel grande donde normalmente tenían el mapa del caso—. Esto es lo que vamos a hacer —dijo cogiendo un bolígrafo antes de empezar.

Durante la explicación del plan, Charlotte se excusó dos veces y en las dos Billy salió al pasillo a esperarla para asegurarse de que no abandonaba el edificio. Esas dos fueron las únicas interrupciones hasta que Maisie se levantó y fue a la mesa en la que estaba el teléfono para llamar a la residencia Waite.

—Hola, soy la señorita Dobbs. Llamo para confirmar que está todo listo para la llegada de la señorita Waite a Dulwich esta tarde. —Charlotte y Billy la miraban mientras ella escuchaba lo que le decían al otro lado de la línea—. De hecho, he hablado con el señor Waite esta misma mañana y sé que estaba a punto de marcharse a Yorkshire. Y vuelve el martes, ¿verdad? Sí, bien. Recuerde que la señorita Waite no quiere ver a nadie y no hay que informar a nadie de su llegada. Sí, irá directamente a su habitación y permanecerá en ella hasta que se sienta cómoda y tranquila. Sí, bastante. No, a nadie. Muy bien. Perfecto. Gracias.

Maisie puso el auricular en la horquilla y se volvió hacia Billy.

—Es hora de buscar un taxi.

—Vuelvo en un periquete, señorita —dijo él alcanzando su abrigo.

Cuando cerró la puerta al salir, Maisie se volvió hacia Charlotte.

—Muy bien. ¿Tiene claro lo que vamos a hacer?

—Por supuesto. Es bastante sencillo. Es usted la que va a correr todo el riesgo.

—Siempre y cuando comprenda que nadie debe reconocerla cuando lleve a cabo su parte del plan. Eso es vital.

—¿Y cree que todo el... asunto quedará resuelto en cuestión de horas?

—Creo que el asesino se dará prisa en volver a atacar.

Billy volvió colorado del esfuerzo.

—¡Te he dicho que no corras!

—Señorita, el taxi está fuera. Será mejor que bajemos.

SUBIERON TODOS AL taxi y no hablaron en todo el camino, cada uno repasaba mentalmente el papel que le correspondía interpretar en el plan según fuera avanzando el día. Al llegar a Dulwich, Billy cogió el equipaje de Charlotte.

—¿Se encuentra bien? —preguntó Maisie rodeando los hombros a Charlotte con un brazo mientras la acompañaba a la casa. Esta llevaba la cabeza gacha y apenas se le veían unos mechones de pelo bajo el sombrero gris pegado a la cabeza.

—Sí. No le fallaré.

—Lo sé.

La puerta se abrió antes de que llegaran al primer escalón de la entrada. Maisie saludó a Harris con una pequeña inclinación de la cabeza y entraron deprisa.

—Gracias. Vamos a la habitación de la señorita Waite.

El mayordomo hizo una reverencia y saludó a Billy con otro leve movimiento de la cabeza cuando entró con el equipaje y siguió a las dos mujeres al piso de arriba.

—Billy, espérame aquí fuera hasta que te avise.

—Sí, señorita —dijo él al ocupar su puesto fuera de la habitación cuando la puerta se cerró.

Maisie se quitó el abrigo, el sombrero y la blusa.

—Deprisa, quiero que se marche de aquí lo antes posible.

Charlotte empezó a desnudarse.

—Yo... No estoy acostumbrada a...

—Entre ahí —dijo Maisie señalando el cuarto de baño—, desnúdese y póngase una bata. Deje la ropa dentro.

Charlotte hizo lo que le decía mientras Maisie se quitaba el resto de la ropa. Salió unos minutos después y Maisie le señaló el montón de ropa que había dejado en la silla.

—Póngase eso y déjese unos mechones de pelo sueltos. Salgo en un minuto.

Se vistió todo lo rápido que pudo. Tenía las manos frías y le costó trabajo abrocharse los botones de delante del vestido de Charlotte. Tal vez no le hiciera falta ponerse la ropa de la otra mujer, pero era mejor estar preparada por si a alguien le diese por mirar hacia la sala de estar desde el jardín. Era Billy el que tenía que vigilar que no lo viera nadie.

Al volver a la sala de estar, Maisie soltó un grito de sorpresa.

—¡Madre mía! Porque sé que...

—Su ropa me queda muy bien, señorita Dobbs.

—Hasta la talla del sombrero es perfecta.

Charlotte sonrió.

—Quiero... Quiero darle las gracias...

Maisie la interrumpió con un gesto de la mano.

—No diga nada... o no lo diga todavía. El día aún no ha terminado. ¿Sabe lo que tiene que hacer ahora?

—Sí. Tengo que volver directa al número 15 de Ebury Place. Sandra me estará esperando y se quedará conmigo en todo momento hasta que usted vuelva.

—Y no debe salir de la habitación. ¿Entendido? ¡Debe quedarse con Sandra! —dijo ella sin levantar la voz pero con tono apremiante.

—Lo he entendido, señorita Dobbs. Pero ¿qué pasa con mi padre?

—Poco a poco, poco a poco. Bien, ¿preparada?

Charlotte asintió con la cabeza.

—Bien. —Maisie abrió la puerta y le hizo un gesto a Billy para que entrara.

El hombre las miró alternativamente.

—Entonces, ¿ya estamos?

—¿Listo?

—Listo —dijo él agarrando la manilla de la puerta—. Verá, llevo tiempo queriendo hacerle una pregunta, señorita Waite.

Charlotte miró primero a Maisie y después a Billy.

—¿Sí, señor Beale?

—¿Tenía dos libretas de direcciones, una más vieja con todas las direcciones y otra más nueva, que es la que se dejó aquí cuando se fue?

—Pues... sí, así es. Me llevé la vieja porque no conseguía acostumbrarme a la nueva. Estaba tan vacía que me daba la sensación de que no conocía a nadie.

—Lo que pensaba. Bueno, vámonos. —Y volviéndose hacia Maisie añadió—: Tenga cuidado, señorita.

Empezaba a oscurecer. Maisie miró por la ventana a Charlotte y a Billy y se fijó en que la mujer caminaba más erguida. Las luces traseras del taxi se fueron disipando conforme se dirigía hacia la verja de la finca. Sabía que estaba corriendo mucho riesgo con Billy; la debilidad de la pierna lo convertía en un activo dudoso, pero no le había quedado más remedio que pedirle que volviera a la mansión a hurtadillas. Necesitaba un testigo, alguien que estuviera de su lado, y no sabía hasta qué punto podía confiar en el personal de la casa. Si Stratton se hubiera mostrado abierto a otras posibilidades... pero no lo había hecho.

Dirigió la atención hacia el palomar y, por un segundo, le pareció ver movimiento entre las sombras. Algo se movió otra vez y unas cuantas palomas salieron volando. Maisie contempló el aleteo fantasmagórico de las palomas en el cielo del atardecer. Volaban en círculo antes de descender de nuevo al nido para pasar la noche. Al mirar de nuevo hacia el palomar, la sombra había desaparecido. Sabía que, disfrazada de Charlotte Waite, tenía motivos para asustarse. Entró en el dormitorio y echó las cortinas antes de dirigirse a la cama. Echó hacia atrás la colcha y las sábanas, apartó los cojines y colocó uno cilíndrico y alargado de tal modo que pareciera que había alguien en la cama.

«El truco más viejo del mundo. Espero que funcione.» Encendió la lámpara del tocador y revisó la habitación antes de descorrer las cortinas de nuevo. Inspeccionó el resultado desde la puerta. «Muy bien.»

Maisie fue a echar las cortinas de la salita de estar cuando oyó que llamaban suavemente a la puerta. No respondió. Llamaron de nuevo, con suavidad, y después se oyó una voz de mujer.

—¿Señorita Waite? ¿Señorita Waite? Venía a preguntarle si le apetece una taza de té. ¿Señorita Waite?

Maisie suspiró aliviada. Se sentó en silencio. Después de un minuto oyó que los pasos se alejaban por el pasillo. Miró el reloj, el único accesorio que no se había quitado. Billy tendría que estar al llegar. Se sentó en la misma silla de la primera vez que visitó aquella habitación y sintió el miedo y la angustia de Charlotte. Y esperó.

Llamaron otra vez a la puerta. Escuchó con atención, porque si todo había ido bien, Billy ya debería haber vuelto.

—¿Señorita Waite? ¿Señorita Waite? ¿Me oye? ¿Le apetece un poquito de pollo guisado? Tiene que recobrar las fuerzas, señorita.

Escuchaba en silencio. Cuando los pasos se perdieron a lo lejos por segunda vez, Maisie se dio cuenta de que necesitaba comer algo. Abrió la bolsa de viaje de Charlotte y sacó una botella de limonada y un sándwich. Se metió en el cuarto de baño para comer sin hacer ruido y bebió también un poco de limonada.

Se había hecho de noche. ¿Se habría equivocado al pensar que el asesino volvería a atacar tan pronto? El tiempo pasaba muy despacio.

Las diez. Otro toque en la puerta. Maisie se puso tensa.

—¿Señorita Waite? ¿Señorita Waite? No puede seguir así. Tiene que estar deseando tomarse un té o comer algo. Como no quiere ver a nadie, le dejo la bandeja en la puerta. He puesto una tetera y unos *macarons*. Están recién salidos del horno. Los he hecho especialmente para usted.

Dejaron la bandeja y los pasos que se alejaban le indicaron que no había nadie en el pasillo. Giró la llave de la puerta muy despacio, abrió y metió la bandeja en la habitación. Después echó la llave de nuevo y dejó la bandeja en la mesita al lado del sillón de orejas.

Maisie levantó la tapa de la tetera y olfateó el té Earl Grey con su aroma fuerte de bergamota. Después desmigó las galletas calientes aún del horno, que olían a almendra. Un intento sencillo de disimular un festín envenenado. Cogió la tetera y se sirvió una taza, añadió leche y azúcar, lo removió y luego entró en el cuarto de baño y tiró casi todo el contenido en el lavabo. Tiró también la mitad del contenido de la tetera para que la persona que lo había preparado creyera que se había tomado dos o tres tazas. Tras todo lo cual, entornó la puerta de la habitación y dejó caer al suelo la taza y el platillo, de manera que el resto del té envenenado se derramó sobre la alfombra. Estaba tan cerca de la ventana que podían ver su silueta desde los jardines, y una vez que sabía que había alguien observando, simuló que se mareaba y se dejó caer sobre la cama. Desde allí, rodó hacia el suelo y se alejó gateando hacia el rincón para esconderse detrás del armario. Desde allí veía la entrada a la habitación y la cama. Lo único que le preocupaba en ese momento era que llegara Billy.

Esperó.

Justo cuando empezaba a sentir que no podía aguantar más el hormigueo de la pierna que se le había dormido, oyó que metían una llave en la cerradura de la puerta principal de la suite. Contuvo el aliento. Entró alguien que caminaba despacio y se detuvo junto al sillón. Luego oyó el tintineo de la porcelana cuando el intruso se agachó a recoger el juego de té y lo depositó en la bandeja. Oyó que le quitaba la tapa a la tetera y volvía a dejarla encima. El tiempo seguía pasando, los pasos se acercaron y Maisie intentó hacerse más pequeña al ver la sombra alargada que atravesó el suelo cuando abrieron del todo la puerta de la habitación.

Tragó saliva y en la tensión del momento temió que quienquiera que fuera la persona que había entrado allí para matar a Charlotte Waite la hubiera oído. Contuvo la respiración de nuevo mientras observaba que el asesino levantaba el brazo con el arma lista. Se dirigió a la cama y entonces perdió todo el control y se puso a gritar enloquecida. Se dobló hacia delante lamentándose y gimiendo con tanta angustia y tanta congoja que incluso la sombra parecía emitir un llanto gutural. Sollozaba como solo puede hacerlo una madre, abandonando el cuerpo al dolor y la rabia de alguien que ha perdido a sus hijos. Clavó una y otra vez la bayoneta en lo que ella creía que era el cuerpo sin vida de Charlotte Waite.

La asesina se desplomó en el suelo jadeante, intentando llenar los pulmones de aire. Maisie se acercó a ella, se puso de rodillas y la estrechó contra sí mientras le quitaba la bayoneta de la mano inerte y sumisa.

—Ya está, señora Willis, ya está. Todo ha terminado.

22

—¡Señorita!

Billy encendió la luz y se arrodilló con torpeza junto a Maisie. Sacó un pañuelo del bolsillo y le quitó la bayoneta de la mano con cuidado.

—No podía entrar de nuevo. Lo he intentado, pero había...

—No te preocupes, Billy. Llama a Stratton de inmediato. ¡Vete, pero asegúrate de dejar esa bayoneta en un lugar seguro!

Cuando Billy regresó, Maisie había ayudado a la señora Willis a pasar a la sala y a sentarse en el sillón de orejas. Estaba calmada, pero tenía los ojos apagados, como si mirara sin ver.

—Viene ahora mismo hacia aquí. Lo han llamado a su casa y está en camino.

Había tiempo para sentarse allí con la persona que había acabado con la vida de tres mujeres y que lo habría hecho con una cuarta. Billy se quedó de pie junto a la puerta, mientras que Maisie, de rodillas junto al sillón, acompañaba a la mujer, con la mirada fija en el fuego que Maisie había encendido para ofrecerle algo de consuelo. La escena parecía la de una chica joven que va a visitar a su tía favorita.

—Me condenarán a la horca, ¿verdad, señorita Dobbs?

Maisie miró los ojos vidriosos de la mujer, inclinada hacia delante en el sillón de orejas de Charlotte.

—No puedo predecir lo que dictaminará el jurado, señora Willis. Cuando conozcan toda la historia, es posible que encuentren circunstancias atenuantes. Puede que la declaren incapacitada para ser juzgada.

—Entonces me mandarán a la cárcel.

—Sí. Perderá la libertad.

La señora Willis asintió con la cabeza y esbozó una sonrisa torcida. Seguía mirando fijamente las llamas.

—Hace mucho tiempo que perdí la libertad, señorita Dobbs.

—Lo sé —dijo ella inmóvil.

—Mataron a toda mi familia. Menos al más pequeño, y en su estado es como si lo hubiera perdido también.

—Sí.

Maisie sabía que no era momento para hablar de matices, como que nada podría haberlo evitado porque más tarde los hubieran llamado a filas.

—Parece que fue ayer —dijo la mujer levantando la cabeza para mirarla. Billy se acercó un poco más para oírlo mejor.

—Mi Frederick era maestro carnicero. Llevaba años trabajando con el señor Waite. Éramos jóvenes cuando nos casamos. Me quedé embarazada de nuestro primer hijo de inmediato; hijo de la luna de miel dijeron. Nuestro Anthony. Era un amor. Qué bueno era Tony. Si se encontraba un pajarillo en la calle que no podía volar, allí que iba a la cocina y se ponía a darle pan mojado en leche. Un año después llegó Ernest. No se parecían en nada... —dijo la mujer sonriendo al recordar el pasado.

»Ernest era un poco golfo. Cada vez que se montaba alguna trastada, estaba metido en el ajo. Pero Tony estaba ahí para decirle que tenía que hacer las cosas bien, y por mucho que fueran como la noche y el día, iban juntos a todas partes. Siempre. Después llegó Wilfred, Will, el pequeño. Le encantaban los libros, le encantaba leer. Siempre pensando en sus cosas, parecía que vivía en su mundo la mitad del tiempo. Los vecinos decían que tenía suerte de que los tres se llevaran tan bien. Claro que también se peleaban. Como cachorros, hasta que llegaba Frederick y los separaba agarrando a cada uno por el cogote. Era un hombretón, mi Frederick. Al final terminaban jugando todos juntos en el jardín. La gente decía que me había tocado la lotería con mis chicos.

Billy se había acercado un poco más. A lo lejos, Maisie oyó que abrían las puertas de la verja y el ruido de la grava bajo las ruedas del coche Invicta del inspector Stratton, que se acercaba a la puerta delantera de la casa. Lo seguía otro vehículo, presumiblemente el furgón para transportar a la señora Willis. Maisie indicó a Billy con un gesto que se quedara en la puerta para evitar una entrada estrepitosa por parte de la policía.

—Tony entró a trabajar con Waite primero, luego lo hizo Ernie y, por último, Will. —La mujer la miró de nuevo—. Al señor Waite le gustaba tener a familias enteras trabajando en la empresa, decía que era bueno para los hijos aprender de sus padres. Él estaba haciendo lo mismo con su hijo Joseph —dijo mirando con fijeza al vacío.

—Continúe.

Maisie oía ya las voces en el pasillo, que se apagaron cuando Billy salió a su encuentro. Cuando su ayudante, Stratton y una agente de policía nueva entraron en la habitación, Maisie levantó la mano para que se detuvieran. La señora Willis continuó con su relato, ajena a los recién llegados.

—Un día, Tony llegó de su turno muy desanimado. No era propio de él. Ernie y Will llegaron después y casi no hablaron. Fueron a su habitación directamente. Los oía hablar a los tres, pero pensé que habría ocurrido algo en el almacén, ya sabe, cosas de trabajo. Frederick no estaba allí ese día; había tenido que ir al matadero. Al señor Waite le gustaba que uno de sus maestros carniceros estuviera allí supervisando, para comprobar que todo se hacía conforme a los niveles de calidad más exigentes.

La señora Willis calló. Maisie y Stratton se miraron. Él estaba dispuesto a esperar.

—¿Sabe? No puedo decirle realmente qué ocurrió después. Nuestra familia vivía bien, feliz. No éramos ricos, ni mucho menos, pero no nos faltaba de nada, sobre todo desde que los chicos también contribuían. Y, de repente, todo cambió. Tony y Ernie llegaron a casa al día siguiente, muy callados, y dijeron que se habían alistado. ¡Se habían alistado! Su padre y yo no nos lo podíamos creer. Todo se vino abajo, mi casa se vino abajo. Frederick dijo que no podía dejar que sus chicos fueran al frente sin que él estuviera allí para cuidar de ellos. Aún era joven, no tenía los cuarenta. Era demasiado mayor en teoría, pero en la oficina de alistamiento no eran quisquillosos, les bastaba con que estuvieras en buena forma. Se alistó con ellos y con todos los otros hombres y chicos jóvenes de la empresa de Waite, todos juntos. —La mujer la miró de nuevo—. El caso es que yo aún no sabía qué los había empujado a todos a salir corriendo para hacer algo así. Frederick decía que ser soldados hacía que los chicos se sintieran importantes, que todavía estaban muy verdes, que no sabía lo que era. Creo que ninguno de nosotros lo sabía.

La mujer guardó silencio. La agente hizo ademán de dirigirse hacia ella, pero Stratton la detuvo poniéndole la mano en el brazo.

—Fue Will quien nos lo contó. Pero ya había empezado a correr el rumor de que la hija de Waite y sus amigas andaban por ahí repartiendo plumas blancas. Qué chicas tan estúpidas, qué estúpidas. —Apretó los puños y se golpeó las rodillas. Había empezado a llorar otra vez—. Frederick le dijo a Will, lo estoy viendo ahora mismo en la puerta de casa el día que se fueron, los tres de uniforme, mi pequeña familia se marchaba al frente: «Cuida de tu madre, hijo mío. Quédate y hazlo por tus hermanos y por mí». —Se puso la mano en el pecho—.

»Pero ese tontorrón no le hizo caso. Era demasiado joven, demasiado. Tenía que ir y alistarse también. Dijo que nadie llamaba cobardes a los hombres Willis, que si su padre y sus hermanos iban, él también iría. Ojalá su padre hubiera estado allí para impedírselo. «No te pasará nada, mamá. El señor Waite cuidará de ti, no le pasará nada a ninguna familia. Antes de que te des cuenta, estaremos todos de vuelta.» Pero no volvieron. Ni siquiera Will. Puede que su cuerpo haya vuelto, pero él no lo hizo, el Will que yo conocía no volvió. —La mujer se echó hacia delante y se cubrió la cara mientras lloraba—. Los perdí a todos, los perdí por culpa de esas chicas tan crueles. Y, y... ya no podía seguir soportándolo. No podía soportar el... el... dolor...

Maisie era consciente del silencio de todos los presentes, pero no los miró. Rodeó a la mujer con un brazo tratando de consolarla.

—Fue como si me hundieran un cuchillo en el corazón —decía entre sollozos—. Un hombre vino un día con un telegrama. Al principio no supe qué hacer. No oía, no podía respirar siquiera. Me quedé allí plantada, como una estatua. —La mujer se apretó el pecho a la altura del corazón con la mano—. «Lo siento, cielo» me dijo, y allí me quedé, completamente sola. Estaba aturdida con aquel trocito de papel en la mano preguntándome cuál de ellos, cuál de los cuatro. Y de nuevo me clavaron el cuchillo. Tres veces, me apuñalaron tres veces, y de nuevo cuando vi el estado en el que me trajeron a Will. Y no he dejado de sentir ese dolor... justo aquí, justo aquí... —La mujer se golpeaba el pecho tratando de respirar.

Maisie cerró los ojos y se acordó de los tres últimos nombres escritos en la placa conmemorativa que había encima de puerta de la tienda de Waite de Oxford Street: Frederick Willis, Anthony Frederick Willis, Ernest Willis.

—¿Por eso no era suficiente con una sobredosis de morfina? —dijo con voz suave, pero asegurándose de que Stratton la oyera.

La mujer asintió.

—Primero las drogué. Quería que me oyeran antes de morir. No quería que se dieran media vuelta o que me pidieran que me marchara. Quería que murieran escuchando lo que les había pasado a mis chicos. Quería que supieran por qué y quería que fuera lo último que oyeran en este mundo. Solo Dios sabe lo que oirían ellos.

—Y dejó las plumas junto a ellas.

—Sí. Quería que si el espíritu de esas mujeres se quedaba aquí flotando, fuera un tormento para ellas. Quería que les recordara lo que habían hecho. Que sufrieran como habían sufrido mis chicos, como habían sufrido todos esos chicos, como estaban sufriendo sus familias. Quería que se quedaran entre este mundo y la otra vida, que no conocieran la paz. Que no hallaran nunca descanso. —La mujer se recostó contra Maisie, exhausta, y lloró amargamente.

Mientras la abrazaba, Maisie levantó la cabeza y le hizo un gesto al inspector y a la agente. Se la entregó con la delicadeza con la que entregaría un bebé recién nacido a su madre y dejó que estos la ayudaran a ponerse de pie. Después fue hasta donde estaba Billy y vio que tenía los ojos húmedos. Le puso una mano en el brazo.

—No me pasa nada, señorita, estoy bien.

La señora Willis reunió las fuerzas suficientes para mantenerse de pie mientras el inspector Stratton le leía sus derechos y, de camino a la puerta, se detuvo delante de Maisie.

—¿Pasará a visitar a mi Will, señorita Dobbs? Ni siquiera se enterará de que no estoy. Creo que voy a verlo por mí, si le digo la verdad, pero me gustaría saber que alguien va por allí de vez en cuando.

—Sí, por supuesto que iré, señora Willis.

—Yo también iré —añadió Billy.

Dos agentes que esperaban fuera de la habitación acompañaron a la señora Willis y a la agente a los vehículos. En el extremo más alejado del pasillo esperaba parte del personal, y todos le tocaron el brazo cuando la mujer pasó junto a ellos. Dos agentes más aguardaban órdenes de acordonar el escenario del crimen.

—Le debo una disculpa, señorita Dobbs —dijo Stratton.

—Creo que se la debe a Magnus Fisher. Y puede que también a John Sedgewick.

El hombre asintió con la cabeza y por un momento ninguno de los dos supo qué decir.

—Y una vez más he de felicitarla. También tendré que pedirle que vaya a Scotland Yard para tomarle declaración formal.

—Por supuesto.

—Y a usted también, señor Beale.

—Cómo no, inspector. Ah, por cierto... —Billy se agachó junto al juego de utensilios de la chimenea y sacó la bayoneta—. No se me ocurría dónde dejarla, así que como ya le dije un día, señorita, mi madre siempre decía que el mejor sitio para esconder algo es a la vista de todos.

23

Billy no tenía ninguna gana de dejar a su familia, y Maisie empezaba a perder la esperanza de poder llevárselo a Chelstone, pero al final accedió y el primer lunes de mayo, Maisie aparcó el MG en la estación de Charing Cross y lo acompañó al andén.

—Gracias por traerme a la estación. Creo que no habría sido capaz de dejar a Doreen y a los críos de no haber sido por usted.

—Nos veremos dentro de poco, Billy. Es lo mejor para todos.

Él sacó una moneda del bolsillo para comprar el periódico.

—Mire —dijo señalando la portada—. La joven Amy Johnson quiere llegar volando hasta Australia ella sola en un pequeño aeroplano, veintiséis años tiene, ¿qué le parece? Y yo asustado por tener que ir a Kent en tren.

Maisie le puso la mano en el hombro.

—Nunca juzgues un viaje por la distancia, Billy. Tu viaje, desde que te fuiste a Francia, te ha exigido una valentía de otro tipo, y te admiro por ello.

Maisie se dirigió a Dulwich después de dejar a Billy en la estación. Hacía buen día, lo que era de agradecer después de la Pascua gélida que habían tenido. Parecía presagiar un largo y cálido verano como el último. Era el primer día que Maisie se ponía ropa veraniega ese año: un traje nuevo gris claro de chaqueta larga hasta la cadera y falda hasta media pierna con dos tablones pequeños delante y detrás. Completaba el conjunto con unos sencillos zapatos negros a juego con un sombrero de paja del mismo color decorado con un lazo gris que terminaba en una flor plana a un lado de la cabeza. El sombrero le había costado dos guineas, una compra extravagante en Harvey Nichols. La chaqueta tenía cuello esmoquin, un estilo que le gustaba, pese a que había estado más de moda hacía varias temporadas.

Aparcó siguiendo las indicaciones habituales y sonrió cuando Harris abrió la puerta y la saludó con una leve inclinación de la cabeza.

—Buenos días, señorita Dobbs, confío en que se encuentre bien.

—Sí, muy bien, muchas gracias, Harris.

El mayordomo sonrió y se quedaron un momento sin saber qué decir. Fue ella quien rompió el silencio.

—¿Ha ido a ver a Will esta semana?

—Sí, señorita. Dos de las criadas fueron el domingo por la tarde y yo espero ir el jueves en mi tarde libre.

—¿Y cómo está?

—Como siempre, señorita, como siempre. Se desconcierta un poco cuando personas nuevas lo sacan a pasear por los jardines, pero luego se calma. Le diremos a su madre que no nos hemos olvidado de él.

—Por supuesto.

—¿Irá usted a visitarlo, señorita Dobbs?

—Le prometí a la señora Willis que lo haría. Le haré una visita la próxima vez que vaya a ver a mi... —calló un momento cuando la asaltó una imagen de Simon, no como estaba en ese momento, sino cuando era joven—. Cuando vaya a ver a un amigo mío.

El mayordomo le indicó la puerta abierta de la biblioteca.

—El señor Waite estará enseguida con usted.

—Gracias.

Maisie se acercó a la ventana de la biblioteca, desde la que se disfrutaba de una amplia vista de los jardines y el palomar. Las aves blancas entraban y salían de su casita, saludando con un arrullo cuando se reunían con sus compañeras.

—Buenos días, señorita Dobbs. —Joseph Waite cerró la puerta y le ofreció asiento en uno de los sillones que había junto a la chimenea. Esperó a que se sentara para hacerlo él—. ¿Cómo se encuentra?

—Estoy bien, gracias. ¿Cómo se está adaptando Charlotte?

—Parece que bien.

—¿Ha dedicado tiempo a estar con ella?

El hombre se removió incómodo en el asiento.

—Sé que esto es difícil para usted, señor Waite.

—¿Cree que esto es difícil? Perdí a mi hijo, ya lo sabe.

Maisie dejó que la rabia contenida de Joseph Waite se calmara y observó que la tensión lo recorría por dentro. Pero no dejó que le afectara, estaba decidida a continuar.

—¿Por qué ordenó a su personal que me dijera que no estaba en casa cuando vine para la última reunión, señor Waite?

El hombre hizo girar el anillo de brillantes del meñique, el mismo que devolvía los reflejos del sol cuando daba de comer a las palomas en su ventana.

—No... No sé de qué me habla.

Maisie se acomodó en el sillón y el movimiento hizo que el hombre levantara la cabeza.

—Sí, señor Waite, sabe muy bien de lo que le estoy hablando. Responda a mi pregunta, por favor.

—¡No tengo por qué soportar esto! Deme la factura y...

—Con todo respeto, he puesto mi vida en peligro en esta casa, así que va a escucharme.

El hombre guardó silencio y se puso rojo.

—La verdad es que mantenía a su hija encerrada en esta casa porque temía por su vida. El dolor y la rabia por lo que hizo cuando era más joven se había enconado, pero el amor que sentía por ella lo llevó a querer mantenerla cerca de usted.

Joseph Waite rezongó y miró para otro lado.

—Creía que si dejaba que viviera sola, su vida peligraría —continuó ella e hizo una pausa—. Así que insistió en que viviera aquí, a pesar de que era una mujer adulta. Ni siquiera se fiaba de la capacidad de protegerla de un posible marido, ¿verdad? Y a pesar de que vivía bajo su techo, no podía perdonarla.

El hombre estaba muy incómodo y no dejaba de removerse en el sillón.

—No sabe lo que dice. No tiene ni idea de lo que es...

—Ofreció a la señora Willis un empleo en cuanto los hombres de su casa marcharon al frente. Comprendía tan bien la situación tan difícil por la que estaba pasando que le ofreció trabajar como ama de llaves en su propia casa. Pagaba las facturas de la residencia de Will para que ella no tuviera que preocuparse. Y veía cómo se intensificaba su amargura. Pero pensó que mientras estuviera ella también bajo su techo, usted podría controlar la situación. Cuando asesinaron a Rosamund y a Philippa, sospechó de la señora Willis, pero no hizo nada al respecto. ¿No hizo nada porque estaba tan furioso y resentido con ellas como su ama de llaves?

Waite apoyó la cabeza entre las manos, pero no dijo nada. Maisie continuó.

—Cuando Charlotte desapareció, quería que la trajeran de vuelta porque creía que la señora Willis no la atacaría en la casa de su patrón. Solo cerca ya del final empezó a tener dudas. Pese a que las muertes fueran horribles, no lloró por esas familias. La rabia arrolladora que sentía por las mujeres que habían hecho aquello seguía quemándole como si le hundieran un cuchillo en el costado. Pero si también le arrebataban a Charlotte...

El hombre negó con la cabeza.

—No podía acudir a la policía. No tenía pruebas. ¿Cómo iba a señalar a una mujer que ya estaba destrozada, y cuya familia lo había dado todo por mi negocio y por su país?

—Esa decisión es rebatible, señor Waite. Fue usted a ver a cada una de esas mujeres después de la guerra para decirles lo que opinaba de ellas. Pero eso no le proporcionó mucho consuelo. La rabia seguía atormentándolo, y también el terrible dolor por haber perdido a Joe.

—Deme la última factura, por favor, señorita Dobbs. Y márchese.

Maisie no se movió.

—¿Qué va a hacer con Charlotte, señor Waite?

—Todo se solucionará.

—No se ha solucionado en quince años y tampoco se solucionará ahora a menos que los dos, y sobre todo usted, estén abiertos a ver las cosas de otra manera.

—¿A qué se refiere? Ya estamos con esas cosas raras suyas...

—Me refiero a que el resentimiento debe dar paso a la posibilidad; la rabia, a la aceptación; el dolor, a la compasión; el desdén, al respeto... por parte de ambos. Me refiero a cambiar, señor Waite. Cambiar. Ha tenido un gran éxito en los negocios mostrándose abierto al cambio, manejándolo a su antojo, incluso en circunstancias adversas. Seguro que sabe bien a qué me refiero.

Waite abrió la boca dispuesto a rebatírselo, pero guardó silencio y se quedó mirando las brasas. Estuvo así unos minutos.

—La respeto, señorita Dobbs, por eso acudí a usted. No le veo sentido a hacer yo mismo algo que pago para que otros hagan por mí. Quiero siempre lo mejor y lo pago. Diga lo que ha venido a decir.

Maisie asintió con la cabeza y se inclinó hacia delante, de manera que lo obligaba a mirarla.

—Hable con Charlotte, no le dé órdenes. Pregúntele cómo ve ahora el pasado, lo que siente por haber perdido a Joe. Dígale lo que siente usted, no solo sobre su hijo, sino también lo que siente por ella. Pero no piense que va a conseguirlo todo en un día. Salgan a dar un paseo en ese enorme jardín de césped inmaculado en el que no se ve nunca ni una sola huella, hablen un poco cada día y sean sinceros el uno con el otro.

—No sé cómo funciona eso de hablar.

—Salta a la vista, señor Waite —contestó Maisie aprovechando que el hombre le prestaba atención—. Y dele trabajo. Pídale a su hija que trabaje para usted. Necesita un objetivo en la vida. Necesita sentirse orgullosa, hacer algo que aumente su amor propio.

—¿Qué sabe hacer ella? Charlotte nunca ha...

—Nunca ha tenido la oportunidad de hacerlo. Y por eso ninguno de los dos sabe lo que es capaz de hacer o de conseguir. La verdad es que desde que era una niña usted ya sabía cuál de sus dos hijos tenía lo necesario para triunfar, ¿verdad? Joe era un joven maravilloso, como piensa todo aquel que lo conoció, pero no tenía lo que hacía falta para ser el líder que su negocio necesita, ¿me equivoco? Y aunque usted quiere a su hija, deseaba tanto que Joe fuera ese líder que decidió aplastar todo su entusiasmo y ella se reveló.

—No sé... —dijo él debatiéndose—. Ya es tarde.

—No, no lo es. Inténtelo, señor Waite. Cuando algún producto de los que tiene en sus tiendas no se vende bien aunque esté en el escaparate, lo cambia de sitio, ¿verdad? Intente hacer lo mismo con Charlotte. Póngala en las oficinas, pruebe a ver qué tal lo hace en las tiendas, que se encargue del control de calidad. Que empiece desde abajo, donde pueda demostrar su valía al resto de los empleados tanto como a usted, y a sí misma.

—Creo que eso sí puedo hacerlo.

—Pero si de verdad quiere iniciar un nuevo camino, señor Waite, la pondrá en un puesto en el que pueda hacer algo por los demás.

—¿Qué quiere decir?

—Joseph Waite es conocido por su labor filantrópica. Reparte el excedente de comida entre los pobres, de modo que ¿por qué no le encarga que se ocupe de la distribución? Convierta esa contribución con fines benéficos en un puesto en la empresa y deje que vaya ascendiendo desde ahí. Deje que demuestre lo que vale y bríndele la forma de ganarse el respeto.

El hombre asintió con la cabeza en actitud pensativa y Maisie se dio cuenta de que el astuto as de los negocios estaba ya tres pasos por delante y estaba visualizando cómo sacar provecho de sus consejos de una manera que a ella no se le habría ni ocurrido siquiera. Maisie guardó silencio. Joseph Waite la miró a los ojos.

—Gracias por haberme devuelto a Charlotte. Y por su sinceridad. Puede que no siempre nos guste que nos digan las verdades, pero de donde yo vengo, la gente valora la sinceridad, el decir las cosas claras.

—Me alegro —dijo ella al levantarse y sacar del maletín un sobre de papel manila—. Aquí tiene la última factura por mis servicios, señor Waite.

MAISIE PASÓ EN Chelstone todos los fines de semana durante el verano para estar con su padre y para comprobar el progreso de Billy. La generosa bonificación que le había pagado Joseph Waite le dio libertad económica para poder disfrutar de la compañía de su padre durante períodos más largos. Además de eso, el empresario había contratado sus servicios para orientarlo sobre la forma de reconstruir la relación con su hija.

Por su parte, Billy recuperó la fuerza y el movimiento en ambas piernas gracias a las sesiones semanales de ejercicios y movimientos diseñadas por su terapeuta para contrarrestar los efectos de las heridas sufridas en la guerra.

—Lo que me dice es que estoy aumentando la fuerza en la faja abdominal.

—¿La faja abdominal? —dijo Maisie, que lo observaba cepillar las crines de la última adquisición de lady Rowan, una yegua baya con un envidiable registro de marcas en la pista, preparada para disfrutar del pasto y criar.

—Eso es, la faja abdominal. Faja como las que se ponen las mujeres —dijo Billy limpiando las crines de la yegua con la almohaza—. Hacemos muchos ejercicios, algunos para estirar las piernas, otros para los brazos y otros para la parte central, a veces son movimientos muy pequeños aquí —dijo él señalándose el estómago con la almohaza—. Esto es la faja abdominal.

—Pues parece que te está haciendo mucho bien. Antes te he visto caminar por la cuadra sin cojear casi.

—Lo principal es que el dolor no es como antes. Tengo que seguir yendo a esas charlas con el doctor Blanche y luego está el doctor Dene, que viene a verme de vez en cuando, ya sabe. Bueno, también viene a ver a su padre.

Maisie se sonrojó y miró al suelo.

—Creía que mi padre ya no necesitaba más seguimiento por parte del doctor Dene, puesto que ya viene a verlo el médico del pueblo.

Billy enganchó un ronzal a la cabezada de la yegua y salieron al prado soleado.

—Creo que al doctor Dene le gusta venir a ver al doctor Blanche y se pasa a ver a su padre. Algunas veces pregunta por usted.

—¿Que pregunta por mí? —repitió Maisie poniéndose la mano como una visera para protegerse los ojos.

Billy sonrió de oreja a oreja y miró a su alrededor al oír el crujido de unos neumáticos sobre la grava. Un Austin Swallow nuevo se detuvo en el extremo más alejado del patio de entrada, cerca de Groom's Cottage.

—Y hablando del rey de Roma... Ahí llega el doctor Dene.

—¡Vaya!

—Señorita Dobbs, me alegro de que esté aquí. Veo que sigue mejorando, señor Beale.

—Sí, me encuentro muy bien, gracias, doctor. No esperaba verlo por aquí hoy.

—He venido a hacerle una visita rápida a Maurice —y volviéndose hacia Maisie añadió—: Una suerte verla por aquí, señorita Dobbs. Voy a Londres a una reunión en el hospital de St. Thomas. Me preguntaba si le gustaría cenar conmigo e ir al teatro, tal vez.

Maisie se sonrojó de nuevo.

—Pues... sí, tal vez.

—Perfecto. Le haré una llamada cuando esté allí —dijo él estrechando la mano a Billy y haciendo una breve inclinación delante de ella, tras lo cual salió corriendo en dirección a casa de Maurice.

—Espero que no le importe, señorita, pero es un poco fresco, por mucho que hable con acento de barrio, ¿no? ¿Dónde lo habrá aprendido?

Maisie se echó a reír.

—Bermondsey, Billy. El doctor Dene es un chico de Bermondsey.

Ahora que su padre estaba casi recuperado y la estancia de Billy en Kent estaba llegando a su fin, era hora de que Maisie completara el ritual de cerrar un caso importante como había aprendido a hacer con Maurice. Visitar los lugares y a las personas que habían resultado importantes para el caso era una manera de honrar lo que su profesor llamaba «evaluación final», tras la cual uno podía seguir trabajando con energía y conocimiento renovados. Fue primero a Hastings y pasó a ver al ama de llaves de Rosamund Thorpe, que estaba preparándose para marcharse ahora que habían vendido la casa.

—He encontrado una casita muy agradable en Sedlescombe —dijo la señora Hicks. Maisie había rechazado la invitación a entrar en la casa por respeto a la tarea de embalar los efectos para comenzar una nueva vida. Tuvo que esforzarse para oír la voz suave de la mujer bajo el griterío de las gaviotas—. Voy a echar de menos el mar, es verdad, le pasa a todos los que se van de esta ciudad, aunque no sean muchos.

Maisie sonrió y se dio media vuelta para irse, pero la mujer alargó el brazo hacia ella.

—Gracias, señorita Dobbs. Gracias por todo lo que ha hecho.

—No ha sido nada.

—¿Sabe? Siempre pensé que vería al asesino de la señora Thorpe en la horca y no sentiría ni una pizca de lástima, pero me siento muy mal por esa mujer. Muy mal. Dicen que no la colgarán, pero que irá a la cárcel. Yo en su lugar preferiría estar muerta. Querría estar con mi familia.

Se detuvo a continuación en Bluebell Avenue, en Coulsden, delante de la casa que John Sedgewick había compartido con su mujer, Philippa. El hombre estaba trabajando en el jardín y la brisa hacía ondear el cartel de Se vende. John Sedgewick se sacudió las manos y fue a saludar a Maisie en cuanto vio que abría la verja de entrada.

—¡Señorita Dobbs, me alegro de verla!

—Señor Sedgewick —dijo ella tendiéndole la mano, que el hombre tomó entre las suyas.

—¿Cómo podré darle las gracias?

—No tiene por qué dármelas.

—Pues yo creo que sí. Gracias por averiguar la verdad —dijo él metiéndose las manos en los bolsillos—. Sé que lo que hizo Pippin no estuvo bien, pero también sé que era buena persona. Intentó compensarlo.

—Claro que sí, señor Sedgewick. Veo que se marcha de esta casa.

—Pues sí. Es hora de un cambio, un cambio radical. He aceptado un puesto en Nueva Zelanda. Están construyendo mucho, así que los tipos como yo son bien recibidos.

—Enhorabuena. Pero eso está muy lejos.

—Bastante, pero tenía que hacerlo, necesitaba empezar de cero. Es hora de irse. No ganaré nada quedándome aquí a llorar. Además, esta es una zona para familias, no para viudos. Dicen que los cambios son buenos.

—Buena suerte, señor Sedgewick. Estoy segura de que encontrará la felicidad de nuevo.

—Eso espero, señorita Dobbs, de verdad que lo espero.

Pasó también por la casa de Cheyne Mews, propiedad de Lydia Fisher, pero no tocó el timbre. Las ventanas del piso superior estaban abiertas y se oía un gramófono a un volumen que no tenía gran consideración por los vecinos. Una mujer se reía fuerte e incluso desde la calle se apreciaba el tintineo de las copas. Pensó en la tenue sensación de soledad que en otro tiempo se filtraba en todos los muebles y los tejidos de la casa y susurró:

—Descanse en paz.

Los ladrillos rojos de la abadía de Camden parecían de fuego contra un cielo azul de lo más inusual en Romney Marsh, aunque una brisa helada azotaba aquella planicie para recordarle a todo el que pasara por allí que aquellos pastos eran terrenos ganados al mar. Condujeron a Maisie a la misma sala para las visitas que la vez anterior, solo que en lugar de té, le habían dejado una jarrita de cristal en una bandeja con un poco de queso Cheddar blanco y cremoso y pan caliente. Cuando entró, la hermana Constance la esperaba con una sonrisa al otro lado de la reja.

—Buenas tardes, Maisie. Es la hora de comer, así que he pensado que te gustaría tomar un poco de nuestro vino de mora acompañado de pan y queso caseros.

Maisie se sentó frente a la religiosa.

—No sé si me tomaré el vino, puesto que tengo que conducir. Creo que será mejor tener cuidado con las bebidas que se elaboran en esta abadía.

—En mi época...

La chica levantó una mano.

—Hermana Constance, confieso que me pregunto cómo la admitieron en la congregación con todas las cosas que hizo de joven.

La monja se rio.

—Ya sabes cuál es el secreto de la clausura, solo aceptamos a aquellos que conocen el mundo. Y ahora cuéntame qué tal estás. Nosotras estamos tan aisladas que no sabemos nada de lo que ocurre fuera. Entiendo que has terminado tus investigaciones con éxito.

Maisie tomó la jarrita y se sirvió una pequeña cantidad de vino de color oscuro.

—Me cuesta trabajo usar la palabra «éxito» para describir este caso, hermana. Es cierto que han llevado a la asesina ante la justicia, pero aún quedan muchas preguntas sin resolver.

La religiosa asintió con la cabeza.

—La gente da por hecho que tenemos ventaja para alcanzar la sabiduría por vivir en un sitio como este, en el que llevamos una vida de contemplación y oración, pero no es así. La sabiduría llega cuando admitimos aquello que nunca podremos saber.

Maisie bebió un sorbo.

—He empezado a preguntarme si es tan diferente el trabajo que hacemos cada una, Maisie. A las dos nos interesan las preguntas, ¿no es así? La investigación forma parte de nuestra vida y otras personas se confiesan con nosotras.

—Dicho así, hermana Constance...

—Las dos tenemos que evitar hacer juicios personales y las dos debemos afrontar el desafío de hacer y decir lo correcto cuando el peso de la verdad recae sobre nuestros hombros.

—Mi trabajo consiste en observar con detenimiento para encontrar esas pistas que se me escapan.

—Y estoy segura de que has aprendido la lección de que cuando observas en busca de pistas en tu trabajo, es posible que estés pasando por alto cuestiones sin resolver sobre ti misma. O también es posible que busques algo que te distraiga para no pensar en ellas.

Maisie sonrió en señal de agradecimiento y bebió un sorbo de vino.

STRATTON SE MOSTRÓ tan reservado como siempre durante la comida en Bertorelli's, que habían ido retrasando desde hacía tiempo. No volvió a disculparse por no haber escuchado las teorías de Maisie, pero no pudieron evitar hablar del caso.

—¿Le ha dicho la señora Willis de dónde sacó la morfina? —preguntó ella.

El inspector apoyó el antebrazo derecho en la mesa y siguió con el dedo el borde del vaso de agua.

—De varios sitios. Intentó conseguirla en la residencia de Richmond, pero no pudo porque en ese momento apareció una enfermera. No pudieron demostrar nada, pero a partir de ese momento empezaron a vigilar más el almacén de las medicinas. Parte de la morfina procedía, no se lo va a creer, de los medicamentos que tenía una tía soltera que falleció a principios de año. La señora Willis encontró varias cajas metálicas de esas que tenían viales de morfina que se pusieron de moda entre las damas y que se compraban con facilidad. Aunque llevaba tiempo ahí, la sustancia no había perdido propiedades. También le compró algo a un químico y utilizó las reservas que encontró en casa de los Thorpe. La morfina puede tardar un poco en hacer efecto, pero tuvo suerte, si es que se puede decir así, y consiguió incapacitar a sus víctimas lo suficiente como para que escucharan lo que quería decirles antes de administrarles la dosis letal.

—¿Y la bayoneta?

—En un mercadillo callejero.

Maisie negó con la cabeza.

Guardaron silencio y por un momento Maisie pensó que el inspector iba a hablarle de su hijo, pero cuando retomó la palabra, fue sobre un asunto de trabajo, una oferta que la pilló por sorpresa.

—Señorita Dobbs, seguro que habrá leído la noticia, salió en la prensa hace dos semanas más o menos, de que tenemos nueva jefa de policía en la sección femenina de Scotland Yard.

—Sí, claro. Dorothy Peto.

—Así es. Bueno, pues está proponiendo todo tipo de cambios, entre ellos que haya mujeres en el Departamento de Investigación Criminal. Y me preguntaba si podría interesarle el trabajo. Yo podría recomendarla si...

Maisie lo interrumpió con un gesto de la mano.

—Ah, no, inspector. Se lo agradezco, pero prefiero trabajar sola con el señor Beale como ayudante.

Stratton sonrió.

—Lo que pensaba.

Estuvieron charlando hasta que terminaron de comer, pero la actitud del inspector había cambiado, se mostraba más afectuoso.

—Me preguntaba si querría cenar conmigo un día de estos. Miércoles o jueves, por ejemplo.

Muy listo, pensó Maisie. Cuando un hombre invitaba a cenar a una mujer, salir un miércoles no tenía el mismo significado que hacerlo un viernes.

—Le agradezco la invitación, pero ya... ya se lo confirmaré. Mi ayudante vuelve a la oficina la semana que viene. Ha estado fuera un tiempo siguiendo una terapia especial para calmar los dolores de una herida de guerra. Tengo mucho que hacer antes de que vuelva.

El inspector se recuperó de inmediato de la negativa.

—Puedo llamarla por teléfono el martes por la tarde para confirmar.

—Por supuesto. Hablamos entonces.

MAISIE OYÓ EL timbre del teléfono de su oficina antes casi de abrir la puerta del portal, y subió las escaleras corriendo para que la persona que llamaba no se impacientara.

—Fitzroy cinco...

—¿Hablo con la señorita Dobbs?

—Sí, soy yo.

—Soy Andrew Dene.

—Buenas tardes, doctor Dene.

—Me alegra encontrarla en su oficina. Voy a estar en Londres a principios de la semana que viene. ¿Se acuerda de la reunión en St. Thomas? Se pospuso y se ha concretado una fecha nueva. Me preguntaba si querría cenar conmigo el miércoles o el jueves.

Ella se puso a hojear unos papeles que tenía en la mesa.

—Déjeme ver... Estoy bastante ocupada ahora mismo. ¿Podría llamarme el martes por la tarde?

—Cómo no, señorita Dobbs. Hablamos el martes entonces.

—Hasta entonces.

Y colgó.

MAISIE ESTABA JUNTO a la ventana el miércoles por la mañana esperando a que Billy Beale llegara a la oficina. Se frotó la nuca y fue a mirarse al espejo por enésima vez desde su visita a Bond Street la tarde anterior. Era hora de cambiar. Pensó en Simon. Sabía que seguiría yendo a visitarlo, toda la vida probablemente, pero había llegado el momento de seguir adelante, de conquistar... lo que el destino le tuviera reservado.

Regresó a la ventana y vio que Billy doblaba la esquina caminando con energía. ¡Sí! Cruzó la plaza con paso ligero y casi sin cojear, saludó a una mujer que paseaba con sus hijos haciendo ademán de quitarse la gorra y estaba segura de que iba silbando mientras caminaba. ¡Sí, sí, sí! Volvía a ser el Billy de siempre. ¡Fenomenal! Antes de llegar al portal, se detuvo delante de una bandada de palomas que picoteaban migas del suelo adoquinado. Negó con la cabeza y las rodeó para subir de un salto los escalones de la entrada y sacar brillo a la placa de bronce con la parte inferior de la manga antes de entrar.

Maisie aguzó el oído. La puerta se cerró con un golpe seco y su ayudante subió las escaleras silbando. Se frotó la nuca de nuevo justo cuando se abrió la puerta.

—Buenos días, señorita. Hace un día buenísimo... ¡Caramba!

—Buenos días, Billy. Me alegra verte de vuelta y de escuchar tu expresiva forma de hablar.

—Está... está cambiada.

—Gracias por ser tan observador, Billy. Para eso te pago —dijo ella tocándose el pelo.

—Me refiero a que, bueno, ¡menudo cambio! Pero le favorece, le favorece mucho.

Maisie lo miró con preocupación.

—¿Seguro? No lo dices por decir, ¿verdad?

—No, señorita. Aunque mi madre siempre decía que en el pelo de una mujer era donde residía toda su belleza. Le queda bien, le da un aspecto más... moderno diría yo.

Maisie fue a mirarse al espejo otra vez. Seguía sorprendiéndole el reflejo que le devolvía con su elegante corte de pelo *bob*.

—Ya no aguantaba más toda esa melena, sobre todo los mechones que se me salían siempre por los lados de la cara. Quería un cambio.

Billy colgó el abrigo detrás de la puerta y se volvió hacia ella.

—Pues lo que tiene que hacer ahora es ir a algún sitio bonito.

—Esta noche voy a salir a cenar.

—¿A cenar? —dijo Billy con una sonrisa traviesa—. Vaya, vaya, señorita. ¿No decía que salir a cenar significaba algo más que salir a comer?

—He cambiado de idea —dijo ella riéndose.

—Espero que sea con el doctor Dene. Está en la ciudad esta semana por trabajo, ¿no es así?

—Sí, creo que sí.

—¿O es con el inspector?

—Cambiemos de tema.

—Vamos, señorita, a mí puede decírmelo.

—No, Billy, no puedo. Digamos que yo lo sé y que a ti te corresponde deducirlo. Y hablando de poderes deductivos, acabo de aceptar un caso interesante.

Agradecimientos

Mi amiga y compañera de escritura, Holly Rose, fue la primera persona que leyó *Tres plumas blancas* y le estoy muy agradecida por su apoyo, su sinceridad, sus puntos de vista y su entusiasmo. Mi agente, Amy Rennert, es una potente combinación de amiga, mentora y guía, no hay nadie como ella. Quiero dar las gracias también a la que era mi editora, Laura Hruska, y a todos en Soho Press: el mejor equipo editorial del mundo.

Estoy en deuda con mi Documentalista Jefe (él sabe de quién hablo) por todas esas horas entre ejemplares polvorientos de *The Times* y por su inestimable labor de asesoramiento sobre la historia de los mecanismos internos de Scotland Yard. La autora se hace responsable de cualquier metedura de pata en los datos y los procedimientos, y lo recompensará de buena gana por lo mucho que ha trabajado con unas botellas de whisky ahumado con turba.

Mis padres, Albert y Joyce Winspear, han demostrado ser una maravillosa fuente de información sobre el Londres antiguo, y me han hecho pasar un rato divertidísimo con su interpretación de las baladas *cockney* vía conferencia telefónica.

Kenneth Leech, a quien dedico este libro, fue la piedra angular de mi educación. La primera vez que oí hablar de la historia sobre la Gran Guerra, en la que se inspira el libro, fue en su clase, tendría yo diez años. Fue un gran profesor y una persona encantadora.

A mi marido, John Morell. Gracias por ser mi fan número uno y por registrar todas esas librerías de viejo en busca de más fuentes de referencia que aportaran color y profundidad a la vida de Maisie Dobbs.

Todos los escritores deberían tener perro y yo tengo a *Sally*, mi compañera fiel cuando trabajo, junto con su amigo *Delderfield*, un gato de lo más perezoso.

Jacqueline Winspear

Aquí puedes comenzar a leer el siguiente libro de Jacqueline Winspear

1

La joven agente de policía estaba de pie en un rincón de la sala. Era un lugar inhóspito con las paredes encaladas y sin adornos; una puerta pesada, una mesa de madera con dos sillas y un ventanuco con el cristal esmerilado. Esa tarde hacía frío y la mujer llevaba allí de pie desde que había comenzado su turno, hacía ya dos horas, con la chica desaliñada, inclinada hacia delante en la silla que miraba a la pared como única compañía. Otras personas habían entrado en la sala en distintos momentos y se habían sentado en la segunda silla; primero, el inspector Richard Stratton, acompañado por el sargento Caldwell, que había permanecido de pie detrás de él. Después Stratton se había quedado de pie mientras un médico del hospital Maudsley se sentaba frente a la chica y trataba de hacerla hablar. La chica —nadie sabía la edad que tenía o de dónde procedía, puesto que no había dicho una sola palabra desde que la llevaron a la comisaría aquella misma mañana con el vestido manchado de sangre, y las manos y la cara sucias como si no hubiera visto el agua en un mes— esperaba en ese momento a alguien a quien le habían pedido que acudiera para interrogarla: una tal señorita Maisie Dobbs. La agente había oído hablar de ella, pero después de lo que había visto aquel día, no tenía tan claro que hubiera alguien capaz de arrancarle una palabra a la pobre chica.

La agente oyó voces en el pasillo: Stratton y Caldwell, y alguien más. Alguien con una voz suave, ni muy alta ni muy baja, pero a su dueña no le hacía falta levantarla para hacerse oír, o para hacerse escuchar, pensó la agente.

La puerta se abrió y entró Stratton seguido por una mujer que supuso que sería Maisie Dobbs. La agente se quedó sorprendida, porque no era como ella esperaba; no tardó en darse cuenta de que la voz no revelaba gran cosa sobre su dueña, excepto que tenía hondura sin llegar a ser una voz grave.

La mujer vestía un traje sencillo de color burdeos y zapatos negros, y llevaba un maletín negro de piel bastante usado. Sonrió a la agente y a Stratton de una forma que casi sobresaltó a la mujer uniformada cuando se encontró con los ojos de color azul oscuro de Maisie Dobbs, psicóloga e investigadora.

—Encantada de conocerla, señorita Chalmers —dijo Maisie, aunque no las habían presentado. La calidez del saludo desconcertó a la policía—. Brrr, qué frío hace aquí —añadió volviéndose hacia Stratton—. ¿Podemos poner una estufa de aceite, inspector? Es solo para caldear esto un poco.

Stratton enarcó una ceja y ladeó la cabeza ante lo inusual de la petición. Divertida al ver que habían pillado desprevenido a su jefe, Chalmers intentó disimular la sonrisa y la chica de la silla levantó la cabeza, solo un segundo, porque la voz de la mujer la impulsó a hacerlo.

—Gracias, inspector. Ah, y a lo mejor podrían traerle una silla a la señorita Chalmers —añadió mientras se quitaba los guantes y los ponía encima del bolso negro, que dejó en el suelo. A continuación, levantó la silla y la colocó no enfrente de la chica, sino al otro lado de la mesa, pero cerca de ella.

A Chalmers le pareció extraño, y en ese preciso momento se abrió la puerta y un agente entró con una silla, salió de nuevo un momento y regresó con una estufa pequeña de parafina que dejó al lado de la pared. Intercambiaron una mirada rápida y se encogieron de hombros.

—Gracias —dijo Maisie sonriendo.

Y los dos policías comprendieron que había visto la comunicación furtiva entre ambos.

Maisie se sentó junto a la chica, pero no dijo nada. Se mantuvo en silencio un rato, lo que llevó a la agente Chalmers a preguntarse qué diantres pintaba allí. Pero entonces se dio cuenta de que aquella señorita Dobbs tenía los ojos cerrados y había cambiado levemente de postura, y, aunque no sabría decir cómo, era como si estuviera hablando con la chica sin abrir la boca, que se inclinó hacia ella, casi sin poder evitarlo. «No me lo puedo creer, va a hablar.»

—Ya voy entrando en calor.

Era una voz redonda, con acento del sudoeste del país. La chica hablaba de forma pausada, produciendo una fuerte vibración al pronunciar las erres y asintiendo cuando terminaba una frase. Una chica de campo. Sí, a Chalmers le pegaba que fuera una chica de campo.

Pero Maisie Dobbs no dijo nada, se limitó a abrir los ojos y sonrió, pero no con la boca. No, fueron sus ojos los que sonrieron. Después le tocó la mano y la tomó entre las suyas. La chica se echó a llorar, y a Chalmers le pareció de nuevo extraño que la tal Dobbs no hiciera ademán de rodearle los hombros con el brazo ni intentara que dejara de llorar; ni siquiera aprovechó el momento, como hubieran hecho Stratton o Caldwell. No, ella permaneció allí sentada y asintió con la cabeza, como si tuviera todo el tiempo del mundo. Y a continuación hizo algo que volvió a sorprender a la mujer policía.

—Señorita Chalmers, ¿sería usted tan amable de asomarse a la puerta y pedir que traigan una palangana con agua caliente, jabón, un par de paños y una toalla, por favor?

La agente asintió una vez con la cabeza y se dirigió a la puerta. «Las chicas van a tener tema de conversación. Seguro que pasarán un buen rato a cuenta de este teatrillo.»

El policía de antes volvió al rato con la palangana, los paños, el jabón y la toalla. Maisie se quitó la chaqueta, la colgó en el respaldo de la silla y se remangó la blusa de seda de color crema. Metió las manos en la palangana, frotó uno de los paños con la pastilla de jabón y lo escurrió. A continuación, levantó el rostro de la chica, la miró a los ojos enrojecidos e hinchados y comenzó a limpiarle la cara, aclarando el trapo cada poco, y terminando con toquecitos suaves con el paño caliente en las sienes y la frente. Siguió con los brazos, tomándole primero la mano izquierda para subir después hasta el codo, y luego hizo lo mismo con la mano derecha. La chica se encogió, pero Maisie fingió no darse cuenta y siguió masajeándole con suavidad la mano derecha, y a continuación el brazo hasta el codo, y después se lo aclaró.

Cuando la investigadora se arrodilló y le tomó primero un pie descalzo y sucio, y luego el otro para limpiarle el polvo y la mugre con el segundo paño, la policía se dio cuenta de que se había quedado embelesada con la escena que estaba teniendo lugar ante sus ojos. «Es como estar en la iglesia.»

La chica volvió a hablar.

—Tiene usted unas manos muy suaves, señorita.

Maisie sonrió.

—Gracias. Antes era enfermera, hace años, durante la guerra. Los soldados me decían muchas veces que tenía las manos suaves.

La chica asintió con la cabeza.

—¿Cómo te llamas?

Chalmers abrió los ojos como platos cuando la chica, que llevaba sentada en aquella sala sin tomar nada más que una taza de té desde que la habían metido allí doce horas antes, respondió de inmediato.

—Avril Jarvis, señorita.

—¿De dónde eres?

—De Taunton, señorita —dijo y empezó a sollozar.

Maisie metió la mano en el bolso negro y sacó un pañuelo de lino limpio, que dejó encima de la mesa delante de la chica. Chalmers esperó a que Maisie sacara una hoja de papel y se pusiera a tomar notas, pero no lo hizo. En vez de eso, siguió haciéndole preguntas hasta que terminó de secarle los pies.

—¿Cuántos años tienes, Avril?

—Haré catorce en abril, creo.

Maisie sonrió.

—Y dime, ¿cómo es que estás en Londres y no en Taunton?

Avril Jarvis sollozó mientras Maisie doblaba la toalla y se sentaba junto a ella de nuevo. Pero la chica respondió a la pregunta y a todas las que le hizo durante la siguiente hora, y entonces Maisie decidió que ya era suficiente por el momento. Le dijo que cuidarían de ella y volverían a hablar al día siguiente, y que el inspector Stratton estaría presente también para escuchar lo que tuviera que contarles. Y para añadir leña a la historia que Chalmers iba a contarles a las otras mujeres policía que se alojaban en las habitaciones del piso superior de la comisaría de Vine Street, la chica asintió y dijo:

—Está bien, pero solo si está usted conmigo, señorita.

—Sí, yo también estaré, no te preocupes. Ahora descansa, Avril.

2

Tras la reunión con Stratton y Caldwell para ponerlos al día de lo sucedido en la entrevista con la chica, el chófer del inspector llevó a Maisie a su despacho en Fitzroy Square y quedó en pasar a recogerla al día siguiente por la mañana para una nueva entrevista con Avril Jarvis. Maisie sabía que aquel segundo encuentro era importante. Según lo que trascendiera de ella y lo que pudieran corroborar, Avril Jarvis podría pasar el resto de su vida entre rejas.

—Ha tardado mucho, señorita —dijo Billy Beale, su ayudante, pasándose los dedos por el pelo trigueño. Se acercó a ella para quitarle el abrigo y lo colgó en la percha que había detrás de la puerta.

—Sí, ha sido una entrevista larga, Billy. La pobre criatura no tenía ninguna posibilidad. Sin embargo, no estoy segura de hasta qué punto está investigando la policía los antecedentes de la chica, y me gustaría obtener más información para formarme una opinión más precisa. Si me llaman para prestar declaración bajo juramento, quiero estar preparada. —Se quitó el sombrero, que dejó en una esquina de su mesa, y guardó los guantes en el primer cajón—. Quería preguntarte una cosa, Billy. ¿Os apetecería a Doreen y a ti pasar el fin de semana en Taunton con todos los gastos pagados?

—¿Como unas vacaciones, señorita?

Maisie ladeó la cabeza antes de contestar.

—Bueno, no exactamente como unas vacaciones. Quiero que averigües más cosas sobre Avril Jarvis, la chica a la que he entrevistado esta mañana. Me ha dicho que es de Taunton y no tengo motivos para no creerlo. Averigua dónde vivía, datos sobre su familia, si fue a la escuela, si trabajaba y cuándo dejó el pueblo para trasladarse a Londres. Quiero saber por qué se desplazó a la ciudad, aunque dudo mucho que supiera que era para vivir en las calles. Y también cómo era de pequeña. —Negó con la cabeza—. Por el amor de Dios, solo tiene trece años, no es más que una niña. Es espantoso.

—¿Se ha metido en algún lío, señorita?

—Ya lo creo, uno bien gordo. Están a punto de acusarla de asesinato.

—Vaya por Dios... ¿Y solo tiene trece años?

—Sí. Entonces, ¿puedes ir a Taunton?

Billy apretó los labios mientras lo pensaba.

—La verdad es que Doreen y yo nunca hemos ido de vacaciones. No le gusta dejar a los críos, pero creo que mi madre puede ocuparse de ellos el tiempo que estemos fuera.

Maisie asintió con la cabeza. Sacó una carpeta de papel manila en la que se leía «Avril Jarvis» y se la pasó a Billy, junto con un puñado de tarjetas en las que había tomado notas mientras esperaba para reunirse con Stratton y Caldwell.

—Muy bien. Confírmame lo antes posible si puedes ir y cuándo. Te adelantaré el dinero para el tren, la estancia en una casa de huéspedes y gastos imprevistos. Y ahora sigamos con lo nuestro, hoy tengo que irme pronto.

Billy tomó la carpeta y se sentó a la mesa.

—Ah, sí, ha quedado con esa antigua amiga, la señora Partridge.

Maisie se concentró en el libro de cuentas que tenía delante. No levantó la vista.

—Sí, Priscilla Partridge, Evernden cuando estudiábamos juntas en Girton. Después de dos trimestres allí, lo dejó en 1915 para ingresar en el Cuerpo de Enfermeras Voluntarias de Primeros Auxilios y conducir una ambulancia en Francia. —Suspiró y entonces sí levantó la vista—. No soportaba vivir en Inglaterra tras el Armisticio. Perdió a sus tres hermanos en la guerra y la gripe se llevó a sus padres, así que se fue a vivir a la zona costera de las Landas, en Francia. Allí conoció a Douglas Partridge.

—Creo que he oído hablar de ese sitio —dijo Billy dándose unos golpecitos con el lápiz en la sien.

—Douglas es un escritor y poeta famoso. Lo hirieron de gravedad en la guerra y perdió un brazo. Sus poemas sobre el conflicto causaron bastante controversia cuando se publicaron por primera vez, pero ha logrado seguir escribiendo, aunque todo su trabajo tiene un punto bastante oscuro, ya me entiendes.

—Pues la verdad es que no, señorita. Había oído hablar de él, pero la poesía no es lo mío, si le digo la verdad.

Maisie sonrió y continuó:

—Priscilla tiene tres niños. Los llama «los sapos» y dice que son como eran sus hermanos, siempre están tramando algo. Ha venido a Londres a buscar colegio para el próximo curso. Douglas y ella han decidido que los chicos están creciendo y quieren que se eduquen en el Reino Unido.

Billy negó con la cabeza.

—Yo creo que no podría separarme de mis críos... Perdone, señorita.

El hombre se tapó la boca nada más decirlo al recordar que Frankie Dobbs había mandado a Maisie a trabajar en la mansión de lord Julian Compton y su esposa, lady Rowan, cuando murió su mujer. Maisie no tendría más de trece años por entonces.

—No pasa nada, Billy —dijo ella encogiéndose de hombros—. Hace mucho de aquello. Mi padre hizo lo que consideró mejor para mí y no tengo duda de que eso es lo que está haciendo Priscilla. Cada cual piensa de una forma, pero todos nos vamos algún día, ¿o no? —Se encogió de hombros—. Venga, terminemos estas facturas y a casa.

Maisie llevaba un año viviendo en la casa que lord y lady Compton tenían en Belgravia. Lady Rowan se lo había ofrecido como un favor, puesto que quería que alguien de confianza viviera en la planta de arriba mientras ellos estaban fuera. Maisie era una mujer independiente con un negocio propio desde que su mentor y antiguo jefe, Maurice Blanche, se había jubilado, así que, en vez de dormir en una humilde cama en las habitaciones de los sirvientes en la azotea, como cuando llegó a vivir por primera vez a la mansión, ahora ocupaba unas elegantes dependencias en la segunda planta. Los Compton cada vez pasaban más tiempo en Chelstone, la residencia campestre que tenían en Kent, donde el padre de Maisie trabajaba como encargado de las cuadras. Todos pensaban que mantenían la casa de Belgravia para dejársela a su hijo James, que vivía en Canadá y se ocupaba de los negocios que la familia tenía allí.

Continúa en tu librería

Maisie Dobbs investiga la misteriosa muerte de Nick Bassington-Hope, un controvertido artista que se retiró a las desoladas playas de Kent.

La psicóloga y detective Maisie Dobbs debe adentrarse en una pequeña comunidad rural para hallar el origen a una serie de acontecimientos extraños.

Maisie se convierte en testigo de un sucidio, y deberá realizar una gran investigación para hallar a quien desea infligir la muerte a miles de inocentes.